BASTEI
LÜBBE

Maeve Carels

Julias Orakel

Thriller

BASTEI LÜBBE

BASTEI-LÜBBE-TASCHENBUCH
Band 19 616

Erste Auflage:
Februar 1997

Lektorat: Karin Schmidt
Titelbild: Art Studio,
Armin Leckelt
Umschlaggestaltung: Art Studio,
Armin Leckelt
Satz: Digital-Offset-Druck
W. Steckstor, Bensberg
Druck und Verarbeitung:
Clausen & Bosse, Leck
Printed in Germany

ISBN 3-404-19616-3

Für Renate, die trotz schwerer Sorgen Zeit gefunden hat, sich liebevoll um Thor zu kümmern.

1

Hannah warf einen Blick auf die Tote und wich entsetzt zurück.

Es war kein Blut vergossen worden. Aber zu sehen, wie Gretas sorgfältig rot bemalte Lippen die feuchte Walderde berührten und die gepflegten, ebenmäßigen Zähne sich in den Dreck gepreßt hatten, drehte ihr den Magen um. Das Halstuch aus schwerer, bunter Seide, mit dem die junge Frau erwürgt worden war, lag wie zum Schutz über ihre nackte Brust gebreitet. Als ob das jetzt noch etwas nützen könnte.

Es war nach Mitternacht. Man hatte das Gebüsch, in dem die Leiche gefunden worden war, mit Scheinwerfern ausgeleuchtet. Das Technische Hilfswerk war mit Kabeltrommeln und einem Generator angerückt und hatte für Strom gesorgt.

In dem grellweißen Licht sahen auch die Polizeibeamten totenbleich aus, und ihre Körper warfen gespenstisch verzerrte Schatten, die mit bizarren Gesten ein tanzendes Muster auf die Erde webten.

Der Tatort war rundherum mit rotweißen Bändern abgesperrt worden. Hannah Bäumer sah zu, wie die Beamten Gretas verstreute Kleidungsstücke aufsammelten, und hob unwillkürlich mit einer flehenden Gebärde die gefalteten Hände vor den Mund. Einer der Männer ging mit einem Pullover an ihr vorbei, der vorsichtig in einen durchsichtigen Plastiksack gehüllt worden war, sorgfältig zusammengelegt wie von einer guten Hausfrau. Sie konnte das Designer-Etikett im Kragen sehen. Ein anderer Polizist packte gerade Gretas Schuhe ein, ein Paar sehr eleganter Pumps mit raffiniertem Absatz. Schuhe, die Greta mit Sicherheit sorgfältig ausgesucht hatte, auf die sie bestimmt stolz gewesen war, in denen sie hierher gelaufen war, und die jetzt nur noch ein Beweisstück in einem Mordfall waren. Hannah schluckte schwer. Sie hatte Grund gehabt, die junge Frau zu hassen, aber das hier war mehr, als sie ertragen konnte.

Die uniformierten Polizisten begannen die Leute jetzt weiter zurückzudrängen, während die Beamten der Kriminalpolizei die Blätter und Zweige entfernten, die den nackten Körper der Frau teilweise bedeckt hatten. Und, mit besonderer Behutsamkeit, das Seidentuch.

Hannah ging langsam den Weg wieder herunter. Ihre Beine zitterten, und ihr war übel. Sie wünschte, sie wäre nicht mit Tante Malwine hergefahren. Aber die alte Dame hatte es geradezu als Selbstverständlichkeit angesehen, den Polizeiwagen hinterherzufahren, denen sie zufällig in die Quere gekommen war, als sie Hannah nach Hause bringen wollte. Immerhin war der Leiter der Kriminalpolizei ihr Neffe und Hannah seine Frau. Und wenn es etwas gab, das noch schlimmer war als Tante Malwines verheerendes Mundwerk, dann war es ihre Neugier.

Hannah schüttelte unwillkürlich den Kopf, als könne sie damit das Bild der Toten aus ihrem Gedächtnis verscheuchen. Aber es ging nicht weg.

Tränen stiegen ihr in die Augen, und sie wußte nicht, ob es Angst oder Wut war oder Trauer. Sie wußte nur, daß sie nicht mit dem Bild dieser toten, nackten Frau in ihrem Kopf leben wollte.

Vielleicht konnte sie es aber auch nur deshalb nicht verdrängen, weil sie an diesem Bild etwas nicht verstand.

Die schwere Seide. Der Pullover, kreiert von einer Designerin von internationalem Rang. Die Pumps, denen man so deutlich ansah, wie atemberaubend teuer sie gewesen waren, als hätte das Preisschild noch an der Sohle geklebt. Hannah zögerte und blieb stehen. Unentschlossen starrte sie zu Boden. Am liebsten wäre sie weitergelaufen und überhaupt nicht mehr stehengeblieben, bevor sie zu Hause ankommen und sich ins Bett legen und schlafen konnte – aber sie würde nicht schlafen können. Hannah wandte sich wieder um und ging zurück.

»Bitte, Sie können hier nicht durch.« Ein junger Beamter der Schutzpolizei versperrte ihr den Weg, mit weit offenen Armen, als müsse er ein durchgehendes Pferd aufhalten. Hannah schreckte zurück und blieb verwirrt stehen. Hinter der Reihe von geparkten Streifenwagen sah sie ihren Ehemann mit Mike Keulerz sprechen, dem Arzt.

Die beiden waren Freunde seit Schulzeiten. Mike konnte Hannah nicht leiden, und sie wollte ihm lieber nicht über den Weg laufen.

Sie selbst hätte Keulerz durchaus mögen können, wenn er ihr seine Verachtung weniger deutlich demonstriert hätte. Er war ein attraktiver Mann, zwar bei weitem nicht so groß wie der Kommissar, aber muskelbepackt. Seine Gesichtszüge unter dem Wust widerspenstiger, dunkler Locken wirkten wie mit einem groben Messer aus Holz geschnitzt, und wenn er lächelte, strahlte er einen jungenhaften Charme aus. Für Hannah pflegte er allerdings nicht zu lächeln.

Sie überlegte noch, ob sie darauf warten sollte, daß Keulerz verschwand, da bemerkte Horst seine Frau. Er entschuldigte sich bei seinem Freund, der die Stirn runzelte und Hannah mit einem knappen Nicken bedachte. Horst kam auf sie zu. Er sah überanstrengt und deprimiert aus. In dem grellen Licht der Scheinwerfer schimmerte sein stoppelkurzes Haar eisengrau wie bei einem sehr alten Mann. »Was machst du denn hier?«

Begeistert klang das nicht.

»Horst«, sagte sie und legte die Hand auf seinen Arm. »Hast du ihre Kleider gesehen?«

Er betrachtete forschend ihr Gesicht. »Was ist damit?«

»Die Pumps zum Beispiel. Zwischen sechshundert und tausend Mark. Ihr Pullover ist edelste amerikanische Business-Couture, den schätze ich auf über tausend, das Halstuch auf etwa die Hälfte. Die Frau trug ein kleines Vermögen auf dem Leib, Horst.«

Er starrte sie verblüfft an.

»Du solltest dir ihre Wohnung genau anschauen«, drängte Hannah. »Ich weiß zwar nicht, als was sie gearbeitet hat, aber ich weiß, daß ich in dieser Stadt noch niemanden gesehen habe, der solche Klamotten trägt.«

»Sie war Sekretärin«, erwiderte der Kommissar. »In dem Kinderheim am Waldrand.« Er deutete vage mit dem Daumen hinter sich.

Hannah schüttelte den Kopf. »Damit kann sie nicht das Geld verdient haben, um sich eine solche Garderobe zu leisten. Es sei denn, das hier war nur ihre Special-Effects-Garnitur für besondere Anlässe. Schau in ihren Kleiderschrank. Wenn sie sonst keine teuren Klamotten besaß, dann hatte sie eine ganz besondere Verabredung.«

Horst schaute sich zerstreut nach seinen Kollegen um, ganz offensichtlich bestrebt, wieder an die Arbeit zu kommen. Nervös knöpfte er sein Jackett zu und steckte die Hände in die Taschen. Es war kühl geworden. »Du«, sagte er, »das war ein Triebtäter.«

»Das«, entgegnete Hannah, »wäre dann aber ein merkwürdiger Zufall – oder nicht?« Sie zuckte mit den Schultern und lächelte verlegen. Ihr Mann, der sich schon halb abgewandt hatte, warf ihr einen prüfenden Blick zu, als überlege er, ob sie ernstzunehmen sei. Darüber dachte er nun schon seit so vielen Jahren nach – wann würde er endlich zu einem Ergebnis kommen?

Sie drehte sich abrupt um und ging zurück zu der Gruppe Schaulustiger, die an der Wegkreuzung standen, wo die Scheinwerfer von Tante Malwines BMW für Licht sorgten und ihre Autobatterie gefährdeten. Es wurde immer noch aufgeregt diskutiert.

Tante Malwine stand genau in der Mitte, wirbelte hierhin und dorthin, die graue Perücke schief auf dem Kopf, das falsche Gebiß aufgeregt gebleckt, und verhörte und vernahm diesen und jenen und jeden, der noch reden wollte. Und alle wollten reden, aber nicht unbedingt mit ihr.

»Wieso hast du deine Nase hier überhaupt drin?« verlangte der vierschrötige Reitlehrer mit lauter, befehlsgewohnter Stimme zu wissen und drängelte sich unter rücksichtslosem Ellenbogeneinsatz durch, bis er direkt vor ihr stand. Er hatte die Gruppe angeführt, die hier im Wald nach einem vermißten kleinen Jungen gesucht hatte, und er sah aus, als hätte er das dringende Bedürfnis, seinem Schock über das, was er gefunden hatte, in einer Schlägerei Luft zu machen.

»Du kennst doch mein'n Neffen, den Polizisten«, gab Malwine frech zurück. »Was fragst du denn noch so dumm.« Hannah grinste. Über einen Mangel an Selbstwertgefühl konnte Malwine Bäumer ganz bestimmt nicht klagen. Hannah wollte sich gerade zu ihr durchdrängeln, da tippte ihr von hinten jemand auf die Schulter. Sie drehte sich um und sah sich mit Keulerz' Sprechstundenhilfe konfrontiert – eine Begegnung, die nicht dazu geeignet war, ihre Stimmung aufzuhellen.

»Hallo, Hannah«, sagte Dorit.

»Oh«, sagte Hannah unangenehm berührt. Mit den Damen, die Mike Keulerz in seiner Praxis beschäftigte, hatte Hannah genausowenig im Sinn wie mit dem Arzt, und die normalerweise ebensowenig mit ihr. Allerdings war Dorit eine Cousine ihres Mannes, und die konnte sie schließlich nicht einfach stehenlassen. Unwillkürlich schaute Hannah an sich herunter und schämte sich für ihren abgetragenen Trenchcoat, die löchrigen Jeans und das ausrangierte Polizeihemd von Horst. Was Dorit trug, war zwar auch nicht der Rede wert, aber mit ihrem zarten Gesicht, den Rehaugen und der prachtvollen, tiefbraunen Haarmähne konnte sie gar nicht anders als gut aussehen. »Was machst du denn hier?«

Dorit war leichenblaß und machte den Eindruck, als sei ihr schrecklich übel. »Jemand vom Reiterhof da hinten am Waldrand hatte erfahren, daß man den vermißten kleinen Jungen zuletzt in der Stadt gesehen hatte, und daß die Leute befürchten, daß er vielleicht bis zum Wald gekommen ist ... Aber den hat man ja inzwischen wohl gefunden.« Ihr lief ein Schauer über den Rücken »Jedenfalls hatte der Reitlehrer uns alle angerufen, damit wir suchen helfen. Meine beiden Kinder reiten hier, weißt du. Na ja, und ... also ... ein paar von uns haben Greta dann entdeckt.« Sie verschränkte die Arme und zog die Schultern hoch.

»Ist dir kalt?« fragte Hannah mitfühlend.

»Ziemlich«, sagte Dorit und zerrte den Reißverschluß ihrer wattierten Jacke höher. Ihre Turnschuhe waren schmutzverkrustet. »Wenn man die halbe Nacht auf ist ... Sag mal, stimmt das, daß Greta schon seit heute nachmittag hier gelegen hat?« Sie sah auf die Uhr. »Oder besser gesagt, seit gestern – es ist ja schon lange nach Mitternacht.«

Hannah zuckte mit den Schultern. »Ach, komm«, sagte sie unbehaglich, »laß uns hier verschwinden. Tante Malwine will bestimmt noch bleiben. Gehen wir doch zu Fuß zu uns, ist ja nicht weit. Ich mach' uns ein paar Spiegeleier.« Dorits Augen weiteten sich vor Überraschung, aber Hannah hatte sich schon umgedreht und ging voran.

Mike Keulerz beobachtete aus den Augenwinkeln Hannahs Abgang und war erleichtert. Er hatte Hannah noch nicht wiedergesehen, seit Horst ihm vor ein paar Tagen gebeichtet hatte, daß sie es gewesen war, die ihm ein Dutzend Probepackungen schwerer Tranquilizer aus der Praxis geklaut hatte.

Und Keulerz war sich nicht sicher gewesen, ob er sich beherrschen könnte, wenn er ihr gegenüberstand. Er war sich nicht mal sicher gewesen, ob er das überhaupt wollte. Horst Bäumer war immerhin sein bester Freund, und dieses Weib hatte ihn mit ihrer Kaufsucht und ihrer Kleptomanie praktisch ruiniert.

Mike Keulerz war ohnehin nicht in der Stimmung für höfliche Plaudereien mit Polizistengattinnen. Er hatte soeben die Leiche einer Frau untersucht, die er gut gekannt hatte. »Ich kann natürlich vor der Autopsie nichts Endgültiges sagen«, erklärte er Horst. Seine Stimme klang gepreßt. Ihm wurde plötzlich bewußt, daß seine Kopfschmerzen daher rührten, daß er während der Untersuchung die Zähne so fest zusammengepreßt hatte, daß ihm der Kiefer weh tat. Er massierte mit den Fingern vorsichtig die verspannten Muskeln um sein vierkantiges Nußknackerkinn herum. »Sie wird jetzt in die Pathologie gebracht, und ich fang' sofort an. Ich komm' mit dem Ergebnis zu dir, bevor ich in die Praxis gehe. Ich nehme an, daß ich zum Frühstück fertig bin.«

»Kann dir nicht garantieren, daß ich Appetit aufs Frühstück haben werde«, murmelte Horst. Er wandte sich ab und fuhr sich mit beiden Händen über seinen grauen Stoppelschnitt, als wolle er das Bild der Toten aus seinem Kopf herausbürsten. Er war über vierzig und hatte in mehr als zwanzig Jahren Polizeidienst Schlimmeres gesehen als die Leiche einer erwürgten, jungen Frau. Trotzdem war ihm anzumerken, daß ihm dieser Fall naheging.

Bäumer war ein kräftiger Mann und weit über einsachtzig, aber als er jetzt zu seinem Wagen zurückging, waren seine Schultern so gebeugt, daß er kaum größer wirkte als der untersetzte Arzt neben ihm.

Keulerz legte ihm kurz, sehr kurz, die Hand auf die Schulter. »Ist doch lange her, oder?«

Horst Bäumer knurrte. »Und wovon sprichst du jetzt?«

»Ach komm«, sagte Keulerz leise. »Wer hat denn nicht ... Wenn das kein Triebtäter gewesen wäre, stünde doch die halbe Stadt unter Mordverdacht. Die eine Hälfte, weil sie was mit ihr hatte, und die andere, weil sie ihr die Männer wegnahm.«

»Nun mach mal halblang«, sagte Horst grimmig, »so schlimm war's nun auch nicht. – Irgendein Indiz dafür, daß das hier nicht der Tatort ist?« Bäumer hatte keine Lust, über Greta zu reden. Er hoffte inständig, daß außer seinem alten Schulfreund Mike Keulerz nicht noch jemand wußte, daß er auch zu denen gehörte, mit denen Greta ins Bett gegangen war. Früher mal. Das war Jahre her. Damals war seine Ehe so fürchterlich schiefgelaufen, daß er anderswo Trost gesucht hatte. So schlimm wie damals stand es zwischen ihm und Hannah aber schon lange nicht mehr. In den letzten Wochen schien seine Ehe sogar wieder mehr als erträglich werden zu wollen. Unwillkürlich schaute Bäumer sich nach seiner Frau um, entdeckte aber nur Tante Malwine, die offenbar mit dem Reitlehrer stritt.

»Sie ist ausgezogen worden, als sie tot war«, erklärte Keulerz, »ansonsten wurde sie nicht bewegt. Sagen deine Leute auch. – Also, ich fahr' jetzt. Bis nachher dann.«

»Okay, bis nachher.« Horst seufzte. Dann winkte er seinem Assistenten. »Komm, Janßen«, sagte er. »Wir sehen uns mal bei ihr zu Hause um. – He, was ist mit dir los, Janßen, heulst du?«

Natürlich tat er das. Die Kollegen nannten ihn nicht umsonst Jammer-Janßen. Horst betrachtete den baumlangen

Kerl mit dem schütteren blonden Haar und schüttelte den Kopf. Weinende Polizisten waren ihm kein ungewohnter Anblick.

Aber Janßen würde lernen müssen, seine Gefühle zurückzuhalten, bis sein Einsatz zu Ende war.

»War 'ne großartige Deern«, murmelte der junge Mann undeutlich und putzte sich umständlich seine lange Nase. Alles an ihm wirkte in die Länge gezogen, sein hagerer Körper, seine Finger, und auch sein Gesicht, das eine gewisse Ähnlichkeit mit dem eines Schafs hatte und den gleichen blaßrosa Hautton. Er steckte das Taschentuch zurück in sein Jackett. Die Jackenärmel entblößten bei jeder Bewegung seine Arme bis weit über die Handgelenke hinauf. Janßen war so lang und dünn, daß die legere Bürokombination an ihm wirkte wie an einem Kleiderständer aufgehängt. Er hatte immer Probleme damit, Sachen zu bekommen, die ihm richtig paßten. »Ich weiß, was manche Leute über Greta gesagt haben, daß sie manchmal ganz schön arrogant war und so. Und ich weiß auch, was sie gesagt haben wegen ihrer Männergeschichten. Aber sie war trotzdem 'ne großartige Deern.«

»Amen«, sagte Horst Bäumer düster. »Dann wollen wir also sehen, daß wir den Kerl zu fassen kriegen, der unsere großartige Deern erwürgt hat. Komm, mach zu. Kaschorke hat sich die Schlüssel geschnappt, die er in ihrer Hosentasche gefunden hat, und ist zu ihrer Wohnung gefahren. Ich will sehen, ob irgendwas dabei rumgekommen ist.«

»Wieso – glauben Sie denn, daß Greta den Kerl gekannt haben könnte?« fragte Janßen verblüfft.

Horst schüttelte unwirsch den Kopf. »Ich glaub' im Moment noch gar nix, Janßen. Soviel ich weiß, kann es sein, daß sie hier mutterseelenallein spazierengegangen ist und irgendein Perverser sie erwischt hat. Es kann aber genausogut sein, daß es ein guter Freund war, mit dem sie in ihrer Wohnung Kaffee getrunken hat und mit dem sie dann einen Spaziergang machen wollte und der dann aus irgendeinem Grund plötzlich durchgedreht ist.«

Er setzte sich ans Steuer, und Janßen stieg ein, wobei er

seine dürre Gestalt zusammenklappte wie ein Taschenmesser, um nicht mit dem Kopf anzustoßen.

Sie mußten sich mit Bäumers altem Ford vorsichtig einen Weg durch die Leute bahnen, die immer noch an der Wegkreuzung standen, miteinander redeten und eifrig verfolgten, was die Polizei tat. »O Gott, und Tante Malwine mittendrin!« murmelte Horst und nickte ein paar Leuten zu, während er an der Gruppe vorbeifuhr. »Die Frau ist eine echte Landplage.«

Janßen nickte, bevor ihm einfiel, daß Malwine die Tante seines Vorgesetzten war. Er warf dem Kommissar einen erschrockenen Blick zu, aber der war offenbar in Gedanken ganz woanders.

»Wer sagt den Eltern Bescheid?« fragte Janßen, um von seinem Fauxpas abzulenken.

»Das macht Focko Martens«, erwiderte Bäumer. »Der kennt die ganz gut, und da hab' ich gedacht, das wird wohl das beste sein. Vielleicht kriegt er auch gleich noch ein bißchen was aus ihnen raus, was uns weiterhilft.«

»Was soll er rauskriegen«, sagte Janßen düster. »Ich glaub' nicht, daß sie den Kerl zu Hause vorgestellt hat.« Er verschränkte die Arme und sah verbissen geradeaus. Sein Magen tat ihm weh, und das nicht nur, weil er seit Stunden nichts mehr zu essen bekommen hatte.

»Nee, das wär' wohl zu einfach«, murmelte Bäumer. Der Ford hoppelte durch ein Schlagloch, und die beiden Kollegen stießen mit den Köpfen ans Wagendach. »Vielleicht hat sie ihn ja auch unterwegs aufgegabelt, wer weiß.«

»Greta hat nicht einfach jemanden ... aufgegabelt!« brauste Janßen auf. Er erschrak selbst über seine heftige Reaktion, warf seinem Chef einen verlegenen Seitenblick zu und drückte seine magere Gestalt in die Sitzpolster, als würde er am liebsten ganz darin verschwinden. Erheblich leiser fuhr er fort: »Und sie war auch nicht der Typ, der Anhalter mitgenommen hat.«

»War Greta denn der Typ, der allein im Wald spazierenging?« fragte Bäumer betont neutral und wünschte, man hätte ihm einen wenigstens etwas älteren Mann mit ein bißchen mehr Berufserfahrung zur Seite gestellt. Janßen war Mitte zwanzig und im Grunde genommen ein Kindskopf.

Der junge Kollege zuckte hilflos mit den Schultern. »Ich glaub' schon. Sie hat ... sie hat viel nachgedacht.«

»Sie hätte nachdenken sollen, bevor sie allein in den Wald geht«, knurrte Bäumer, »nicht währenddessen.«

»Aber es ist doch noch nie was passiert!« protestierte Janßen empört. »Alle rennen doch im Wald rum, ob allein oder nicht. Vor allem die ganzen Jogger ... da sind auch viel Frauen bei. Und es ist doch noch nie was gewesen. Im Wald hatten wir noch nie einen Raubüberfall, noch nie eine Vergewaltigung ...«

Er schluckte schwer und sah aus dem Fenster, während Bäumer aus dem Wald heraus auf die Straße abbog. Dann fuhr Janßen leiser fort: »... überhaupt noch gar nix. Es hat sich niemals eine beschwert, nicht mal über 'nen Exhibitionisten oder so was.«

»Daß wir es nicht wissen«, sagte Bäumer, »das heißt doch nicht, daß es nicht passiert ist. Es gibt genug Frauen, die über solche Dinge gar nicht reden. Sie schämen sich zu sehr. Außerdem haben sie Angst, man könnte ihnen womöglich noch vorwerfen, daß sie selbst schuld sind. Ist ja auch oft genug so.«

Janßen fuhr wütend herum, die dünnen, langen Finger unwillkürlich zu Fäusten geballt, die Knöchel weiß vor Anstrengung.

»Wollen Sie damit sagen, Greta Leiboldt war selbst schuld, daß sie erwürgt worden ist? Wollen Sie das damit sagen?«

»Ich will damit sagen, daß den Frauen, die belästigt oder vergewaltigt werden, oft tatsächlich unterstellt wird, daß sie selbst dran schuld sind, und daß mir das nicht besonders gefällt«, sagte Bäumer. »Janßen, verlieren Sie nicht die Nerven, ja? Wir alle haben Greta gekannt. Wir kennen hier alle überhaupt jeden, egal was er anstellt oder was ihm zustößt. Mir gefällt das manchmal auch nicht, und in diesem Fall schon mal überhaupt nicht, das können Sie mir glauben. Aber um so mehr sind wir's dem Mädchen schuldig, daß wir den Kerl finden. Und wenn Sie durchdrehen, zieh ich Sie von dem Fall ab. So was können wir uns nicht leisten.«

»Tschuldigung«, murmelte Janßen beschämt. Es war erst sein zweiter Arbeitstag bei der Kriminalpolizei, und schon ging alles daneben. Dabei hatte er sich so fest vorgenommen, einen guten Eindruck zu machen. Das schlechte Gewissen darüber, die Ehre seiner alteingesessenen Polizistenfamilie beschmutzt zu haben, lastete einen Moment lang schwer auf ihm, schwerer noch als die Erinnerung an den Anblick der Toten, die er so gut gekannt hatte. Janßen putzte sich noch einmal geräuschvoll die Nase, dann brachte er seinen langen Körper entschlossen in eine aufrechte, korrekte Sitzhaltung.

Er schwieg bekümmert und starrte schafsgesichtig vor sich hin, während Bäumer an der Kreuzung auf die Straße abbog, die in die Stadt führte. Sie durchquerten den Vorort, in dem der Kommissar wohnte. Hier waren die Straßenlampen längst abgeschaltet, und es war stockdunkel. Erst als sie nach Geverensand hineinkamen und die Bahngleise überquert hatten, fuhren sie wieder auf beleuchteten Straßen. Kurz vor dem Polizeipräsidium wendete Bäumer den Wagen und hielt vor einem kleinen, zweistöckigen Haus auf der linken Straßenseite.

Sie stiegen gerade aus, als die Haustür geöffnet wurde und ein Kollege aus dem Team der Spurensicherung mit seinem Koffer herauskam. Hinter ihm trat ein untersetzter Mann in einem zerknitterten Regenmantel und völlig zerzausten schwarzen Haaren aus dem Haus.

»Was Besonderes?« fragte Bäumer, und der Herr mit dem Koffer schüttelte den Kopf.

»Pure Zeitverschwendung«, brummelte Kaschorke, der Mann im Regenmantel, und hielt Bäumer das Schlüsselbund von Greta Leiboldt hin. »Willst du rein? Oben ist alles offen, ‘n Schlüssel gibt's bloß für die Haustür. Ich geh' schon rüber ins Präsidium. Kein Hinweis, daß außer ihr gestern jemand in der Wohnung war. Es steht ein bißchen schmutziges Geschirr in der Küche, abgewaschen hat sie also nicht mehr, bevor sie ging. Aber sieht aus, als hätte sie das alles selbst benutzt.« Er rümpfte die Nase. »Überall Spuren von ihrem Lippenstift dran.«

»Hast du was gefunden?« fragte Bäumer mit Blick auf die ausgebeulte Tasche des Regenmantels.

»Nee, gar nix«, antwortete Kaschorke, und der Kommissar trat unwillkürlich einen Schritt zurück, als ihn die unverkennbare Alkoholfahne des Kollegen anwehte. Billiger Weinbrand. Bäumer warf aus den Augenwinkeln einen Blick auf Janßen, der offenbar nichts bemerkt hatte, und verkniff sich eine Bemerkung. Er hoffte, daß es keine Flasche war, was Kaschorke da in der Tasche seines Regenmantels mit sich herumschleppte; aber danach konnte er ihn in Gegenwart des jüngeren Kollegen ja schlecht fragen.

»Im Schlafzimmer ist 'ne Kassette mit 'n bißchen Schmuck«, berichtete Kaschorke. »Nix Teures, glaub' ich. Sieht nicht aus, als ob was fehlt. Ein Sparbuch in der Nachttischschublade, nicht viel drauf, keine großen Abbuchungen in letzter Zeit. Das Scheckbuch lag dabei, jeder ausgestellte Scheck ordentlich eingetragen, keiner fehlt. Die Karte haben wir am Tatort bei ihren Sachen gefunden. Ich war so frei, auch die Kontoauszüge durchzugehen. Nix Besonderes. Gehalt draufgebucht, Gehalt ausgegeben, sieht alles ganz normal aus. Keine Abbuchungen auf andere Sparkonten als auf das eine Sparbuch, das ich gefunden habe. Keine Anzeichen, daß jemand was durchwühlt hat, auch nicht ihre Unterwäsche. Das Bett war gemacht. Na ja ... langer Rede kurzer Sinn, Bäumer: gar nix, wie gesagt. Ich glaub'sowieso nicht, daß sie den Typ gekannt hat. Der hat die im Wald erwischt. Zufall. Hätte genausogut 'ne andere treffen können.«

Horst nahm die Schlüssel entgegen. »Wir gehen kurz hoch. Die Vermieterin ist nicht zu Hause?«

Kaschorke schüttelte den Kopf. »Nee. Ich hab' die Türen oben übrigens nicht versiegelt, weil ich dich vorfahren hörte. Denk dran, wenn du nachher rausgehst.« Er fuhr sich mit einer nicht ganz sauberen Hand durch seine ölig aussehenden, blauschwarzen Locken, was seiner ohnehin kaum noch vorhandenen Frisur nicht guttat.

Bäumer fragte sich zum hundertsten Mal, warum er selbst

eigentlich schon mit grauen Haaren herumlaufen mußte, obwohl er nur ein Jahr älter war als Kaschorke. Er sprach es auch diesmal nicht aus, wohl wissend, daß jeder Kollege ihm antworten würde, Bäumers graue Haare seien Hannahs Verschulden. »Okay. Bis nachher dann.«

Kaschorke winkte lässig mit einer Hand und schlenderte mit wehendem Regenmantel zum Präsidium hinüber. Der Kommissar sah ihm nach. Betrunken oder nicht, der Mann schwankte nie. Er hatte für seine untersetzte Figur einen erstaunlich leichtfüßigen Gang. Kaschorke war nicht nur ein Kraftpaket, er war beweglich und schnell.

Jedenfalls war er es gewesen, bevor seine Trinkerei derart aus den Fugen geraten war. Wenn das so schlimm weiterging, würde er sicherlich bald nachlassen. Bäumer seufzte.

Sie traten in einen düsteren Hausflur, in dem rechts eine Treppe in den ersten Stock führte. Kleine Steinchen, die noch vom Waldweg unter ihren Sohlen klebten, knirschten unangenehm auf dem Boden aus grauen und schwarzen Kacheln.

»Sie hat oben gewohnt, nicht wahr?« fragte Horst Bäumer. Als ob er das nicht wußte.

»Ich glaube schon«, erwiderte Janßen verlegen. Als ob er das nicht wußte. Sie stiegen die alte Holztreppe hinauf, die unter ihren Schritten knarrte. Vom oberen Flur gingen vier Türen ab. Beide liefen ohne zu zögern auf die erste Tür rechts zu, und Bäumer drückte die Klinke nieder und trat ein.

Sie standen im Wohnzimmer und sahen sich um. Der Raum war weiß gestrichen, hatte einen grauen Teppichboden und war ausgesprochen spärlich möbliert. Er vermittelte den Eindruck kühler Zweckmäßigkeit. Die weißen Wände waren kahl bis auf ein riesiges Bild in einem schmalen roten Rahmen. Es zeigte geometrische Formen in Grau, Schwarz und Weiß und hing über einer Couch aus verchromtem Rohr und schwarzem Leder, die äußerst unbequem aussah.

Zwei Fotos auf dem Fensterbrett – ein uraltes Hochzeitsfoto und das Bild eines Bauernhofs im silbernen Rähmchen – deuteten an, daß hier tatsächlich jemand wohnte. Den einzigen wirklich freundlichen Akzent setzten die vielen bunten Vasen und Karaffen aus Glas. Sie standen in einer Vitrine, auf dem Tisch mit der gläsernen Platte und auf einem Metallregal mit Böden aus gesandstrahltem, schwarzgetöntem Glas.

Man konnte durch eine schmale Verbindungstür vom Wohnzimmer aus in die Küche nebenan gehen, auch ohne durch den Flur zu müssen. Bäumer öffnete beiläufig einen der Hängeschränke und musterte den Inhalt: ein gläsernes Teegeschirr. Unten im Schrank fanden sich Eßteller, ebenfalls aus Glas, und ein Stapel grellbunter Glasschüsseln.

Bäumer ging über den Flur ins Schlafzimmer und öffnete den großen, schwarzen Kleiderschrank. Er schaute sich das Etikett eines Pullovers an und nickte. Gretas Kleidung fiel nicht in die Kategorie von Designer-Modellen, die sich auch eine Sekretärin hätte leisten können. Ein schwarzes T-Shirt trug den Schriftzug »Chanel« in großen Buchstaben auf der Vorderseite eingestickt.

Horst verstand nicht viel von Frauenkleidern. Aber da Hannahs Vorliebe für teure Modellkleider ihn ruiniert hatte, hatte er zwangsläufig so ganz nebenbei gelernt, teure Stoffe und teure Schnitte von billigem Zeug zu unterscheiden. Was da in Gretas Schrank hing, mußte sehr kostspielig gewesen sein. Allerdings mußte man schon zweimal hinsehen, um drauf zu kommen, in bezug auf ihre Kleidung war Greta genauso spartanisch wie hinsichtlich ihrer Wohnungseinrichtung. Alles, was sie zum Anziehen besaß, war schwarz, grau oder braun und sehr schlicht geschnitten.

Farbe hatte sie sich nur bei den Halstüchern gegönnt, von denen sie ein halbes Dutzend neben ihrer Wäsche liegen hatte. Bäumer fühlte an den ordentlich zusammengelegten Carrees und hatte den Eindruck, es sei die gleiche schwere Seide wie bei dem Tuch, mit dem sie umgebracht worden war.

Bäumer schloß den Schrank wieder und ging ins Wohnzimmer zurück. Er setzte sich auf die Couch – die gar nicht so unbequem war, wie sie aussah – und dachte nach. Konnte ein Mädchen, das einen winzigen Kompaktwagen fuhr, eine billige Wohnung hatte und das Gehalt einer kleinen Angestellten im öffentlichen Dienst bezog, sich diese extravagante Kleidung leisten?

Bäumer hatte keine Vorstellung davon, warum manche Frauen soviel Vergnügen daran hatten, ein kleines Vermögen auf dem Leib zu tragen, auch wenn sie dafür auf andere Dinge verzichten mußten. Er wußte nur, daß Hannahs Kaufwut ihn alles gekostet hatte, was er besaß – einschließlich seiner Geduld mit ihr und beinahe auch seiner Liebe. Aber selbst Hannah hatte sich keine Kleider geleistet, auf denen ›Jil Sander‹ oder ›Chanel‹ stand. Wieviel Geld mochte in diesen Sachen stecken? Er würde es wohl herausfinden müssen. Hier am Ort gab es nur einen einzigen Laden, in dem sie so etwas gekauft haben konnte – wenn überhaupt. Er würde das im Laufe des Vormittags prüfen lassen.

Er warf einen Blick auf Janßen, der Gretas Badezimmer inspiziert, nichts Besonderes gefunden hatte und nun müßig am Fenster stand und das Foto von dem Bauernhaus betrachtete. »Der Hof ihrer Eltern?« fragte der Kommissar. Janßen nickte betrübt. Bäumer schaute sich in dem kahlen Wohnzimmer um und zog fröstelnd die Schultern zusammen. Er hatte sich hier schon früher ausgesprochen unwohl gefühlt. Außerdem war er hundemüde.

Bäumer seufzte tief. Er hätte furchtbar gern ein paar Stunden geschlafen. Aber die ersten Stunden nach einem Mord waren immer die wichtigsten, da durfte er nichts und niemanden versäumen. Vielleicht würde man doch irgendeine Spur finden. Vierundzwanzig Stunden später konnte es schon für immer zu spät sein.

»Komm, Janßen«, sagte er, »gehen wir ins Präsidium. Die Spurensicherung dürfte inzwischen auch mit dem Tatort fertig sein, mal sehen, ob die was für uns haben. Außerdem will ich die Fotos sehen. Und hören, ob die Verhöre der Leute um den Tatort herum schon was ergeben haben. Kaschorke hat recht. Hier ist nichts.« Nichts außer Erinnerungen, die man besser vergißt, hätte er hinzufügen können. Statt dessen stand er auf und ging raus, ohne sich noch einmal umzusehen. Er überließ es Janßen, die Türen hinter ihm mit dem Polizeisiegel zu versehen, das Unbefugte am Eintreten hindern sollte, bis der Haustürschlüssel an Gretas Eltern weitergegeben werden konnte.

Seite an Seite liefen sie die paar Schritte zum Präsidium hinüber. Janßens Hosen flatterten um seine dürren Beine wie Flaggen um ihre Fahnenstangen. Bäumer knöpfte sein Jackett wieder zu und verschränkte die Arme vor der Brust. Es war ziemlich kühl geworden heute nacht. Ungewohnt kühl, nachdem der Winter eigentlich nahtlos in den Sommer übergegangen war statt in den Frühling. In den letzten Wochen hatte manchmal eine Hundshitze geherrscht. Aber jetzt fror er zum erstenmal wieder. Außerdem platschten ihm plötzlich ein paar Tropfen auf den Kopf, und auch Jammer-Janßen sah irritiert zu dem unfreundlichen Nachthimmel auf. »Jetzt regnet das auch noch!« sagte er in einem Ton, als sei das, nachdem ein Mensch ermordet worden ist, so ziemlich die größte Unverschämtheit, die die Natur sich leisten konnte. Sie setzten sich in Trab und erreichten den Eingang gerade noch rechtzeitig, bevor ein kräftiger Schauer auf die alten Kastanien am Platz vor dem Präsidium herunterprasselte.

»Ich zieh' mir erst mal 'n Tee«, sagte Janßen und steuerte den Automaten am Ende des Flurs an.

Bäumer nickte dem Pförtner zu und stapfte die Treppe hinauf in den ersten Stock. Er stieß die erste Tür auf. »Ich bin wieder da. War was?«

Die Kollegen, die den Tatort untersucht hatten und nun um den Tisch in der Mitte herumstanden, auf dem sie ihre Fundstücke, Fotos und Berichte ausgebreitet hatten, sahen auf. »Eigentlich nicht«, sagte Klaus Kaschorke. Horst dachte an die ausgebeulte Tasche des Regenmantels und musterte den Mann unauffällig.

Betrunken sah er nicht aus, aber einen guten Eindruck machte er auch nicht gerade. Kaschorke wirkte nicht nur übernächtigt wie alle hier, er sah eher aus, als wäre eine Dampfwalze über ihn gerollt. Seine Hose war ungefähr so zerknittert wie sein bleiches, bartstoppeliges Gesicht. Sein Hemd war fleckig, der Kragen aufgeknöpft, und aus einer

Brusttasche lugte ein zusammengelegter Schlips. »Wir schauen uns nur die Karte an, um zu sehen, welchen Weg der Täter danach genommen haben könnte. Ich such' dir gleich mal zusammen, was wir bis jetzt haben, und komm damit rüber.«

»Okay«, sagte Horst und ging in sein eigenes Zimmer am Ende des Gangs. Hoffnungsvoll legte er eine Hand auf die Heizung, aber die war auch kalt. Wahrscheinlich mußte der Hausmeister sie erst wieder in Gang bringen. Horst gähnte herzhaft und laut. Er wusch sich am Waschbecken in der Ecke neben dem Fenster ausgiebig die Hände, schaufelte sich mit beiden Händen Wasser ins Gesicht und rubbelte sich mit dem Handtuch trocken. Dann füllte er seine Kaffeemaschine und setzte sich an den Schreibtisch, während die Maschine zu zischen und zu brodeln begann. Er hätte auch ganz gern etwas zu essen gehabt, aber dazu war es noch zu früh. Es sei denn, er würde an den Automaten unten im Flur gehen, aus dem man auch Salate und belegte Brötchen ziehen konnte. Horst stand auf und suchte in seinen Taschen nach Kleingeld, während er das Zimmer verließ. Kaschorke kam gerade über den Flur auf ihn zu.

»Ich hol'mir bloß schnell was zu essen von unten«, sagte Bäumer. »Soll ich dir was mitbringen?« Wahrscheinlich nicht, dachte er. Er konnte sich im Moment nicht erinnern, ob sein Kollege überhaupt jemals aß.

Kaschorke schüttelte erwartungsgemäß den Kopf mit den zerrauften schwarzen Haaren, die schon vor Wochen dringend einen Schnitt benötigt hätten. »Zigaretten hab' ich, Kaffee hast du – hoffe ich.«

»Läuft schon durch«, sagte Bäumer und ließ die Tür offenstehen, als er aus dem Zimmer ging, damit Kaschorkes Alkoholdunst ein bißchen verflog. Warum mußte der Mann bloß ständig aussehen, als sei er nach einer besinnungslos durchzechten Nacht soeben aus dem Lotterbett einer Prostituierten aufgestanden? Mühsam verdrängte Bäumer das Phantombild eines Kaschorke in Unterhosen, einen erloschenen Zigarettenstummel im Mund, der sich gähnend an der Brust kratzte, wo über einem schmuddeligen Unterhemd zwischen schwarzen Locken die Tätowierung eines Adlers durchschimmerte. Bäumer mußte lachen. Kaschorke hatte keine Tätowierung auf der Brust, aber gepaßt hätte es zu ihm.

Er ging die Treppe hinunter und fischte die Münzen aus seiner Jackentasche. Der Automat stand direkt neben der Tür zur Wache der Schutzpolizei. Bäumer warf nur einen kurzen Blick in die Auslage. Er war nicht besonders wählerisch. Er war es gewohnt, zu essen, wann immer er gerade Zeit hatte und was immer er eben kriegen konnte. Die Salate sahen sogar noch recht frisch aus. Er nahm einen heraus, dazu ein herzhaft belegtes Baguette, und trug die Sachen nach oben.

Kaschorke spülte sich gerade am Waschbecken eine Kaffeetasse aus. »Diese Futterkrippe da unten ist das Beste, was wir im letzten Jahr an Ausrüstung bekommen haben«, sagte er mit einem Blick auf den Salat. »Jetzt brauchen wir bloß noch einen, der Eintopf kochen kann, dann sind wir komplett.«

»Ach, du kennst den Automaten?« sagte Bäumer. »Und ich dachte, du kennst bloß den Zigarettenautomaten auf dem Klo.«

»Erbarmung!« seufzte Kaschorke und rollte das »r«, als hätte er Ostpreußen erst gestern verlassen. »Bäumer! Was da auf dem Klo hängt, ist ein Kondom-Automat, du Pfeife. Wenn du Zigaretten willst, muß du rüber zum Grill.«

»Apropos Kondome«, sagte Bäumer, »Kaschorke, du brauchst 'ne Frau. Der Zustand deiner Garderobe ist eine Affenschande. Nett, daß du mir zu Ehren wenigstens dein Jackett angezogen hast, aber ist dir eigentlich schon mal aufgefallen, daß das Ding bloß noch einen Knopp hat?« Er registrierte mit Überraschung, daß sein Kollege rot geworden war. Bäumer räusperte sich verlegen und grinste. »Gut, daß du den Schlips in der Tasche trägst, da kann ich wenigstens nicht drauftreten. Wann hab'ich dir zuletzt gesagt, daß du zuviel trinkst und zuwenig ißt?«

»Gestern«, antwortete Kaschorke prompt.

»Okay«, sagte Bäumer und biß in sein Baguette. Er runzelte die Stirn. »Was Heißes wär' mir eigentlich lieber«, sagte er und schob seine Sachen auf eine Ecke des Schreibtischs, um Platz für Kaschorkes Unterlagen zu schaffen. »Da draußen ist es auf einmal saukalt. Reich mal den Kaffee rüber, ja? Also, was haben wir?«

Kaschorke seufzte. »Nichts.«

»Na, prima. Genau so dachte ich mir das. Zuerst ist also die Reitschule dran. Wir müssen die Gruppe ausfindig machen, die um die Tatzeit herum im Wald gewesen ist. Ich kann mir jedenfalls nicht vorstellen, daß die bei dem herrlichen Wetter gestern auf dem Hof geblieben sind. Vielleicht haben sie ja jemanden gesehen. Und dann müssen wir versuchen rauszukriegen, wann Greta in den Wald gegangen ist und warum«, sagte Horst und wischte sich Mayonnaise aus den Mundwinkeln. »Ich glaube sowieso nicht recht daran, daß uns der Tatort viel sagt. Da ist offenbar die halbe Stadt durchgetrampelt, ehe wir kamen. Wenn der Täter ihr da aufgelauert hat, wird es wohl unmöglich sein, seine Spuren von denen zu unterscheiden, die die Leute hinterlassen haben, die den verschwundenen kleinen Jungen gesucht haben. Höchstens, daß sie den Täter selbst im Auto mitgebracht hat . . . Mit dem Auto sind die wohl noch nicht durch, was?«

Kaschorke schüttelte den Kopf und kratzte sich ausgiebig am Kopf, bis sein ungepflegtes Haar in alle Richtungen abstand. »Die haben bisher aber auch nix, sonst hätten die angerufen.«

Bäumer nickte. »Fangt heute morgen so früh wie möglich an, die Nachbarn zu befragen. Überall klingeln, wo schon Licht ist. Hat Focko Martens schon Meldung gemacht?«

»Der hat auch noch nix. Die Eltern sind im Moment natürlich ziemlich fertig, aber er rechnet eigentlich nicht damit, daß ihnen später mehr einfällt. Was das Mädchen da im Wald wollte, wissen die auch nicht, außer spazierengehen natürlich, wie das jeder tut. Aber er stellt mit ihnen eine Liste von den Leuten zusammen, die Greta kannte.«

Bäumer schnaubte.

»Könnte lang werden, die Liste. Na ja – um so besser. Was

soll's. Sofort alle befragen. Auch ihre Arbeitskollegen. Vor allem die. Ihr wißt, worauf ihr achten müßt. Ich will wissen, ob sie über Belästigungen geklagt hat. Telefonanrufe. Stöhner und Hechler, du weißt schon. Vielleicht war sie kein zufälliges Opfer. Was ist denn mit den registrierten Triebtätern?«

»Kommt alles«, beschwichtigte Kaschorke, legte beide Arme auf den Schreibtisch und hinterließ fettige Fingerabdrücke auf der grünen Plastikunterlage. »Wir kümmern uns drum. Aber, Horst, die Vorgehensweise von dem, der Greta Leiboldt umgebracht hat . . .«

»Ich weiß«, sagte Bäumer und seufzte schwer. »So was hatten wir noch nicht. Sieht nicht gut aus, was?«

»Nein«, antwortete Kaschorke ernst. »Sieht nicht gut aus, Horst. So einen Fall hatten wir noch nie. Das war keiner von denen, die wir kennen. Und er muß ja auch überhaupt nicht von hier gewesen sein. Was ist, wenn das ein völlig Fremder war? Ein Tourist, der das schöne Wetter zu einem Waldspaziergang genutzt hat? Oder ein Vertreter, der eigentlich bloß mal die Beine ausstrecken und ein Stück laufen wollte, bevor er weitergefahren ist?«

»Wir ziehen die Leute von allen anderen Fällen ab, solange bis wir jeden verhört haben, der auch nur andeutungsweise mal von Greta Leiboldt gehört hat oder sie gestern gesehen haben könnte.«

»Okay«, sagte Kaschorke, lehnte sich zurück und kreuzte die muskulösen Arme über seinem tonnenförmigen Brustkasten. »Schmeckt der Salat?«

»Wie bitte? – Oh.« Bäumer schaute verblüfft auf das Plastikschälchen, die Plastikgabel in der erhobenen Hand. Ein Salatblatt segelte auf den Schreibtisch herunter und gesellte eine Spur Öl zu Kaschorkes Fingerabdrücken. »Oh, ja, tut er. Sind die Tatortfotos fertig?«

»Grad gekommen.«

Der Kommissar kramte seine Lupe aus der Schublade, während Kaschorke, ohne sich um Salatöl und schmutzige Abdrücke zu kümmern, den Tisch mit Bildern bedeckte. Er legte sie sorgfältig so zurecht, daß sie sich ähnlich wie ein

Puzzle zusammensetzten. Bäumer stellte den Salat auf seinen Schoß und biß hungrig in sein Baguette.

»Ich hoffe, daß Janßen uns gleich auch noch was bringt«, sagte Kaschorke, zündete sich eine Zigarette an und beugte sich über die Fotos. »Er ist bei einem Nachbarn, der die Leiboldt gestern nachmittag gesehen hat, als sie von zu Hause wegfuhr.«

Bäumer runzelte nur kurz die Stirn und widmete sich dann wieder den Tatort-Aufnahmen. Er wunderte sich, daß Kaschorke Janßen eine Vernehmung zugetraut hatte.

»Hoffentlich versaut er's nicht«, fügte Kaschorke hinzu und streute dabei mit einer unwirschen Handbewegung Zigarettenasche über den Schreibtisch. Nachlässig wischte er daran herum und hinterließ graue Schmierspuren. Er hielt gar nichts davon, junge Leute für nichts und wieder nichts zu befördern, nur weil ihre Väter und Vorväter auch Polizisten gewesen waren. Er verstand nicht, was Janßen überhaupt bei der Kriminalpolizei wollte. Nach Kaschorkes Ansicht würde der einen Mörder nicht erkennen, wenn dieser mit erhobenem Hackbeil vor ihm stünde, bluttriefend und die Leiche über der Schulter.

Janßen war von der Schutzpolizei im Erdgeschoß zur Kripo in den ersten Stock »aufgestiegen«, um einen verstorbenen Kollegen zu ersetzen. Der Tod des jungen, begabten Rolf Fischer hatte Kommissar Bäumer schwer erschüttert. Und noch ehe er Zeit gefunden hatte, sich Gedanken über einen möglichen Nachfolger zu machen, war ihm dann plötzlich Jammer-Janßen einfach vor die Nase gesetzt worden.

Horst Bäumer war nicht der Mann, sich gegen so was zu wehren. Er würde Janßen seine Chance geben, wie er das bei jedem anderen auch getan hätte. Kaschorke war dagegen. Und er ließ auch keine Gelegenheit aus, dem jungen Kollegen das auf die Nase zu binden.

»Wir sind jedenfalls alle der Ansicht, daß sie da, wo sie lag, auch umgebracht worden ist«, erläuterte Kaschorke, »und Keulerz hat das bestätigt. Kriegt er die Autopsie bis zum Frühstück fertig?«

»Klar«, sagte Horst. »Er kommt nachher. Übrigens meint er, die Frau sei erst umgebracht und dann ausgezogen worden. Und auf den ersten Blick sieht es auch nicht nach einer Vergewaltigung aus. Kaschorke, Kaschorke – das ist nicht normal.«

»Sagt ja auch keiner«, antwortete Kaschorke, lehnte sich zurück und legte die Beine auf die Schreibtischkante. Er nahm sie aber schnell wieder herunter – nicht wegen seiner schmutzigen Schuhe mit den schiefgelaufenen Absätzen, sondern weil er nicht groß genug war, um auf diese Weise auf Bäumers Besucherstuhl bequem zu sitzen. »Für mich ist das 'n Spinner. Und zwar einer von der gefährlichen Sorte. Weißt du was? Ich hoffe, er ist weg. Weit weg. Ich glaube nämlich, der ist nicht von hier. Das läuft doch oft so. Die suchen sich ihre Opfer überall, und schwupps – sind sie verschwunden.«

»Du meinst, es ist ein Serientäter?«

Kaschorke zuckte die Schultern, eine Bewegung, die seinen kurzen, kräftigen Hals fast zum Verschwinden brachte. »Irgendwie so was, ja. So'n Perverser jedenfalls.«

»Möglich wäre aber auch«, murmelte Bäumer, »daß er nur wollte, daß wir genau das glauben.«

Man hörte, wie im angrenzenden Raum die Tür geöffnet wurde und wieder zuschlug, und kurz drauf wurde kurz an die Verbindungstür geklopft. Janßen trat ein. »Puh, ist das mit einmal kalt geworden.«

»Nimm dir Kaffee«, sagte Bäumer. »Hat der Nachbar was Brauchbares von sich gegeben?«

»Nee, danke, ich hol' mir gleich lieber noch 'n Tee aus dem Automaten.« Janßen baute seine magere, baumlange Gestalt vor Bäumers Schreibtisch auf und holte seinen Block aus der Innentasche des Jacketts. »Also. Greta ist um vier von der Arbeit gekommen. Jedenfalls ist das anzunehmen, es ist ihre übliche Zeit. Eine Dreiviertelstunde später ist sie wieder weggefahren, und zwar in Gegenrichtung.«

»Wie, in Gegenrichtung?« fragte Kaschorke ungeduldig. »Ist sie nun Richtung Wald oder Richtung Stadt gefahren?«

»Mensch, setz dich hin, Janßen«, warf Bäumer dazwischen. »Es macht mich nervös, wenn ich so weit hochgucken muß. Ich bin das nicht gewöhnt, weißt du.«

»Richtung Wald«, erwiderte Janßen und zog sich einen Stuhl heran, ohne den Blick von seinem Schreibblock abzuwenden. Bäumer hätte schwören können, daß unter dem Jackett Knochen klapperten, als er sich setzte. »Wieder zurück, sozusagen, denn das Kinderheim, in dem sie ja arbeitet und aus dem sie ja gekommen war, von der Arbeit ...« Kaschorke prustete heftig wie ein ungnädiger Kamelhengst. Janßen räusperte sich verlegen und fuhr fort: »... also, das liegt ja auch am Waldrand. Jedenfalls war sie allein, als sie losfuhr. Ich meine ... nach der Arbeit. Als sie zum Wald fuhr. Von ihrer Wohnung aus. Der Nachbar hat sie seitdem nicht mehr gesehen.«

»Nun wissen wir natürlich nicht«, bemerkte Bäumer, »wohin sie wirklich gefahren ist. Sie kann anderswohin abgebogen sein, sie kann jemanden abgeholt haben. Sie kann auch bloß zum Supermarkt gefahren und zurückgekommen sein, ohne daß der Nachbar sie gesehen hat.«

»Er hat von vier bis sechs seine Hecke geschnitten und den Vorgarten gemacht«, erklärte Janßen. »Er meint, wenn sie in der Zeit zurückgekommen wäre, hätte er das sehen müssen. Und ich würde mal sagen, er ist ein Mensch, der mit seinem Garten nur langsam vorankommt, weil er da draußen viel Zeit damit verbringt, mit anderen Leuten zu klönen. Ich glaub' nicht, daß Greta an ihm vorbei konnte, ohne bemerkt zu werden.«

»Mit der ersten Einschätzung zur Todeszeit, die Keulerz abgegeben hat, kommt das ganz gut überein«, überlegte Bäumer. »Er meint, sie sei so zwischen vier und acht gestorben. Genauer wollte er sich nicht festlegen.«

»Hast du auch gleich mit Erna Hinrichs gesprochen, der das Haus gehört?« fragte Kaschorke fordernd. Er hockte neben dem mageren jungen Riesen auf seinem Stuhl wie ein mißgelaunter Gnom.

»Nee«, sagte Janßen und warf ihm von oben herab einen wütenden Blick zu. »Da war immer noch alles dunkel. Geklingelt hab' ich, aber entweder hat sie einen festen Schlaf, oder sie ist nicht da.« Kaschorke gab ein mißbilligendes Grunzen von sich, als sei die Abwesenheit der Vermieterin die alleinige Schuld des neuen Kollegen. Er kaute an seinem Zigarettenstummel, sank noch tiefer in seinen Stuhl und schlug die Beine übereinander.

Bäumer hatte sein Baguette vertilgt und machte sich über die Reste vom Salat her. Dann warf er die Plastikschale in den Papierkorb und beugte sich mit der Lupe über die Tatortfotos. »Das wird ein harter Brocken, Jungs. Ein ganz schön harter Brocken.«

Inzwischen zeigte sich am Himmel ein schmaler Streifen Morgenrot, und die ersten Vögel begannen zu singen. Hannah saß immer noch mit Dorit in der Küche. Nachdem sie zusammen aus dem Wald gekommen waren, durchgefroren und übermüdet, hatte Dorit sich natürlich insgeheim vorgenommen, bei Hannah höflicherweise eine Tasse Kaffee mitzutrinken und dann schleunigst wieder zu gehen. Ihre beiden Kinder schliefen in dieser Nacht zwar bei Freunden, und Jörg hatte seinen Kegelabend, so daß es egal war, wann sie nach Hause kam. Aber sie hatte ihren Cousin Horst immer gern gemocht, und wie so viele Menschen in dieser kleinen Stadt konnte sie Hannah nicht verzeihen, daß sie ihn praktisch ruiniert hatte.

Aber dann hatte Hannah tatsächlich Spiegeleier gebraten, wie angekündigt, und es wäre unhöflich gewesen, sie damit stehenzulassen. Außerdem hatte sie Cognac in den Kaffee getan. Und danach die Flasche nicht wieder weggestellt. Dorit liebte Cognac, und ganz besonders mochte sie den, den Horst und seine Kollegen bei jeder passenden und unpassenden Gelegenheit von ihrem Vorgesetzten geschenkt bekamen. Die Flasche stand immer noch auf dem Tisch, zwischen fettigen Tellern mit verschmierten Resten von Eigelb und leeren Chipstüten. Sie war beinahe leer. Die Kaffeetassen waren halbvoll. Allerdings machten Hannah und Dorit sich schon seit Stunden nicht mehr die Mühe, Kaffee in den Cognac zu gießen, den sie daraus tranken.

»Ich hab' sie gehaßt«, sagte Dorit. Hannah blickte auf. Sie saß auf der Eckbank, mit den Füßen auf dem Tisch, und Horsts Cousine auf dem Stuhl gegenüber. Der mystische Schleier, der sich nach mehreren gutgefüllten Cognac-Tassen über Dorits Rehaugen gelegt hatte, war plötzlich zerrissen. Mit einer harten, häßlichen Bewegung drückte sie ihre Zigarette aus.

Dann starrte sie angeekelt auf ihre von der Asche schmutzigen Finger. Der Aschenbecher quoll über.

Hannah stand auf.

»Ich glaube, ich mach' uns noch eine Runde Spiegeleier«, sagte sie. »Und einen Pott Kaffee. Wird wohl Zeit, daß wir wieder nüchtern werden.«

Sie leerte den Aschenbecher und stellte ihn Dorit wieder hin, wischte die fettige Bratpfanne flüchtig mit Küchenpapier aus und holte die Eier aus dem Kühlschrank. »Hatte dein Mann ein Verhältnis mit Greta?«

»Ja«, erwiderte Dorit knapp. Sie strich sich ein paar Strähnen ihrer glänzenden, braunen Haare aus dem Gesicht, verschränkte die Arme über der Brust und lehnte sich betont lässig zurück. Die Geste stand ihr nicht, sie war zu zierlich dafür. Sie sah ungefähr so martialisch aus wie eine verirrte Elfe.

Hannah goß Öl in die Pfanne und stellte die Platte an. »Meiner auch.«

»Was?!« stieß Dorit hervor und drehte sich abrupt zu ihr um.

Hannah lachte. »Was hast du geglaubt? Daß du die einzige Gelackmeierte warst?«

»Ja«, antwortete Dorit verblüfft. »Hab' ich gedacht.« Und nach einer Weile: »Ich hab' wohl gemeint, wenn mein Jörg mich betrügt, dann müßte das was ganz Besonderes sein.«

»Nee.« Hannah schlug die Eier in die Pfanne. »War's nicht.«

»Na ja, so besonders fand ich sie sowieso nicht«, sagte Dorit bitter und lehnte sich wieder zurück. »Ich meine, Persönlichkeit kann nichts Geliehenes sein, oder? Und die hat sich doch für die Reinkarnation der göttlichen Garbo gehalten. Weite Hosen, Lippenstift und rote Nägel, tiefe Stimme und der ganze Quatsch. Weißt du, wie sie wirklich hieß? Margarethe.«

»Dacht' ich mir«, Hannah nickte. »Aber das mit den Hosen, war das nicht die Dietrich?«

Dorit zuckte mit den Schultern und zündete sich eine neue Zigarette am Stummel der vorherigen an. »Jedenfalls war das Mädchen bloß ein Abklatsch. Von wem auch immer.«

»Aber Persönlichkeit hatte sie bestimmt, und nicht nur geliehene. Die Männer waren verrückt nach ihr.«

»Auch andere?« fragte Dorit.

»Auch andere«, erwiderte Hannah.

»Woher weißt du das?« fragte Dorit und musterte Hannah mißtrauisch mit ihren großen, tiefbraunen Augen.

Hannah lächelte. »Tante Malwine«, erwiderte sie.

Dorit kicherte wie ein kleines Mädchen und sah trotz Ehemann und zwei schulpflichtigen Kindern in diesem Moment auch genauso aus. »Sag bloß, du kümmerst dich um das, was der alte Drache herumtratscht. Malwine ist das bösartigste Weib, das die Welt je gesehen hat. Mit der hat sich doch schon die ganze Familie überworfen.«

»Unsinn«, sagte Hannah und streute Salz über die Eier. »Malwine nimmt kein Blatt vor den Mund, aber sie ist absolut ehrlich. Und niemand hat sich mit ihr überworfen. Dafür nimmt man sie gar nicht ernst genug. Sie ist weiß Gott nicht kontaktarm, eher im Gegenteil. Und sie weiß eine ganze Menge über eine ganze Menge Leute.«

»Weil sie krankhaft neugierig ist«, behauptete Dorit böse und krauste mißbilligend ihre kleine Nase, auf der ein paar Sommersprossen saßen.

»Weil sie neugierig ist«, erwiderte Hannah stur. »Neugier ist eine Grundhaltung des gesunden menschlichen Intellekts. Krankhaft ist, wenn man sich ausschließlich um seinen eigenen Kram kümmert und nicht über den eigenen beschränkten Horizont hinaussehen will. Das ist asozial.«

Dorit schwieg. Wahrscheinlich erlebte sie es zum erstenmal, daß jemand Tante Malwine verteidigte. Erst als sie die

Eier gegessen hatten und bei der zweiten Tasse Kaffee saßen, machte sie den Mund wieder auf. »Vielleicht hast du recht. Ich komm' mir manchmal auch schon ziemlich asozial vor. Ich kann so viele Familienangehörige nicht leiden, daß ich so nach und nach ganz aufgehört habe, sie überhaupt noch zu sehen. Ich hab' mich so aus den Streitereien unter den Nachbarn rausgehalten, daß ich mit kaum jemandem mehr als ›Guten Tag‹ und ›Guten Weg‹ austausche.« Sie stützte einen Ellenbogen auf den Tisch, legte den Kopf in die Hand und malte mit ihrer qualmenden Zigarette nachdenklich Figuren in die Asche auf dem Boden des großen Aschenbechers vor ihr. »Früher hab' ich mich mit den Müttern getroffen, die ihre Kinder im selben Kindergarten hatten. Aber jetzt sind alle in der Schule, und da halt' ich mich ganz raus, weil das bei den Elternversammlungen immer so ein Hickhack gibt. Und ich arbeite jetzt halbtags in Mike Keulerz' Praxis, und nachmittags mach' ich die ganze Hausarbeit. Ich hab' gar keine Zeit mehr, mich mal mit 'ner Freundin zum Kaffeeklatsch zu treffen.« Ihre Augen wurden feucht, und sie wischte ungeduldig und verlegen mit dem Handrücken über die Augenwinkel. »Als ich merkte, daß Jörg mich betrügt, war keiner mehr da, dem ich's erzählen konnte.«

»Kennst du denn überhaupt keine anderen Frauen?« fragte Hannah verblüfft.

»Doch«, sagte Dorit und fummelte ein Taschentuch aus ihrer Hosentasche. Sie schneuzte sich und lächelte Hannah verschämt an. »Ganz so schlimm, wie ich es jetzt gemacht habe, ist es eigentlich nun auch wieder nicht. Ich spiel' öfter mal Karten mit Rosea vom Buchladen. Wenn Ulf und Annika beim Sport sind oder ich sie sonst irgendwo gut beschäftigen kann, besuche ich sie. Sie hat ein Hinterzimmer in dem Laden, ich glaub', da verbringt sie mehr Zeit als in ihrer Wohnung obendrüber. Aber Rosea ... na ja. Sie ist nett. Aber nicht verheiratet.«

»Ich weiß, was du meinst«, sagte Hannah.

Als Mike Keulerz zum Präsidium kam, war es draußen nicht viel heller geworden. Aus dicken, schwarzen Wolken, die wie eingefangen über den großen, alten Kastanien auf dem Platz vor dem großen Gebäude hingen, schnürte der Regen. Der Bäcker und der Milchmann gegenüber hatten inzwischen aufgemacht, und der Arzt kam wie immer mit einer Tüte belegter Brötchen. Autopsien waren harte, konzentrierte Arbeit, und wenn er fertig war, hatte er Hunger.

Er schnappte sich eine Tasse vom Bord über dem Waschbecken. Sie hatte schon eine ganze Weile da gestanden und war des öfteren benutzt worden, ohne richtig abgewaschen worden zu sein. Keulerz kam seinem beruflich bedingten Hygiene-Bedürfnis nach, indem er sie flüchtig unter den Wasserkran hielt, bevor er sich aus der Kaffeemaschine bediente. Dann ließ er sich in den alten Stuhl vor Bäumers Tisch fallen und begutachtete den Inhalt der Bäckertüte. Er griff mit seinen plumpen, kräftigen Fingern nach einem Brötchen mit Mett und Zwiebeln und biß hinein.

»Puh«, sagte er, und sein Nußknackerkiefer kaute energisch. »Das tut gut.«

»Und?« fragte Bäumer.

»Sie ist erdrosselt worden. Im übrigen hat sie keine Verletzungen. In dem Strangulationsmal hat sich deutlich eine Kragenecke ihrer Bluse abgezeichnet und an einer Seite auch ein Stück vom Pullover. Sieht aus, als sei der Blusenkragen zwischen ihren Hals und das Halstuch geraten, mit dem sie umgebracht wurde. Für mich ist klar, daß sie die Bluse noch anhatte, als sie starb. Ich gehe nicht davon aus, daß sie den Pullover auch angehabt hat. So wie der Abdruck des Ärmels liegt, vermute ich, daß sie sich den Pulli um den Rücken gelegt und die Ärmel vorn übereinandergeschlagen hatte. Für alles andere wäre es an dem Tag sowieso zu warm gewesen. Du hattest übrigens recht, sie hatte die Autohandschuhe im Wald anbehalten. Die hat der Täter ihr wohl auch hinterher erst ausgezogen. Unter den Fingernägeln ist jedenfalls nichts.«

»Typisch Greta«, brummte Bäumer. »Autohandschuhe bei dem Wetter.«

»Ja, typisch«, sagte Keulerz wütend und zerrte mit kräftigen Zähnen an seinem Brötchen wie ein Terrier an einer Ratte. Er wischte sich den Mund ab und leckte ein paar Krümel von seinen Fingern. »Es gibt keine Abwehrverletzungen bei ihr, und ich nehme auch nicht an, daß der Täter welche hat. Seine Attacke war wahrscheinlich so heftig, daß ihr keine Zeit blieb, sich zu wehren. Sie muß relativ schnell bewußtlos gewesen sein. Todeszeit etwa am späten Nachmittag. Vier bis acht mußt du im Auge behalten, aber ich tippe eher auf fünf bis sechs.«

»Keine Vergewaltigung?«

Keulerz schüttelte den Kopf. »Der Kerl hat ihr weder vorher noch hinterher irgendwas getan.«

»Er hat sie ausgezogen«, murmelte Bäumer.

»Mich beunruhigt das«, sagte Keulerz. »Und nicht zu knapp. Ich kann mir nicht helfen – diese ganze Geschichte sieht mir verdammt nach einem Serientäter aus. Oder einem, der noch einer werden will. Es wäre mir ganz lieb, wenn du irgendwie bekanntmachen könntest, daß es für Frauen nicht ratsam ist, allein im Wald spazierenzugehen.«

»Daran hab' ich auch schon gedacht«, gab Bäumer zu und runzelte die Stirn. »Ein Serientäter, der noch einer werden will. Möglich wär' das. Auf die Triebtäter, die uns bisher bekannt sind, paßt das Tatmuster hier jedenfalls überhaupt nicht.«

»So ein Täter, wie wir ihn hier vielleicht haben, bringt eine Frau um, weil er den Beischlaf entweder nicht ausführen kann oder nicht will«, meinte Keulerz. »Er braucht eine Ersatzhandlung. Natürlich kann es genausogut sein, daß er gestört worden ist. Vielleicht kam jemand, und er mußte schneller verschwinden, als ihm lieb war.«

»Und beim nächstenmal hat er vielleicht mehr Glück«, sagte Bäumer und verzog angewidert das Gesicht.

»Hat er irgendwelche Spuren hinterlassen?« fragte Keulerz hoffnungsvoll.

Der Kommissar schüttelte den Kopf. »Bisher haben wir überhaupt nichts. Im Moment tendiere ich dazu, anzunehmen, daß er da im Wald herumgestreift ist und ihm Greta zufällig in die Quere kam. Jedenfalls fehlt jeder Hinweis, daß es anders gewesen sein könnte. Nach dem, was wir bisher wissen, ist sie allein in den Wald gefahren.«

»Keine Spuren im Auto?« fragte Keulerz und schnappte sich ein zweites Brötchen.

»Bisher nichts«, sagte Bäumer. »Das wird schwierig. In dem Auto haben schon viele Leute auf dem Beifahrersitz gesessen. Diese Art Spuren helfen uns höchstens, wenn wir schon einen bestimmten Verdacht haben. Im Moment kann ich eigentlich nur hoffen, daß der Täter sich irgendwie verdächtig gemacht hat – ob nun vor oder nach der Tat. Ich meine, wenn es wirklich so ein Verrückter ist, dann ist er vielleicht jemandem aufgefallen, im Wald oder auch schon vorher. Vielleicht hat er Greta beobachtet, vielleicht hat er anderen Frauen nachspioniert, vielleicht hat er auch schon mal eine belästigt, oder vielleicht hat irgend jemand einen gesehen, der es verdächtig eilig hatte ...« Bäumer zuckte mit den Schultern.

»Jedenfalls meinst du auch, daß das nicht ein Mord aus Eifersucht war oder so was?« fragte Keulerz besorgt.

Bäumer warf ihm einen Blick zu. Er fragte sich, ob sein alter Freund seinetwegen so nervös war. Der Kommissar kratzte sich am Kopf und stand auf. »Ich weiß nicht, Mike. Natürlich besteht die Möglichkeit, daß da jemand ganz ungeschickt versucht hat, einen Triebtäter vorzutäuschen. Glaub ja nicht, daß ich diese Möglichkeit einfach ausschließe. Obwohl ...«

»Dazu gehört unerhört viel Kaltblütigkeit«, gab Keulerz zu bedenken. Er kramte seine Pfeife aus der Tasche seines schäbigen, alten Tweedjacketts und begann sie zu stopfen. »Ich kann mir einen Mörder vorstellen, der in Aufwallung von Wut, Eifersucht, Enttäuschung oder sonstwas einer Frau den Hals umdreht. Aber in meiner Vorstellung ist der hinterher total entsetzt. Er wird vielleicht versuchen, die Frau zu verscharren, denke ich. Oder gleich wegrennen. Aber sie ausziehen und liegenlassen, damit man glaubt, es sei ein Sexualverbrechen ...«

»Ich glaube eher, daß es so ein Sexfreak war, und daß er

gestört worden ist«, meinte Bäumer. »Werktags sind zwar auch bei schönem Wetter nicht viel Spaziergänger im Wald, aber mit Joggern muß man immer rechnen.« Bäumer sah aus dem Fenster und trat erschrocken einen Schritt zurück, als ein Schwall Regentropfen gegen die Scheibe prasselte. »Meine Güte, was für ein Schietwetter. Na ja – was die Jungs bis jetzt nicht am Tatort an Spuren gesammelt haben, das fällt jetzt dem Regen zum Opfer.«

Er nahm die Kaffeekanne vom Fensterbrett und goß beide Tassen bis zum Rand voll. Dann setzte er sich wieder hin und nahm sich auch noch ein Brötchen. »Hannah ist da was Komisches aufgefallen.«

Keulerz gab sich heroische Mühe, nicht das Gesicht zu verziehen. Er schwieg und wartete ab, während er dicke, kleine Wolken Pfeifenrauch über Bäumers Schreibtisch paffte.

»Greta hat ja immer ausgesehen wie aus dem Ei gepellt«, sagte Bäumer. »Ich meine, was sie anhatte, war nicht mein Fall, aber es stand ihr. Und es war ziemlich außergewöhnliches Zeug.«

»Ich hab' schon oft gedacht, sie trägt verdammt feines Tuch für eine kleine Angestellte im öffentlichen Dienst«, bemerkte Keulerz.

Bäumer hob den Zeigefinger: »Eben! Hannah hat wörtlich zu mir gesagt: ›Horst, das Mädchen hat ein Vermögen auf dem Leib getragen.‹ Ich hab' mir ihren Kleiderschrank angesehen, Mike. Die meisten Sachen tragen Designer-Etiketten, Aber vom Feinsten, sag' ich dir! So was hat sich meine Frau nicht mal in ihrer übelsten Phase geleistet.«

Keulerz sah aus, als müßte er mühsam eine Bemerkung zu den üblen Phasen von Bäumers Ehefrau unterdrücken. Letztlich sagte er aber nur: »Na ja, Horst, so wie wir Greta kennen, können wir ja wohl annehmen, daß sie dem einen oder anderen Herrn ein paar Mark aus den Rippen geleiert hat. Die hatte doch bestimmt irgendeinen Sugardaddy, der ihr was zum Anziehen gekauft hat, wenn sie ihn mit der Nase drauf gestupst hat.«

»Mochtest du sie nicht?« fragte Bäumer verdutzt.

Keulerz paffte nachdenklich an seiner Pfeife und blies eine wohlriechende Wolke Richtung Zimmerdecke. »Och, das will ich nicht sagen ... Ich fand eigentlich, daß bei der Deern alles am richtigen Fleck saß. Nicht nur körperlich, meine ich, auch das Herz – also, du weißt schon, was ich meine.« Er kratzte sich verlegen am Kopf. »Doch, ich mochte sie. Sie hatte Grips. Als Moralapostel will ich mich hier gar nicht aufspielen. Für meinen Geschmack hatte sie ein paar Liebhaber zuviel, aber das war ja schließlich ihr Bier.«

»Kanntest du sie gut?« fragte Bäumer.

Der Arzt verzog seinen breiten Mund zu einem gequälten Grinsen. »He, mausert sich das hier zum Verhör?«

Bäumer zuckte mit den Schultern.

»Na ja, nicht gut«, erklärte Keulerz schließlich brummig. »Sie fiel halt auf, und meine Patientin war sie natürlich auch. Und als sie dann vor einem Jahr anfing, im Kinderheim zu arbeiten, hatte ich öfter mit ihr zu tun, weil ich die Kinder da ja auch betreue.« Er stockte und räusperte sich. Bäumer sah zur Seite. Er dachte an den kleinen Alexander, das Baby der Heimleiterin, und Mike Keulerz dachte mit Sicherheit auch an ihn. Sein Sohn. »Na ja, und Gretas Lebenswandel ist ja wohl überall bekannt. Wenn ich mich recht entsinne, mein Freund, ist er dir doch besonders gut bekannt ...«

»Schon gut, schon gut«, winkte Bäumer ab. »Ja, ja. Mensch, schnack da bloß nicht von. Ich bin schon froh, daß die Kollegen das noch nicht erwähnt haben.«

»Kein Mensch wird das erwähnen«, beruhigte Keulerz ihn. »Denn wer im Glashaus sitzt, schmeißt nicht mit Steinen. Wirst du jetzt denn die ganze Stadt in Aufruhr bringen und alle Liebhaber von Greta verhören?«

»Ich werde mein Bestes geben, um das zu tun, ohne die Stadt in Aufruhr zu bringen«, versicherte Bäumer. »Aber das wird nicht leicht. Übrigens sind das ja alles bloß Gerüchte, da mußt du auch dran denken. Wie steht's mit dir, kennst du jemanden, der wirklich mit ihr geschlafen hat? Außer mir, natürlich.«

Keulerz schüttelte den Kopf. »Eigentlich nicht. Du hast

recht, man sollte da wirklich nicht allzuviel drauf geben. Sag mal, ist das deine Perle, die ich da höre? Wenn ja, wüßt' ich gern, ob sie noch was von diesem Kamelkäse hat.« Bäumer horchte und hörte tatsächlich Frau Wiegand nebenan rumoren.

»Wiegande!« brüllte Bäumer.

Es dauerte einen Moment, aber dann ging die Verbindungstür auf. Frau Wiegand, die Sekretärin, steckte ihr graues Haupt mit der betonähnlichen Dauerwelle ins Zimmer. Wie immer trug sie ihre saubere, geometrische Kegelform aus Korsettstangen und Stützstrümpfen unter einem wallenden Gewand und einem Dutzend Halsketten verborgen. »Morgen.« Sie nickte Keulerz zu und schaute Bäumer abwartend an.

»Ihr Kamelkäse, Wiegande«, sagte Bäumer. »Der alte Quacksalber hier will welchen kaufen. Wahrscheinlich rührt er ihn mit Froschlaich und Fledermauszehen zu einem Brei und kuriert damit Rheuma und Keuchhusten.«

Frau Wiegand musterte den Arzt, ohne eine Miene zu verziehen. »Kann der sich so teuren Käse leisten?«

»Klar kann er«, behauptete Bäumer. »Solange er seine Sprechstundenhilfen bei Brot und Wasser hält, ist seine Verdienstspanne gar nicht mal klein. Die Kinder meiner armen Cousine Dorit laufen jeden Tag barfuß zur Schule, um das einzige Paar Schuhe zu schonen, das sie haben.«

»Halt dich da raus, Bulle«, verlangte Keulerz energisch. »Du wärst doch froh, wenn du so viel verdienen würdest wie deine Cousine. Krieg ich nun Käse, oder ist keiner mehr da, Wiegande?«

»Nee«, antwortete die Wiegand. »Und der Milchmann ist noch nicht da. Sie sollten eigentlich auch nicht hier sein. Ich denke, Sie haben eine Arztpraxis.«

»Mein Gott, Wiegande«, sagte Keulerz schockiert. »Ich bin gerade erst gekommen. Ich mußte die ganze Nacht an einem Mordfall rumschnippeln, und ich glaube doch, ich hab' mir mein Frühstück verdient. Natürlich geh' ich nachher in die Praxis, aber es ist doch noch nicht mal acht. Wir machen um neun erst auf.«

»Und um zwölf zu, ich weiß. Damit Sie nachmittags nicht zu müde zum Tennisspielen sind.« Frau Wiegand klappte die Tür zu.

»Sie kann mich nicht leiden«, sagte Keulerz.

»Wer kann dich schon leiden«, grinste Bäumer.

»Danke, alter Freund«, seufzte Keulerz. »Den Autopsie-Bericht habe ich diktiert. Wenn er fertig ist, wird angerufen, dann kannst du ihn abholen lassen.« Er stand auf und klopfte seine Pfeife energisch über Bäumers Papierkorb aus. »Ich denke, ich verschwinde jetzt wirklich. Vielleicht kann ich mich noch ein Stündchen aufs Ohr legen, ehe der Wartezimmer-Moloch mein Sprechzimmer stürmt.«

»Und halt die Ohren offen, Mike«, erinnerte Bäumer. »Sprich mit den Leuten. Vielleicht erfährst du etwas, was sie uns nie sagen würden.«

»Das hab' ich nicht gehört, mein Alter. ›Ärztliche Schweigepflicht‹ ist für mich nicht nur ein Wort.«

Bäumer zuckte resigniert mit den Schultern. Keulerz warf einen kritischen Blick aus dem Fenster und murmelte etwas nicht Stubenreines, weil es draußen in Strömen regnete. Er knöpfte sein Jackett zu, nahm sich noch ein Brötchen vom Teller und winkte damit, ehe er die Tür hinter sich schloß.

Der Kommissar sprang auf und rannte hinter ihm her. »He, Mike!« rief er über den Flur,

Keulerz drehte sich kauend um. »Was is noch?«

»Hat sie gegessen?«

»Zwischen vier und fünf, würde ich sagen, und nicht viel. Brot und Käse. Sieht nicht aus, als wäre sie mit jemandem essen gegangen, wenn du das meinst. Das wird sie wohl zu Hause gefuttert haben, ehe sie in den Wald fuhr.«

»Okay. Bis dann!« Bäumer winkte ihm zu und ging in sein Zimmer zurück. Er öffnete die Verbindungstür. »Wiegande, ist Janßen noch nicht wieder zurück?«

»Zurück von wo?«

»Ich hatte ihn zu Erna Hinrichs geschickt, wegen Greta Leiboldt. Die ist gestern im Wald erdrosselt worden. Die Suchmannschaften, die wegen des vermißten kleinen Jungen unterwegs waren, haben ihre Leiche gefunden.«

»Er ist noch nicht zurück«, sagte Frau Wiegand. Ihr Tonfall ließ nicht erkennen, ob sie von einem der beiden Fälle vorher schon mal gehört hatte. Sie war immer so. Bäumer irritierte das nicht weiter.

Wahrscheinlich wußte sie alles. Bestimmt kannte sie Greta Leiboldt. Möglicherweise kannte sie sogar schon den Mörder. In dieser Stadt verbreiteten sich Neuigkeiten wie im Mittelalter die Beulenpest.

»Haben Sie Greta gekannt?« fragte Bäumer.

Die Wiegand nickte. »Das Mädchen ist mit meiner Tochter zur Schule gegangen. Die beiden waren immer ganz gut befreundet.«

»Dann betrachten Sie sich als Zeugin«, ordnete der Kommissar an. »Lassen Sie sich verhören und tippen Sie's gleich selbst mit. Und rufen Sie Ihre Tochter an. Bitten Sie Julia am besten, hier gleich mal vorbeizukommen, oder fragen Sie sie, ob wir lieber jemanden zu ihr schicken sollen. Wir brauchen ihre Aussage. Waren Sie beim Friseur, Wiegande? Ich hab' seit gestern nachmittag niemanden mehr gesehen, der so ausgeruht und gepflegt aussieht.«

»Das Kompliment kann ich leider nicht zurückgeben. Legen Sie sich eine Stunde hin«, sagte Frau Wiegand. »Sie sehen verheerend aus. Wenn was ist, wecke ich Sie.«

Bäumer überlegte. Eigentlich war das keine schlechte Idee. Eine oder zwei Stunden Schlaf konnte er sich vielleicht wirklich gönnen, ehe es weiterging. Kurzentschlossen zog er sein Jackett aus. »Okay. Ich schließe vorn ab.«

Er stieß die Verbindungstür zu, drehte in der Tür zum Flur den Schlüssel um und holte das Feldbett aus dem Schrank. Er zog die Vorhänge zu und klappte das Bett neben dem Schreibtisch aus.

Als er sich die Wolldecke über die Ohren zog, hatte er gerade noch Zeit, zu denken, daß ihm diese provisorische Schlafstätte eigentlich viel zu hart war. Dann war er eingeschlafen.

Sein junger Assistent Janßen hatte inzwischen mit Erna Hinrichs seine liebe Not. Sie hatte Greta die obere Wohnung in ihrem Haus vermietet. Aber ob Greta dort Männerbesuch empfangen hatte, darüber wollte sie nichts sagen.

»Und wenn?« Erna Hinrichs stand mit beiden stämmigen Beinen säulenfest in ihrer Haustür, ohne auch nur einen Zentimeter zurückzuweichen. Sie war keine kleine Frau und wesentlich kompakter als Janßens turmhohe, aber klapperdürre Gestalt. Sie war weit über sechzig und hatte absolut keine Geduld mit jungen Männern, die sich Dinge anmaßten, die ihnen ihrer Ansicht nach nicht zustanden. Unerschrocken starrte sie ihm in seine wäßrigblauen Augen. »Und wenn sie zehn Männer gehabt hätte, an jedem Finger einen, und die noch jeden Monat gewechselt – was wär' denn dann? Wär' sie dann selbst schuld, daß irgend so'n Perverser sie im Wald erwürgt hat? Werden wir Fraunslüüt in Zukunft alle mit'm eigenen Halstuch erdrosselt, wenn wir mit mehr als einem ins Bett steigen? Is das schon wieder soweit? Und was is mit euch Männer? Ich kenn da einen, wir woll'n ja keine Namen nennen, der hat sich in siebzehn Jahren durch vierzig Betten geschlafen, vier Kinder verlassen und zwei Frauen – wann erdrosselt ihr den? Sagt man Bescheid, wenn das soweit is. Ich helf' denn mit.«

Janßen hüstelte verlegen. Um so verlegener, als es sich bei dem Nichtgenannten um ein Mitglied seiner an sich sehr angesehenen Familie handelte. »Es ist doch bloß, Erna, weil: Kann doch sein, daß Greta ihn gekannt hat.«

»Wen?« sprach Erna Hinrichs mit ihrer vollen, tragenden Stimme, die auch quer über die Straße noch gut zu verstehen war. »Den Herrn Verwandten von dir? Das glaub man nich. Das is keine gewesen, die auf so was reinfällt.«

»Nee, Erna«, sagte Janßen, der inzwischen um Hals und Wangen herum einen leuchtenden rosa Farbton angenommen hatte. Nervös strich er sich über die Haare, die trotz seines jugendlichen Alters über der hohen Stirn bereits deutlich zurückwichen. »Den Täter natürlich.«

»Ach Gott, ja«, schallte Erna. Die Flügel ihrer fleischigen Nase bebten vor Empörung. Wütend verschränkte sie die

Arme vor ihrer umfangreichen Brust. »Da hat 'ne flotte Deern wie uns' Greta grad Spaß dran, an'n perversen Schlappschwanz, der anners nix inne Hosen hat als die Nummer mit'n Halstuch. Das glaubst du doch wohl selbst nich. Sollst mal lieber nach die gucken, die gern gewollt hätten und für die se sich zu schade war. Mußte ja weiß Gott nich weit für laufen.«

Janßen wurde schlagartig krebsrot, was sich fürchterlich mit dem gelblichen Farbton seiner Haare biß. Trotzdem sagte er beschwichtigend: »Mensch, Erna, ich frag' dich in meiner Eigenschaft als Polizist, ob du die Namen der Männer kennst, die Greta besucht haben. Kannst du da nicht einmal eben vernünftig drauf antworten?«

Erna Hinrichs muskelbepackte Walkürengestalt schien, soweit das überhaupt möglich war, vor Wut zu wachsen und um ein Haar Jammer-Janßens imposante Höhe zu erreichen, wenn auch nur mit Hilfe der ziemlich hohen Türschwelle, auf der sie stand. Ihr Stiernacken blähte sich wie der Hals einer Kobra, und aus ihrem stahlgrauen, strengen Knoten löste sich eine große Haarnadel und fiel mit einem verschämten »Ping« auf die Fliesen im Hausflur. »Ich weiß da nix von, weil mich das nix angeht. Und du wirst das wohl auch nich gewahr werden, weil dich das nämlich auch nix angeht. Und was deine Eigenschaften als Polizist angeht, da wolln wir mal lieber gar nich erst von schnacken. Da is das nämlich nich weit mit her.«

Janßen entschloß sich, die Befragung vorerst abzubrechen. Erna hatte offensichtlich nichts dagegen. Sie hatte so schnell die Tür zu, daß sie Janßen fast die Nase einklemmte. Frustriert wandte er sich ab und schlich gebeugt die hundert Meter zum Präsidium zurück. Er lief mit schlenkernden Armen die Freitreppe hoch und stolperte im Flur in ein Rudel Verkehrspolizisten. »Oh, Jammer-Janßen im Einsatz«, sagte einer und klopfte ihm auf die Schulter. »Na, dem Mörder dicht auf den Fersen?«

Janßen murmelte etwas Unschönes, und die ganze Bande lachte. Dann gingen sie aber Gott sei Dank nach draußen zu ihren Streifenwagen. Er konnte es nicht leiden, wenn sie ihn

Jammer-Janßen nannten. Die Kollegen von der Kripo hatten das natürlich auch gleich rausgehabt. Er hatte seinen Spitznamen weg, weil er vor lauter Mitleid mit reuigen Verkehrssündern das heulende Elend kriegen konnte.

Früher hatte er mit Tränen in den Augen Strafzettel zerrissen, wenn ihm jemand eine rührselige Geschichte darüber auftischte, warum er es denn so eilig gehabt hatte, daß er das Stoppschild überfahren mußte – mit 1,5 Promille Alkohol im Blut.

Der junge Beamte warf einen Blick auf den Automaten in der Halle und stellte fest, daß er zu hungrig war, um einfach daran vorbeizugehen. Er steckte ein paar Münzen hinein und zog ein belegtes Brötchen. Wahrscheinlich würde man ihm oben keine Ruhe lassen, es zu essen. Er wickelte es gleich aus und verzehrte es noch auf der Treppe. Als er die Tür zu Bäumers Vorzimmer öffnete, wo vorn die alte Wiegand den Zugang zu Horst Bäumers Amtszimmer wie ein Zerberus bewachte und er hinten am Fenster seinen Arbeitsplatz hatte, stopfte er sich hastig den letzten Bissen in den Mund. »Morgen, Frau Wiegand«, sagte er undeutlich.

»Der Chef schläft«, informierte Frau Wiegand ihn. »Ist was Besonderes?« Janßen schüttelte stumm den Kopf. »Dann machen Sie Ihren Bericht und gehen Sie nach Hause«, sagte Frau Wiegand. »Ihr Dienst ist seit Stunden zu Ende.«

»Aber ...« protestierte Janßen und hielt hastig die Hand vor den Mund, weil sich die Brötchenreste selbständig machen wollten.

»Schluß jetzt«, sagte Frau Wiegand. Janßen klappte den Mund wieder zu und faltete sich in seinen Bürostuhl. Er zog die Schreibmaschine heran und hatte Mühe, seine knochigen Knie unter dem kleinen Tischchen zu verstauen. Seufzend wühlte er seinen Block aus dem Jackett. Tatsächlich war das Berichteschreiben etwas, was er eigentlich immer schon ganz gut gekonnt hatte. Aber eine Aussage wie Ernas in Worte zu kleiden, die man weitergeben konnte, war nicht so einfach.

»Kaschorke«, kommandierte Frau Wiegand ins Telefon,

»ich muß in der Mordsache Leiboldt verhört werden. Anordnung vom Chef.«

»Aber das kann ich doch machen!« fuhr Janßen auf.

»Sie schreiben Ihren Bericht und gehen nach Hause«, befahl Frau Wiegand ungerührt. »Ja«, sagte sie ins Telefon, »kann sofort sein. Wär' mir am liebsten.«

Janßen seufzte. Er hoffte, daß Kaschorke nicht selbst kommen würde. Wenn es einen Kollegen gab, der ihn überhaupt nicht leiden konnte, war es dieser Kerl. Und der nahm auch kein Blatt vor den Mund. Die anderen lachten vielleicht manchmal über Janßen, aber sie meinten es nicht böse. Kaschorke schon. Der hielt ihn für völlig unfähig und wurde nicht müde, es ihm auch deutlich zu sagen. Und das durchaus auch in Gegenwart anderer. Janßen wußte, daß er sich dagegen eigentlich wehren sollte. Aber er wußte nicht recht, wie. Er wollte doch überhaupt keinen Ärger.

Es wurde an die Tür geklopft, und Gott sei Dank war es nur Focko Martens. Der war zwar mit Kaschorke dick befreundet, aber er war in Janßens Alter. Die beiden hatten als Schulkinder zusammen gepaukt. Focko war ganz in Ordnung, wenn man über seine gelegentlichen Macho-Allüren hinwegsehen konnte, und das konnte Janßen problemlos. Der junge Mann war groß und athletisch gebaut, ein leidenschaftlicher Karatekämpfer mit makellos aufrechter Haltung, unkompliziertem Charme und völlig unauffälliger Kleidung. »Na, dann mal los, Zeugin Wiegand«, sagte er forsch und ließ sich am Schreibtisch gegenüber von Janßen häuslich nieder. »In welchem Verhältnis standen Sie zu der Ermordeten?«

Janßen hörte nicht zu. Er begann so langsam seine Müdigkeit richtig zu spüren. Er hatte wirklich die ganze Nacht lang gearbeitet – und den ganzen vorherigen Tag, seit man sie zu dieser Messerstecherei hinausgeschickt hatte in irgendeiner abgelegenen Dorfkneipe. Die Kripo Geverensand war nicht nur für die Stadt, sondern für ein ziemlich großes Gebiet zuständig. Es umfaßte etliche Dörfer und auch zwei weitere Städte, die so klein waren, daß sie über keine eigene Kriminalpolizei verfügten. Janßen wußte, daß Bäumer seit

Jahren darum kämpfte, seinen Stamm von drei Mitarbeitern um mindestens zwei Leute zu erweitern, aber seine Anträge wurden regelmäßig abschlägig beschieden. Die Kollegen von der Schutzpolizei munkelten, er hätte vielleicht mehr Erfolg damit, wenn seine Truppe weniger effektiv wäre. Ihre Aufklärungsquote lag über dem landesweiten Durchschnitt. Warum sollte der Polizeipräsident ein Team aufstocken wollen, das augenscheinlich so, wie es war, bestens funktionierte? Was kümmerten den schon die Überstunden, die dafür nötig waren. Jeder Polizist schob heutzutage Überstunden.

Janßen gähnte. Wahrscheinlich sollte er froh und dankbar sein, daß man ihn endlich nach Hause schickte. Er war außerdem um jede Minute froh und dankbar, die er nicht mit Frau Wiegand in einem Raum verbringen mußte. Die Dame hatte ihm gute dreißig Jahre in dieser Abteilung voraus und ließ ihn das auf ihre vornehme Weise mindestens genauso spüren wie Kaschorke.

Und dann noch eine Zeugin wie Erna Hinrichs. Janßen seufzte tief. Wenn der heutige Tag – oder die Nacht – einen repräsentativen Querschnitt durch das gegeben hatten, was ihm in dieser Abteilung bevorstand, dann ... Janßen zuckte die mageren Schultern. Mancher war gern Polizist, mancher arrangierte sich nur. Sein Vater war mit Leib und Seele Polizist gewesen. Er hatte dafür gesorgt, daß ein anderer Beruf für seinen Sohn gar nicht erst in Betracht gezogen wurde. Und Janßen mußte zugeben, daß er immer noch nichts anderes in Betracht zog, auch nach dieser Nacht nicht. Er war ehrgeizig. Mochte Kaschorke doch denken, was er wollte. Janßen wußte, daß er bei Horst Bäumer eine faire Chance hatte.

»Sie war ein höfliches und intelligentes Mädchen, soweit ich sie gekannt habe«, sagte Frau Wiegand gerade, und ihre kräftigen Finger mit den rosa getönten Nägeln sprachen mit, indem sie ihre eigene Aussage in schönstes Beamtendeutsch übersetzt in die Schreibmaschine tippte.

Janßen legte ihr seinen Bericht auf den Tisch. »Erna Hinrichs für den Chef.«

Die Wiegand nickte. »Gute Nacht, Herr Janßen.«

»Gute Nacht«, sagte Janßen und grinste verlegen, was sein Gesicht noch schafsähnlicher aussehen ließ. Dann ging er hinaus, nun doch ziemlich erleichtert, daß er nach Hause durfte. Sein Schädel brummte wie ein Bienenschwarm. Es war zwar keineswegs Nacht, sondern noch immer früher Morgen, aber er würde sich sofort ins Bett legen und endlich ein paar Runden schlafen.

»Ich weiß von meiner Tochter Julia, daß Greta in der Liebe offenbar kein Glück hatte«, berichtete die Wiegand. »Sie hatte immer neue Freunde, und keiner schien letztlich der Richtige zu sein. Ich weiß aber nicht, wie weit ihre Männerbekanntschaften oder Freundschaften gingen. – Natürlich kenne ich die Gerüchte über Gretas Lebenswandel«, fügte sie sozusagen in Klammern für Focko Martens hinzu, »aber wenn man's genau bedenkt, sind das Gerüchte und weiter gar nichts. Ich nehme an, Julia kann zu dem Thema mehr sagen als ich.«

»Na ja, wir reden nachher mal mit Ihrer Tochter«, sagte Martens gutmütig. »Wenn sie so gut befreundet waren, dann weiß sie doch bestimmt, ob Greta in letzter Zeit mal belästigt worden ist oder sonstwie Ärger mit einem Typ hatte.«

Er stand auf, und Frau Wiegand zog ihr Blatt aus der Maschine, unterschrieb und plazierte es mit präzisem Schwung in einem Aktendeckel. Sie beschriftete ihn und gab ihn Martens in die Hand.

Er legte die Hand an eine imaginäre Mütze und schlug zackig die Hacken zusammen. Mit seinen breiten Schultern, dem scharfgeschnittenen Gesicht, den kühlen grauen Augen und dem Bürstenhaarschnitt war er ein Typ, der tatsächlich nach militärischer Disziplin aussah und wie geschaffen schien für eine Uniform. In den unspektakulären, farblosen Bürokombinationen, die er meistens trug, wirkte er immer ein bißchen verkleidet.

»Vergessen Sie nicht, die Tür zu schließen, wenn Sie rausgehen«, sagte Frau Wiegand unbeeindruckt. »Aber leise, wenn ich bitten darf. Der Chef schläft.«

Martens verbeugte sich und ging hinaus, Frau Wiegand erhob sich mit der ihr eigenen Eleganz auf ihre kurzen, stämmigen Beine und überprüfte in dem Spiegel am Waschbecken in der Ecke den Sitz ihrer Frisur. Dann spreizte sie die Hände, um den Zustand ihrer Fingernägel zu begutachten. Der war nur gerade noch zufriedenstellend, und das war nicht genug. Sie zupfte ihre Ketten und die klappernden Armreifen zurecht und warf einen Blick auf die Uhr. Der Chef würde sicherlich noch eine gute Stunde schlafen. Sie schickte sich gerade an, ihr Maniküre-Etui aus der Schublade zu holen, als es vernehmlich klopfte und die Tür geräuschvoll aufflog. Frau Wiegand richtete sich zu ihrer ganzen imposanten Größe von ein Meter sechzig auf und wandte sich dem Ankömmling mit inquisitorischer Miene zu.

Dann hob sie energisch eine Hand und schnitt damit das Begrüßungswort rigoros ab. »Julia, keine Szene bitte, ich hab' es dir gesagt – nicht hier, hab' ich gesagt. Mach das zu Hause.«

»Mutter, ich habe überhaupt noch keinen Ton gesagt!«

»Ein Blick auf dein Gesicht hat mir gereicht. Mach die Tür zu, aber leise. Der Chef schläft. Und dann setzt du dich da hinten an den Tisch. Hast du gefrühstückt?«

»Gefrühstückt!« schnaubte Julia. »Du hast ein Gemüt!«

»Gott sei Dank!« sagte die Wiegand prägnant. »Gott sei Dank habe ich ein Gemüt, und zwar ein vollkommen anderes als du. Jetzt setz dich hin.« Julia ließ sich tatsächlich gehorsam am Besuchertisch nieder und stellte ihre große, sackähnliche Tasche ab. Althäa Wiegand sah ihr zu und schüttelte den Kopf. Die Bewegungen ihrer Tochter erinnerten sie immer an den schwerfälligen Kaltblüter, den ihr Vater früher vor den Milchwagen gespannt hatte. Bloß daß Julia nicht mit so einen dicken Bauch aufwarten konnte. Sie war zwar schwerknochig, aber dünn.

Und immer nur in Jeans. Und die Haare wieder nicht gewaschen. Die Wiegande seufzte schwer. Sie fragte sich häufig, wie es kam, daß die Aufmachung ihrer Tochter trotz aller guter Erziehung völlig jener Perfektion entbehrte, die der Mutter so nahezu organisch entwuchs.

»Also, jetzt bleib mal eben hier, ich gehe Wasser holen, und dann wird ein Tee aufgesetzt. Der Milchmann müßte schon im Haus sein, und dann wird gefrühstückt. – Keine Widerrede!« Sie hatte wieder die Hand erhoben. Dann nahm sie den Wassertopf und entschwand.

Julia seufzte und legte die Arme auf den Tisch und den Kopf darauf. Sie klappte die Augen zu. Jedesmal, bevor sie die Augen schloß, fürchtete sie, Greta sehen zu müssen, wie sie tot dort im Wald gelegen hatte. Aber das Bild kam nie. Und das beunruhigte sie. Es quälte sie, wie ein kaputter Zahn einen quält, wenn er noch nicht richtig weh tut. Wenn es sich anfühlt, als könne er jeden Moment ausbrechen wie ein Vulkan.

Sie sehnte das Ende dieses Zustands genauso herbei, wie sie Angst davor hatte.

Schreckliche Angst.

Sie fuhr auf, als ihre Mutter zurückkam mit ihrem typischen, eleganten und doch festen Schritt, das Gewand hinter ihr herflatternd wie eine Fahne, den Wassertopf vor der Brust erhoben wie ein Zepter. Sie hielt dem Milchmann die Tür auf. »Ich schätze mal, daß wir mit sechs Brötchen hinkommen, Janßen ist schon weg, und der Chef hat morgens mit Keulerz gefrühstückt. Aber lassen Sie mir zwei Liter Milch hier, ich habe das Gefühl, wir werden sie brauchen. Haben Sie an den Käse gedacht?«

»Ich hätte nicht gewagt, gnä Frau, das zu vergessen!« erwiderte der Milchmann und setzte den alten Bauchladen, aus dem er seine Waren verteilte, mit Schwung auf den Besuchertisch. »Na, Frollein Julia, wie isses – na, lassen Sie mal, das war nicht so gemeint, ich weiß ja, dasses 'ne Freundin von ihnen gewesen ist. War ein feines Mädchen. Hat sie nich verdient, so'n Ende. Tut mir bitter leid um die Deern.«

Althäa Wiegand hatte ihr ganzes Leben in Geverensand zugebracht. Eine Frage wie ›Woher wissen Sie denn davon‹ wäre ihr daher nie in den Sinn gekommen. »Jaaa, das Stück hat genau die richtige Größe«, sagte sie und nahm sich den Kamelkäse vom Tablett. »Da sind die Jungs ganz verrückt nach. Was bekommen Sie?«

»Mit den Brötchen von gestern . . .«, Tapken zückte seinen Block und zog den Bleistiftstummel hervor, den er unter seiner speckigen Prinz-Heinrich-Mütze hinter dem Ohr trug, ». . .macht das jetzt neunzehnfuffzich.«

»Na hoppla«, sagte Frau Wiegand. »Da haben Sie aber klammheimlich mal wieder die Preise erhöht, mein Lieber. Na ja, wird ja alles teurer. Morgen bringen Sie den Käse mal nicht mit, da müssen wir erstmal sehen, ob was überbleibt. Ich sag' dann Bescheid.« Sie nahm das Geld aus einer Schatulle im Schrank und zählte es Kurt Tapken in die Hand. Er steckte es ein, wuchtete seinen Bauchladen wieder hoch und legte grüßend die Hand an die Mütze. »Gnä Frau . . . Frollein Julia . . .«

»Tschüß, Tapken«, sagte die Wiegand und schloß die Tür hinter ihm. »Julia, nimm die Arme vom Tisch und setz dich anständig hin. Wie sieht das denn aus.« Sie öffnete einen Schrank und begann mit sparsamen, effektiven Bewegungen den Tisch zu decken. Der elektrische Wasserkessel zischte, und sie drehte ihn ab und setzte den Tee an. »Du gehst mir jedenfalls nicht nach nebenan zur Befragung, bevor du was im Magen hast.«

»Was ist denn das?« fragte Julia und tippte mit einem nicht ganz sauberen und weit heruntergekauten Fingernagel auf das Käsestück.

»Kamelkäse«, erklärte ihre Mutter. »Ganz was Leckeres.«

»So'n Quatsch«, murrte Julia. »Als ob's hier Kamele gäbe.«

»Ach, Kindchen«, sagte Althäa Wiegand seufzend, »allein in diesem Haus gibt's so viele Kamele, da könnte man täglich ein paar Pfund Käse von ernten. Kämm dir mal das Haar.«

Julia stand gehorsam auf, kramte in ihrer Tasche und stellte sich vor den Spiegel. Sie starrte hinein und vergaß das Kämmen. »Wieso wollen die mit mir reden?« fragte sie und runzelte die Stirn. »Ich weiß doch überhaupt nichts.«

Frau Wiegand nahm ihr den Kamm aus der Hand und kämmte ihr rasch und geübt die fettigen, brünetten Strähnen. »Kind, Kind, wenn ich dich bloß mal zum Friseur kriegen könnte.« Dann nahm sie die junge Frau bei den Schultern und drückte sie wieder auf das Besuchersofa. »So. Hier ist dein Tee.« Sie zückte ein Messer und schnitt ein Brötchen auf. »Was möchtest du draufhaben?«

»Sie hat nie was gesagt«, murmelte Julia dumpf. »Ich meine, daß sie irgendwie Ärger hatte mit einem Typ. Greta hatte keinen Ärger mit Typen. Die lagen ihr doch alle zu Füßen wie treue Dackel. Wenn ihr einer nicht gepaßt hat, hat sie den so komplett übersehen, daß der selbst geglaubt hat, er wäre gar nicht da. Oder sie hat ihn rausgeschmissen.«

»Das klingt mir nach mehreren Dutzend Verdächtigen und allerhand guten Gründen«, sagte die Wiegand trocken und spreizte den kleinen Finger leicht ab, während sie das Brötchen dick mit Butter bestrich. »Und außerdem kann sie ja trotzdem mal einer belästigt haben, der sich mit den Brosamen nicht abspeisen lassen wollte, die sie ihm huldvoll zugeworfen hat.«

»Ach, nicht bei Greta. Die wurde mit allem fertig«, widersprach Julia. »Manchmal hat sie so Hechler am Telefon gehabt, weißt du, diese dämlichen Perversen. Die haben bei der aber auch nur einmal angerufen. Greta hatte auf alles die passende Antwort.« Sie zuckte mit einem Anflug von Verachtung mit den Schultern und verschränkte dann hastig die Arme, als könne sie die Geste damit zurücknehmen.

»Ja«, sagte die Wiegand, schnitt eine Scheibe Käse ab, legte sie mit spitzen Fingern auf das Brötchen und stellte den Teller ihrer Tochter vor die Nase. »Und vielleicht eine Antwort zuviel. Immerhin wird sie sich damit ja auch Feinde gemacht haben.«

Julia griff mechanisch nach dem Käsebrötchen und biß hinein, ohne zu merken, was sie aß. »Die nicht«, behauptete sie kauend. »Greta hatte keine Feinde. Alle haben sie bewundert.«

»Tja. Sie war ein guter Mensch, Kindchen, aber nun nimm mal nicht die Grabrede vorweg. Es reicht, wenn der Pastor schwindelt, der darf das. Aber den Jungs da drüben solltest du ruhig auch den Rest erzählen. Immerhin geht es darum, ihren Mörder zu finden. Nun iß mal ordentlich, und nimm dir eine Serviette, Julia. Das ist ja nicht mit anzusehn.«

Die Verbindungstür sprang auf, und Horst steckte den Kopf ins Vorzimmer. »Wiegande? – Oh, hallo Julia. – Wiegande, ich kann nicht mehr schlafen. Ich fahr' zum Kinderheim und rede mit Gretas Arbeitskollegen.«

»Wozu?« sagte die Wiegande. »Das macht Kaschorke schon.«

»Ja, aber der kennt die Leute nicht«, antwortete Horst und gähnte. »Aber ich. Sehen Sie mal zu, ob Sie ihn erreichen können, er soll sich lieber um das Tatortumfeld kümmern. Er kann mir Focko dalassen. Janßen ist ja wohl hoffentlich schlafen gegangen, oder?«

»Nach Hause geschickt habe ich ihn jedenfalls«, sagte die Wiegand. »Ins Bett stecken kann ich ihn ja nun nicht auch noch. Ich sag' Kaschorke Bescheid. Nehmen Sie einen Schirm mit.«

Horst winkte und schloß die Tür. Er zog sein Jackett über, räumte das Feldbett aus dem Weg und warf einen Blick aus dem Fenster. Es regnete tatsächlich immer noch, und es war kein bißchen heller geworden. Er suchte im Schrank herum und fand einen alten Mantel. Wetterfest, ein bißchen winterlich vielleicht, aber er fror sowieso. Bäumer wickelte sich hinein, zog den Gürtel fest und machte sich auf den Weg nach unten.

Die Tür vom Wachzimmer öffnete sich, und ein paar Streifenpolizisten wurden auf einer Woge von Gelächter in den Flur geschwemmt. Ihre Mützen saßen ziemlich verwegen schief, und die Kragen ihrer Hemden standen offen. »Hallo, Bäumer«, rief einer. »Komm rein in die gute Stube – wir müssen ja nun leider gehen. Die Pflicht ruft.«

»Was ist denn los?«

»Ortmanns hat heute nacht einen Sohn gekriegt. Er gibt einen aus.«

Horst grinste. »Man hört's. Vergeßt nicht, eure Schlipse wieder anzuziehen, Jungs, ihr seht ein bißchen merkwürdig aus.« Er trat durch die Tür und drängelte sich durch den von Zigarettenqualm umwogten Menschenhaufen zu dem frischgebackenen stolzen Vater vor.

»Mensch, ich gratuliere, Ortmanns«, sagte Horst, klopfte dem strohblonden, behäbigen Polizisten auf die Schulter und schnappte sich ein Fischbrötchen vom Teller. »Deine Frau hat sich doch einen Jungen gewünscht, oder?«

Das Grinsen von Philip Ortmanns stammte offenbar noch aus den frühen Morgenstunden, in denen er erfahren hatte, daß seine Frau einen gesunden Stammhalter zur Welt gebracht hatte. Es hatte sich tief ins Gesicht gegraben. »Sie ist selig«, sagte er strahlend. Er war über vierzig, seine Frau auch, und mit einem Kind hatten sie nicht mehr gerechnet. »Sie ist überglücklich. Ist bloß Scheiße mit dem Hund.«

»Was hat denn der Hund damit zu tun?« fragte Bäumer verwirrt.

»Na ja, Anneliese hatte doch so eine blöde Allergie die ganze Zeit, und jetzt hat sich rausgestellt, das ist der Hund.« Ortmanns zog seine Uniformhose über den Bauchansatz hoch und schüttelte den Kopf. »Sie wollte den ja von Anfang an nicht so richtig. Und dann mit dem Baby, du kennst ja diese ganzen Horrorgeschichten.«

»Na, ich kann mich noch ganz gut dran erinnern, wie der Jagdhund vom Bürgermeister dem Enkelkind damals ins Gesicht gebissen hat«, sagte Kaschorke, der gerade mit einem Pappteller voll Kartoffelsalat und Frikadellen vom kalten Buffett kam. »He, Horst. Ich fahr' gleich rüber zum Kinderheim. – Da lag das noch im Kinderwagen. Das sind nicht alles bloß Geschichten!«

»Ach, der war doch selber schuld«, sagte Ortmanns, immer noch breit grinsend. »So wie der das gemacht hat, kann man so'n Tier auch nicht halten. Der lag doch bloß an der Kette den lieben langen Tag. Mich hat das nie gewundert, daß der durchgedreht ist. Aber unser Thor ist 'ne Seele von Hund, ehrlich. Ich geb' ihn trotzdem ab. Hat keinen Zweck. Ich kenn' da'n Bauern, der will den wohl haben. Da hätte er's gut.«

»Das wäre aber verdammt schade um das Tier«, wandte

Bäumer ein. »Ich wäre da vorsichtig, Philip. Neufundländer vertragen einen Besitzerwechsel ausgesprochen schlecht, hab' ich gehört. Wenn der da bloß den Hof bewachen soll und der Familienanschluß ist nicht so, wie er das gewöhnt ist, dann geht der ein. – Hör mal, Kaschorke, ich fahr' selbst zum Heim. Kannst du mir Martens mitgeben? Mir wär' lieber, du würdest um den Tatort rum ... du weißt schon, du kennst dich da am besten aus.«

»Ist gut«, sage Kaschorke. »Ich geh' runter und sag' Focko Bescheid, der holt grad den Wagen. – Immerhin ist Thor beinah wie ein Polizeihund ausgebildet. Den kannst du doch nicht irgendeinem Bauern geben.« Ortmanns hatte Thor von Anfang an mit einem befreundeten Hundeführer zum Training geschickt. Der war allerdings so vernünftig gewesen zu berücksichtigen, daß Neufundländer für eine richtige Schutzhundausbildung zu eigenwillig sind und für die Sprünge, die bei der Prüfung verlangt werden, viel zu schwer.

»Klar hab' ich den ausbilden lassen«, behauptete Ortmanns großspurig und mußte seine Uniformhose schon wieder hochziehen. Offenbar hatte die späte Schwangerschaft seiner Frau ihn genug Nerven gekostet, um den Umfang seines Bierbauchs deutlich zu verringern. »Ich finde, das muß man einfach machen bei so einem Kaliber. Wer will sich von so einem Fleischklotz mit Zähnen schon auf der Nase rumtanzen lassen. Das übersehen die meisten Leute ja eben, daß so'n Hund ziemlich stark ist und daß man ...«

»Gib ihn doch mir«, sagte der Kommissar plötzlich. »Ich kann einen Hund gebrauchen, und mich kennt er ja ganz gut; da ist das Risiko vielleicht nicht so groß, daß er den Wechsel nicht verkraftet. Außerdem fände ich es auch nicht schlecht, wenn Thor der Polizei erhalten bliebe. Als sie den kleinen Jungen gesucht haben, war er ja auch dabei.«

Ortmanns kratzte sich am Kopf. »Tja, das wär' natürlich ...«

»Ich will ihn nicht umsonst«, unterbrach Bäumer. »Ich weiß, der hat'n Stammbaum und all das, und ich bezahl ihn dir mit Papieren und allem. Ich würde den Hund wirklich gern haben.«

Das gab den Ausschlag. Ortmanns streckte die Hand aus, und Bäumer schlug ein. »Wir werden uns schon einigen«, sagte Ortmanns. »Sag mal, könntest du vielleicht, ich meine, meine Frau kommt morgen schon mit dem Baby raus, und . . .«

»Soll ich ihn gleich holen?« fragte Bäumer.

»Er ist hinten im Zwinger«, erklärte Ortmanns. »Ich hatte ihn mitgenommen, weil ich nachher gleich mit ihm . . .«

»Ich nehm' ihn mit nach Hause«, sagte Bäumer. »Ich muß sowieso in die Richtung, da kann ich ihn gleich bei meiner Frau abgeben.« Ortmanns nickte strahlend. »Mensch, das ist prima. Hol dir die Schlüssel von Möhlmann nebenan, ja?«

Der Kommissar war schon unterwegs. Er rannte im Nebenzimmer fast die Tür ein. »Möhlmann, die Zwingerschlüssel! Ich hab' grad Thor gekauft!«

Möhlmann lachte. »Ach ne. Na ja, da hast du'n guten Fang gemacht. Mensch, Klasse. Da bleibt er uns wenigstens erhalten. Seine Spürnase ist gar nicht schlecht. Und der schwimmt wie'n Fisch! Paß auf, wenn du mit dem an einem Teich vorbeikommst, der springt da glatt rein. Und das gibt nachher 'ne riesige Schweinerei bei dem dicken Fell. Wußtest du, daß wir den als Rettungsschwimmer ausgebildet haben?«

»Ich weiß.« Bäumer grinste und fing die Schlüssel, die der Kollege ihm zuwarf. »Von wegen ausgebildet, du alter Angeber. Das können Neufundländer von Natur aus.«

Die Entscheidung, einen Hund anzuschaffen, war zwar ein bißchen plötzlich gekommen, aber sie hatte seiner Laune ganz erheblich Auftrieb gegeben. Er ging in den Hof hinaus. Die Schäferhunde im Zwinger drängelten sich am Maschendraht und wedelten mit den Schwänzen. Hinter ihnen leuchtete das schwarzweiß gescheckte Fell des Neufundländers, der sie um Haupteslänge überragte. Er schob die anderen mühelos mit dem mächtigen Brustkorb zur Seite und steckte seine große, nasse Nase durch den Zaun. Bäumer schloß den Zwinger auf und tätschelte den Hunden die

Köpfe. »Komm, Thor«, sagte er, und der Neufundländer öffnete den Fang zu einer Art Lächeln, das noch eine ganze Ecke breiter war als das von Ortmanns.

Die Leine mit seinem Namensschild hing neben dem Zwinger, und Bäumer legte sie dem riesigen Hund an und führte ihn um das Gebäude herum zu seinem Auto. Thor trottete gleichmütig durch den Regen. Der Kommissar öffnete ihm die hintere Wagentür, und der Hund sprang hinein und machte es sich auf der Rückbank bequem. »Na, mein Lieber, jetzt drück uns die Daumen, daß Frauchen uns nicht die Hölle heißmacht«, sagte Bäumer, und einen winzigen Moment lang fühlte er sich ein bißchen unbehaglich. Er wußte, daß Hannah gern einen Hund gehabt hätte, aber vielleicht hätte er ihr Gelegenheit geben sollen, sich selbst einen auszusuchen. Möglicherweise hätte sie ja lieber einen Welpen genommen. Er wußte, daß sie nichts gegen große Hunde einzuwenden hatte, aber Thor war nicht einfach nur ein großer Hund. Er war ein Ungetüm, ein Muskelberg mit einem dicken Wust von Haaren und so breiten Bärentatzen, als hätte er fellverbrämte Hausschuhe an.

Bäumer zuckte mit den Schultern. Es war bestimmt nicht schwierig, ihr begreiflich zu machen, daß für ihn nur ein Polizeihund in Frage kam. Wenn Thor sie mochte, dann würde auch sie Thor mögen. Hannah war in solchen Dingen bekanntlich nicht kompliziert. Sehr zum Leidwesen ihres Gatten hatte sie schon so manchem männlichen Geschöpf, das ihr Sympathie entgegengebracht hatte, vor lauter Dankbarkeit wesentlich mehr von sich geschenkt, als einer verheirateten Frau wohl angestanden hätte.

»He, Martens!« rief er und winkte Focko zu, der aus dem Präsidium kam, in dem kalten Wind eilig den Reißverschluß seines farblosen Anoraks hochzog und sich suchend umsah.

»Mensch, ist das ein Biest«, sagte Martens und stieg in den Wagen. »Hoffentlich jagt der deiner Frau keinen Mordsschrecken ein.«

»Das hoffe ich auch«, sagte Bäumer. »Aber er jagt in Zukunft bestimmt jedem einen Mordsschrecken ein, der meiner Frau zu nahe tritt.«

Focko unterdrückte die Frage, ob er sicher sei, daß das auch im Sinne seiner Frau war. Er beschäftigte sich angelegentlich damit, den Beifahrersitz zu verstellen, den der lange Lulatsch Jammer-Janßen so weit nach hinten geschoben hatte, daß Focko von Bäumer praktisch nur den Nacken sah. Offenbar wollte der Kommissar jetzt zu Hause vorbeifahren, und das war Focko nicht recht. Er war beileibe kein schüchterner Mensch, aber wie er sich Hannah gegenüber verhalten sollte, war ihm schleierhaft. Niemand mochte Hannah. Als Horst vor vielen Jahren nach Bremen gegangen war, um Karriere zu machen, hatten sämtliche Kollegen ihm die Daumen gedrückt, weil alle ihn gern hatten. Als er dann hierher strafversetzt worden war, hatte sich längst rumgesprochen, daß die Frau, die er in Bremen geheiratet hatte, als Ladendiebin erwischt worden war und sich quer durchs Revier geschlafen hatte, um einer Anzeige zu entgehen. Es hieß, eine heiße Affäre mit Horst Bäumers Chef habe dann seiner Karriere endgültig den Todesstoß versetzt. Als Hannah mit Horst nach Geverensand zog, war schon in der ganzen Stadt bekannt, daß sie sein gesamtes Vermögen verjubelt hatte. Das Erbe war weg, und auf dem Haus lag eine dicke Hypothek.

Wieviel von diesen Geschichten der Wahrheit entsprach, wußte zwar keiner so genau, aber ernstlich bezweifelt wurden sie nie. Niemand verstand, daß Horst Bäumer sich nicht scheiden ließ. Die Leute gingen seiner Frau aus dem Weg. Und wenn man ihr begegnen mußte, übersah man sie. Sie erschien auf Polizeifesten wie jede andere Polizistenfrau auch, aber keiner sprach mit ihr.

Als Horst den Wagen in die Einfahrt fuhr und die hintere Tür öffnete, damit Thor aus dem Wagen springen konnte, öffnete Hannah die Haustür. »Sitz«, sagte Bäumer leise, und Thor ließ sich gehorsam auf seine Hinterläufe nieder. Bäumer schielte zu ihm hinüber, bevor er die zwei Treppenstufen hinaufging, um seine Frau in den Arm zu nehmen, und stellte fest, daß Thor wieder den Fang geöffnet hatte und aussah wie ein lächelndes Kalb. Genau richtig.

Hannah hatte wenig Sinn für die Umarmung ihres Gatten.

Sie schob ihn sanft beiseite und blinzelte den großen Hund an. »Was ist denn das? Sieht aus wie eine friesische Kuh, nur fusseliger.« Thor fegte mit seinem schwarzweißen Schwanz die Einfahrt und grinste Hannah an. »Was ist denn das für eine Rasse?«

»Ein Neufundländer«, antwortete Bäumer.

»Ich dachte, die wären bloß langweilig schwarz«, sagte Hannah begeistert. »Der sieht aber nett aus.«

Bäumer sah sich nach dem Hund um. »Normalerweise sind sie schwarz oder braun«, erklärte er. »Die schwarzweißen heißen strenggenommen nicht mehr Neufundländer, sondern Landseer. Sie sind größer.« Eigentlich sah Thor tatsächlich nett aus, andererseits natürlich auch nicht so nett, daß man es gern riskieren würde, sich mit ihm anzulegen. Bäumer machte eine Handbewegung, und Thor erhob sich und kam her. Bäumer wies auf Hannah. »Das ist die Frau, auf die du aufpassen sollst«, erklärte Bäumer. »Verstehst du das?«

Thor blickte lächelnd von einem zum anderen. Er verstand überhaupt nichts, aber es störte ihn nicht.

»Er ist mit unseren Polizeihunden ausgebildet worden«, erzählte Bäumer und räusperte sich nervös. »Mehr oder weniger jedenfalls. Ich habe ihn Ortmanns abgekauft, weil seine Frau allergisch gegen Hunde ist. Ich hoffe, es gibt da kein Problem, diese Urviecher vertragen nämlich Besitzerwechsel schlecht. Ortmanns wollte ihn an einen Bauern geben, aber . . .«

»Du hast ihn gekauft?« unterbrach Hannah ihn entzückt.

Bäumer grinste erleichtert. Hannah hockte sich hin und schlang dem großen Hund die Arme um den Hals. Thor ließ es über sich ergehen und wedelte ergeben mit dem Schwanz. »Kommt rein, ich hab' grad Tee gemacht«, sagte Hannah in Richtung Horst und Focko, nahm Thor am Halsband und zog ihn in die Küche, wo sie ihm eine große Schüssel Wasser und ein T-Bone-Steak vorsetzte.

Horst folgte ihr. »He, und was ist mit uns?« beschwerte er sich, als er sah, daß der Hund wesentlich besser bewirtet wurde, als er selbst es zu Hause gewohnt war. Focko war noch dabei, sich draußen auf der Matte die Füße abzutreten. Er schien Stunden dafür zu brauchen.

»Für euch sind Koteletts da«, sagte Hannah geistesabwesend und sah dem Hund beim Fressen zu. »Soll ich sie in die Pfanne hauen?«

Bäumer schüttelte den Kopf. »Wir können nicht bleiben. Ich muß ins Kinderheim, Gretas Arbeitskollegen verhören.«

»Wenn ihr Zeit für Tee habt, habt ihr auch Zeit für ein Kotelett«, sagte Hannah und goß die Tassen voll, während Focko Martens endlich auch in der Tür erschien. Länger hatte er die Begegnung mit Hannah nicht herauszögern können. Seine Schuhe sahen schon leicht abgewetzt aus. »Komm, Focko, setz dich«, sagte sie und schob ihn in Richtung Küchenbank aus dem Weg. »Hier sind Kekse, machst du die Tüte mal eben auf?« Sie hatte schon eine Pfanne aus dem Schrank geholt, goß Öl hinein und würzte die beiden Koteletts.

Focko hoffte, daß er nicht rot geworden war. Seine ganze martialische Männlichkeit und weltgewandte Art schien ihm irgendwo hinter der Türschwelle abhanden gekommen zu sein. Der letzte Rest davon war verschwunden, als Hannahs schmale Hand ihn an der Schulter berührt hatte. Er pulte an der Kekstüte herum und war froh, als er sie endlich aufbekam.

Hannah nahm sie ihm ab und schüttete die Plätzchen in eine Schüssel, die sie vor ihn hinstellte. »Greift zu. Ihr habt doch bestimmt noch nichts Vernünftiges gehabt.« Sie warf die Koteletts in die Pfanne und trug Brot, Butter, Senf und Ketchup auf. Zwischendurch warf sie begeisterte Blicke auf den Hund, der das T-Bone-Steak gefressen hatte und nun an dem Knochen herumnagte, der zwischen seinen großen Bärenpranken so winzig aussah, als sei er die Mühe gar nicht wert.

Focko genoß seinen Tee. Er war genau richtig. Er schnappte sich einen Keks nach dem anderen und begann sich langsam weniger unwohl zu fühlen. Er mochte Hannahs Küche. Seine eigene Wohnung ähnelte einem Fitneßstudio, und Mittelpunkt seiner Küche waren weder der

Tisch noch der Herd, sondern eine raffinierte Küchenmaschine für frischgepreßte Obst- und Gemüsesäfte und Müslis. Die Koteletts dufteten, und Fockos Magen gab ein deutliches Knurren von sich.

Hannah lachte. »Sag ich doch, ihr habt einen Riesenhunger!« Sie servierte das Fleisch, und Focko vergaß seinen schon wieder rot angelaufenen Kopf und begann zu essen. Natürlich hatte er sich im Laufe der Nacht auch mal ein Sandwich aus dem Automaten geholt, aber das reichte nicht aus, seinen durchtrainierten Körper mit der Energie zu versorgen, die er brauchte, um so reibungslos zu funktionieren wie eine gutgeölte Maschine.

»Gefällt dir der Hund?« fragte Bäumer. Er wußte ebensogut wie Ortmanns, daß Thors Behaarung für einen Landseer eigentlich nicht fein genug war und mehr der harten Wolle seiner neufundländischen Vettern ähnelte. Genau wie in seinem Körperbau eher Masse als Eleganz überwog. Ein Zuchtexemplar war er nicht. Aber mächtig beeindruckend.

»Und ob!« sagte Hannah und drehte mit dem Zeigefinger Locken in Thors weiße Brustbehaarung, die so dick war wie eine Löwenmähne. »Muß ich regelmäßig mit ihm auf den Hundeplatz?«

Focko hätte sich fast verschluckt und hustete dezent in seine Serviette. Die Kollegen würden Zustände kriegen, wenn Hannah da erschien. Hoffentlich ließen sie sich nicht zu offenen Grobheiten hinreißen. Focko ertappte sich bei dem Gedanken, daß ihm das nicht lieb wäre. Eigentlich, fand er, war Bäumers Frau gar nicht so übel. Man hatte lange nichts mehr davon gehört, daß sie Ladendiebstähle beging. Vielleicht war das ja vorbei.

Horst hatte sein Kotelett schweigend in sich hineingestopft. Er war so müde, daß ihm nicht mal auffiel, wie mundfaul er war. Er goß vier Tassen Tee hinterher und fühlte sich ein bißchen besser. »Puh«, sagte er, »ich glaube, nachher schick ich dich allein mit den Berichten ins Präsidium zurück, Focko. Ich muß bald mal schlafen.«

Er stand auf und reckte sich. »Kommst du mit dem Köter zurecht, Hannah? Gut, dann geh ich.« Seine Frau hätte es wahrscheinlich nicht mal bemerkt, wenn sich die beiden Polizisten mitten in ihrer Küche in Luft aufgelöst hätten. Sie saß neben Thor auf dem Boden, hatte die Arme um seine Schultern geschlungen und knuddelte seine pelzigen Hängeohren.

»Tschüs«, sagte Focko schüchtern. »Und danke für das Kotelett und den Tee!« Hannah schaute auf und lächelte ihn strahlend an, worauf er über die Küchenschwelle stolperte und um ein Haar auf allen vieren im Flur gelandet wäre. Ausgesprochen untypisch für ihn, denn seine Körperbeherrschung war normalerweise perfekt, und er war trittsicher wie eine Bergziege.

Bäumer schüttelte den Kopf und grinste. Er ging hinaus, setzte sich ans Steuer und stellte fest, daß es im Auto nach Hund roch. »Hoffentlich wäscht Hannah das Monstrum, ehe es das ganze Haus verpestet.«

»Ich glaube, man soll Neufundländer nicht waschen«, sagte Focko. »Bloß striegeln.«

»Na prima«, stöhnte Horst. »Dann ist das ja wohl das Parfum, mit dem ich ab heute leben muß.« Er schüttelte den Kopf. Ihm war klar, daß er den Hund eigentlich bloß gekauft hatte, weil es ihm leid tat, wie Thor plötzlich abgeschoben wurde, nur weil ein Kind ins Haus kam. Der Kommissar war empfänglich für Lebewesen in derartigen Notlagen. Und nun mußte er eben sehen, wie er mit den Folgen zurechtkam. Gut durchdacht war das nicht. Aber der Gedanke, daß Hannah jetzt einen Hund zu ihrem Schutz hatte, war immerhin beruhigend. Ein Schutzengel reichte für eine Frau wie Hannah auf Dauer einfach nicht aus, da brauchte es schon etwas mit mehr Substanz. Bäumer seufzte.

Das Kinderheim lag praktisch um die Ecke und dicht am Waldrand. Horst parkte auf dem Angestelltenparkplatz. »Nimm du dir die Erzieher vor, und laß dir auch die Adressen von denen geben, die im Moment keinen Dienst haben. Ich geh' rauf und sag der Heimleiterin, daß wir da sind.«

»Es gibt auch noch eine Köchin und ein Hausmeisterehepaar«, erinnerte Focko ihn und stieg aus.

»Ich weiß«, sagte Bäumer. »Und eine Putzfrau. Du kennst dich hier aus?«

»Ich bin mit mindestens der Hälfte der Erzieherinnen zur Schule gegangen«, erklärte Focko. »Und unser Nachbar hat seinen Sohn tagsüber hier. Die Kinder sind nicht alle richtige Heimkinder, manche werden auch morgens gebracht und abends wieder abgeholt.«

Bäumer fragte sich, warum er nicht noch einen Kerl wie Focko für sein Team hatte bekommen können statt ausgerechnet Jammer-Janßen. Auf Martens konnte man sich verlassen. Er war offen, geradeheraus und schlicht, kam mit den Leuten zurecht, und man machte ihm so leicht nichts vor.

Die große Glastür war unverschlossen. Der lange Flur mit den hellgrünen Wänden, der sich dahinter erstreckte, war leer und still. Hinter den Türen hörte man die Kinder, die energischen Stimmen der Erzieherinnen und das Klappern von Geschirr. »Zweites Frühstück«, bemerkte Bäumer. »Na, das ist ja prima. Da kriegst du bestimmt auch was zu essen. Fang mal schon irgendwo hier an, ich geh nach oben.«

Er war so müde, daß er vor dem Aufzug für Rollstuhlfahrer neben dem Treppenhaus stehenblieb. Aber wenn er mit Focko unterwegs war, dem Fitneßbesessenen, dann gab Horst Bäumer solchen Versuchungen selten nach. Der Drang, sich und der Welt zu beweisen, daß er mit Mitte Vierzig noch lange kein alter Mann war, erwies sich auch diesmal als stärker. Obwohl sein junger Kollege schon an eine Tür geklopft hatte und in einem der Zimmer verschwunden war, stieg der Kommissar die Treppe hoch.

Ganz am Ende des langen Ganges lag das Büro der Heimleiterin und dahinter ihre kleine Wohnung. Er klopfte kurz an, trat ein und gähnte herzzerreißend. »O Gott, Ulla, entschuldige – aber ich bin völlig fertig.« Bäumer ließ sich auf den Stuhl vor dem Schreibtisch sinken und stützte den Kopf in die Hände.

Ulla holte ihren Teetopf aus der Küche, die sich direkt an

ihr kleines Büro anschloß, und schob ihm eine gutgefüllte Tasse hin. Bäumer blinzelte, als ihm der Geruch in die Nase stieg. Er entdeckte den kleinen Alexander, der hinter dem Schreibtisch auf einem Nest aus weichen Kissen lag und ihn mit großen Augen ansah. Horst winkte mit dem Teelöffel. Alexanders ernstes, schmales Gesicht verzog sich im Zeitlupentempo. Es dauerte lange, aber zum Schluß kam ein Lächeln dabei heraus. Die babyblauen Augen strahlten. Bäumer schüttelte den Kopf, als ihm wieder in den Sinn kam, daß Alexander ein illegitimer Sproß von Mike Keulerz war. Ein unerwünschter Sproß. Und dabei war das Baby einfach nur niedlich. Wenn Bäumer nicht so müde gewesen wäre, er wäre aufgestanden und hätte es auf den Schoß genommen.

»Du bist heute nacht gar nicht ins Bett gekommen, was?« fragte Ulla mitleidig.

Horst blinzelte nach oben und stellte zum erstenmal fest, daß Ullas schulterlanges, blondes Haar von dicken grauen Strähnen durchzogen war. Automatisch überlegte er, ob er daran mitschuldig war, so wie Hannah nach Ansicht seiner Kollegen für seine eigenen frühzeitig ergrauten Haare verantwortlich war. Mike Keulerz pflegte hartnäckig zu behaupten, daß Ulla darauf wartete, daß Horst sich scheiden ließ. Bäumer glaubte das nicht. Natürlich, damals, als seine Ehe ein vollkommenes Chaos gewesen war und er weder aus noch ein gewußt hatte ... Aber das war vorbei. Hoffentlich. Auf jeden Fall war seine Affäre mit der Heimleiterin vorbei. Seit sie das Kind hatte, wahrte sie ganz bewußt freundschaftliche Distanz.

»Ist das nicht furchtbar schwierig«, fragte er, »ein Kinderheim zu leiten und sich dabei auch noch um ein Baby kümmern zu müssen?«

»Absolut nicht«, entgegnete Ulla. »Im Gegenteil, ich fühle mich echt privilegiert. Guck mal, schon allein das Büro hier: Ich kann Alexander die ganze Zeit bei mir haben. Die administrative Arbeit, die ich erledige, kann ich mir im Grunde doch einteilen, wie es mir paßt. Ich muß mich nicht an eine bestimmte Arbeitszeit halten. Und um einen Babysitter brauche ich mir niemals Gedanken zu machen. Es ist immer jemand im Haus, und alle nehmen mir Alexander jederzeit gern ab. Und das sind Profis, bei denen kann ich den kleinen Kerl lassen, ohne mir Sorgen machen zu müssen.« Ulla lächelte und nippte an ihrem Tee. Ihr Teint war von ihrer Karottencreme aus dem Reformhaus ein wenig bräunlich verfärbt. Bäumer grinste zurück. Er mochte Ulla immer noch.

»Du bist wegen Greta hier?« fragte die Heimleiterin sachlich.

»Du weißt es schon?«

Ulla nickte. »Eine der Erzieherinnen kam heute morgen hoch und hat es mir erzählt. Ist schon irgendwas raus, ich meine, wer ...«

»Kein Hinweis, keine Spur«, sagte Horst. Er trank einen Schluck Tee, eher um sich zu trösten als aus Durst. Er hatte genug gehabt. »Mochtest du Greta?«

Ulla zuckte mit den Schultern, die in einem dicken Pullover aus dem Dritte-Welt-Laden steckten. Er hatte ein lustiges Muster aus lauter Reihen von merkwürdigen, bunten Tieren. »Nicht besonders.« Sie lachte kurz auf und blinzelte verlegen in ihre Tasse. »Für sie war ich doch bloß irgendeine Müsli-Schwester oder Öko-Tante.«

Horst lächelte. Boshaftigkeiten gehörten nicht zu seinem Repertoire, aber er mußte zugeben, daß Greta nicht weit danebengetroffen hatte. Nur daß er darin nichts Böses sah. Er hatte nichts gegen Müsli-Schwestern. Nicht einmal etwas gegen Unterwäsche aus ungebleichter Baumwolle. Er runzelte die Stirn, riß sich zusammen und konzentrierte sich auf das, was Ulla zu erzählen hatte.

»Wir hatten nicht viel gemeinsam. Sie hat bemerkenswert gut gearbeitet, das muß ich ihr lassen. Grips hatte das Mädchen. Aber sie war mir ein bißchen zu sehr von sich überzeugt. Nein, ich mochte sie nicht.«

»Weißt du zufällig, ob sie sich gestern nachmittag mit jemandem treffen wollte?«

Ulla schüttelte den Kopf. »Nein, Horst, ich habe Greta gestern nur morgens kurz mal gesehen. Und außerdem hätte sie mir so was auch gar nicht erzählt. Unser Umgang war ziemlich unpersönlich, weißt du.« Sie wurde rot. Verlegen strich sie sich ein paar widerspenstige Strähnen aus dem Gesicht und begann einen dicken Zopf aus ihren Wikingerhaaren zu flechten. »Also, ich will nichts Schlechtes über sie sagen, es war ja schließlich ihre Sache. Sie redete zwar ziemlich freizügig, und man hat so manches gehört, aber sie hat mit mir nie direkt über ihre Privatangelegenheiten gesprochen. Ich glaub' sogar nicht mal, daß die Erzieherinnen dir da mehr erzählen können. Sie hat sich auch von denen im allgemeinen ferngehalten. Sie war ...« Ihr Redefluß geriet wieder ins Stocken. Sie hatte den Zopf fertig und stand auf, um ein Haarband zu suchen. »Du liebe Güte, es ist wirklich manchmal nicht leicht, den Toten nichts Schlechtes nachzusagen. Also, sie war ziemlich arrogant. Tat so, als gehöre sie hier nicht her, wenn du weißt, was ich meine. Total unter ihrer Würde.« Sie fand ein Frotteeband auf einem Aktenschrank und knotete ihren Zopf damit fest. Horst stellte verdutzt fest, daß sie damit genauso aussah, wie er sich Ulla als Mutter immer vorgestellt hatte. Sie hätte in ein Bild von Carl Larsson gepaßt – wenn sie ein Kleid getragen hätte. Aber Ulla sah man selten in etwas anderem als sackähnlichen Baumwollhosen.

»Ist dir vielleicht mal irgendwas darüber zu Ohren gekommen, daß Greta Schwierigkeiten gehabt haben könnte?« fragte Bäumer.

»Schwierigkeiten? Nein. Überhaupt nicht. Ich meine, sie hatte eine nette Wohnung, und sie schien ja auch Freundinnen zu haben. Eine hat sie immer mal hier abgeholt, weißt du, und zwar die ... wie heißt sie noch, die Tochter von der Frau Wiegand, die bei dir im Vorzimmer sitzt ...«

»Julia«, sagte Horst.

»Richtig, Julia. Ein furchtbares Mädchen, wirklich. Tranig bis zum Gehtnichtmehr. Wenn ich der im Flur begegnet bin, hat die mich angeguckt, als käme sie gerade aus einem tiefen, tiefen Traum. – Na, jedenfalls ...«

»Du glaubst, Greta hatte keine Probleme.«

»Nicht daß ich wüßte. Sie schien mit ihrem Leben eigentlich rundum zufrieden zu sein.«

»Ja«, sagte Bäumer, obwohl er sich nicht vorstellen konnte, daß ein ehrgeiziges Mädchen wie Greta überhaupt zufrieden sein konnte, bevor sie in die Kreise vorgestoßen war, zu denen sie sich hingezogen fühlte. Greta hatte immer schon den Drang nach Höherem gehabt. Ein Kriminalkommissar war für sie nicht mehr als ein amüsantes Zwischenspiel gewesen. Greta hatte ganz bestimmt kein Interesse daran gehabt, daß er sich scheiden ließ. »Ich meine, hast du irgendwie mal gehört, daß sie belästigt worden ist? Du weißt schon, obszöne Anrufe, oder daß jemand sie mal verfolgt hat?«

»Nein.« Ulla dachte nach. Die Falten auf ihrer Stirn wurden noch tiefer, was ihr ausgesprochen gut stand. Bäumer ertappte sich bei der Frage, ob Hannahs glattes, hübsches Gesicht ebenso charaktervoll altern würde. »Nein, nie«, sagte Ulla, und Bäumer brauchte einen Moment, um zu erkennen, daß sie nicht von Hannah sprach. Er wischte sich mit der Hand über die Augen und wünschte sich Schlaf. »Und ich nehme an«, fuhr Ulla fort, »wenn sie über so was gesprochen hätte, dann hätte ich wohl doch davon erfahren. Solche Dinge nehmen wir hier ziemlich ernst. Wir sind ja direkt am Waldrand, und dann die Kinder . . . Ja, ich glaube, irgend jemand hätte mich dann bestimmt informiert.«

»Ist so was denn schon mal vorgekommen?«

»Obszöne Anrufe kriegt jede von uns von Zeit zu Zeit, aber nichts davon hat bisher einen besonders bedrohlichen Eindruck gemacht. Vor Jahren ist eins unserer Mädchen mal belästigt worden. Ich war deshalb bei euch auf der Wache, weil er ihr bis hierher nachgelaufen ist. Aber ich glaube, der Mann wohnt inzwischen gar nicht mehr in Geverensand, der ist kurz darauf weggezogen.«

»Den werden die Kollegen ausgraben«, meinte Bäumer. »Hört sich zwar nicht an, als hätte das was mit Greta zu tun, aber um alte Kunden soll man sich immer gut kümmern. Ulla, wenn dir irgendwas einfällt, ruf mich bloß an. Wir tappen total im Dunkeln. Und überleg dir was für deine Mädchen. Wie du schon sagst, ihr seid hier dicht am Wald.«

»Du meinst, es war ein Triebtäter?« Ulla sagte das so

nüchtern, als sei das nur irgendein Wort ohne besondere Bedeutung.

Bäumer nahm es zur Kenntnis, aber es überraschte ihn nicht. Ulla war keine ängstliche Frau. »Die Wahrscheinlichkeit ist groß. Und wenn das so ist, bleibt es ja meistens nicht bei einem Mal.«

»Wenn das so ist, kann es aber auch sein, daß du ihn jahrelang nicht findest«, stellte die Heimleiterin sehr realistisch fest.

Horst seufzte. »Ja, ja, mach mir nur Mut ... – Wieso hast du sie eigentlich eingestellt, wenn sie so arrogant war?«

Ulla zuckte mit den Schultern. »Wir brauchten dringend Ersatz. Du weißt doch, unsere alte Sekretärin ist ziemlich plötzlich gestorben, und da standen wir dann. Und wir waren so angewiesen auf die alte Dame. Ich meine, die kannte das Heim wirklich, die war von Anfang an dabeigewesen. Für mich war das damals eine unschätzbare Hilfe. Ich hab' deshalb halt eine Frau gesucht, die wirklich arbeiten kann. Ob sie mir sympathisch war, war mir eigentlich ziemlich egal. Und Greta hatte mit Abstand die besten Zeugnisse. Außerdem hatte sie in der Verwaltung gelernt, beim Jugendamt, und wußte so einiges über unsere Arbeit.«

»Hm«, machte Horst. »Weißt du, warum sie da nicht geblieben ist?«

»Sie war ehrgeizig, Horst. Sie war ja keine Beamtin, sie war doch bloß ein Mädchen vom Land, dem man wahrscheinlich dauernd gesagt hat ›Du heiratest ja sowieso mal‹. Nehm' ich an. Jedenfalls hat sie definitiv nicht die Schulbildung gekriegt, die sie eigentlich hätte haben müssen bei ihrer Intelligenz. Sie hat halt was Kaufmännisches gelernt wie die meisten und war dann im Grunde doch nichts anderes als eine Schreibkraft. Und du weißt ja, wie das ist, die besseren Posten beim Amt sind fest in den Händen von irgendwelchen Leuten, die noch lange nicht in Rente gehen. Auf so einen Arbeitsplatz, wie sie ihn hier hatte, hätte sie beim Jugendamt noch lange warten müssen.«

Bäumer hatte die Tasse ausgetrunken und stellte den Löffel hinein. Er fand, daß Ulla besorgt aussah und irgendwie zerstreut, als würde sie sich in Gedanken mit etwas anderem beschäftigen. »Irgend etwas, was du mir eigentlich noch sagen müßtest und mir lieber nicht sagen würdest?« fragte er.

Ulla warf ihm einen raschen Blick zu und schüttelte den Kopf. »Nein ... ich meine ... ja.« Sie seufzte. »Wahrscheinlich hat es überhaupt nichts mit der ganzen Sache zu tun, und deshalb ...«

»Vielleicht aber doch, und das Risiko wollen wir beide nicht eingehen«, beharrte Bäumer energisch. »Die meisten Sachen, die wir ermitteln, haben im Grunde mit dem Mord nichts zu tun, Ulla. Wenn wir das vorher wüßten, wäre das für alle Beteiligten angenehmer. Ich kann's nicht ändern. Komm, rück's raus.«

»Ich werde mich verdammt mies fühlen hinterher«, sagte Ulla. Bäumer runzelte leicht die Stirn und betrachtete die Heimleiterin forschend. Er hatte nicht den Eindruck, daß sie sich mies fühlte oder daß zu befürchten war, daß sie sich in absehbarer Zeit mies fühlen würde. Einen Moment lang überfiel ihn zu seiner Überraschung Abneigung gegen diese Frau, die es so gelassen aufnahm, daß ihre Sekretärin ermordet worden war. Er war plötzlich traurig darüber, daß Greta hier hatte arbeiten müssen, wo sie sich nicht wohl fühlte und wo niemand sie mochte.

Ulla sah ihn nicht an. Offensichtlich war ihr peinlich, was sie zu erzählen hatte. Aber ihm kam es trotzdem so vor, als wäre es ihr bei weitem nicht so unangenehm, wie sie vorgab.

»Ich hatte den ziemlich deutlichen Eindruck, daß Greta die Geliebte von Jörg Gerjets gewesen ist. Der Mann vom Jugendamt. Na ja, und der Mann von deiner Cousine natürlich. Tut mir leid. Aber ich dachte, du solltest das wissen. Ich sag' dir gleich, es war mein Eindruck, weiter nichts. Ich weiß nicht, ob es stimmt. Aber ... also, es war sozusagen kaum zu übersehen. Ich meine, sie waren schon vorsichtig, aber ... einmal kam ich hier gerade zur Tür raus, und die beiden standen da hinten an der Treppe, und ... na ja, da fand ich es ziemlich eindeutig.«

Du liebe Zeit. Das hatte noch gefehlt. »Tja«, sagte Horst

und stand auf. »Dann drück mir bloß die Daumen, daß er's nicht war.« Er winkte Alexander zu. »Ich seh' mal unten zu, ob mir jemand von den Angestellten was zu erzählen hat, Ulla.«

Aber schon in den ersten fünf Minuten war für Horst Bäumer klar, daß ihm hier wahrscheinlich niemand viel zu sagen hatte.

»Sie hat ihre Arbeit gemacht«, erklärte die Köchin grimmig. Ihre dicken, roten Arme steckten bis zu den Ellenbogen im Spülwasser. Offenbar vertraute sie die Töpfe der Spülmaschine nicht an. »Mehr kann ich dazu nicht sagen.«

»Sie hat ihre Arbeit hier immerhin etwa ein Jahr lang gemacht«, sagte der Kommissar begütigend. »Sie wird sie nicht schweigend getan haben.«

»Zum Herumklönen habe ich keine Zeit«, beschied ihn die Köchin kurz und bündig.

»Hatten Sie Ärger mit ihr?«

»Ich weiß nicht, wie Sie darauf kommen!« fuhr die Köchin wütend auf.

»Weil Sie sagen, daß Sie nicht mit ihr gesprochen haben«, erwiderte Horst Bäumer sachlich.

»Das hab ich nie gesagt!«

»Und wenn Sie also mit ihr gesprochen haben«, fragte Horst geduldig, »worüber hat sie dann so geredet?«

»Mit Fußvolk, wie ich es bin, hat die nicht geredet«, schnaubte die Köchin. »Bloß, wenn's sein mußte. Wegen der Abrechnungen für die Einkäufe zum Beispiel.«

»Und?« fragte Horst neugierig. »Hat sie Ihre Abrechnungen angezweifelt?« Das sähe Greta ähnlich. Er konnte es sich bildlich vorstellen, wie sie in die Küche gerauscht kam, kühl, gepflegt und sehr überlegen. Na, damit war sie bestimmt nicht gut angekommen.

»Kam mir manchmal fast vor, als hätt' sie's wollen«, bestätigte die Köchin und knallte einen sauber gespülten Topf geräuschvoll auf das Abtropfbrett. Sie wischte die Hände an der Schürze ab und kramte in der Schürzentasche nach einem Taschentuch, mit dem sie sich dann über die Augen fuhr. »Arme Deern«, murmelte sie. »Arme Deern.

So'n Ende ... nee. Ich mach da gar nich an denken. Aber hochnäsig war sie trotzdem. Und gemocht hat sie hier keiner. Dazu hat sie uns allen zu deutlich gezeigt, daß sie sich für was Besseres hielt. Ich weiß ja nicht, woher sie's hatte. Von zu Hause jedenfalls nicht. Ich kenn' ihre Mutter. Mein Gott, wie mag die sich jetzt fühlen. So'n Ende, nee ...«

Er ging, ohne sich noch einmal umzusehen. Horst Bäumer hatte diesen Fall schon jetzt gründlich satt.

Die anderen Heim-Mitarbeiter waren freundlich und mitfühlend, aber was Greta im Wald gewollt hatte und ob sie mit irgend jemandem verabredet gewesen war, das konnte ihm keiner sagen. Sie wußten nicht viel über Greta, weil die junge Frau sich mit ihnen nicht abgegeben hatte. Zu der Zeit, als sie ermordet worden war, hatten die Mitarbeiter des Kinderheims entweder Dienst gehabt und waren bewiesenermaßen auch hier gewesen, oder sie hatten den verschwundenen kleinen Jungen gesucht und konnten etliche Leute nennen, die ihr Alibi bestätigen würden.

Focko Martens fand auch nichts heraus. Nach einem langen, ermüdenden Vormittag schickte Horst Bäumer den jungen Mann mit den Protokollen ins Präsidium zurück und ließ sich von ihm unterwegs zu Hause absetzen. Martens fuhr den Wagen in die Einfahrt, direkt vor die Haustür, denn es regnete immer noch so heftig, daß man schon nach ein paar Schritten völlig durchnäßt war. Wohin man auch sah, der Himmel war stahlgrau. Es war noch fast dunkel, obwohl es bereits Mittagszeit war.

Hannah setzte Horst einen Eintopf mit reichlich Speck vor, und der Kommissar machte es sich am Küchentisch gemütlich, Thor zu seinen Füßen und Hannah mit vor Neugier hungrigen Augen vor ihm. Horst grinste traurig. Hannah hatte sonst nie für ihn gekocht. Wahrscheinlich tat sie es nur, weil es ihr Gelegenheit gab, ihn auszufragen. Aber das war ihm ziemlich egal, solange das Essen schmeckte. Und das tat es. Sie konnte also sehr gut kochen, wenn sie wollte. Das hatte er nicht mal gewußt.

»In Gretas Wohnung war nix«, berichtete Horst kauend. »Ein Ledersofa, aber nichts wirklich außergewöhnlich Teures. Aber mit ihrer Kleidung hattest du recht. Im Schrank hing auch noch das eine oder andere.« Er zuckte mit den Schultern. »Unauffälliges Zeugs eigentlich. Aber alles Designer-Modelle. Viel Klamotten hatte sie allerdings nicht.«

»Schmuck?« fragte Hannah gespannt.

Er schüttelte den Kopf. »Nur Modeschmuck. Kein einziges echtes Stück.«

»Gemälde?«

Horst dachte mit Abneigung an die nüchterne Grafik über Gretas Sofa und schüttelte den Kopf. »Nur ein billiger Druck. Es gab sonst keine Wertgegenstände in der Wohnung. Sie besaß überhaupt nicht viel. Einen Glastick hatte sie, glaub' ich. Bei ihr ist alles aus Glas – Vasen, Teegeschirr und so weiter, der Couchtisch auch, und sie hat sogar ein gläsernes Regal.«

»So was ist billig«, kommentierte Hannah enttäuscht.

Horst nickte. »Sag mal, ist es nicht eigentlich ziemlich unwahrscheinlich, daß ein Liebhaber seiner Herzensdame Klamotten schenkt? Ich meine, ich kenne die Geschichte von Mr. Rochester und dem Pelzmantel, aber kommt so was nicht bloß in Büchern vor?«

»Ach, ich weiß nicht«, meinte Hannah. »Kommt drauf an, wo er sich mit ihr trifft, oder? Stell dir vor, du willst mit deiner Liebsten in ein stinkfeines Restaurant, und sie schmeißt sich in einen Fummel aus dem Katalog. Da ist es doch besser, man macht vorher einen kleinen Schaufensterbummel, und wenn ihr Auge sich an etwas zu erfreuen scheint, dann geht man rein und kauft's.«

Horst lehnte sich zurück und begann seine Pfeife zu stopfen. »Aber wohl nicht in dieser Stadt.«

»Nee«, sagte Hannah. »Geschäfte, die dermaßen exklusive Klamotten führen, haben wir hier überhaupt nicht. Und daß wir hier irgendwelche Mr. Rochesters haben, bezweifle ich auch. Sag mal, der Mörder hat sie nicht vergewaltigt, oder?«

»Nein«, sagte Horst verbittert. Um seine Stimme wieder in die Gewalt zu bekommen, ehe er weitersprach, beschäftigte er sich damit, den Pfeifentabak ordentlich in Brand zu setzen. »Nein, das hat er nicht. Aber das muß er ja auch nicht. Die Tötung ist häufig eine Ersatzhandlung. Nur weil sie ihre Kleider möglicherweise nicht selbst bezahlt hat, können wir noch nicht behaupten, sie sei keinem Sexualmord zum Opfer gefallen. Kann ja auch sein, daß der Täter gestört worden ist. Außerdem gehe ich davon aus, daß sie die Sachen in einem Secondhandshop gekauft hat. Sie war der Typ, der übers Wochenende fix mal nach Bremen oder Hamburg fährt, und da gibt's mit Sicherheit Geschäfte, wo die exklusiven Damen ihre Luxusklamotten weiterverkaufen können, um ihr bescheidenes Taschengeld aufzubessern. – Warst du mit Thor schon draußen?« Der Hund kroch unter dem Tisch hervor, geriet in eine Wolke aus Pfeifenrauch, verzog die Nase und tappte in den Flur.

»Aber klar«, sagte Hannah. »Eigentlich ist er ja nicht gerade der typische Wohnungshund, und ich hab' damit gerechnet, daß er im Garten bleibt, wenn ich die Tür auflasse. Aber er scheint mich lieber in seiner Nähe haben zu wollen. Er weiß wohl noch nicht so richtig, was er von der neuen Situation halten soll. Wir haben einen Spaziergang gemacht, und wenn um drei der Laden wieder aufmacht, gehen wir einkaufen. Thor braucht Futter. Er hat eine halbe Tüte Trockenfutter von den Gerdes da hinten am Ende der Siedlung gekriegt, die haben doch den Bobtail, und der mag diese Sorte nicht. Aber er soll ja auch nicht nur von Trockenfutter leben. Oder von dem, was wir nicht essen.«

Horst registrierte mit Verblüffung, daß jemand von den Gerdes offenbar mit seiner Gattin gesprochen hatte. Normalerweise sprach kein Mensch mit Hannah, solange es sich irgendwie vermeiden ließ. Aber er verkniff sich jede Bemerkung darüber. »Eher könnte *ich* von dem leben, was diese Bestie nicht verbraucht, als umgekehrt«, vermutete er statt dessen.

Bei dem Wort ›Bestie‹ kam der Hund in die Küche zurückgetrabt und sah sich unruhig um. Das hatte Ortmanns' Frau auch immer zu ihm gesagt. Sie hatte ihn nicht gemocht. Thor legte Hannah seine mächtige Kinnlade auf den Schoß. Hannah kraulte ihn, und er schloß die Augen.

»Wenn wir Pech haben, kriegt er Depressionen«, sagte Bäumer nachdenklich. »Man darf so einen Hund nicht einfach abschieben.«

»Ich versteh' was von Depressionen«, erwiderte Hannah nüchtern. »Ich krieg' ihn schon wieder hin.«

Bäumer bezweifelte das nicht. Sie sah im Moment ganz so aus, als hätte sie ihre eigenen Depressionen auch endlich in den Griff gekriegt. Vielleicht war dafür wirklich nichts anderes nötig gewesen, als sie wieder an die Staffelei zu bringen. Als er Hannah damals kennengelernt hatte, war sie Kunststudentin gewesen und praktisch nie ohne Pinsel in der Hand und Farbflecken auf den Kleidern.

Er hatte sich oft genug erfolglos bemüht, ihr zu helfen. Sie hatte ihren Weg selbst wiederfinden müssen. Er konnte nur hoffen, daß es diesmal anhielt. Bäumer stand auf. »Ich geh' schlafen, mein Schatz.« Er küßte Hannah. »Und nimm den Hund auf jeden Fall mit, wenn du irgendwo hingehst, ja? Nicht nur wegen seines Seelenheils. Ich habe ihn nämlich nicht gekauft, damit er das Haus bewacht, weißt du ... Diese Viecher sind zu gemütlich, um Grundstücke zu bewachen. Sie werden bloß kiebig, wenn man ihren Menschen angreift. Er soll dich beschützen.«

Hannah lachte und umarmte ihn. Sie würde Thor ganz bestimmt nicht zu Hause lassen, wenn sie irgendwohin ging. Sie hatte schon beim ersten Spaziergang zu schätzen gelernt, wie angenehm es ist, Gesellschaft zu haben und dazu noch das Gefühl, daß der Gesellschafter einen verteidigen kann, wenn es nötig ist.

2

Hannah spülte rasch das Geschirr und zog dann ihren Trenchcoat über. »Komm, du Ungetüm«, sagte sie, »gehen wir einkaufen.« Draußen hob Thor witternd die dicke, schwarze Nase in den Wind. Es hatte plötzlich zu regnen aufgehört, aber die Luft war immer noch feucht. Ein kalter Wind fuhr über das Land und jagte die grauen Wolken in Fetzen vor sich her.

Hannah fuhr nicht mit dem Rad, weil sie sehen wollte, ob Thor den Einkaufskorb tragen würde. Er tat es. »Ich hatte angenommen, es sei vielleicht unter deiner Würde«, sagte Hannah, aber der Hund trottete brav mit dem Korb neben ihr her. Sie hatte die Leine hineingelegt, falls sie sie brauchen würde. Eigentlich nahm sie an, daß Thor gut genug ausgebildet war, um ohne Leine auszukommen. Aber vor dem Kaufmannsladen band sie ihn vorsichtshalber an. »Platz«, sagte sie und beobachtete fasziniert, wie der Hund sich hinlegte. Er gehorchte wirklich aufs Wort.

»Ist das nicht der Hund von Ortmanns, den Sie da mitgebracht haben?« sagte die kugelrunde Frau neugierig, die mit Horst zur Schule gegangen war und jetzt im Laden an der Kasse saß. »Oder bloß einer aus derselben Zucht?«

»Nee, das ist tatsächlich Thor«, sagte Hannah. »Horst hat ihn gekauft, als Wachhund, weil er ja so selten zu Hause ist. Thor ist nämlich ein ausgebildeter Polizeihund.« Mochte es nun der Wahrheit entsprechen oder nicht, es konnte jedenfalls nicht schaden, wenn es sich herumsprach. »Wenn Greta Leiboldt so einen Hund gehabt hätte, würde sie vielleicht noch leben.«

»Ja, wirklich wahr«, sagte die Frau und tippte Hannahs Einkäufe ein. Ihre runden Wangen waren ganz blaß geworden, als Hannah den Mord erwähnte. »Dann hätte so was nie passieren können. Das ist aber auch ein Ding, was? Ich versteh' das gar nicht. In dem Wald ist doch noch nie irgendwas gewesen. Ich selbst geh' da auch spazieren, ich meine, auch allein schon mal, das tun wir doch alle. Da haben wir doch schon als Kinder drin gespielt, und keiner hat sich deshalb Sorgen machen müssen. Und jetzt das.«

»Und ausgerechnet Greta«, sagte Hannah aufs Geratewohl.

Die Kassiererin nickte heftig. »Ja, das hab' ich heute morgen auch zu meinem Mann gesagt, genau das: ausgerechnet Greta. Ich kenn' das Mädchen ja, die war mit meiner ältesten

Tochter im Konfirmandenunterricht damals. Ich meine, ich will ihr nichts nachsagen, war ja ihre Sache. Aber daß das nun ein Fremder oder ein Verrückter gewesen sein soll, das macht man mir nicht weis. Greta hat die Männer gewechselt wie die Hemden. Und einer von denen ist durchgedreht. Das hab' ich zu meinem Mann gesagt.«

»Kann nicht auch 'ne betrogene Ehefrau durchgedreht und dem armen Mädchen den Hals umgedreht haben?« fragte Hannah leichthin und packte ihre Sachen in den Korb.

Die Frau zuckte ihre molligen Schultern. Sie schwang ihren Drehstuhl herum, lehnte sich mit dem Rücken an die Kasse und taxierte Hannah nachdenklich. »Ich glaub' eigentlich nicht, daß 'ne Frau soviel Kraft hat. Ich meine, so leicht ist das ja nun nicht, jemanden umzubringen. Und Greta war ziemlich groß. Größer als Sie.«

»Und dann hat man sie ja auch ausgezogen«, sagte Hannah. »Demnach sollte man ja wohl annehmen, daß es ein Mann gewesen ist.«

»Sollte man, richtig«, entgegnete die Frau spitz. Sie steckte eine Hand in die Tasche ihres makellos weißen Verkäuferinnenkittels, und Hannah hatte flüchtig den Eindruck, daß sie sich eine Zigarette angezündet hätte, wenn sie hier im Laden hätte rauchen dürfen. »Ich glaube, daß man Greta überhaupt bloß ausgezogen hat, um der Polizei was weiszumachen.«

Hannah war überrascht. Sie kaufte seit Jahren hier ein, ließ sich von Horsts Schulkameradin schräg angucken und hatte die Frau eigentlich immer nur pauschal der gesichtslosen Herde dümmlicher Heimchen zugerechnet, die sich über die Polizistengattin das Maul zerrissen und nicht weiter bemerkenswert waren. Aber dümmlich war diese Frau ganz bestimmt nicht.

»Da könnten Sie wohl recht haben«, sagte Hannah. »Hoffentlich hat mein Mann auch darüber nachgedacht, wieviel so ein Bär zu fressen braucht«, fügte sie hinzu, während sie zusah, wie die Frau, deren Namen sie nicht einmal kannte, ihren Kassenbon zu den anderen heftete, die sie in der Schublade liegen hatte. Die Bäumers hatten hier beim Kaufmann ein Konto, damit Hannah die Lebensmittel nicht bar bezahlen mußte. Hannah bekam von ihrem Mann kein Bargeld, weil sie die Angewohnheit hatte, es für Dinge auszugeben, für die es nicht gedacht war.

»Hauptsache, Sie haben Schutz«, sagte die Frau und lächelte freundlich. »Sie sind ja doch viel allein, gerade jetzt, wenn Ihr Mann an so einer Sache arbeiten muß.«

Hannah verabschiedete sich und ging nach draußen. Thor lag noch genauso vor dem Laden, wie sie ihn verlassen hatte, ein unverrückbarer Berg aus schwarzen und weißen Haaren. Er stand erst auf, als sie ihn dazu aufforderte. »Mein Gott«, sagte Hannah, »wenn ich dich mal vergesse, dann vergammelst du hier, was? Hier, trag dein Zeug selbst.« Er nahm ihr den Korb bereitwillig wieder ab.

An der Abbiegung überlegte Hannah für einen Moment, ob sie nicht einfach geradeaus laufen und zum Kinderheim am Waldrand gehen sollte, in dem Greta gearbeitet hatte. Aber unter welchem Vorwand? Wenn sie der Heimleiterin über den Weg lief, könnte das peinlich werden. Sie hatte die Frau ziemlich bloßgestellt, als sie das letztemal mit ihr zusammengetroffen war. Vielleicht war es besser, wenn sie dieses Terrain Tante Malwine überließ. Die kannte die Köchin des Kinderheims recht gut.

Also bog Hannah, wenn auch widerstrebend, ab und schlug den Heimweg ein. »He, Enno«, rief sie und winkte fröhlich dem Briefträger zu, der gerade eine ganze dicke Handvoll Reklame-Wurfsendungen in einen einzigen großen Briefkasten fallen ließ – was ganz bestimmt nicht im Sinne der Firma war, die damit für ihre Produkte werben wollte.

Der Mann zuckte zusammen. »Oh«, sagte er nur und kehrte zögernd zu seinem Fahrrad zurück, neben dem Hannah und Thor sich aufgebaut hatten. Er war kein großer Mann, schwerknochig, aber mager, zäh und sehnig, und als er vor dem riesigen, breiten Hund stand, sah er richtig spillerig aus.

»Sitz«, sagte Hannah. Thor stellte den Korb ab und setzte sich. Enno sah aus, als hätte er um ein Haar dem Befehl ebenfalls Folge geleistet. »Enno, ich möchte, daß du Thor kennenlernst, bevor er den Eindruck bekommt, daß du ein unerwünschter Eindringling bist, und dich zu Postbüddelfrikassee verarbeitet. Thor, das ist Enno. Sag schön guten Tag.«

Thor hob zu Hannahs Überraschung die Pfote, und Enno ergriff sie ohne Zögern und schüttelte sie. »Ist das nicht der von Ortmanns?« sagte er, und seine hageren Wangen gewannen wieder etwas Farbe. »Der ist doch aus der Zucht von meinem Schwager. Einer von den ›Danebengegangenen‹, wie er immer sagt – zu klobig, zuviel Wolle, und zuviel Schwarz drin. Hab' ich mir doch gedacht, daß Ortmanns den nicht behält. Wenn Anneliese sich was in den Kopf gesetzt hat ... Als die das Kind gekriegt hat, hat die sich doch gedacht, das ist die Gelegenheit, das Biest loszuwerden.«

»Horst hat gesagt, sie sei allergisch gegen den Hund«, berichtete Hannah.

Enno schnaubte. »So kann man das auch sagen, ja.«

»Ist doch'n Ding mit der Greta, was?« sagte Hannah gerade noch rechtzeitig, bevor der Briefträger sich wieder auf sein Fahrrad schwang.

Er nahm seine blaue Schirmmütze ab und kratzte sich bedächtig den Kopf. »Ja, das kann man wohl sagen. War 'ne flotte Deern. Hat sie nicht verdient, so was. Egal, was die Leute sagen.«

»Meinst du, die gönnen ihr das, weil sie einen unmoralischen Lebenswandel hatte?« fragte Hannah unbedarft.

»Gönnen tut man so was keinem«, erwiderte Enno mit unbeirrter Ernsthaftigkeit. »Aber manch einer denkt bestimmt, die hat doch selber schuld gehabt. Kann man auch keinem verdenken. Sie hat ja man ein büschen flott gelebt, uns' Greta. Aber ich mein' immer, das war ihre Sache. Jedem das Seine.«

»Meinst du nicht, daß das auch viel Gerede war mit ihren vielen Liebhabern?« fragte Hannah. »Du weißt doch, wie die Leute sind. Ich meine, meistens ist das doch bloß halb so wild. Vielleicht hat sie bloß damit angegeben. Oder sie ist eben ins Gerede gekommen, wie das manchmal so geht.«

»Nee, nee«, sagte Enno, klatschte sich die Mütze wieder auf den Kopf und stieg auf sein Rad. »Nee, nee, stimmen tut das schon. Da war so manch einer . . .«

»Ich dachte nur«, meinte Hannah, »weil ich nämlich überhaupt noch nie von jemandem gehört habe, den ich kenne, daß der ein Verhältnis mit Greta hatte.«

Sie hatte es noch gar nicht ganz ausgesprochen, da wußte sie, daß sie einen Fehler gemacht hatte. Enno war puterrot geworden und hatte es ganz offensichtlich eilig, weiter seiner Arbeit nachzugehen. »Jetzt spricht da natürlich keiner mehr gern drüber«, sagte er hastig und trat wuchtig in die Pedale. »Tschüs, Hannah!«

Wie hatte sie so dumm sein können. Natürlich wußte Enno, daß Horst ein Verhältnis mit Greta gehabt hatte. Wie Tante Malwine zu berichten wußte – der Himmel mochte wissen, woher sie das hatte! – ging Enno ja nachts mit dem Fernglas in den Siedlungen auf Pirsch und schaute in erleuchtete Fenster. Außerdem kam er als Briefträger sowieso viel rum, und er war weitläufig mit Hannah verwandt.

»Na, komm, Thor«, sagte sie resigniert. »Das haben wir versaubeutelt.« Sie trugen ihre Einkäufe nach Hause.

»Huhuu! Hannah!« Marga von nebenan kam aus dem Haus gefegt, als hätte sie am Fenster gestanden und darauf gewartet, daß Hannah wiederkam. »Hör mal, was hast du dir denn für ein Untier zugelegt, ist das nicht der Hund von Ortmanns? Ist Anneliese den doch noch losgeworden, was? Na, versucht hat sie's ja lang genug.« Sie fuhr dem Hund mit beiden Händen kräftig durch die weiße Mähne auf seinem mächtigen Nacken, und Thor hob genüßlich den Kopf und ließ es sich gefallen. »Du bist wenigstens warm eingepackt mit deinem dicken Pelz«, fügte sie mit ihrer monotonen Stimme hinzu. »Unsereins muß ja schon wieder frieren, und dabei dachte ich, der Sommer kommt.«

Marga hatte die Angewohnheit, jede Silbe gleichlang zu betonen, und der Zeitaufwand, den das brauchte, dehnte ihre Sätze merkwürdig in die Länge. Sie zog ihre selbstgestrickte Wolljacke zu und schlug fröstelnd die Arme übereinander. Das kam einer Aufforderung gleich, sie zu einer Tasse Tee ins Haus einzuladen – eine Gelegenheit, die Hannah bestimmt nicht versäumen würde.

»Marga, gut, daß ich dich treffe«, sagte sie. »Du, komm mal gleich mit rein, ich muß dir mal eben was zeigen. Ich hab' nämlich einen Entwurf für die Hafenkulisse gemacht für euer Theaterstück ...«

»Mensch, das ist ja toll«, freute sich Marga und trat eifrig die Schuhe auf der Fußmatte ab. »Da bin ich aber gespannt drauf. – Du, sag mal, hat Horst dir das eigentlich erzählt mit Greta Leiboldt?«

Hannah war dabei, ihre Einkäufe auszupacken und Thor eine Schale mit Futter zurechtzumachen. Sie war froh, daß Marga im Moment ihr Gesicht nicht sah. Wahrscheinlich grinste sie so breit wie ein Honigkuchenpferd. Woher ihr plötzliches Interesse für Horsts Mordfälle rührte, konnte sie sich selbst nicht recht erklären, und ihre Sensationsgier beschämte sie auch ein bißchen. Aber seit sie die teuren Kleidungsstücke der Toten gesehen hatte, ließ diese Sache sie einfach nicht mehr los. Und es würde sie auch nicht wieder loslassen, ehe sie nicht herausgefunden hatte, warum eine Frau, die in einem Kinderheim Büroarbeit erledigte, sich besser kleidete, als Hannah Bäumer es nach ihren übelsten Kaufwutanfällen geschafft hatte. Es war ihr sehr recht, daß heute wirklich jeder mit ihr über Greta reden wollte. »Ist das nicht eine furchtbare Sache, Marga?« sagte Hannah, denn dieser Spruch paßte ja fast zu jeder Gelegenheit.

»Ja, Mensch, das kann man aber auch wohl sagen«, jammerte Marga. »Das Mädchen war aber auch unvorsichtig, ich hab' ja immer schon gedacht, paß auf, einmal treibt sie's zu bunt, und dann isses passiert. Weiß man denn schon, wer das war?«

»Nee«, sagte Hannah. »Sag mal, ist dir eigentlich mal aufgefallen, was für tolle Sachen Greta anhatte? Ich meine, wie konnte die das bezahlen von dem Gehalt? – Komm, guck dir mal eben den Entwurf für das Bühnenbild an. Mal sehen, ob das so ungefähr deinen Vorstellungen entspricht.« Sie mochte Marga gar nicht ansehen. In was für eine Lage hatte sie sich bloß gebracht, als sie zugestimmt hatte, dieses verflixte Bühnenbild zu machen. Wollte sie es wirklich riskieren, daß die ganze Stadt über sie lachte?

Hannah merkte ganz genau, daß diese Gedanken mehr mit Panikmache aus Gewohnheit zu tun hatten als mit tatsächlicher Furcht. Im Grunde ihres Herzens wußte sie, daß sie so unbegabt nicht war. Trotzdem bereitete ihr diese Sache Sorgen. Angriffe auf ihre Person war sie gewohnt, aber im Hinblick auf ihre Malerei war sie verletzlich. Ihre Bilder waren vielleicht das einzige, was sie erschaffen konnte und worauf sie stolz war. Und so faltete sie schützend die Arme über ihrem Herzen und trat zurück, während Marga fassungslos auf den Bug des riesigen Schiffs starrte, der aus der Wohnzimmerwand herauszuragen schien.

»Du weißt, das ist jetzt nur der Entwurf«, verteidigte sich Hannah. »Nachher werden das Schiff und die Kaimauer auf Holzteile übertragen, und das ganze Bild wird dann richtig dreidimensional.«

»Mein Gott«, sagte Marga, und zum erstenmal, seit Hannah sie kannte, klang ihre Stimme ganz normal. »Das ist ja *toll.*«

Hannah atmete erleichtert auf. Die Katastrophe war ausgeblieben. Offenbar sogar mehr als das. Als Marga sich umdrehte, leuchteten ihre Augen. »Du, das ist ganz phantastisch geworden. Ich glaube, so ein schönes Bühnenbild hatten wir noch nie. Da kann man doch mal sehen, du hast das wirklich von deinem Großvater geerbt. Der hat ja überall auf den Dörfern die ganzen Kulissen für die Laiengruppen gemalt. Wir haben da heute noch Sachen von, die benutzen wir manchmal sogar noch wieder. Du, das muß ich gleich Althäa sagen, die ist da nämlich mit für zuständig, für die Organisation. Meinst du, Hannah, daß sie sich das auch mal angucken darf?«

Hannah lachte fröhlich. Ihr war ein Stein vom Herzen gefallen. »Klar kann sie das. Das könnt ihr alle, es ist doch für euch gemalt.« Dann fiel ihr ein, daß die Dame mit dem ungewöhnlichen Vornamen Althäa eigentlich nur die Wiegande sein konnte – Horst Bäumers berüchtigte Sekretärin,

Vorzimmerdame, Schreibkraft oder wie auch immer man das bezeichnen mochte. Hoffentlich würde Hannah ihre vorschnelle Einladung nicht bereuen. Die Wiegande war mit Sicherheit eine ihrer entschiedensten Gegnerinnen. Jeder, der im Präsidium arbeitete, wußte, daß der fähige Horst Bäumer eine prima Karriere hingelegt hatte, bis er Hannah heiratete, die mehr Geld ausgab, als er verdienen konnte, ihn mit ihrer Kleptomanie zur Lachnummer degradierte und mit seinem Vorgesetzten eine Affäre anfing. Natürlich hatte sich das alles in einer anderen Stadt abgespielt, aber das änderte nichts daran, daß Horst hier immer sehr beliebt gewesen war und Hannah nun natürlich entsprechend unbeliebt.

Na und? dachte Hannah. Was soll schon passieren. Wenn sie frech wird, schick' ich ihr Thor auf den Hals. Sie schaute sich lächelnd nach ihrem Hund um, der seine Mahlzeit beendet hatte und gerade aus der Küche gekommen war. Er setzte sich neben sie und beobachtete Marga. Hannah tätschelte seine Schulter, oder besser gesagt, den Pelz auf seiner Schulter, und er lehnte sich an ihr Bein und warf sie mit seinem Gewicht fast um.

Es war an der Zeit, das Thema Greta weiterzuverfolgen. »Ich mach' eben Tee«, kündigte Hannah an. »Ich bin irgendwie ganz durchgefroren. Ich kann dieses Wetter nicht gut haben.«

»Du, das kann man wohl sagen«, erwiderte Marga in ihrem gewohnten monotonen Singsang, riß sich widerwillig von der Hafenansicht los und folgte Hannah in die Küche. »Kalt ist das geworden. Und dann dieser graue Himmel. Ganz furchtbar.«

»Ich möchte bloß mal wissen, was Greta bei so einem Wetter im Wald gemacht hat.« Hannah setzte den Wasserkessel auf. Sie sah zum Fenster, als ein Windstoß Tropfen gegen die Scheibe prasseln ließ. »Guck dir das an, jetzt fängt das doch schon wieder an zu regnen!«

»Ach, verflixt«, sagte Marga und schaute auf ihre Füße, die in abgetragenen braunen Hausschuhen steckten. »Und ich hab' mir nicht mal richtige Schuhe angezogen. – Aber gestern war das Wetter noch richtig heiß, weißt du das nicht mehr? Da mochte man wohl noch einen Spaziergang machen. Allerdings wundert mich das eigentlich, also, das muß ich schon sagen. Ich hätte nicht gedacht, daß Greta da der Typ für ist. Ich meine, Jogging und so was, das hat sie ja alles nicht gemacht. Komisch eigentlich, sportlich war Greta überhaupt nicht. Obwohl das doch so modern ist heutzutage.«

»Setz dich doch, Marga«, sagte Hannah ungeduldig. Sie fand so erzkonservative Gäste, die vor jedem Schritt erst auf Erlaubnis warteten, im Grunde ganz schrecklich. »Vielleicht sollte das ja eigentlich ein romantischer Spaziergang werden«, schlug sie vor.

»Siehst du!« triumphierte Marga und wagte es, auf der äußersten Kante der Küchenbank Platz zu nehmen. »Du meinst also auch, daß sie den Kerl gekannt hat! Das hab ich mir doch gedacht. Ich denk' das ja nämlich auch. Aber ich glaube, die Polizei ist da ja ganz anderer Ansicht, oder?«

»Na ja, wenn eine so viele Männergeschichten hat«, sagte Hannah vage. Sie wünschte, ihre Nachbarin würde nicht dahocken wie ein gejagtes Beutetier kurz vor dem rettenden Sprung. Es machte sie ganz nervös.

»Genau«, bestätigte Marga, die sich keineswegs so unwohl fühlte, wie Hannah befürchtete. Sie war es zwar nicht gewohnt, in fremden Küchen herumzusitzen, aber sie unterhielt sich gern. »Das finde ich nämlich auch. Das wär' doch wohl komisch, daß dann ausgerechnet ein wildfremder Verrückter sie so reinwech zufällig als Opfer aussucht. Also, mir will das nicht in den Kopf. Ich sag' dir, da ist einer durchgedreht. Ich will Greta ja nichts nachsagen, also wirklich nicht, das mußt du jetzt nicht denken. Aber mit ihren Männergeschichten ... Sie hat da ja auch überhaupt kein Blatt vor den Mund genommen. Und wie oft hab' ich ihr schon gesagt, Greta, hab' ich gesagt, du mußt ein bißchen vorsichtig sein. Männer sind auch eifersüchtig, das sind nicht nur Frauen, du, einen Mann kann man ganz schlimm in seinem Stolz kränken, und dann gnade dir Gott. Tja. Und nun ...« Sie lehnte sich vorsichtig zurück, bis der Rücken ihrer Strickjacke die Polster der Eckbank gerade so berührte, und strich mit der Hand über ihren Rock. Marga in Hosen wäre unvorstellbar gewesen. Sie trug konservative Röcke von unbestimmbarer Form und Farbe, die irgendwo knapp unterhalb ihrer Knie endeten und sich allesamt so ähnlich waren, daß Hannah sich nicht sicher war, ob Marga überhaupt mehr als einen besaß.

»Tja«, sagte Hannah. »Und du meinst, nun isses passiert? Irgendeiner konnte das nicht aushalten, daß sie mit jedem ...« Sie stockte, weil sie nicht wußte, wie sie es umschreiben sollte, ohne ihre Nachbarin zu schockieren.

»Ja, vielleicht!« sagte Marga nachdenklich. »Oder das ist einer gewesen, mit dem sie Schluß machen wollte, das kann doch auch sein!«

»Meinst du denn, daß sie wirklich so wild gewesen ist?« fragte Hannah und stellte die Teekanne auf den Tisch. Ihre Vorstellung von ›wild‹ hatte zwar wenig mit promiskuitivem Sex zu tun, aber irgendwie mußte sie es ja in nachbarschaftsverträgliche Worte kleiden. Hannah holte Tassen und schenkte ein.

Marga seufzte, als wäre sie ein bißchen enttäuscht über die Unterstellung, Greta könne anders gewesen sein, als die Leute vermuteten. »Also, wie gesagt, geredet hat sie darüber doch dauernd.«

»Ich weiß wohl, aber deshalb muß das ja nicht gestimmt haben«, gab Hannah zu bedenken. »Vielleicht war das mehr Prahlerei als sonstwas.«

»Ach, das glaub man nicht!« sagte Marga und legte genüßlich die Hände um ihre heiße Teetasse. »Da frag mal Erna Hinrichs, die ihr die Wohnung vermietet hat!«

»Du meinst, es ist doch wahr, was die Leute erzählen?« fragte Hannah. »Ich dachte nur, weil ...« Sie trank hastig einen Schluck und schickte ein Stoßgebet zum Himmel, daß sie sich nicht wieder den Mund verbrennen würde wie vorhin beim Briefträger. »Man hört doch immer, sie hätte die Männer gewechselt wie die Hemden – aber was für Männer das nun eigentlich gewesen sein sollen, darüber hört man nie ein Wort. Und das kommt mir so komisch vor.«

»Dooooch«, sagte Marga. »Also, ich kenn' ein paar. Und du auch. Hier, der Mann von Horst seiner Cousine, die vormittags bei Keulerz in der Praxis arbeitet, der doch auch!« Hannah verschluckte sich an ihrem Tee und hustete. Marga schlug die Hand vor den Mund. »O Gott, hätte ich das jetzt nicht sagen dürfen?« Sie wurde über und über rot.

»Doch, doch«, beeilte sich Hannah zu versichern, »ich hab' mich bloß verschluckt vor Schreck.« Wahrscheinlich war Dorit die letzte, die es erfahren hatte. »Schließlich haben die zwei Kinder.«

»Na, so was hat doch noch nie einen abgehalten«, konstatierte Marga trocken. »Ich hätte Jörg Gerjets das zwar auch nicht zugetraut, aber Erna Hinrichs weiß das von der Köchin vom Kinderheim, wo Greta gearbeitet hat. Gesprochen hat Greta da natürlich nicht drüber, so war sie nun auch nicht, wo er doch verheiratet ist. Aber sie war nun eben mal unvorsichtig, und da sind sie gesehen worden. Ich mein', ist ja auch blöd, so was, im Flur vom Kinderheim, weißt du! Da rumzuknutschen, das muß ja nun wirklich nicht sein. Ich mein', hätten ja auch Kinder um die Ecke kommen können. Aber sonst wußte das jedenfalls keiner.«

»Hm«, sagte Hannah. »Aber du siehst ja, du hast es auch gewußt. Und wer weiß, wie viele noch.«

»Ja, weil Erna Hinrichs in der Laienspielgruppe ist«, erklärte Marga. »Und weil sie mit der Köchin zur Schule gegangen ist. Und weil wir verwandt sind mit den Hinrichs. Sonst auch nicht. Normalerweise redet Erna nämlich gar nicht darüber. Hat sie noch nie gemacht. Ich hab' ja auch manchmal gemeint, sie müßte Greta das eigentlich mal sagen, daß sie's man nicht ganz so doll treiben soll. Aber Erna wollte da nix von wissen. ›Das ist ihre Sache‹, hat sie gesagt. Und sonst nie ein Wort. Von Erna nicht. Bloß mit dem Gerjets, da war sie, glaub' ich, so'n bißchen vergrellt drüber. Weil der ja nämlich Kinder hat. Und seine Frau ist nämlich wirklich nett, und Erna kannte die ja nun auch ganz gut, weil sie ja auch bei Keulerz Patientin ist.« Sie stellte ihre leere Teetasse ab, schaute auf die Uhr und sprang hastig auf. »Du, jetzt muß ich aber rüber. Ich muß ja noch zum Kaufmann, ich hab' überhaupt nix mehr zum Abendessen im Haus. Hannah, ich erzähl' Althäa das mit dem Bild.«

»Ja, mach das«, sagte Hannah. »Paß auf, fall nicht über Thor.«

»Gut, daß er weiße Stellen hat«, meinte Marga, »sonst würde man ihn gar nicht sehen, wenn er im Flur liegt. Das ist aber auch dunkel geworden!« Sie war schon halb aus der Tür, als sie sich noch einmal umdrehte. »Du übrigens, das mit ihrer Kleidung, das glaub' ich aber nicht, daß die teuer war, Hannah. Ich kenn' Greta bloß in so langweiligen graubraunen Sachen, und so ganz kitschige bunte Halstücher hatte sie immer an. Also, ich finde, manchmal sah sie aus wie aus dem Müllsack gezogen. Tschüs, Hannah!« Sie stürzte sich mit eingezogenem Kopf in den Regen, auf Zehenspitzen, um ihre Hausschuhe zu schonen.

Hannah winkte ihr nach und ging kopfschüttelnd ins Haus zurück. »Soviel zur Haute Couture. Ich glaub', ich kauf' mir nie wieder was Teures.« Sie blieb im Flur stehen und dachte nach. Hatte sie selbst damals in ihren teuren Sachen auch ausgesehen wie ›aus dem Müllsack gezogen‹? Komplimente hatte sie jedenfalls selten damit geerntet, aber jede Menge schräger Blicke. Sie selbst hatte ihre Designerkleider schön gefunden, sonst hätte sie so etwas ja nicht gekauft. Sie fand meistens, nicht nur bei Kleidungsstücken, das am schönsten, was sich dann als sehr, sehr teuer erwies.

Das ging ganz offensichtlich nicht jedem so.

Als Hannah am nächsten Morgen aufwachte, fand sie die Kissen neben sich unberührt. Es überraschte sie nicht weiter, daß Horst nicht nach Hause gekommen war. Wenn er einen schwierigen Fall zu lösen hatte, schlief er in den besonders arbeitsintensiven ersten Tagen nur wenig. Hannah gähnte und schwang unternehmungslustig die Beine aus dem Bett. Sie landeten auf Thors Rücken. Der Hund gab einen erschrockenen Grunzer von sich, sprang auf, schüttelte sich und gähnte herzerweichend.

»Was meinst du«, sagte Hannah, und Thor setzte sich auf

die Hinterläufe und starrte sie mit schiefgelegtem Kopf an. »Wir sollten vielleicht mal Tante Malwine besuchen!« Thor wedelte mit dem Schwanz und lächelte.

Hannah aß in der Küche schnell ein Brot, während der Neufundländer sein Frühstück verputzte. Dann zog sie Horsts altes Regencape über, nahm ein Handtuch für den Hund mit und holte das alte Fahrrad aus der Garage. »Schön bei Fuß bleiben, Thor«, sagte sie und hoffte, daß der große Landseer es auch gelernt hatte, neben dem Fahrrad zu laufen. Tatsächlich sah es ganz danach aus, als wäre das für Thor Alltag. Er trottete fröhlich neben ihr her, erstaunlich leichtfüßig für seine massige Gestalt, und ließ die Zunge seitwärts aus dem Maul flattern wie eine kleine Fahne. Er genoß es ganz offensichtlich, Bewegung zu haben. Der Regen perlte von seinen obersten Pelzschichten ab und machte ihm überhaupt nichts aus, und die Länge der Strecke schien ihn auch nicht gerade zu überfordern. Als Hannah ihr Rad neben dem einzigen Hochhaus der Stadt abstellte, allgemein als ›Klinkersilo‹ bekannt, gähnte Thor ausgiebig wie nach einem geruhsamen Schläfchen. Sie zog ihn in den Flur und trocknete ihn notdürftig ab.

Das Klinkersilo hatte stolze fünf Stockwerke und stand als allerletztes Gebäude an dem gewundenen kleinen Weg praktisch mitten im Weideland.

Hier hatte Tante Malwine eine kleine Eigentumswohnung mit Ausblick zu den benachbarten Tennisplätzen auf der einen Seite und quer über die Weiden bis hin zum Kinderheim und zum Reiterhof auf der anderen.

Sie gehörte zu den begnadet schwerhörigen Menschen, die sich von dem ewigen ›Plopp, Plopp‹ der Tennisbälle nicht stören ließen.

»Na guck an«, tönte die Stentorstimme der rüstigen alten Dame über den Flur, als die Aufzugtür sich öffnete und den Blick auf Hannah und Thor freigab, der ein bißchen Mühe gehabt hatte, seine sperrige Gestalt unterzubringen. »Das nenn' ich mal vernünftig, mein Kind. Und eine gute Tat war das auch. Anneliese Ortmanns hat ja von Anfang an was gegen den Hund gehabt, das hatte doch überhaupt gar keinen Zweck mit der. Hat sie's also doch endlich geschafft, das Biest loszuwerden. ›Bestie‹ hat sie immer dazu gesagt. Ja, das verstehst du, was ...«, sagte Malwine und tätschelte mit ihren altersfleckigen Händen, auf denen die Adern wie blaue Schnüre auflagen, Thor den mächtigen Schädel. »Der Ausdruck ist dir noch geläufig. Besser als dein Name wahrscheinlich. Der Hund ist ja aus der Zucht von Enno sein' Schwager, und zwar ist das ein Neffe zu dem Sohn von dem alten Menke, der das Hotel gehabt hat, das abgebrannt ist, aber das wirst du nicht mehr wissen, Hannah, da warst du ja noch gar nicht auf der Welt. Willst du Kaffee?«

Sie hatte den Wasserkessel in ihrer winzigen Küche schon aufgestellt und holte ihren angeschlagenen alten Porzellanfilter heraus. »Dann kann dir ja jetzt wenigstens nix passieren. Obwohl ich ja sowieso nicht glaub', daß da noch was nachkommt.«

»Aber so verrückte Triebtäter geben sich doch nie mit einem Opfer zufrieden«, sagte Hannah.

Malwine schnaubte verächtlich. »Verrückte Triebtäter!« Kopfschüttelnd löffelte sie Kaffeepulver in die Filtertüte. Einiges davon landete auf ihrer Bluse, und sie fegte es unwirsch mit den Fingern weg. »Wat'n Quatsch!«

»Kannst du Namen nennen?« fragte Hannah grinsend.

Malwine schüttelte heftig ihr Haupt mit der mopähnlichen grauen Perücke, die wie üblich mehr als nur ein wenig schief saß. »Du willst wissen, wer das gewesen ist? Dann fang man an zu suchen, aber lauf man nicht zu weit dabei. Die Polizei sucht ja schon bis nach Bremen hin. Daß ich nicht lache!«

Und sowas Ähnliches tat sie dann auch. Thor, der in dem vollgestopften Wohnzimmer der Länge nach auf einer scheußlichen, imitierten Perserbrücke lag, betrachtete sie alarmiert, entschied aber, daß sie harmlos sei, und bettete den Kopf wieder auf die Pfoten.

»Du meinst, wir kennen ihn?« fragte Hannah.

»Ach, sicher!« behauptete Malwine wegwerfend. »Was hast du denn gedacht.«

»Ich weiß nicht«, sagte Hannah, »ich kannte Greta ja

eigentlich auch nicht. Ich hab' mich bloß gewundert, weil sie so teuren Kram anhatte.«

»Darüber könnte Erna Hinrichs was wissen«, sagte Malwine und setzte den Wasserkessel ab. Ungeduldig klopfte sie gegen den Filter, als würde er dadurch schneller leerlaufen, stellte ihn schließlich noch tropfend ins Waschbecken und trug die häßlich geblümte Kanne ins Wohnzimmer hinüber. »Greta soll sich mit ihr ja wohl ganz gut verstanden haben. Obwohl ich ja immer gedacht hab', Erna muß doch manchmal zuviel kriegen bei dem, was da alles an Kerlen in ihrem Haus ein und aus geht. Aber komisch, da hat Erna nie ein Wort über verloren. Eigentlich wollte ich sie auch noch fragen, ab wann sie die Wohnung wieder vermieten kann. Weil mein Briefträger nämlich davon sprach, daß seine Nichte jetzt was sucht, und der ihre Mutter ist ja eine Tochter zu dem alten Boekhoff, der früher das kleine Lebensmittelgeschäft da bei euch an der Ecke hatte, und da würde Erna sich bestimmt nicht mit verschlechtern. Ich glaub', die hat bloß 'n Kanarienvogel.«

Sie schenkte den Kaffee ein, und Hannah tat sich zwei Stück Zucker und viel Sahne dazu, genau wie Malwine auch. »Wenn du da gleich vorbeiguckst bei Erna Hinrichs«, sagte Hannah, »kannst du mich eigentlich mit in die Stadt nehmen. Das Fahrrad steht hier ja gut.«

»Das laß man ruhig hier«, bestätigte Malwine, »hier kommt nix wech.« Nachdem das weitere Vorgehen somit abgesprochen war, hatte sie es plötzlich sehr eilig, den Kaffee auszutrinken, und Hannah beeilte sich, mit ihr Schritt zu halten. »Dann wollen wir mal«, sagte Malwine, verfrachtete die Tassen in den Ausguß und hastete in den Flur. Sie zog ihre Kostümjacke über und rückte beiläufig vor dem Garderobenspiegel die Perücke zurecht, die dabei nun auf der rechten Seite Übergewicht bekam statt wie vorher auf der linken. Dann schnappte sie ihre altmodische Handtasche und riß einen betagten Regenmantel vom Haken. Malwine war zu ungeduldig, um auf den Aufzug zu warten, und wackelte auf ihren zweifarbigen Pumps die Treppe hinunter. In der Haustür wurschtelte sie sich schnell noch in ihren

Mantel, denn der Regen war ziemlich heftig geworden. Völlig außer Atem, aber ungebremst schlingerte sie auf ihre Limousine zu und öffnete die Türen.

Hannah ließ Thor nach hinten, setzte sich neben Malwine auf den Beifahrersitz und schnallte sich hastig an. Die Fahrkünste ihrer angeheirateten Tante waren berüchtigt. Hannah schloß die Augen, während der BMW einen gewaltigen Satz nach hinten machte. Malwine kurbelte heftig am Steuer und brachte den Wagen aus der Parklücke heraus und auf Kurs. Sie wechselte den Gang erst, als sie längst auf der Straße waren und der Motor schon gequält aufheulte.

Thor legte auf dem Rücksitz die Ohren an. Hannah war überzeugt, daß er genauso froh war wie sie selbst, als sie ohne Unfall und sonstige Kalamitäten vor dem Haus parkten, in dem Greta gewohnt hatte. Malwine stieß die Autotür auf, ohne sich um den restlichen Verkehr auf der Straße irgendwelche Gedanken zu machen. Ein erschrockener Autofahrer machte einen heftigen Schlenker zur Straßenmitte, um die alte Dame nicht ihres Lebens zu berauben. Malwine bemerkte es nicht einmal, verschloß ihr Auto und marschierte rüstig auf die Haustür zu, um aus dem Regen herauszukommen.

Hannah hatte Thor im Wagen gelassen. Malwine drückte heftig auf die Klinke, ehe sie ans Klingeln auch nur dachte, und tatsächlich schwang die Tür auf. Schon standen sie in einem ziemlich großen, gekachelten Flur mit einer Treppe zur Rechten, auf der eine beleibte Frauensperson sich mit einem großen Müllsack abquälte, der offensichtlich voller Kleider steckte.

»Ach, Lenchen!« tönte Malwine lauthals, »Lenchen, was tut mir das leid, komm, laß dir das eben abnehmen, wo willst du denn damit hin?«

»Bloß e'm an die Haustür, den Sack, das holt Hinnerk nachher ab, zum DRK. Von uns kann das ja doch keiner anziehn, die Deern war ja so groß. Ich hab' bloß die ollen Kopftücher behalten. Kann man ja nie genug von haben.« Energisch ging Malwine Gretas Mutter zur Hand, ohne Hannah Gelegenheit zum Eingreifen zu geben. Die beiden

Frauen zerrten gemeinsam den Sack nach unten und stapften dann wieder die Treppe hinauf, die dürre, wendige Malwine natürlich voraus.

Hannah biß sich auf die Lippen. Seidene Halstücher von der Größe mittlerer Tischdecken, jedes einzelne eine Kostbarkeit, stapelten sich in einem Schuhkarton im Wohnzimmer. Und nun würden die Bäuerinnen in Gretas Familie sie vermutlich bei der Stallarbeit tragen, denn um sich zu festlichen Anlässen damit zu schmücken, waren ihnen die Muster bestimmt viel zu ›kitschig‹.

Malwine schaute flink in jede Ecke, sondierte die Räumlichkeiten systematisch und gründlich und schätzte das bewegliche Inventar auf seinen Wert. »Na, viel kannst du da ja wohl nicht mit anfangen.«

»Arme Deern«, sagte Lenchen und wischte mit der Hand über die Nase. »Hat ja auch nich viel gehabt. Hier, guck . . .« Sie lief durch eine schmale Tür in die angrenzende kleine Küche hinüber, öffnete einen Schrank und wies auf einen Stapel knallig bunter Schüsseln aus Glas. Schnaufend bückte sie sich, nahm die oberste Schale heraus und hielt sie Hannah und Malwine zur Begutachtung hin. »So was können wir doch gar nich brauchen, das ist doch was für ganz junge Leute, all der billige bunte Kram. Oder für Kinder.«

Hannahs Herz tat einen Sprung, als sie sah, was Gretas Mutter da als »billigen, bunten Kram« bezeichnete. Einige der Schalen hatten eine aufregend asymmetrische Form, und die Farben waren unglaublich schön. Bei der größten von ihnen wechselte knalliges Orange mit wilden Flecken von Grasgrün. Das Glas war durchzogen von einer Spirale aus milchigem Weiß mit goldenen Einsprengseln. Hannah fuhr ehrfurchtsvoll mit einem Finger über den wunderschön geschwungenen Rand.

»Mögen Sie die leiden?« fragte Lenchen sichtlich überrascht. »Hier – Sie können sie haben.« Sie begann hastig auszuräumen und schaufelte mit ihren abgearbeiteten, großen Händen Schüsseln und Schalen in einen geräumigen Karton. Hannah zuckte bei jedem Ton zusammen, mit dem Glas auf Glas prallte. »Hier, so!« sagte Lenchen und klappte energisch den Deckel zu. »Faß mal mit an, Malwine, bloß gleich rin ins Auto, wech damit ...« Sie trugen den Karton die Stiegen runter.

Hannah hastete hinterher. Kurz bevor Lenchen den Behälter mit wütendem Schwung in den Kofferraum knallen konnte, den Malwine eilfertig geöffnet hatte, fing Hannah todesmutig die schwere Fracht an ihrer Brust. Sie hätte sich um ein Haar beide Arme verrenkt und zerrte sich einen Rückenmuskel, aber sie setzte das schöne, bunte Glas sanft und ohne ein Klirren ab. Thor betrachtete den Vorgang vom Rücksitz aus aufmerksam, ohne einen Ton von sich zu geben.

»Wech mit Schaden«, sagte Lenchen und knallte den Kofferraumdeckel zu. »Was soll'n wir damit, Kummen haben wir weiß Gott genug zu Haus'.«

Sie blieb stehen, und der Regen tropfte von ihrem Kopftuch. Sie wischte sich mit einem dicken, roten Fingerknöchel durch die Augenwinkel. Impulsiv warf Hannah beide Arme um die breiten, runden Schultern der Frau und drückte sie einen kurzen Moment, dann ließ sie hastig wieder los, erschrocken über sich selbst.

Lenchen nickte. »Nützt ja nix«, sagte sie, und jetzt konnte man auch schon besser hören, daß das keine Wut war. »Nützt ja nix ...« Schniefend stampfte sie auf ihren schweren Beinen ins Haus zurück, so langsam, als trüge sie eine ungeheure Last. Oben im Wohnzimmer holte sie ein Taschentuch aus ihrer Kitteltasche, faltete es sorgsam auseinander und wischte sich die Augen. »So ein Ende!« sagte sie und schluchzte heftig auf. »So ein Ende, das hat uns' Greta nich verdient.«

»Nein, das hat sie auch nicht«, sagte Malwine und sorgte dafür, daß Lenchen auf das Sofa zu sitzen kam und ein Kissen im Rücken hatte. »Guck mal e'm in'n Schrank da«, bat Gretas Mutter heiser und putzte sich die Nase. »Da steht so'n Buddel Likör, da mach' ich jetzt wohl einen von haben. Hol mal drei Gläser aus der Vitrine, Hannah.«

Hannah gehorchte, ein bißchen verunsichert, weil die Frau sie beim Namen kannte und weil sie plötzlich auch ein

»Du« wert war. Malwine schenkte großzügig Likör aus, sah sich im Zimmer um und zog sich einen halbwegs bequem aussehenden alten Stuhl heran, den Greta offensichtlich selbst schwarz lackiert hatte. Hannah hockte sich auf den Boden.

»Dein Mann hat doch bestimmt gesagt, das war ein Triebtäter«, verlangte Lenchen zu wissen. Hannah nickte. »Siehst du«, sagte Lenchen. »Na ja. Wenn das man stimmt. Ich bin da gar nich so von überzeugt. Greta war ein hübsches Mädchen. Da wollte so manch einer was von, und sie hat ihn stehenlassen.«

»Hat sie dir das erzählt«, fragte Malwine in einem Ton, als wollte sie anzweifeln, daß Greta jemals irgendjemanden abgewiesen hatte.

»Greta hat über so was gar nich erst gesprochen«, schnappte Lenchen, und Hannah schaute verschämt zu Boden, denn sie wußte es besser. »Aber guck dir Jammer-Janßen an«, fuhr die Frau fort. »Also, 'ne Leuchte isser ja nich, aber ich finde immer, er ist ein anständiger Junge, also, da lass' ich nix über kommen. Ich hab' ja seinen Vater schon gekannt, na, wer kannte den nich. Und der Junge hat es auch nich leicht. Vielleicht wollte der lieber was ganz anderes werden als Polizist, aber glaub man nich, daß der gefragt worden ist. Seine Großeltern mütterlicherseits, die haben ja den Hof da bei uns draußen, das heißt, jetzt macht an sich der Sohn ja schon die ganze Arbeit. Aber gehören tut ihm der Hof nich. Ich hab' ja schon gesagt, Jan, hab' ich gesagt, mach nich den Fehler und teil das Land nachher als Erbe zwischen allen auf, das hat kein' Zweck, da geht das alles bloß kaputt mit. Dein Junge hat so geschuftet, der hat sich weiß Gott den Hof verdient. Mit dem seine Schwester ist doch reinwech gar nix los.«

Hannah hatte einige Mühe, in den Windungen dieser örtlichen Familiengeschichte nicht verlorenzugehen, aber Jammer-Janßen war ihr immerhin ein Begriff. Das war der neue Assistent ihres Mannes. »Aber das ist doch bestimmt nicht der einzige gewesen«, warf sie ein, ehe Malwine Gelegenheit fand, sich in die Story einzuklinken und ihre eigenen

Abwege zu verfolgen. »Ich meine, der tut doch keiner Fliege was zuleide – oder etwa doch?«

»Nee, der nich«, sagte Lenchen beruhigend und stürzte ihren Likör hinunter. Sie schüttelte sich, ohne daß ihre kompakte Masse dabei nennenswert in Bewegung zu bringen war. »O Gott, ist das ein klebriges Zeug. Komm her, Malwine, schütt einen nach, vielleicht gewöhnt man sich ja dran. – Ich sag' das nur, weil ich das von dem selber weiß. Der mochte Greta gern. Aber ihr war der ja nich gut genug. Ich fand das nich richtig. Aber das mußte die Deern ja nun selbst wissen. Jedenfalls hat er mir mal sein Herz ausgeschüttet, und deshalb weiß ich das. Von den andern weiß ich das ja nich. Weil Greta da nie über sprach.« Sie horchte auf, weil sie Schritte auf der Treppe hörte. »Ach, ich glaub', da kommt Hinnerk.«

Malwine erhob sich sofort, in der völlig richtigen Annahme, daß jetzt gearbeitet würde und daß sie da besser verschwand.

Der blonde Hüne, augenscheinlich ein Bruder von Greta, mußte den Kopf einziehen, als er ins Zimmer kam. »Moin«, sagte er und blickte verlegen an den drei Frauen vorbei. »Hast du schon was zusammengepackt?«

»Schon beinah alles«, erwiderte seine Mutter, »und Malwine hat mir geholfen, den Sack mit den Kleidern runterzubringen.«

»Ich wollte ja eigentlich bloß zu Erna«, erklärte Malwine. »Is' sie überhaupt da?«

»Ja, müßte sie wohl sein«, meinte Lenchen, »jedenfalls hat sie mir geholfen, den ganzen Kram einzupacken, und wir haben unten auch schon Tee getrunken.«

»Denn will ich mal gucken gehn«, sagte Malwine, und Hannah folgte ihr die Treppe hinunter.

»Machst du mir erst das Auto auf, damit ich Thor rausholen kann?« bat Hannah mit einem Blick auf die Uhr. »Ich glaub', ich schau' mal nach, ob Dorit schon frei hat – ist ja nicht weit von hier. Fahr dann ruhig ohne mich zurück, wenn ich nicht wiederkomm'. Ich hol' mir das Rad und den Karton mit den Schüsseln später bei dir ab.«

Malwine steckte schon so voller Vorfreude auf ihr Gespräch mit Erna, daß sie Hannah kaum noch wahrnahm. Schlimmer noch, sie wußte nicht mal die Tatsache zu würdigen, daß Dorit, Horsts Cousine sich offenbar mit Hannah angefreundet hatte.

Sie schloß den Wagen auf und wieder ab und verschwand mit einem »Denn man tschüs« so übereilt wieder im Haus, daß sie mit den U-Booten an ihren Füßen beinahe über die Schwelle gestolpert wäre. Ihr loses Gebiß gab einen schnappenden Laut von sich.

Hannah grinste.

»Kannst du dir das vorstellen?« Erna Hinrichs stand in ihrem Wohnzimmer wie eine Lokomotive unter Volldampf. »Der kleine Janßen, du – ausgerechnet der Janßen steht da in aller Herrgottsfrühe vor meiner Tür und will seine Nase in die Angelegenheiten von unserer armen Greta stecken – dienstlich! Sagt er . . . saacht er!« Ihre fleischigen Nasenflügel blähten sich vor Empörung.

Malwine lachte ihr trockenes Lachen und schubste geistesgegenwärtig die beinah schon leere Keksschüssel auf Erna zu, die diese völlig geistesabwesend sofort mit einer Tüte aus dem düsteren alten Wohnzimmerschrank wieder nachfüllte, während sie unablässig vor sich hinschimpfte. »Ausgerechnet Janßen. Na, nicht mit mir, das kann ich dir sagen. Mit mir nicht! Das hat der aber auch gemerkt!«

Malwine zog unauffällig die volle Schüssel wieder in ihre Reichweite und schnappte sich einen Schokoladenkeks. »Das wär' dem grad recht«, vermutete sie kauend, »wenn er vor lauter Wut, daß er nie an'n Drücker gekommen is', nun wenigstens die in die Bredouille bringen könnte, die mehr Glück gehabt haben.«

»Na, das fehlte noch!« schimpfte Erna erbittert. Die Gläser im Schrank klirrten leise, während sie zu ihrem Sessel zurückstapfte. Zwischen den abgetretenen Teppichen blitzte hier und da ein penibel gebohnerter Dielenboden hervor. »Sie mach ja wohl'n büschen leichtlebig gewesen sein, und ich hab' ihr das auch weiß Gott oft genug gesagt, aber das geht da doch nun wirklich keinen was von an.«

»Jedenfalls war uns' Greta kein Kind von Traurigkeit«, stellte Malwine fest und schob einen Keks nach.

»Aber sie hat sich nicht zu so was wie unsern Jammer-Janßen herabgelassen, das ganz bestimmt nicht. Der ihre Jungs war'n immer ordentliche, anständige Kerle. Sie mach sie ja wohl gewechselt haben wie die Hemden, aber ...« Erna hieb mit ihrer großen Hand auf die Sessellehne. »... Aber es war'n wenigstens saubere Hemden, verdammt noch mal. Nicht so Jammerlappen!«

»Da kann ich nun nix zu sagen«, bedauerte Malwine hoffnungsvoll. »Ich hab' die ja nun nicht gekannt.«

»Doch, die kennst du aber doch auch!« erwiderte Erna erstaunt. Sie lehnte ihr mächtiges Kreuz vorsichtig zurück, bis es bequem in der Ausbuchtung Platz fand, die ein halbes Jahrhundert Beanspruchung im Rückenpolster des Ohrensessels hinterlassen hatte. »Der junge Hinzels, den Bauunternehmer sein Sohn, so'n großer Blonder, der holt doch bei den Auswärtsturnieren vom Reitverein immer die ganzen Preise – der Ältere, nicht der Kleine. Eigenes Pferd und alles, du kennst doch seine Mutter gut. Stell dir vor, wenn der dabei gewesen wär'! Die Reiter haben Greta ja gefunden.«

»Wieso?« fragte Malwine. »War er denn nicht dabei?«

»Nee, Gott sei Dank nicht. Der lag im Bett, Darmgrippe, na, du kannst dir denken, dem seine Mutter war bedient. Die war die ganze Nacht auf den Beinen, so schlecht ging's dem.« Erna schaute nachdenklich blinzelnd quer durch das Zimmer, in das nie viel Sonne fiel und das an regnerischen Tagen wie heute praktisch im Halbdunkel lag. »Na, jedenfalls, und dann war da ja noch der Wübbena von ... na wie heißt das da hinten, du weißt doch. Alwin sein Sohn, der als Kind damals den schweren Unfall gehabt hat, wo man gemeint hat, der wird nicht wieder, und nun wird er ja Lehrer. Der weiß ja überhaupt noch nix von der ganzen Sache. Der is ja ausgerechnet nu in Ägypten, stell dir so was mal vor, wo die jungen Leute heutzutage all so hinkommen, also nee ...« Sie schüttelte ihr Walkürenhaupt und steckte eine vorwitzige Haarsträhne, die sich dabei aus dem straffgespannten Knoten löste, energisch wieder fest. »Und denn – ach, den kennst du doch auch, der is so'n büschen wat älter, aber das is'n ganz netter Kerl, der Wiesekamp. Da kennst du die Mutter von, der Alte ist ja nu schon ewig tot, aber der hat doch mit dem Sohn zusammen noch das Haus gebaut, und da wohnt er ja auch immer noch oben drin, und seine Mutter unten – is sie nicht 'ne geborene Feldscher?«

»Der Wiesekamp? Sag bloß!« Malwines Augen blitzten wie zwei wasserhelle Juwelen. »Aber is der denn nicht mindestens seine dreißig, fünfunddreißig Jahre alt?«

»Der is bald schon vierzig«, sagte Erna. »Warum der nie geheiratet hat, das hab' ich mein Lebtag nicht verstehen können. Aber Greta, ja, das war was für unsern Hannes. Die mochte er gut leiden. Aber das ging nicht lang, damals. Der war ihr zu ruhig, das hab' ich wohl gemerkt. Der hätt' die glatt geheiratet.«

»Na«, schnaubte Malwine, »da hätte sie die Mutter aber mit an'n Hals gehabt, Erna, und denn nachher im selben Haus ... Das ist nämlich 'n Besen, uns Anna Wiesekamp. Ist sie immer gewesen.«

»Er mach ja wohl auch deshalb nie 'ne Frau gekriegt haben«, sagte Erna einsichtig.

»Und hast du was gehört, Erna, was er nun dazu sagt, wo die arme Deern so'n furchtbaren Tod gefunden hat?«

Erna wiegte betrübt ihr graues Haupt. »Mensch, Malwine, wenn der das man überhaupt schon weiß. Der ist doch im Krankenhaus. Ich hab' vor'n paar Tagen noch mit Anna Wiesekamp gesprochen. Herzinfarkt, stell dir das bloß vor. So'n junger Kerl.«

»Nun sag bloß«, sagte Tante Malwine, über dieses Beispiel für die Schwächlichkeit der Jugend von heute aufrichtig empört. »Isser denn noch auf Intensiv?«

»Wie sie so erzählt, ja wohl nich. Aber so schwach, der kommt den Flur nicht rauf und runter im Krankenhaus, sagt Anna. Und nun stell dir das mal vor: So'n Schock, wenn die ihm das mit Greta sagen müssen.«

»Wenn ihm das man nicht den Rest gibt«, orakelte Tante

Malwine düster. »Na ja, für ihn war das denn ja sowieso nix. Bei dem Altersunterschied. Und gerade, wo uns' Greta doch so'ne Lebenslustige gewesen ist.«

»Ach, auf's Alter hat Greta nicht geguckt, Malwine«, winkte Erna ab. Sie seufzte traurig und spielte mit ihrer goldgeränderten Teetasse, durch deren zarten Henkel sie nur die Spitze ihres dicken Zeigefingers stecken konnte. »Warum auch? Wenn se man bloß'n büschen flott waren. Na ja, alle hab' ich sie sowieso ja nicht gesehn. Ich weiß, da war einer, der schrieb ihr immer. Gesprochen hat sie da nicht von, und ich glaub' auch nicht, daß der mal hiergewesen ist. Mit dem hat sie sich wohl woanders getroffen. Ich hab' immer gedacht, wenn das man nicht einer ist, der verheiratet ist ...« Sie lehnte sich in ihrem Sessel vor und stützte die rauhen Ellbogen auf den Tisch. Ihre durchdringende Stimme senkte sich ein wenig, und die beiden grauen Häupter, das mit dem strengen Haarknoten und das mit der mopähnlichen Perücke auf dem rechten Ohr, neigten sich einander vertraulich zu. »Das ist nämlich so, Malwine, ich hab' das von der Köchin da aus dem Kinderheim. Mit einem soll sie ja mal was gehabt haben, der ist tatsächlich verheiratet. Aber mir hat Greta gesagt, das sei vorbei. Ich meine: Nicht, daß ich sie drauf angesprochen hätte, na ja, jedenfalls nicht direkt, aber gefallen hat mir das nicht, das kannst du dir ja vorstellen. Aber, ›nein‹, hat sie gesagt, ›nee, Tant' Erna, das is vorbei, das is nix für mich.‹ Und da hab ich sie gefragt, Greta, hab' ich gesagt, warum schreibt er dir denn immer noch. Und da hat Greta gesagt: ›Tant' Erna, der schreibt mir doch nicht, das ist doch ein ganz anderer.‹ Und dann hat sie gelacht und gesagt: ›Stell dir mal vor, Tant' Erna, der will mich heiraten, dabei bin ich bald zwanzig Jahre jünger als der.‹ Und da hab' ich gesagt ...«

»Ich glaub', die Teekanne is leer«, bemerkte Malwine und schubste auch gleichzeitig die ebenfalls leere Keksschale in Reichweite von Gretas Vermieterin. »Und was hast du darauf gesagt, Erna?«

Inzwischen klingelte Hannah an der Tür des kleinen Reihenhauses, das Dorit und Jörg Gerjets gehörte. Es hatte zu regnen aufgehört, aber von Hannahs Fahrradcape tropfte es immer noch auf die Fußmatte hinunter, auf der sich schon ein kleiner See gebildet hatte. Hannah war heilfroh, daß die Kinder auf der Straße spielten, in Gummistiefeln und Regenjacken, zusammen mit dem Nachwuchs der restlichen Nachbarschaft. Annika und Ulf hatten Hannah natürlich nicht erkannt, sie war ja bei Familienfesten selten dabei. Horst hatte eben nicht viel Zeit, und ohne Horst traute Hannah sich nicht hin – und das sehr zu Recht. Wenn auch nicht jeder in der Verwandtschaft einer so kompromißlosen Wahrheitsliebe wie Tante Malwine frönte, so war doch Heuchelei ganz gewiß nicht ihre Stärke. Hannah war dort nicht willkommen, und man hätte es ihr gezeigt.

»Mensch, Hannah, komm schnell rein«, sagte Dorit. Sie sah völlig übernächtigt aus. Um ihre großen, dunklen Augen lagen bläuliche Schatten. »Gib mir das Cape, ich häng's ins Badezimmer. Ich hab' die Kinder rausgeschickt, ich bin völlig erledigt. – Was ist das denn?!« Sie starrte entsetzt auf Thor.

»Mein Wachhund«, erklärte Hannah stolz. »Du kennst ihn nicht? Komisch. Alle anderen scheinen ihn zu kennen. Er heißt Thor und ist ein ausgebildeter Polizeihund. Er stammt aus der Zucht von Ennos Schwager.«

»Ja, richtig, der hat uns auch schon mal so ein Monster anzudrehen versucht«, erinnerte sich Dorit und trat vorsichtig einen weiteren Schritt zurück. »Er meinte, das sei doch ideal für Ulf und Annika. Aber ich weiß nicht recht, ich hätte Angst, daß er die Kinder versehentlich verschluckt, wenn er gähnt. Ich hoffe, er beißt nicht oder so was?«

»Nur auf Befehl.« Hannah grinste breit und schalt sich einen Esel, weil der Hund ihr Selbstbewußtsein in einer Weise aufwertete, die ihr selbst langsam suspekt wurde. »Keine Angst, Thor wird dir nichts tun.«

Während Hannah den Hund abtrocknete, hängte Dorit das tropfendes Cape in die Badewanne. Sie trug billige Jeans mit kleinen Schleifchen über den zierlichen Knöcheln ihrer

Füße, die in hellblauen Turnschuhen steckten. Auf der Waschmaschine lag ein Stapel schmutziger Wäsche, und sie entschuldigte sich dafür. »Guck dich nicht so genau um, bei mir sieht's schrecklich aus. Ich bin noch zu nix gekommen heute. Ich hab' den Kindern eben bloß schnell Pommes mit Ketchup gemacht, als ich von der Arbeit kam.« Sie zuckte mit den Schultern und lachte. »Tolles Mittagessen! Die waren begeistert.«

Hannah konnte an der Wohnung nichts besonders Schreckliches finden, solange sie davon absah, daß nirgendwo ein Bild an den mit Rauhfaser tapezierten und weißgestrichenen Wänden hing. Statt dessen gab es jede Menge krakeliger Kinderzeichnungen in Wechselrahmen. Im Wohnzimmer standen Basteleien aus Buntpapier und Pappe auf dem Schrank, die Ulf und Annika wahrscheinlich aus der Schule mitgebracht hatten. Was sie darstellen sollten, blieb unklar.

Hannah gehörte nicht zu den Leuten, die praktisch alles »ganz toll« finden, was Kinder hervorbringen. Schon gar nicht, wenn es unter der Aufsicht von bastelwütigen Erwachsenen hergestellt wurde. Sie haßte Eierbecher, die aus ausgebrannten Teelichtern angefertigt waren, genauso wie Figuren aus mit Buntpapier beklebten Klorollen. Hannah war froh, ihre Wohnung nicht mit so einem Kram vollstopfen zu müssen. Das galt ganz besonders für das merkwürdige Gebilde auf Dorits Wohnzimmertisch, das eine vage Ähnlichkeit mit einer Windmühle aufwies und unglaublicherweise aus halben Wäscheklammern bestand. Sie ließ sich auf die Couch fallen und stellte eine Blumenvase vor das Ding.

Dorit sagte: »Weißt du was, ich hab' noch zwei Pikkolos im Eisschrank. Das soll ja angeblich den Kreislauf anregen. Vielleicht macht mich das wach.« Sie begutachtete Hannah mißtrauisch. »Du siehst ziemlich frisch aus, muß ich sagen. Hast du den Schlaf inzwischen nachgeholt?«

»Na ja«, sagte Hannah. »Nachdem du gestern morgen gegangen warst, hab' ich noch ein bißchen gepennt. Und heute nacht ...«

»Ich hab' kein Auge zugetan«, seufzte Dorit und verschwand in der Küche.

Thor streifte durch das Wohnzimmer, steckte seine Nase in alle Ecken, die für seinen Quadratschädel groß genug waren, und machte es sich schließlich schnaufend unter dem Eßtisch bequem. Dorit kam mit den Pikkolos und zwei Sektgläsern wieder zurück.

»Ich kann das Bild nicht aus dem Kopf kriegen, wie sie da gelegen hat. Ich hab' noch nicht mal richtig was essen können seit deinen Spiegeleiern, glaubst du das?« Ihre Hände zitterten, als sie den Sekt einschenkte. Hannah bemerkte zum erstenmal den Ehering, der sehr breit war für Dorits zierliche, kleine Finger. Weißgold mit gelbgoldenen Sternen. Ein auffälliges Schmuckstück.

»Tja«, sagte Hannah. »Sah ziemlich häßlich aus. Ich war schon froh, daß sie nicht länger da gelegen hat. Als Kind hab' ich mal 'ne tote Katze aufgehoben, weil ich, na ja, ich wußte ja nicht, wie tot sie schon war, und vielleicht dachte ich, ich könnte ihr helfen, und da wimmelte . . .«

»Hannah!« schrie Dorit auf. Ihr blasses Gesicht bekam einen grünlichen Ton. Das kleine Sektfläschchen, Gott sei Dank jetzt leer, fiel ihr aus der Hand und kugelte unter das Sofa. »Mensch, hör auf, du bist ja vielleicht makaber.«

Hannah kratzte sich verlegen am Ohr. Diese Geschichte hatte sie noch niemandem erzählt. Wenn es ihr nicht gutging, träumte sie nachts davon.

»Puh«, stöhnte Dorit. »Jetzt ist mir erst richtig schlecht. Na, Prost.« Sie legte den Kopf in den Nacken und trank ihr Glas in einem Zug halb leer. Ein bißchen Flüssigkeit perlte von ihren Mundwinkeln. Sie wischte sie mit dem Handrücken ab und putzte dann ein paar Tropfen von ihrem verblichenem rosa Sweatshirt, das aussah, als habe sie es ihrer Tochter aus dem Schrank geklaut. »Das tut gut, oder? – Meine Güte, du hast einen Humor, aber wirklich.«

»Hat Jörg was gesagt?«

Dorit richtete den Blick verlegen auf ihr Sektglas und drehte nervös den Stil zwischen ihren zarten Fingern. »Nein.«

Hannah wartete ab. Irgendwie mußte Jörg ja reagiert haben.

»Ich war natürlich diejenige, die es ihm erzählen mußte«, sagte Dorit nach einer Weile. »Gestern morgen, als ich von dir kam. Bevor er zur Arbeit ging. Er hatte ja seinen Kegelabend gehabt, er wußte von nichts.«

Hannah nippte an ihrem Sekt. Sie hatte keinen Appetit darauf, Wasser oder sogar Milch wären ihr lieber gewesen. Sie konnte trinken wie ein Matrose, wenn es sein mußte, und manchmal mußte es sein.

Wenn sie sich ekelte zum Beispiel, vor den Menschen und vor dem Leben, wie in der Nacht, nachdem Greta gefunden worden war.

Sie kannte kein besseres Rezept gegen Ekel als literweise Alkohol, und zwar in möglichst reiner Form. Alle anderen unangenehmen Nebenwirkungen des täglichen Lebens in der besten aller möglichen Welten betäubte sie vorzugsweise mit Schlaftabletten und Beruhigungsmitteln.

»Ich hätte natürlich auch den Mund halten können«, sagte Dorit. Sie starrte immer noch ihr Glas an. »Aber ... das wäre mir nicht fair vorgekommen.«

»Nein«, bestätigte Hannah, setzte den Sektkelch ab und nahm sich vor, den Rest des Inhalts bei nächster Gelegenheit in einen Blumentopf zu kippen. Seit sie wieder angefangen hatte zu malen, nahm sie keine Beruhigungsmittel mehr, und sie merkte, daß sie es inzwischen zu schätzen wußte, einen klaren Kopf zu haben. »Wäre nicht gut gewesen, wenn er es von Kollegen gehört hätte. Wo du doch dabei warst, als sie gefunden wurde. Wie hat er reagiert?«

Es dauerte eine ganze Weile, bis Dorit antwortete. »Es ist schon eine Weile her, daß er sich von ihr getrennt hat.«

Darüber mußte Hannah erst mal nachdenken, ehe sie fragte: »Heißt das, er hat nicht reagiert?«

»Ach, Hannah«, sagte Dorit, hörte endlich auf, ihr Glas anzustarren und setzte es mit einem kleinen Knall auf der Tischplatte ab. »Hören wir auf damit, ja? Das bringt doch nichts.« Ärgerlich griff sie nach ihren Zigaretten und zündete sich eine an. Sie kreuzte die Knöchel mit den kleinen

Jeans-Schleifchen, verschränkte die Arme und starrte Hannah angriffslustig über den Tisch hinweg in die Augen.

»Hör mal«, sagte Hannah. »Du glaubst doch nicht etwa, daß *er* es gewesen ist, oder?«

Dorits kriegerische Haltung sackte in sich zusammen, als habe Hannah ihr einen Schwertstreich versetzt. Ihr Blick wich wieder aus. »Und wenn er in Verdacht gerät?« fragte sie und biß sich auf die Lippen. »Sein Verhältnis mit Greta war vorbei. Aber ... Sag mal, meinst du, Horst könnte trotzdem glauben, daß Jörg es gewesen sein könnte? Ich meine, jetzt mal rein theoretisch, Hannah: Er könnte es doch gewesen sein, ich meine – natürlich war er es nicht, aber er hatte nun mal ein Verhältnis mit ihr, und rein theoretisch könnte er doch dagewesen sein, und ...«

»Na und?« sagte Hannah. »Rein theoretisch könnte ich es auch gewesen sein. Wegen irgendwelcher Theorien bringt ein erfahrener Polizist doch niemanden vor den Kadi. Er muß Beweise vorlegen können. Weißt du denn nicht, wo Jörg vorgestern nachmittag war?«

»Er war im Kinderheim«, erklärte Dorit und schluckte schwer. Zerstreut drückte sie die Zigarette wieder aus, von der sie nicht mehr als ein paar Züge genommen hatte. Sie wußten beide sehr gut, daß das Kinderheim nah am Wald war. Darüber mußte nicht gesprochen werden. Der Gedanke stand im Raum, eine Tatsache, so groß wie ein Elefant, und nicht wegzudiskutieren. Dorit sah so schrecklich aus, wie sie sich fühlte, und Hannah wurde nervös. Zum erstenmal, seit sie sich für Gretas Tod interessierte, hatte sie das Bedürfnis, ganz schnell das Thema zu wechseln.

»Dein Entwurf für die Theaterkulisse, den du mir gestern morgen im Wohnzimmer gezeigt hast, hat mir richtig gut gefallen«, sagte Dorit übergangslos. »Eigentlich solltest du mal Julia kennenlernen.«

»Wer ist Julia?«

»Ich hab' sie durch Rosea vom Buchladen kennengelernt. Rosea ist ... also ... Sie ist mit Horst zur Schule gegangen.« Dorit wurde rot, was Hannah nicht wunderte. Sie kannte die Geschichte von Horst und Rosea. Eine ganze Reihe von

Frauen hatte die Geschmacklosigkeit besessen, sie in Hannahs Anwesenheit zu erzählen. Oder vielleicht gerade wegen Hannahs Anwesenheit.

»Deshalb kennen wir uns schon seit unserer Kindheit«, fuhr Dorit fort, ohne Hannah anzusehen. Ihr Blick streifte nervös über den Tisch und fand die Vase, die Hannah beim Hereinkommen vor das scheußliche Windmühlending gerückt hatte. Sie griff danach und stellte sie wieder auf ihren ursprünglichen Platz. »Jedenfalls ist Rosea mit ihrem Buchladen ja sozusagen eine der Kulturbeauftragten hier und daher kennt sie natürlich auch die Leute vom Museum, und also kennt sie auch Julia. Und Julia kennt eine Menge Leute im ganzen Land, die was mit Kunst zu tun haben, Galeristen und Sammler und so was. Und sie versteht auch viel davon. Übrigens war Greta eine Freundin von ihr. Hör mal, wir spielen heute abend bei Rosea im Buchladen Karten. Warum kommst du nicht einfach auch?«

»Ist gut«, sagte Hannah, mit geschlossenen Augen, um die unsägliche Wäscheklammerbastelei nicht sehen zu müssen. Sie war zwar aus Gewohnheit menschenscheu, aber eine bessere Gelegenheit, ihre Neugier auf Gretas Angelegenheiten zu befriedigen, konnte sie sich gar nicht wünschen. Die Möglichkeit, eine Freundin von Greta kennenzulernen, war ein Glücksfall. »Kurz nach sechs, wenn sie das Geschäft zumacht, oder was?«

Dorit nickte, und Hannah wandte sich ab, um ein Lächeln zu verbergen. Sie konnte sich vorstellen, daß Dorit ihre voreilige Einladung schnell bereuen würde. Rosea gehörte mit Sicherheit nicht zu Hannahs Bewunderinnen. Immerhin hieß es, sie sei unsterblich in Horst verliebt gewesen und hätte ihn beinahe geheiratet – wenn Hannah nicht gekommen wäre. Aber Dorit hatte im Moment andere Sorgen. »Hannah, würde Horst es dir sagen, wenn sich was Neues ergibt ... auch mit Jörg, meine ich?«

Hannah zuckte mit den Schultern. »Horst redet wenig über seine Arbeit.« Sie sprachen ohnehin nicht viel miteinander. Oft schlief sie schon, wenn er nach Hause kam, und wenn er morgens ging, war sie auch nicht immer wach. Sie nahmen normalerweise ihre Mahlzeiten nicht gemeinsam ein, und sie unternahmen auch sonst nichts zusammen. Das alles war schon lange kein Gegenstand von Ehestreitigkeiten mehr, sondern der Alltag, an den sie sich gewöhnt hatten. Hannah war nicht mal sicher, ob sie daran etwas ändern wollte, wenn sie es gekonnt hätte. »Und ich glaube nicht, daß er mir etwas erzählen würde, von dem er annehmen müßte, daß ich es an dich weitergebe. Weißt du, das vernünftigste wäre, wenn wir uns alle bemühen würden, herauszufinden, wer zum Teufel diese Frau nun wirklich umgebracht hat«, betonte sie eindringlich. »Statt dessen wischt jeder bloß auf den eigenen Bettpfosten Staub. Ich meine, wenn wir wüßten, wer's ist, dann müßtest du hier doch auch nicht herumsitzen und dir Sorgen machen.«

»Ich weiß es doch aber nicht«, sagte Dorit verzweifelt und stand auf, um die Weinbrandflasche aus dem Barfach zu holen. Sie goß etwas davon in ihren leeren Sektkelch und schwenkte die Flasche fragend in Hannahs Richtung, aber Hannah schüttelte den Kopf. Dorit nahm einen großen Schluck und ließ sich wieder in den Sessel fallen. »Und was stellst du dir denn vor, wie wir das herausfinden sollen?«

»Der Mensch, der Greta umgebracht hat, wird früher oder später einen Fehler machen«, sagte Hannah. »Vielleicht hat er längst welche gemacht. Sie sind uns bis jetzt nur noch nicht aufgefallen, und deshalb wissen wir auch noch nicht, wer es war. Aber wenn wir aufpassen, dann wird uns irgendwann irgend etwas auffallen.«

»Klingt hübsch«, sagte Dorit bitter. »Wie ein Krimi. Und weißt du, was der Unterschied ist zwischen einem Krimi und dem wirklichen Leben? Im wirklichen Leben sieht niemand was, keinem fällt was auf, und niemand hat was gehört. Ich wette, sie kriegen den Kerl nie.« Mit angeekeltem Gesichtsausdruck stürzte sie den Rest ihres Weinbrands hinunter.

»Das wollen wir nicht hoffen«, entgegnete Hannah sarkastisch und zog die Brauen hoch. »Das würde nämlich bedeuten, daß du dich für den Rest deines Lebens fragst, ob Jörg es gewesen ist.«

Dorit wurde rot. Ihre Finger spielten nervös mit dem Stil ihres Sektglases. Sie rollte ihn hin und her, hin und her in ihrer Hand. Dann rollte sie ihn ein Stück zu weit, und das Glas rutschte ihr weg und fiel. Es landete weich auf dem Teppichboden. Dorit hob es auf und stellte es unbeschadet wieder auf den Tisch. Sie holte tief Luft. Dann sagte sie: »Stimmt.«

»Ich finde, es reicht völlig, daß du ihn verdächtigst«, sagte Hannah ungeduldig. »Du mußt es nicht noch schlimmer machen, indem du dich dafür fertigmachst, daß du ihn verdächtigst. Er hatte ein Motiv, und er war nicht weit weg vom Tatort, wahrscheinlich hatte er also auch die Gelegenheit.«

»Nein, nein, ganz so kann man das nicht sehen!« protestierte Dorit und zündete sich eine Zigarette an. »Ich krieg 'ne Menge mit, weil ich in Keulerz' Praxis arbeite, Hannah. Und unter anderem hab' ich gehört, daß Greta nicht von der Arbeit aus in den Wald gefahren ist. Sie war erst mal zu Hause.« Sie setzte sich breitbeinig in ihren Sessel und stützte die Ellbogen auf die Oberschenkel, eine Macho-Haltung, in der sie aussah wie eine kleine Hexe in Jeans, mit ihren brennenden Augen und den dicken, braunen Haaren, die wie elektrisiert vom Kopf abstanden.

»Sie müssen aber nicht beide vom Kinderheim aus in den Wald gefahren sein«, erklärte Hannah unbeirrt. »Sie können sich zufällig getroffen haben. Sie können sich aber auch nachmittags im Heim schon verabredet haben, und da Greta früher fertig war, wollte sie sich vielleicht noch umziehen.«

»Okay«, sagte Dorit und nickte. Ihre Stimme zitterte und drohte überzukippen. Hannahs nüchterne Beschreibung des Umgangs, den Greta mit ihrem Ehemann gehabt haben könnte, nahm sie sichtlich mit. Sie schaute sich hilfesuchend nach der Weinbrandflasche um, die in dem immer noch offenstehenden Barfach auf ihren nächsten Einsatz wartete, stand aber nicht auf. »Es ist nicht unmöglich. Aber daß er ein Motiv hatte, stimmt nicht. Ich hab's dir ja erzählt: Ich hab' ihm die Meinung gegeigt, und er hat Schluß gemacht.«

Hannah schwieg. Dorit warf ihr einen Blick zu und seufzte. Sie hob die Hände und ließ sie in einer resignierenden Geste fallen. »Okay, okay, du brauchst nichts zu sagen. Ich lese genug Groschenromane, um zu wissen, was los ist. Das ist natürlich nur das, was mein liebender Ehemann mir erzählt hat, es muß nicht stimmen. Sie kann gesagt haben: ›Ich kann ohne dich nicht leben.‹ Sie kann auch gesagt haben: ›Wenn du mich verläßt, schicke ich dem Jugendamt die Fotos, auf denen du in Handschellen dabei zu sehen bist, wie ich dich gerade auspeitsche.‹«

»Wäre das vorstellbar?« fragte Hannah nüchtern.

Dorit warf ihr einen ungläubigen Blick zu. Dann lehnte sie sich zurück und lachte schallend. Die Spannung verschwand aus ihrem Gesicht und nahm ein paar Sorgenfalten mit. »Meine Güte, du schreckst aber auch vor nichts zurück. Nein, ich kann es mir nicht vorstellen. Ach, und wenn schon, weißt du ... glaubst du wirklich, wegen so was begeht man heutzutage noch einen Mord?«

»Ich nicht«, sagte Hannah und grinste. »Aber mein guter Ruf ist ja auch schon ruiniert.«

»Also, mir wäre es ehrlich gesagt völlig wurscht, was für Fotos es von Jörg gibt.« Dorit schüttelte den Kopf. »Ich meine, im Laufe einer Ehe passiert so einiges, und man kriegt so manches vom anderen mit. Wie er in der Nase bohrt und was er von sich gibt, wenn er die Magengrippe hat ...« Sie rümpfte die Nase und kicherte. »Mir wär' das egal.«

»Ich hoffe, Jörg weiß das«, sagte Hannah. »Und ich hoffe, das Jugendamt denkt genauso.«

Dorit warf ihr einen mißbilligenden Blick zu. »Du benimmst dich, als wärst du der Polizist in der Familie. Horst ist eigentlich viel zu nett für den Job. Ich meine, der wäre wenigstens noch schockiert, wenn er ein Foto von Jörg in Handschellen sehen würde, wie er gerade ausgepeitscht wird.«

»Wohl kaum«, sagte Hannah abfällig. »Da unterschätzt du seinen Job. Na ja, jedenfalls ... wenn Jörg ein Motiv gehabt hat, dann wird es wohl was anderes gewesen sein. Aber wahrscheinlich tatsächlich eher irgendwas, was ihm beruflich schaden könnte, denke ich.«

»Ich glaube einfach nicht, daß er überhaupt eins hatte«, behauptete Dorit kategorisch. »Ich meine, eigentlich bin ich von dem überzeugt, was er mir erzählt hat: daß er Schluß gemacht und daß es keine Probleme gegeben hat. Es ist nur ... es ist irgendwie unheimlich.«

Hannah lächelte. Sie stand auf, um ihr Regencape zu holen. Thor kroch unter dem Eßtisch hervor und trottete hinter ihr her. »Natürlich ist es unheimlich. Er will sich von ihr trennen, und ein paar Tage später ist sie tot. Unangenehm. Aber wir wollen doch hoffen, daß das ein Zusammentreffen unglücklicher Umstände gewesen ist.«

»War nett, mit dir zu plaudern«, sagte Dorit trocken.

Hannah grinste. »Hat er sich denn wenigstens irgendwie komisch verhalten, als er vorgestern nach Hause kam – an dem Nachmittag, an dem Greta ermordet wurde?«

Dorit schüttelte den Kopf. »Konnte er gar nicht. Er hat nur seine Turnschuhe abgeholt, und dann ist er kegeln gegangen. Als ich gestern morgen von dir nach Hause kam, lag er im Bett und hat seinen Rausch ausgepennt.« Sie lächelte kurz. »Ich glaub' nicht, daß der überhaupt gemerkt hat, daß ich nachts nicht da war. Wahrscheinlich hat er sich wie immer leise reingeschlichen und das Licht nicht angemacht.« Seufzend lehnte sie sich an die Wand und verschränkte die Arme. »Als er aufstand, hatte er jedenfalls einen Riesenkater. Ich selbst war praktisch im Halbschlaf, und wir mußten uns außerdem beide beeilen, um rechtzeitig bei der Arbeit zu sein. Unter den Umständen ... läßt sich sein Verhalten nicht beurteilen. Nicht mal von mir.«

Hannah nickte. Sie schlüpfte in ihr Cape und leinte Thor an. »Bis heute abend!« rief Dorit ihr nach, und Hannah drehte sich noch einmal um und winkte. Sie beeilte sich, unerkannt an den Kindern vorbeizukommen, die in den Pfützen Boote schwimmen ließen. Ihr Magen knurrte so laut, daß der Hund sich irritiert nach ihr umsah, und sie bedauerte, daß sie bei Dorit kein Mittagessen bekommen hatte. Bestimmt hatte Tante Malwine bei Erna Hinrichs mehr Glück gehabt.

Während Hannah sich auf den langen Weg zum Klinkersilo machte, um ihr Fahrrad und den Karton mit Gretas bunten Glasschüsseln bei Malwine abzuholen, dachte sie über Jörg Gerjets nach. Er war ein ziemlich großer und kräftiger Kerl mit gewaltigen Schultern, einer gewaltigen Stimme und einem gewaltig hohen Blutdruck. Ein Kerl wie ein Bär – wie ein Teddybär, aber die meisten Leute legten sich trotzdem lieber nicht mit ihm an.

Horst Bäumer, den es am Spätnachmittag zum Tatort zurückzog, sah schon am Waldrand Jörgs kleinen roten Wagen stehen. Der Kommissar fluchte und schlug mit der flachen Hand auf das Armaturenbrett. »Verdammter Idiot«, knurrte er erbost.

Es wurde wirklich Zeit, daß er sich mit Jörgs Rolle in diesem Fall beschäftigte – ehe jemand ihm vorwerfen konnte, seine eigene Verwandschaft ungerechtfertigterweise aus den Ermittlungen herauszuhalten.

Denn das wäre allerdings ungerechtfertigt gewesen. Die Gerjets hatten beide ein Motiv, Greta umzubringen. Strenggenommen. Wenn es für Horst Bäumer auch absolut unvorstellbar war, daß seine kleine Cousine eine andere Frau aus purer Eifersucht mit dem Halstuch erdrosselte. Aber Jörg war ein Choleriker. Zwar kein bösartiger, sondern ein gutmütiger Polterer, aber wer wußte schon, was passieren konnte, wenn sich so ein Mensch über das erträgliche Maß hinaus verletzt fühlte. Vielleicht war Greta kein Triebtäter zum Verhängnis geworden, sondern ihre eigene scharfe Zunge.

Müde lehnte Bäumer sich zurück und schloß die Augen. Der Impuls, den Wagen wieder anzulassen und einfach wegzufahren, war stark. Er wußte, daß er so etwas nicht tun würde, aber sofort aussteigen konnte er auch nicht. Er blieb mit geschlossenen Augen sitzen und atmete ein paarmal tief durch. Dann stieß er die Tür auf. Der Regen hatte aufgehört. Die Waldwege waren nicht so aufgeweicht, wie er befürchtet hatte, denn nach den übermäßig heißen und regenlosen Wochen konnte die trockene Erde eine Menge schlucken.

Aber es war kühl, und er knöpfte seinen Mantel zu, schlug den Kragen hoch und steckte die Hände in die Taschen.

Das Frühlingsgrün war durch den Regen geradezu explodiert, und der Wald begann undurchsichtig zu werden. Bäumer kniff die Augen zusammen und sah zwischen den Stämmen hindurch Jörgs weinrote Jacke schimmern. Er bemerkte einen schief abgesägten alten Baumstumpf und erkannte die Stelle wieder, an der die Leiche gelegen hatte. Der Kommissar bemühte sich nicht, leise aufzutreten, aber Jörg entdeckte ihn trotzdem erst, als er direkt neben ihm stand, und fuhr erschrocken herum. Bäumer, die Hände in den Manteltaschen vergraben, blickte schweigend auf den Fundort.

»Warst du dabei, als man sie entdeckt hat?« fragte er schließlich, ohne seinen Blick von dem Gebüsch abzuwenden, in dem die junge Frau gelegen hatte und das jetzt einfach nur noch ein Gebüsch war wie jedes andere auch. Nur ein abgerissener Rest der rotweiß gestreiften Tatort-Absperrungsbänder aus Plastik erinnerte noch an das, was hier geschehen war.

Jörg schüttelte den Kopf. »Dorit war dabei«, sagte er heiser. »Ich hatte Kegelabend. Ich wußte bis morgens gar nichts von der ganzen Sache.« Trübsinnig starrte er die heruntergetretenen Zweige an, als müsse er sich vorstellen, wie es ausgesehen hatte, als die Tote hier noch lag. Horst legte ihm einen Arm um die Schultern und zog ihn auf den Weg zurück, dann ließ er ihn wieder los.

Schweigend, die Hände tief in den Taschen vergraben, ging Jörg Gerjets neben ihm her. »Komisch«, sagte er plötzlich. »Geht dir das auch so? Wenn man es nicht gesehen hat, kann man es irgendwie gar nicht glauben, oder? Ich meine, ich weiß ja, daß sie tot ist, aber irgendwie fühl' ich das gar nicht.«

»Wahrscheinlich geht man deshalb zu Beerdigungen«, antwortete Horst rücksichtslos. »Wenn man zusieht, wie die Leute begraben werden, muß man's ja begreifen.«

»Aber zur Beerdigung kann ich doch nicht gehen, oder?« sagte Jörg. Jetzt, wo seine Stimme nicht mehr heiser war, klang sie in der Stille des Waldes unangenehm laut. »Oder kann ich? Oder soll ich bloß Blumen schicken? Mensch, ich weiß einfach nicht, was ich tun soll. Was gehört sich denn in so einer Situation?« Ein Jogger, der in gemächlichem Tempo über die Kreuzung vor ihnen lief, drehte sich erschrocken nach den beiden Männern um und wandte hastig den Kopf wieder ab. Er trug einen grünen Trainingsanzug. In dem fleckigen Zelt aus Sonnenstrahlen, die durch die Kronen der Laubbäume am Kreuzweg fielen, sah er aus wie ein aufgescheuchter Troll.

»Ich glaube nicht, daß solche Fälle in den Benimmbüchern verzeichnet sind«, meinte Bäumer.

»Aber auf genau diese Fälle kommt es doch an«, rief Jörg verzweifelt. »Ich meine, den ganzen anderen Quatsch, daß man die Gabel mit links anfaßt und das Messer mit rechts, das weiß man doch sowieso. Was würdest du denn machen?«

»Ich habe keine Ahnung«, gab Bäumer zu. Er war froh, sich darüber den Kopf nicht zerbrechen zu müssen. Er wünschte nur, Jörg hätte eine weniger laute Stimme. Alles an Jörg Gerjets war groß, seine Figur, seine Nase, seine Hände, seine Ohren, und seine Stimme war es ebenfalls. Seine Frau wirkte neben ihm immer so klein und zerbrechlich wie eine Porzellanpuppe.

Natürlich würde Horst zur Beerdigung gehen. Er war bei der Kripo, und es war sein Fall, da erwartete man das mehr oder weniger. Es mußte sowieso jemand die Trauergäste beobachten, für den Fall, daß der Täter sich darunter befand. Bäumer seufzte. Wenn er selbst gehen wollte, dann würde er wohl auch Jammer-Janßen mitnehmen müssen, da der nun mal sein Assistent war. Da konnte er sich nur die Daumen drücken, daß der Junge einigermaßen Haltung bewahren konnte. Aber Jammer-Janßen würde wohl sowieso an der Beerdigung teilnehmen wollen. Immerhin kannte er die Familie. Vielleicht würde es ihm sogar besser bekommen, sozusagen in beruflicher Eigenschaft dabeizusein. Auf jeden Fall mußte er sich unbedingt an solche Dinge gewöhnen, wenn er bei der Kripo bleiben wollte. Und dazu schien er ja nach wie vor fest entschlossen zu sein. Bäumer seufzte noch einmal, und diesmal sehr, sehr tief.

»Ich geh' wohl besser nicht hin«, entschied Jörg. Er durchwühlte die großen, aufgesetzten Taschen seines Anoraks und zerrte ein buntkariertes Tuch hervor, mit dem man einen kleinen Tisch hätte bedecken können. Er putzte sich damit die Nase, wischte sich durch die Augenwinkel und rieb sich die Stirn ab, auf der sich Schweißtropfen gesammelt hatten, obwohl es alles andere als warm war. »Wegen Dorit und den Kindern.«

»Frag Dorit«, schlug Bäumer vor. »Das wird das beste sein.«

Jetzt gab Jörg einen tiefen Seufzer von sich. Sie waren inzwischen wieder am Waldrand angekommen und standen vor ihren Autos.

»Steig mal eben bei mir mit ein«, sagte Bäumer und schloß die Türen auf. »Ich muß noch von dir wissen, wo du vorgestern nachmittag gewesen bist.« Er setzte sich in seinen Wagen und langte hinüber, um die Beifahrertür aufzustoßen. Während Jörg wie angewurzelt neben dem Ford stand und die offene Tür anstarrte, knöpfte der Kommissar seinen Mantel auf, um im Jackett nach dem Notizbuch zu suchen. Er fahndete in aller Ruhe nach einem Kugelschreiber und wartete ab, bis der Mann endlich einstieg und neben ihm Platz nahm. Jörg ließ die Tür offenstehen und starrte angestrengt geradeaus.

»Dann leg mal los«, sagte Bäumer aufmunternd. »Und mach die Schotten dicht, das zieht wie Hechtsuppe.«

Die Beifahrertür knallte zu. Plötzlich schien die Luft irgendwie komprimiert und schwerer zu atmen. Die Präsenz des großen, breiten, cholerischen und lauten Mannes an Bäumers Seite war schon in einem Raum normaler Größe manchmal schwer zu ertragen. Hier im Auto schien er den gesamten vorhandenen Sauerstoff zu verbrauchen.

»Nur der Nachmittag?« fragte Jörg knapp. Bäumer nickte.

»Also, zu Mittag gegessen hab' ich in der Kantine«, fing Jörg an. »Und dann ...«

»Was?« fragte Bäumer.

»Mensch, hast du's eilig?« fragte Jörg beleidigt.

»Nee, ich meine, was du gegessen hast.«

»Wieso ist das denn wichtig?« erkundigte Jörg sich irritiert.

»Ich weiß nicht, ob es wichtig ist«, erklärte Bäumer geduldig. »Aber ich will es wissen.«

»Kartoffelsalat mit Würstchen«, antwortete Jörg Gerjets. Sein Gesicht war angespannt und wirkte grimmig. Tiefe Falten furchten seine Stirn wie die einer Bulldogge. »Weil es ziemlich warm war gestern und weil ich Kartoffelsalat mit Würstchen gern esse, und weil ich so was zu Hause nicht kriege, weil Dorit meint, ich werd' zu dick. Reicht das?«

»Hast du was dazu getrunken?« fragte Bäumer.

»Nee. Wir gehen danach sowieso immer alle zusammen rauf und trinken Tee. Den können wir oben doch besser machen als die in der Kantine mit ihren blöden Teebeuteln und dem Wasser, das nie richtig heiß ist.«

»Du hast also nicht allein gegessen«

»Ich esse nie allein«, sagte Jörg ungeduldig. »Bei uns ißt keiner allein. Wieso sollte ich allein essen?« Fahrig zerrte er den Reißverschluß seiner Jacke herunter, fröstelte und zog ihn gleich wieder hoch. Er verschränkte die Arme über der Brust, wandte sich ab und starrte wütend aus dem Seitenfenster.

»Mit wem hast du zusammen gegessen?«

»Hantmann vom Sozialamt, Schlüter vom Kreisjugendamt und Börlund von der Jugendgerichtshilfe haben an meinem Tisch gesessen, mehr gehen ja nicht dran. An den Tischen um uns rum hat der ganze Rest vom Jugendamt gehockt.«

»Und wer war anschließend beim Teetrinken dabei?«

»Alle, die im Jugendamt arbeiten. Keiner krank, keiner im Außendienst. Insofern ein ganz schön ungewöhnlicher Tag, wenn ich mir das so überlege.« Er lachte, unbehaglich und noch lauter als gewöhnlich. Ein Eichelhäher beschwerte sich kreischend über den Lärm.

»Und dann?«

Vielleicht lag es daran, daß der Kommissar sich durch

Jörgs Zorn überhaupt nicht irritieren ließ, jedenfalls entspannte Gerjets sich langsam. Er wandte sich Bäumer wieder zu und lehnte sich mit der Schulter an die Beifahrertür. »Und dann ... erst mal zurück in mein Büro ... Danach hatten wir eine Besprechung. Barz, Leutheuser, Marisch, Gisela und Ulrike, der Chef und ich. Da kam dann ein Fall aus dem Kinderheim zur Sprache, und es waren Entscheidungen zum Sorgerecht gefallen. Ja, und deshalb bin ich dann zum Heim rausgefahren. Das muß so um drei Uhr rum gewesen sein. Vielleicht auch schon halb vier. Oder sogar später ...« Bäumer merkte, daß Jörg zu schwitzen begann. Vielleicht wurde ihm endlich bewußt, in welcher prekären Lage er sich befand.

»Also, jedenfalls«, fuhr Gerjets fort, »gab es bei Ulla dann Tee.« Er breitete die Arme aus und zog die Schultern hoch. »Aber das heißt nix, Horst, ich meine, daran kann man die Zeit auch nicht festmachen, weil Ulla eigentlich immer Tee hat, wenn man kommt.« Bäumer nickte nur.

»Wir haben eine ganze Weile gesprochen ... Ich weiß nicht, wie lange.« Jörg rieb sich die Stirn, als könne das seinem Erinnerungsvermögen auf die Sprünge helfen. »Es muß so gegen sechs gewesen sein, als ich nach Hause kam, und ich hab' bloß meine Turnschuhe geholt und bin wieder gegangen, weil ich Kegeln hatte, vom Jugendamt aus, und da essen wir dann als erstes immer Abendbrot. Ja ... und dann hab' ich eben gekegelt. Die Leute kennst du ja.«

Bäumer nickte. »Wann bist du nach Hause gekommen?«

Jörg fischte sichtlich verzweifelt sein zerknittertes Taschentuch heraus und fuhr sich damit durch das Gesicht. »Ich hab' nicht die leiseste Ahnung. Ich war besoffen. Ich weiß nur, daß ich mit dem Taxi gefahren bin. Meinen Wagen hab'ich gestern mittag erst abgeholt.«

»War Dorit zu Hause, als du kamst?«

Jörg antwortete nicht.

Aber selbst schweigend war seine Präsenz deutlich vernehmbar. Sogar sein Atem war lauter als der normaler Menschen, und der Beifahrersitz knarrte unter seinem schweren Körper.

»Jörg«, beharrte Bäumer. »War Dorit zu Hause, als du kamst?«

»Ich hab' kein Licht gemacht. Natürlich war sie da. Wo soll sie denn sonst gewesen sein?« Er lachte heiser. »Ich meine, schließlich ist sie meine Frau.«

»Hast du sie gesehen, Jörg?«

»Mensch, Horst«, polterte er. Der Kommissar schaute aus dem Fenster, zählte langsam und lautlos bis zehn und entspannte sich. Er wäre am liebsten ausgestiegen, um einen erträglichen Abstand zwischen sich und den Mann seiner Cousine zu legen.

»Ich war besoffen! Richtig besoffen!« schrie Jörg.

»Wenn du so besoffen warst«, sagte Horst betont ruhig, »und kein Licht gemacht hast, dann hast du mit Sicherheit ziemlich viel Krach gemacht auf dem Weg ins Schlafzimmer. Läßt sich nicht vermeiden, wenn man sturzbetrunken im Dunkeln rumtorkelt. Hätte sie da nicht aufwachen müssen? Hätte sie nicht gesagt: ›Sei leise, du weckst die Kinder‹ oder so was?«

Jörg lachte schallend und unecht, ein Geräusch, das in Bäumers Ohren unangenehm klang. »Deine Cousine Dorit? Nee! Hör mal, als unsere Kinder klein waren und nachts nicht durchgeschlafen haben, was meinst du, wer denen das Fläschchen warmgemacht hat. Wenn die auf Dorit angewiesen gewesen wären, die hätten sich nachts die Lunge aus dem Leib brüllen können und wären verhungert. Die Frau hat einen Schlaf, die kannst du wegtragen. – Außerdem waren die Kinder in der Nacht gar nicht da«, fiel ihm plötzlich ein. »Die haben bei Freunden von uns geschlafen.«

»Okay«, sagte Bäumer.

Jörg fuhr sich mit beiden Händen durch die Haare und atmete ein paarmal tief durch. Bäumer hatte das deutliche Gefühl, daß der Sauerstoffgehalt der Luft im Auto sofort stark absank. Als er sein Seitenfenster herunterkurbelte, schlug Gerjets den Kragen seines Anoraks hoch und stopfte die Fäuste in die Taschen. »Du glaubst doch nicht ernsthaft, daß ich das war, oder?« fragte er unsicher. »Oder ... oder Dorit ... oder?«

Bäumer lächelte. »Polizisten glauben nicht. Sie ermitteln. Das ist unser Job. Ich komm' nachher irgendwann vorbei, weil ich Dorit auch befragen muß.«

»Oh, Mann«, stöhnte Jörg und schüttelte ungläubig den Kopf. Aber dann fügte er dankbar hinzu: »Es ist nett von dir, das du das selbst machst und nicht jemand andern schickst.«

Bäumer hatte nicht die Absicht, ihm anzuvertrauen, daß er es selbst machte, weil er glaubte, besser beurteilen zu können, wann seine Verwandschaft log und wann nicht. Er nickte nur, und Jörg stieg schwerfällig aus. Bäumer sah zu, wie er sich zusammenfaltete, um in seinen eigenen Kleinwagen zu passen, und davonfuhr. Dann ließ der Kommissar den Motor an und fuhr um die Ecke zum Kinderheim.

Auf den Fluren war es still. Die Heimkinder saßen beim Abendessen, und die meisten Tagesgäste, die zu Hause wohnten, waren von ihren Eltern schon abgeholt worden. Bäumer lief die Treppe hinauf in den ersten Stock. Er gähnte und streckte sich, während er an den Schlafzimmertüren vorbei den langen Gang entlanglief, der zu Ullas Büro und ihren Privaträumen führte. Immer noch gähnend, klopfte er an die Tür und trat ein.

»Meine Güte«, sagte Ulla, »ich glaube, ich koch' dir erst mal einen kräftigen Kaffee.« Sie war gerade dabei, Alexander zu füttern.

»Ist in Ordnung«, sagte Bäumer. »Dann gib mir den Burschen mal solange.«

Er zog seinen Mantel aus, hängte ihn an die Garderobe und nahm Ulla das Baby ab.

Alexander betrachtete ihn eine Weile mit ernstem Gesicht, dann lächelte er breit. Bäumer grinste ihn an und schob ihm einen Löffel Brei in den Mund. »Tüchtig essen, mein Junge«, sagt er. »Du bist ziemlich zart.« Er sagte das relativ leise, denn Ulla hatte eine überaus kräftige Statur, und er wollte in kein Fettnäpfchen treten.

Alexander kam nicht gut damit zurecht, gleichzeitig zu lächeln und Brei zu essen. Bäumer mußte ihm einiges vom Kinn tupfen. Der kleine Junge konzentrierte sich daraufhin mit seinem gewohnten tiefernsten Gesichtsausdruck auf das Wesentliche.

»Gut, das du gekommen bist«, sagte Ulla, als sie mit dem Kaffee wiederkam. »Ich hab' schon überlegt, ob ich dich anrufen soll.«

»Neue Erkenntnisse?«

»Nein, das nicht, aber hab' ich dir eigentlich gestern gesagt, daß Jörg Gerjets an dem Nachmittag, an dem Greta ermordet wurde, hier im Kinderheim war?«

»Wir haben nicht darüber gesprochen«, antwortete der Kommissar und kratzte den Breiteller sorgfältig mit dem Löffel aus. Vielleicht war es gut, daß er es zuerst von Jörg gehört hatte. Alexander beobachtete gespannt Bäumers Hand und sperrte den Schnabel auf wie ein kleiner Vogel, als sie auf ihn zukam. »Aber Jörg hat es mir erzählt. Von wann bis wann war er denn hier?« Er wischte dem Kind vorsichtig das Gesicht ab. Alexander kniff die Augen zusammen und ließ es über sich ergehen.

»Ich weiß nicht genau, wann er gekommen ist«, sagte Ulla und rieb nervös an ihrem Sweater herum, der ein paar Breiflecken abbekommen hatte. Bäumer hoffte irgendwie, daß es ihr wenigstens peinlich war, daß sie den Mann seiner Cousine in eine so prekäre Lage brachte. Auch wenn sie natürlich überhaupt nichts dafür konnte. »Es war jedenfalls später als sonst. Weißt du, Horst, früher kam er immer, bevor Greta unten Schluß gemacht hat, spätestens um halb vier rum, wenn nicht früher. Greta ging immer überpünktlich, lange vor vier. Sie hat ihre Arbeit sehr ordentlich gemacht und war wirklich fix, und deshalb hab' ich nie was dagegen gesagt. Aber vorgestern erschien Gerjets erst wesentlich später, auf jeden Fall nach vier. Ich weiß noch, daß ich erstaunt war, daß er überhaupt noch kam. Schließlich machen die vom Jugendamt ja auch nicht gern Überstunden.« Sie zuckte verlegen mit den Schultern. »Ich hab' deshalb sogar auf die Uhr gesehen, aber frag mich nicht, was ich da gelesen habe. Ehrlich, ich weiß es einfach nicht.«

Bäumer lächelte. »Tja, du bist nicht die einzige, der das so geht. Das passiert tatsächlich oft.«

»Na, dann bin ich ja beruhigt«, sagte Ulla erleichtert. »Ich kam mir schon ziemlich blöd vor, als ich vorhin darüber nachdachte. Jedenfalls war Gerjets wegen dem kleinen Hanspeter hier, weil da eine Sorgerechts-Entscheidung gefallen war, und ich hatte eben auch meine Gedanken bei Hanspeter und nicht bei der Frage, welche Uhrzeit wir haben. Tja, und dann haben wir uns mit dieser Sache beschäftigt ... und Tee getrunken zwischendurch ... Und wenn ich dir jetzt sagen sollte, wann er gegangen ist, muß ich wieder passen.«

Bäumer unterdrückte einen Seufzer. Es war ja nur das übliche Zeugenproblem. Die meisten Menschen überschätzten ihr Zeitgefühl, und manche hatten eben überhaupt keins. »War es hell oder dunkel, als er verschwand?«

Ulla stemmte die Ellbogen auf den Tisch, legte den Kopf in die Hände und schloß kurz die Augen. Dann schüttelte sie den Kopf. »Ich weiß es einfach nicht, Horst. Aber ich erinnere mich, daß ich Alexander gleich hinterher gefüttert habe, also war es wahrscheinlich so um sechs Uhr rum.« Sie wurde rot. »Ich hab' mich bei den Erzieherinnen umgehört und auch in der Küche, aber keiner hat ihn weggehen sehen. Deshalb nehme ich an, daß sie alle schon beim Essen saßen.«

»Nett, daß du mir die Arbeit abnimmst«, sagte Bäumer nüchtern. »Ist Jörg dein Hauptverdächtiger?« Er fand, daß Ulla nicht so betreten aussah, wie sie es eigentlich hätte sein sollen, aber dann schimpfte er sich einen Narren. Es war nun mal nicht ihre Schuld, daß Jörg in Verdacht geraten war. Der Kerl benahm sich manchmal wirklich wie ein Esel. Warum zum Teufel mußte er auch seine Frau betrügen? Bäumer hatte seine hübsche, kleine Cousine mehr als nur ein bißchen gern, und er war wütend. Geschah Jörg ganz recht, daß er mächtig in der Patsche saß.

»Tut mir leid, Horst. Er gehört für dich ja praktisch zur Familie, aber es ist doch so: Irgendjemand hat das Mädchen umgebracht. Ich kann eigentlich niemanden verdächtigen, weil ich niemandem, den ich kenne, so was Furchtbares zutraue. Aber so wie ich das mitgekriegt habe, geht es hier ja wahrscheinlich nicht um sorgfältig geplanten Mord, sondern es kann gut sein, daß es eben einfach so passiert ist, vielleicht aus einem Streit heraus, oder?«

Bäumer nickte und trank seinen Kaffee.

»Siehst du«, sagte Ulla mit offensichtlicher Befriedigung. »Und diese Greta war ein Biest, mein Lieber, das kannst du mir glauben. Sie pflegte mit ihrer Meinung nicht hinterm Berg zu halten, und sie wußte mit Worten umzugehen, wenn du weißt, was ich meine.«

Er wußte es. Er hatte seinen Teil abbekommen. Und er war froh, daß Ulla davon nichts ahnte. Wahrscheinlich hätte sie ihn ausgelacht.

»Und deshalb denke ich, daß es jeder gewesen sein kann, Horst. Auch jemand, den ich kenne und dem ich einen kaltblütigen Mord nie zutrauen würde.«

Natürlich wußte Bäumer, daß die Theorie vom Totschlag im Affekt schlecht dazu paßte, daß Greta erst ausgezogen worden war, als sie schon tot war. Aber er hatte nicht die Absicht, die Details überall breitzutreten. Er war gekommen, um Jörgs Alibi zu überprüfen. Und das hatte nicht viel mehr gebracht als die Erkenntnis, daß es nicht lückenlos nachgewiesen werden konnte. Er stand auf und übergab Alexander, der mittlerweile eingeschlafen war, widerstrebend und mit Bedauern an seine Mutter zurück. »Wenn du noch irgendwas herausfindest, ruf mich an.«

Ulla nickte.

3

»Wer sagt denn, daß das ein Kerl war!« murmelte Rosea.

Es war kurz nach achtzehn Uhr. Die Buchhändlerin hatte ihre letzte Kundin abgefertigt und das »Geschlossen«-Schild an der Tür zur Straße hin umgedreht.

Hannah beobachtete, wie Rosea sich am Waschbecken im Hinterzimmer die Hände wusch. Sie stellte mit einiger Überraschung fest, daß die Frau eine richtige Mannequin-

Figur hatte. Sie war groß und schlank, mit langen, kräftigen Gliedmaßen. Aber sie hielt sich schlecht. Ihre Schultern waren ständig vornübergebeugt und der Kopf leicht gesenkt, so daß die langen, weißgrau gesträhnten Locken die Hälfte ihres Gesichts verdeckten. Ihre schwarzen Hosen und der graue Pullover trugen auch nicht dazu bei, den Charme ihrer Erscheinung zu unterstreichen. Aus irgendeinem Grund schien sie die Kunst zu kultivieren, ordentlich wie eine Geschäftsfrau und gleichzeitig wie eine Vogelscheuche auszusehen.

»Und warum sollte eine Frau sie denn ausziehen?« erkundigte Hannah sich interessiert.

»Um vorzutäuschen, daß es ein Kerl war, natürlich«, behauptete Rosea. Sie schüttelte das Wasser von ihren schönen, kraftvollen Händen und fuhr sich damit über die Oberschenkel, um sie zu trocknen.

Das Zimmer hinter Roseas Buchladen sah viel mehr nach einer Wohnküche als einem Büro aus. Ihr Computer stand vorn im Laden, und dort erledigte sie auch ihre Schreibarbeiten. Im Hinterzimmer nahm zwar das Regal mit ihren Geschäftsunterlagen eine ganze Wand ein, aber darüber hinaus war der kleine Raum zum Bewohnen gedacht. Sie hatte dort einen Kühlschrank mit Kaffeemaschine obendrauf und eine Kochplatte, auf der sie das Wasser für die Tütensuppen heißmachte, von denen sie sich ausschließlich zu ernähren schien. Vor dem Fenster mit Blick auf einen verwahrlosten, kleinen Hof mit vielen Mülltonnen stand ein alter Küchentisch. Seine Platte war zerkratzt und fleckig, und an der Besteckschublade fehlte der Knopf. Um den Tisch herum standen vier wacklige, alte Stühle.

Mit Verzierungen irgendwelcher Art hatte Rosea sich nicht aufgehalten. Weder hingen Bilder an den Wänden, noch standen Blumen auf dem Fensterbrett.

Freie Flächen wurden als Ablagen für unerledigten Papierkram benutzt.

Dorit kam mit der Kaffeekanne an den Tisch und begann reihum einzuschenken.

Diesmal trug sie Jeans, die mit Stickereien verziert waren

und neu aussahen, und einen weißen Pullover, in dem sie noch zarter wirkte als sonst. Neben ihr sah die Buchhändlerin wesentlich älter aus, als sie war, und so vernachlässigt wie ihr Hinterhof.

»Julia kommt später«, bemerkte Dorit. »Sie sagt, wir sollen schon mal anfangen. – Julia ist übrigens ein bißchen komisch«, fügte sie zu Hannah gewandt hinzu. »Da mußt du dir nix bei denken.«

»Hautevolee«, knurrte Rosea und ließ sich krachend auf ihren Stuhl fallen.

»Ach, Quatsch«, sagte Dorit. »Bloß weil man in der alten Häuptlingsburg arbeitet, gehört man nicht zur Hautevolee.«

Rosea schnaubte. »Jedenfalls ist sie ganz schön eingebildet. – Sie ist die Tochter von der ollen Wiegand, der Mutter des Präsidiums. Du weißt schon, die alte Schreckschraube, die bei deinem Mann im Vorzimmer sitzt«, erklärte sie Hannah mürrisch. »Hochbegabtes Kind und nix geworden, wie das ja meistens so ist. Ist nach der Schule weggezogen, um Kunstgeschichte zu studieren, irgendein Arschloch zu heiraten, sich von ihm scheiden zu lassen, ihren Job und ihre Wohnung zu verlieren und wieder heim zu Mama zu flüchten. Ihre Mutter hat sie dann im Burgmuseum untergebracht.«

»Rosea«, mahnte Dorit und verdrehte die Augen. »Sei nicht so fies. Die konnten doch froh sein, daß sie sich herabläßt, in dem Kaff hier zu arbeiten. Sie soll nämlich ganz verdammt gut sein in ihrem Job, und überall sonst würde sie sehr viel mehr verdienen.«

»Da fragt man sich doch, warum sie überall sonst nicht ist«, brummte Rosea.

»Und was ist das für ein Beruf?« fragte Hannah.

»Sie ist Restaurateurin«, antwortete Dorit. »Sie hat einen festen Arbeitsplatz in der Burg, aber hauptsächlich kommen die Aufträge von außerhalb, von den ganzen Museen aus dem Kreis, die sich keine eigenen Restauratoren leisten können.«

»Krabbelt in alten Gemäuern rum wie 'ne Kellerassel«, murmelte Rosea.

»Quatsch« sagte Dorit. »Julia restauriert meistens transportable Sachen. Sie werden ihr in die Burg gebracht.«

»Trotzdem«, grummelte Rosea.

»Na ja, ein bißchen merkwürdig ist sie schon«, gab Dorit zu. »Reichlich esoterisch. Legt Karten und all so'n Zeug.«

»Hahaha ...« sagte Rosea.

»Ja ja ja ...« winkte Dorit ab. »Schon gut, Rosea.« Sie grinste und sah mehr denn je wie ein kleines Mädchen aus, daß etwas ausheckt. »Ich hab' mir von ihr auch mal die Karten legen lassen, Hannah. Ich glaub' zwar nicht dran, aber es war lustig. Sie hat gesagt, ich soll Annika fürs Ballett anmelden. Fand ich affig, ich hab's aber trotzdem getan. Über den Erfolg bin ich, ehrlich gesagt, heute noch ziemlich verblüfft. Das Kind hat sich total verändert. Man kann direkt wieder mit ihr reden.«

»Aber klar«, sagte Rosea und hob den Blick zur Zimmerdecke. »Wenn man sie nach dem Ballett fragt ... oder nach ihren neusten rosa Tutu ... oder nach der hübschen rosa Haarschleife mit dem Knotennetz, mit dem die ganzen Ballettratten sich die Haare aufbinden ... oder nach ihren entzückenden rosa Ballettschühchen ... oder wo Mama die süßen rosa Legwarmerchen gekauft hat ...«

Dorit machte scherzhaft eine Bewegung, als wollte sie Rosea ohrfeigen. Rosea lachte und duckte sich auf ihrem Stuhl, wobei sie ihren langen Körper zusammenklappte wie ein Taschenmesser.

»Daß sie keine Intellektuelle ist, war doch wohl vorher klar, du Ei«, schimpfte Dorit.

»Woher sollte sie das auch wohl haben«, spottete Rosea.

Die Türklingel gab einen häßlichen Laut von sich. Schlurfende Schritte ertönten auf dem Dielenfußboden vorn im Laden, und im Türrahmen erschien eine junge Frau. Sie war etwas kleiner als Rosea, aber genauso starkknochig und dünn. Ihr braunes Haar hätte schön sein können, wenn sie es gewaschen hätte. Es hing ihr wirr in die Stirn. Große Augen von unbestimmbarer Farbe lugten mißgelaunt hinter den fettigen Strähnen hervor, und das schmale Gesicht verzog sich zu einer Grimasse.

»Hast du abgeschlossen?« fragte Rosea stirnrunzelnd. Die Frau drehte sich kommentarlos um und schlurfte zur Ladentür zurück. Man hörte Schlüssel klimpern. Dann kam sie wieder.

»Das ist Julia. Und das«, sagte Rosea zu dem Neuankömmling und wies mit großartiger Geste auf Hannah, die sich daraufhin elegant verbeugte, »ist Hannah. Polizistengattin, also mit Vorsicht zu genießen. Verwandte von Dorit, also mit Vorsicht zu genießen. Künstlerin, also mit Vorsicht zu genießen. Kinderlos und über dreißig, also mit Vorsicht zu genießen.«

»Mach'n Punkt«, sagte Julia und hockte sich auf den freien Stuhl, ohne Hannah weiter zu beachten. »Warum habt ihr noch nicht angefangen?«

»Ja, ja, nicht so hastig.« Dorit mischte das Kartenpäckchen trotz ihrer kleinen Kinderhände geschickt und mit atemberaubender Geschwindigkeit ein paarmal durch und teilte aus.

Sie hoben die Karten auf. »Na?«, sagte Rosea und beugte sich zu Julia rüber. »Du guckst so beunruhigend glücklich. Was hast du auf der Hand?«

»Die Schlange, das Buch, den Sarg, den Turm, die Wolken, die Sense, den Reiter, den Berg, das Kreuz. Ein geheimnisvoller Tod beendet den Lebensweg der Dame, verursacht durch einen mächtigen Feind aus der Ferne. Wird man ihn erwischen? Limit bei zwei Mark?« Der größte Spaß beim Rommé lag für Julia in diesen kleinen Ausflügen in die Welt der Wahrsagerei. Die anderen begriffen sowieso nicht, daß sie die Kreuz Dame, Karo-Zehn, Karo-Neun, Pik-Sechs, Kreuz-König, Karo-Bube, Herz-Neun, Kreuz-Acht und Kreuz-Sechs auf der Hand hatte, und für sie war es eine gute Übung.

»Du bist verrückt, und wir bleiben auf jeden Fall bei einer Mark«, antwortete Rosea unbeeindruckt. »Und zieh mal schleunigst noch 'ne Karte, Dorit hat dir wieder eine zuwenig gegeben. Kein Wunder, daß du dauernd gewinnst.« Sie sortierte ihr Blatt und runzelte unzufrieden die Stirn. »Die meisten werden nicht erwischt. Außerdem wette ich, daß der Dreckskerl nicht weit weg ist. Zur Beerdigung geht er bestimmt. Alle Perversen tun das.«

»Hört auf!« sagte Dorit energisch, stützte die Ellenbogen auf die Tischplatte und verschanzte ihr Gesicht hinter den Karten.

»Klar doch«, sagte Rosea. »Nicht mal drüber nachdenken werden wir, weil es ja so unappetitlich ist. Und eines Tages erwischt es eine von uns. Was glaubst du, wie unappetitlich das dann erst aussieht. Was haltet ihr davon, Mädels, wenn wir mal versuchen, weniger zimperlich zu sein und uns statt dessen ein paar konstruktive Gedanken zu machen?«

»Das ist das Klügste, was ich seit langem gehört habe«, erklärte Hannah. »Als erstes wüßte ich gern mal, welche Frauen Greta eigentlich wirklich gut gekannt haben. Frauen, nicht Männer. Die Herren der Schöpfung haben nämlich bekanntlich keine Beobachtungsgabe, es sei denn, es gibt weibliche Formen zu betrachten.«

»Der Dame kann geholfen werden«, meinte Rosea. »Julia, spuck eine Liste aus.«

»Emilie und die Detektive?« sagte Julia spöttisch. »Mit mir aber nicht.«

»Aber Julia!« Rosea hob mokant eine Augenbraue. »Hast du ein Skelett im Schrank? Oder sonstwas zu verbergen?«

»Ich finde nur«, sagte Julia und verzog verächtlich die schmalen Lippen, »daß ein kleiner Unterschied besteht zwischen professioneller Polizeiarbeit und dem, was man gemeinhin unter ›Herumschnüffeln‹ versteht. Von mir erfährt niemand etwas. Es sei denn, er hat einen Dienstausweis. Ihr könnt übrigens schon mal anfangen zu zählen, ich werd' fertig.«

»Sch . . .«, zischte Dorit, und ihre braunen Rehaugen wurden eine Spur dunkler vor Ärger. »Eine Karte noch, und ich hätte auslegen können.«

»Wie bedauerlich«, sagte Julia, legte ihr Blatt auf den Tisch und grinste in die Runde. Nur über Hannah sah sie dabei mehr oder weniger geschickt hinweg. Hannah schien intensiv damit beschäftigt zu sein, ihren Verlust zu beziffern. Aber sie bemerkte es durchaus.

Julia fegte die Karten auf dem Tisch zusammen, klopfte sie zu einem ordentlichen Packen zurecht und begann sie mit geübten Fingern zu mischen. »Huch«, sagte sie plötzlich, lehnte sich zurück und schaute unter den Tisch. »Oh.«

»Das ist Thor«, sagte Hannah. Der Hund hatte sich zu ihren Füßen zusammengerollt und rührte sich nicht.

»Die Karten haben mir für heute abend eine Begegnung prophezeiht, die mir kein Glück bringen wird«, sagte Julia und legte die Stirn in Falten.

»Dann paß auf, daß du ihm nicht auf den Schwanz trittst«, empfahl Rosea.

Julia teilte die Karten aus. »Was für eine Art von Kunst betreibst du?« Sie sah Hannah nicht an und sprach auch nicht in ihre Richtung.

»Malerei«, erwiderte Hannah knapp.

»Hundebilder?« fragte Julia.

Hannahs Miene blieb vollkommen gelassen, obwohl heiße Wut in ihr aufquoll und überkochte, stinkend wie ein angebrannter Milchtopf. »Schau's dir an. Wenn ich's beschreiben könnte, würde ich's nicht malen. Ich wohne . . .«

»Ich vermute«, unterbrach Julia, »daß du da wohnst, wo Roseas Ex wohnt. Da du ja seine Frau bist.«

Eine Weile blieb es still. Dann sah es so aus, als wollten sowohl Dorit als auch Rosea etwas sagen, und dann blieb es trotzdem still.

Schließlich sagte Julia grinsend: »Vielleicht hätte ich lieber dem Hund auf den Schwanz treten sollen.«

»Ich denke«, sagte Hannah, »daß deine Karten heute recht hatten, als sie vor einer Begegnung warnten, die dir Unglück bringt. Aber das ist wohl weniger Wahrsagerei als eher das, was man eine sich selbst erfüllende Prophezeihung nennt. Ich vermute, dir bringen sowieso die meisten Begegnungen kein Glück, und ich vermute, das können wir darauf zurückführen, daß du dich vorzugsweise wie ein Arschloch verhältst.«

»Quod erat demonstrandum«, erwiderte Julia ungerührt und sortierte ihre Karten. »Ich werde mir deine Bilder lieber nicht ansehen. Vermutlich sind sie scheußlich. Intellektueller

Scharfsinn wirkt sich meistens negativ auf die Pinselführung aus.«

»Ich kann vom Gehalt meines Gatten leben, wenn meine Bilder zu schlecht sind, um Geld zu bringen«, erwiderte Hannah gelassen. Vor Menschen, die sie so direkt angriffen, hatte sie niemals Angst, und derartige Wortgefechte gingen stets zu ihren Gunsten aus. Sie fürchtete sich nur vor Messerstichen in den Rücken.

»Du meinst«, berichtigte Julia, »den Teil seines Gehalts, den sie nicht wegpfänden dürfen, um die Schulden einzutreiben, die du machst.«

»Sag mal, gibt es irgendwelche traumatischen Erlebnisse in deiner Kindheit, über die du gern mal dein Herz ausschütten möchtest?« erkundigte Hannah sich freundlich.

»Traumatische Erlebnisse, ja«, sagte Julia. »Herz ausschütten, nein. Ich entschuldige mich hiermit bei allen Anwesenden für meine heutigen Entgleisungen. Ich glaube, der Tod von Greta hat mich tatsächlich ziemlich mitgenommen. Aber ich möchte nicht darüber reden. Können wir weiterspielen?«

»Zählen könnt ihr«, sagte Hannah zufrieden. »Diesmal mach' ich fertig. Wo ist der Block zum Aufschreiben?«

Als sie spät am Abend mit dem Fahrrad nach Hause fuhr, fand Hannah, daß Thor noch ein wenig Bewegung brauchte. Er hatte Stunden still unter dem Tisch zugebracht und sah aus, als sei er froh, laufen zu können. Also entschied sie sich, ein paar Umwege zu machen. Sie bog von der Hauptstraße ab und radelte gemütlich durch stille Siedlungen.

Die meisten Leute in ihren kleinen, verklinkerten Eigenheimen hatten die Vorhänge vor die erleuchteten Fenster gezogen, und viele Häuser hatten Rolläden, die keinen Lichtschimmer nach außen ließen. Aber in manche Fenster konnte Hannah im Vorbeifahren hineinschauen und ein Stück fremdes Familienleben betrachten. Sie staunte darüber, daß andere Leute so wenig Bilder besaßen. Hannah erinnerte sich, daß bei ihr jedesmal, wenn sie umgezogen war, gleich nach dem Aufstellen der Möbel das Aufhängen der Bilder kam, noch bevor sie die Kartons ausgepackt hatte. Aber hier sah sie Wohnzimmer, in denen außer einem Barometer und einer Uhr überhaupt nichts an den Wänden hing und fragte sich, was für Leute das sein mochten.

Das Haus, in dem sie selbst wohnte, unterschied sich von außen in nichts von diesen Gebäuden. In Geverensand hatten die meisten Siedlungshäuser den gleichen roten Klinker, eine ähnliche Aufteilung, einen ähnlichen Garten – Wieso eigentlich? dachte Hannah. Ich glaube, es wird Zeit, daß ich mal etwas mache, was ich in den Garten stellen kann. Warum immer nur Bilder malen? Sie überlegte, welches Material sich am besten dafür eignen würde, einen zwei Meter hohen Gartenzwerg anzufertigen, und welches Requisit sie ihm zuordnen würde. Eine Schubkarre war zu profan, eine Angel brachte nichts, weil sie keinen Teich hatten ... Flüchtig dachte sie daran, ihm eine Maschinenpistole in die Hand zu drücken, aber das war vielleicht auch bloß kitschig. Schwert und Richtblock wären nicht schlecht für den Zwerg in einem Polizistenhaushalt.

Hannah stieg vom Rad, um einer Familie zuzusehen, die vor dem Fernseher einen späten Imbiß einnahm. Dann fiel ihr plötzlich ein, was Tante Malwine über Enno gesagt hatte, und sie sprang hastig wieder auf und radelte hinter Thor her. Sie konnte ganz gut verstehen, daß es den Postboten so unwiderstehlich dazu trieb, mit dem Fernglas in anderer Leute Fenster zu spähen. Bis zu einem gewissen Grade jedenfalls. Es hatte auch seine unangenehme Seite, draußen zu stehen und zuzusehen, wie andere sich zusammen vergnügten. Vielleicht, dachte sie, war das der Grund dafür, daß Enno so chronisch griesgrämig aussah.

Thor wartete an einer Kreuzung ab, welchen Weg sie nehmen wollte, und Hannah entdeckte, daß sie ganz zufällig am Klinkersilo gelandet war. Und wie der Zufall so wollte: Bei Tante Malwine war noch Licht. Hannah zögerte. Sie hielt an der Straßenecke an und stieg vom Fahrrad.

Zu dieser Tageszeit irgendwo einen Klingelknopf zu drücken, galt hierzulande als extrem unschicklich. Thor setzte sich und schaute Hannah an. Hannah schaute Thor an. Sie krauste die Nase. »So was tut man nicht«, sagte sie ernst. Thor lächelte. Und dann siegte bei Hannah die Neugier. Ein Besuch bei Horsts klatschsüchtiger Tante war auch nicht schlechter, als in fremde Fenster zu starren, und vielleicht hatte Malwine Informationen über Julia zu bieten. Hannah schwang sich wieder aufs Rad und strampelte die Straße hinunter auf das kleine Hochhaus zu. Immerhin konnte sie über eins sicher sein: Bei Tante Malwine siegte auch immer die Neugier. Vielleicht war sie gar nicht so unwillkommen.

»Ich hab' mir das wohl gedacht«, tönte Tante Malwines Stimme, noch bevor die Aufzugtür sich ganz geöffnet hatte. »Hast du von Horst seine Cousine denn nun was erfahren können?«

»Absolut nichts«, sagte Hannah. Das war natürlich typisch für Malwine, daß sie angenommen hatte, Hannah würde Dorit nur besuchen, um irgendwas aus ihr rauszukriegen. Falsch war es aber auch nicht, und auch das war wiederum typisch: Malwine hatte meistens recht, ob den Leuten das nun paßte oder nicht. »Aber ich hab' eine Freundin von Greta kennengelernt, Julia Wiegand.«

»Ich hab' mir das wohl gedacht«, wiederholte Tante Malwine, während sie Hannah in ihre vollgestopfte, kleine Wohnung ließ. »Die beiden kennen sich nämlich. Das Mädchen ist nicht ganz richtig im Kopf, mußt du wissen. Liegt in der Familie. Das war ja damals ein ganzer Skandal. Die Wiegand ist ja nicht verheiratet gewesen, und dann kam die Tochter, na, ich kann dir sagen, und das war noch lange nicht das Ende. Erst heiratet sie den Kerl dann doch, und ein paar Jahre später, Knall auf Fall, heißt sie wieder Wiegand, und glaubst du, die hätte auch bloß einmal den Mund aufgemacht und gesagt, was da eigentlich losgewesen ist? Althäa ist ja eine Tochter zu dem alten Wiegand, der hier früher mit Pferd und Wagen kam, der Milchmann, das wirst du nicht mehr wissen. Mit der Peitsche ist der ja damals auf den Kerl losgegangen, und denn isser ja auch verschwunden, kein Mensch weiß warum. Julia hat dann ja geheiratet, jetzt frag mich nicht wen, der war nicht von hier, sie hat ja Kunst studiert oder Kunstgeschichte oder was weiß ich, und dann war sie mit einmal wieder bei ihrer Mutter und hieß auch wieder Wiegand, liegt in der Familie, wie gesagt. Und dann ist sie Gott sei Dank im Burgmuseum untergekommen. Aber das glaub man nicht, daß die glücklich mit dem Mädchen sind. Das ist ’ne tranige Deern, auch wenn ich das nicht gern sag, denn Althäa ist sonst wirklich nicht verkehrt, das muß man ihr lassen.«

Thor hatte es sich wieder auf dem nachgemachten Perser bequem gemacht und sah aus, als würde er am liebsten die Pfoten über die Schlappohren legen. Malwine sprach immer ein bißchen zu laut, weil sie selbst schwerhörig war.

»War Greta eine Schulfreundin von Althäas Tochter?« fragte Hannah und machte es sich auf dem Sofa bequem.

»Ach, Wiegandes Julia, das war doch der Schatten von uns' Greta«, schnaubte Tante Malwine. »Ich hab' die beiden oft zusammen gesehen. Ich hab' da bloß nicht so drauf geachtet, weil, ich kenn' das Gesicht nicht so, mit der Familie hab' ich sonst nicht viel zu tun. Erna sagt, die waren damals in der Grundschule von Anfang bis Ende in einer Klasse, und die ganze Zeit haben sie nebeneinander gesessen. Und dann wollte Julia erstmal partout nicht aufs Gymnasium, weil Greta ja zur Realschule kam. Aber da hat Althäa sich nicht erweichen lassen, Julia kam auf die höhere Schule. Ich weiß ja nicht, ob das denn wirklich sein mußte, glücklich ist sie da ja nun auch nicht mit geworden. Na ja, jedenfalls haben die beiden Deerns trotzdem immer zusammengesteckt. Und das war auch nicht gut. Julia hat sich auf dem Gymnasium keine Freunde gesucht. Das hieß immer nur Greta hier und Greta da. Das hat Lenchen mir jedenfalls mal erzählt.«

»Komisch, daß Julia mir nicht mal das sagen wollte«, meinte Hannah.

»An der ist überhaupt manches komisch«, schnappte Tante Malwine böse. »Wahrsagerin will die sein, also, nun stell dir das bloß mal vor, das wußte ich gar nicht!« Wobei das schwer Vorstellbare für die umtriebige alte Dame nicht etwa darin lag, daß Julia sich als Kartenlegerin betätigte, sondern daß Tante Malwine das erst jetzt erfahren hatte. »Erna erzählt das nun plötzlich«, berichtete sie empört. »Da sei die bekannt für, sagt sie. So'n Hokuspokus, also nee, Althäa ist aber manchmal auch wirklich nicht zu beneiden mit dem Kind. Stell dir bloß mal vor, Julia soll doch tatsächlich bei Gretas Eltern auf dem Hof angerufen haben, kaum daß das arme Mädchen tot gewesen ist, und nach irgendwas gefragt haben, was ihr angeblich gehört und was da in Gretas Wohnung sein soll oder was. Also, ich sag' dir, das wär' ja nun nicht nötig gewesen, da hätte sie ja wohl noch so'n klein büschen mit warten können.« Erbost bleckte sie die Zähne, während sie die Türen ihres mit geschnitzten Jagdmotiven verzierten, alten Wohnzimmerschranks öffnete und die Regale nach etwas Eßbarem durchforstete. Sie fand eine Tüte Kekse und warf sie auf den Tisch. Thor stellte seine Abneigung gegen ihre laute Stimme in den Hintergrund, baute sich neben ihrem Sessel auf und bekam ein Schokoladenplätzchen. »So, und nun ist gut«, sagte Tante Malwine energisch. »Hunde dürfen nicht soviel Süßes. Mach Platz.« Der Hund knickte träge in den Knien ein und ließ sich neben ihrem Sessel zu Boden fallen.

»Vielleicht war es ja etwas Wichtiges«, vermutete Hannah und fischte in der Tüte nach den Waffelröllchen. »Etwas, das eben nicht warten konnte.«

»Hach!« fuhr Tante Malwine auf. »Und was sollte das denn wohl gewesen sein? Wenn Julia sich man eher so gründlich um ihren Kram gekümmert hätte wie ausgerechnet einen Tag nach Gretas Tod, stünde sie jetzt nicht mit 'n Haufen Schulden da.«

»Hat sie Schulden?« fragte Hannah interessiert und sah fasziniert zu, wie die dürre alte Dame Kekse im Zehnsekundentakt in sich hineinstopfte.

»Hat sie Schulden?« äffte Tante Malwine sie nach. »Du bist gut! Die haben ihr anfangs den Lohn pfänden müssen, um überhaupt noch an ihr Geld ranzukommen! Na ja, das ist inzwischen vorbei, damit hat Althäa Schluß gemacht. Die hat da natürlich auch zugegeben, das bleibt ja nicht aus. Sie hat denn aber auch zugesehen, daß der ganze Kladderadatsch mal vernünftig geregelt worden ist. Soweit ich das weiß, hat Julia trotzdem immer noch ganz schön was abzuzahlen. Kommt wohl von ihrem Geschiedenen her. Der hat ihr Geld zum Fenster rausgeschmissen, und sie hat Kredite aufgenommen, damit die beiden leben konnten. Aber ich hab' ja damals schon zu Althäa gesagt, Althäa, hab' ich gesagt, das geht nicht gut.« Malwines flüssiger Bericht geriet an dieser Stelle abrupt ins Stocken. Hannah überlegte, ob eine so majestätische Frau wie Althäa Wiegand diese Einmischung in die Angelegenheiten ihrer Tochter wohl positiv aufgenommen haben mochte.

»Warst du denn bei Julia zu Hause?« fragte Tante Malwine neugierig und verzog enttäuscht das Gesicht, als Hannah den Kopf schüttelte.

»Nee, ich hab' sie bei Rosea in der Buchhandlung getroffen.«

»Das ist ja eine Tochter zu dem Maaskamp, der das Schreibwarengeschäft damals hatte«, erinnerte sich Tante Malwine und kam wieder in Schwung. Sie grabschte sich drei Kekse gleichzeitig aus der Tüte. »Gab ja 'ne Menge, die gemeint haben, die heiratet unsern Horst«, berichtete sie kauend. »Aber ich hab' ja damals schon gesagt, paß auf, das kommt anners. Und nun isses ja auch anners gekommen.«

»Scheint so«, bemerkte Hannah trocken. »Na ja, ich geh' dann mal wieder. Wird Zeit, daß wir unsern Schlaf kriegen, was, Thor?« Thor gähnte wie auf Bestellung und sprang auf.

Tante Malwine begleitete ihre Gäste bis zum Aufzug. Die breiten Absätze ihrer zweifarbigen Pumps – Hannah hatte sie noch nie in Hausschuhen gesehen – klapperten laut auf den Fliesen im Hausflur. Ungeachtet der späten Stunde verabschiedete sie Hannah lautstark. In dem Spalt unter der Tür rechts von Malwines Wohnung sah man Licht angehen, und ein neugieriges und vermutlich empört dreinblickendes Auge verdunkelte den runden, kleinen Türspion. Peinlich berührt beeilte Hannah sich, den Aufzugknopf zu drücken, und war froh, daß der Lift gleich kam.

Tante Malwine fuhr Thor mit der Hand über den Rücken.

»Gut, daß du den Hund hast«, sagte sie, und ihre Stentorstimme hallte hohl und unheimlich von den kahlen Wänden wieder. »Du wirst ihn brauchen können.«

Aus irgendeinem Grunde bekam Hannah plötzlich eine Gänsehaut. Während sie in der engen Liftkabine mit Thor abwärts fuhr, versuchte sie sich den Gedanken aus dem Kopf zu schlagen, daß Tante Malwines letzte Worte geklungen hatten wie eine unheilvolle Prophezeihung.

Als Hannah aus dem Eingang des »Klinkersilos« trat, ging gegenüber im Tennisclub gerade die Tür auf. Gelächter und Musik schwappten wie eine Flutwelle aus der Bar auf den Parkplatz. Ein Mann kam heraus, leicht schwankend, stolperte gefährlich über die Schwelle, fing sich und blieb einen Moment lang stehen, um tief durchzuatmen. Er murmelte etwas und zündete sich eine Zigarette an. In dem kleinen Lichtschein, den die Flamme seines Feuerzeugs warf, erkannte Hannah das Gesicht von Jörg Gerjets.

Hannah drückte sich in den Schatten des überdachten Eingangs, zog den Hund dicht neben sich und legte ihm die Hand um die Schnauze. Was nicht ganz gelang, denn Thors Schnauze war wesentlich größer als Hannahs Hand. Aber er begriff die Geste und blieb still.

Gerjets warf einen Blick zum Himmel und entschied sich, den Regenmantel, den er sich über den Arm gehängt hatte, lieber anzuziehen. Dabei war ihm seine Zigarette sichtlich im Wege, und schließlich warf er sie mit einem Fluch in den Rinnstein. Er schlug den Kragen hoch und schlenderte vom Parkplatz herunter.

Hannah ließ ihm einen Vorsprung fast bis zur Ecke. Dann huschte sie hinter ihm her.

Gerade als sie aus dem Schutz des Hauseingangs heraustrat, öffnete sich mit einem leisen Knacken die Tür eines Autos, das weiter hinten an der Straße parkte. Einen Moment lang flammte die Innenbeleuchtung auf, ehe jemand hastig nach oben griff und sie ausschaltete.

Aber Hannah hatte genug gesehen. Sie konnte zwar nicht

erkennen, wer in dem Wagen saß. Aber sie hatte des Gesicht desjenigen gesehen, der ausgestiegen war und jetzt langsam, leise und in großem Abstand hinter Jörg Gerjets herging, wobei er unauffällig jede mögliche Deckung ausnutzte: Es war Focko Martens.

Hannah wartete, bis der Wagen gestartet wurde und wegfuhr und Focko um die Ecke verschwunden war. Dann nahm sie ihr Rad und fuhr nach Hause. »Wir wären wohl auch kaum so unauffällig gewesen beim Beschatten«, sagte sie und sah auf den Hund hinab, der mit heraushängender Zunge neben ihr hertrabte. »Deine schwarzen Flecken sind nicht groß genug. Eigentlich hätten sie dir bei der Polizei einen Tarnanstrich verpassen müssen.«

Am nächsten Morgen wußte Hannah sofort, daß sie verschlafen hatte. Es war nicht zu übersehen. Als sie die Augen aufklappte, starrte sie direkt in die riesigen, schwarzen Nasenlöcher des Neufundländers, der die Vorderpfoten auf die Matratze gestützt hatte und sie mit vorwurfsvollem Blick musterte. Hannah seufzte tief. »Du mußt raus, was? Und du kriegst die Tür nicht auf.« Sie klopfte ihm auf die Schulter. »Das mußt du aber lernen, mein Lieber.«

»Er muß nicht raus.«

Hannah fuhr erschrocken herum. »Horst!« Was machst du denn hier? lag ihr auf der Zunge, aber das wäre nicht sehr freundlich gewesen. »Ich hab' dich heute nacht gar nicht kommen hören.«

Horst gähnte und blinzelte verschlafen. »War schon beinah Morgen, als ich kam. Ich hab' den Hund dann noch mal rausgelassen. Ich vermute, er hat Hunger. Füttere ihn bitte. Er guckt mich schon so komisch an.«

»Das liegt an deinem Schlafanzug«, behauptete Hannah. »Ich dachte, diesen Grüngestreiften hätte ich längst weggeschmissen. Willst du im Bett frühstücken?«

Seine Verblüffung zu sehen, war ziemlich peinlich. Hannah zuckte verlegen mit den Schultern. »Na ja, ich dachte, wenn ich sowieso dem Hund was zurechtmachen muß . . .«

»Das ist ein Argument«, sagte Bäumer spöttisch. »Zwei Eier, Toast und Kaffee bitte. Und ein Glas Milch, falls es dir nicht zuviel Mühe macht.«

Hannah schlüpfte in ihre Jeans, zog einen Pullover über den Kopf und trabte hinter Thor die Treppe hinunter. Als sie am Garderobenspiegel im Flur vorbeikam, dachte sie flüchtig daran, daß sie früher fast den ganzen Tag lang im Bademantel herumgelaufen war, weil sie sich nicht hatte entscheiden können, was sie anziehen sollte.

»Früher?« sagte sie zweifelnd und blieb einen Moment stehen. »Das ist doch höchstens ein paar Wochen her.«

Sie konnte sich kaum noch daran erinnern. Jedenfalls hatte ihr damals, wenn sie denn endlich angezogen war, ein anderes Spiegelbild entgegengeblickt. Irgend etwas von der Art, wonach man sich umdreht, wenn man es auf der Straße sieht, und das Gefühl hat, in einen Spielfilm geraten zu sein. Wer auch immer die Person war, die sie damals gespielt hatte, mit dem, was ihr jetzt aus dem Spiegel entgegensah, hatte sie jedenfalls wenig Ähnlichkeit. Hannah zog den Gürtel der farbfleckigen Jeans etwas enger und fuhr sich erfolglos mit den Händen durch ihr wirres Haar. Der Pullover hatte am Ellenbogen ein ausgefranstes Loch. Er gehörte ihr sowieso nicht. Es war ein alter von Horst, und sie hatte die Ärmel aufgerollt, weil sie ihr viel zu lang waren.

Merkwürdigerweise gefiel ihr das Spiegelbild trotzdem, und was noch merkwürdiger war: Es war nicht mehr interessant. ›Früher‹ hatte sie Stunden vor dem Spiegel zugebracht. »Verlorene Zeit«, murmelte Hannah ärgerlich, wandte sich ab und ging in die Küche. Sie erinnerte sich, daß sie vor vielen, vielen Jahren ungefähr genauso ausgesehen hatte wie heute und sich genauso gefühlt hatte, und daß es ihr auch genauso egal gewesen war, wie sie in den Augen anderer Leute aussah. Was war eigentlich damals passiert, daß sich das dann geändert hatte?

Sie stand mitten in der Küche und stellte verblüfft fest, daß sie es nicht wußte. Einen Moment lang war ihr Kopf völlig leer. Sie stocherte in ihrem Gehirn nach Antworten und wirbelte nur Staub auf, Bildfetzen, die bedeutungslos herumflatterten. Es war, als sei das alles nicht ihr passiert, sondern einer gänzlich anderen Person. Und wo war diese Person jetzt?

Thor quetschte sich zwischen Tisch und Hannah und ging um sie herum, um sich demonstrativ direkt vor ihrer Nase hinzusetzen. Er hob den Kopf und streckte seine weiße Brust vor, um noch deutlicher sichtbar zu sein. Wohin auch immer diese neurotische Person also verschwunden sein mochte, die jetzige Hannah Bäumer stand in ihrer Küche vor einem hungrigen Neufundländer.

»Okay«, sagte sie. »Ich habe in zehn depressiven Jahren schätzungsweise an die dreihundert Psychologiebücher gelesen. Mit meinem Fachwissen könnte ich vermutlich ad hoc ein Examen bestehen. Und wofür das alles?« Sie machte dem Hund eine große Schüssel Futter zurecht und für Horst und sich selbst ein Frühstückstablett. »Es gibt nichts Unlogisches unter der Sonne«, erläuterte sie, während sie die Milch für Horst in ein Glas goß. »Was ich in den letzten zehn Jahren gemacht habe, muß eine eigene, innere Logik gehabt haben. Wenn ich wüßte, wie das funktioniert, dann könnte ich sicher sein, daß es mir nicht wieder passiert.«

Wenn.

»Hüte dich vor diesem Wort, Thor«, mahnte Hannah und umarmte den Hund, der den Inhalt seiner Futterschüssel schon verputzt hatte und neben ihr hockte. »›Wenn‹ ist ein menschliches Konstrukt und die Ursache vieler menschlicher Probleme. Götter kennen kein ›wenn‹.«

Das Frühstückstablett war fertig, und sie hatte es eilig, damit wieder nach oben zu kommen. »Sag mal«, drängelte sie, als sie das Essen raufgebracht und sich mit gekreuzten Beinen auf dem Ehebett niedergelassen hatte, »ist Dorits Mann eigentlich euer einziger Verdächtiger?«

Horst fiel vor Schreck fast der Eierlöffel aus der Hand. »Woher hast du das denn jetzt schon wieder?«

Hannah zog ungeduldig die Nase kraus. »Ist er nun der einzige oder nicht?«

Horst seufzte. »Ja.« Er trank das Glas Milch in einem Zug aus, bevor er sich mit Genuß seinem Toast widmete.

»Meinst du, es bleibt an ihm hängen?«

Horst antwortete nicht sofort. Vielleicht lag es auch ein bißchen an dem scheußlichen grünen Schlafanzug, daß er so bleich aussah, aber ihm war deutlich anzumerken, daß ihm diese Sache wirklich Sorgen machte. Nach einer Weile legte er den Eierlöffel hin und schob das Tablett zur Seite. »Könnte sein, ja.«

»Du lieber Gott.« Hannah hatte ein mulmiges Gefühl. Als sei etwas, das sie als Spiel betrachtet hatte, unvermittelt tödlich ernst geworden.

Horst zuckte mit den Schultern. »Er hat kein Alibi. Und es steht fest, daß er zur Tatzeit in der Nähe des Tatorts gewesen ist. Er war nämlich an dem Nachmittag im Kinderheim. Er hatte ein Verhältnis mit Greta. Im Auto sind seine Fingerabdrücke. An dem Pullover, den sie am Mordtag trug, hingen Haare von ihm.«

»Aber . . .«

»Ich weiß«, seufzte Horst. »Die Haare von unserem Briefträger hätten dranhängen können, und gar nichts wäre damit bewiesen. War ja sowieso nur ein Versuch. Ich hab' sie im Badezimmer aus seiner Bürste gesammelt, als ich bei Dorit war, um mir anzuhören, wie sie den bewußten Nachmittag verbracht hat. Jedes unserer Indizien ist für sich betrachtet völlig wertlos. Schlimm ist, es kommt einfach zuviel zusammen! Ich kann dir sagen, ich bin heilfroh, daß ich Kaschorke hab'. Der hat zwar Focko losgeschickt, um Jörg zu beschatten, aber im Grunde glaubt er an die ganze Sache nicht. Kaschorke ist felsenfest und unverrückbar davon überzeugt, daß Gretas Tod das Werk eines Triebtäters ist – unbekannt, nicht von hier und längst wieder verschwunden.«

»Und könnte er recht haben?« fragte Hannah nervös. Was das für die Zukunft von Jörgs Familie bedeuten würde, war leicht auszumalen. Dorit würde sich für den Rest ihres Lebens fragen, ob Jörg mit der Sache etwas zu tun hatte oder nicht, und es war nicht schwer, sich vorzustellen, daß das ihre Ehe sehr schnell beenden könnte. Das würde die Kinder aber auch nicht davor bewahren, von anderen Kindern gefragt zu werden, ob ihr Vater tatsächlich ein Mörder war. Und das Jugendamt? Würden sie ihn abschieben? Wahrscheinlich.

Horst schloß die Augen und lehnte sich zurück. »Natürlich könnte Kaschorke recht haben. Ich halte das sogar für ziemlich wahrscheinlich. Aber ein unbekannter Triebtäter ist nichts, während ein Liebhaber ohne Alibi ein Verdächtiger ist. Wenn das so weitergeht, Hannah, dann werden wir Jörg festnehmen müssen. Und vor dem Tag hab ich Angst.«

»Oje.« Hannah traten Tränen in die Augen. Was es bedeutete, ein geächteter Außenseiter zu sein, das wußte sie. Eine Festnahme wegen Mordverdachts in einer Kleinstadt, in der jeder jeden kannte, das mußte für Jörg und seine Familie verheerende Wirkung haben. Hannah tat sich zwar schwer damit, Menschen in ihr Herz zu schließen, aber für Dorit fühlte sie sofort entsetzliches Mitleid. »Horst? Kannst du dir denn vorstellen, daß er es gewesen sein könnte?«

Horst öffnete die Augen wieder und schaute Hannah an. Er verschränkte die Arme hinter dem Kopf. »Ja. Du nicht?«

Hannah antwortete nicht.

»Das wäre bloß das Übliche, Hannah«, erklärte Horst resigniert und trank seinen Kaffee. »Ein Paar gerät in Streit, weil einer von beiden die Beziehung beenden will. Jeder versucht den anderen mit Worten zu verletzen ... und dann treibt es einer zu weit, und der andere flippt aus.« Er setzte die Tasse auf das Tablett. »Und das ist immer der, dessen Stärke eher im Körperlichen liegt als im Umgang mit Worten. Und dann kann es tödlich enden.«

»Er wäre weggerannt, Horst«, sagte Hannah. »Weil er Kinder hat und so. Er hätte versucht, damit durchzukommen. Aber glaubst du wirklich, er hätte sie ausgezogen?«

»Ganz genau«, sagte Horst nachdrücklich. »Das kann ich mir eben auch nicht vorstellen, und deshalb hab' ich ihn auch noch nicht verhaftet. Jörg hat chronisch hohen Blutdruck und regt sich leicht auf. Ich glaube zwar eher, er würde fürchterlich losheulen, wenn ihn jemand verletzt, aber ich halte es durchaus auch für möglich, daß er auf den anderen losgeht. Aber ich kann beim allerbesten Willen nicht glauben, daß Jörg Gerjets da im Wald steht und sagt, hoppla, wie ungeschickt von mir – na ja, zieh'n wir sie einfach aus, dann sieht's aus, als sei's ein Triebtäter gewesen. Ich meine, um so was zu machen, muß man schon verdammt abgebrüht sein. Überleg doch mal – wer kommt denn überhaupt auf so einen Gedanken?«

Hannah versuchte nachzuzählen, wie viele Menschen ihr in den letzten beiden Tagen diesen Gedankengang schon präsentiert hatten. Aber damit wollte sie Horst nicht belasten. Jedenfalls stand eins fest: Wenn Dorit und ihre Familie diese Sache unbeschadet überstehen sollten, dann mußte etwas passieren.

Und zwar ziemlich schnell.

»Wenn das wirklich Kaschorkes berüchtigter Triebtäter war«, erläuterte Hannah Thor, während sie das Geschirr abwusch, »dann kann ich natürlich nichts herausfinden. Aber mich überzeugt das sowieso nicht. Cherchez la femme, mein Lieber. Oder, in diesem Fall, besser gesagt: Cherchez les femmes. Greta war bei Männern ausgesprochen beliebt. Wieso hätte einer von ihnen sie denn umbringen sollen? Der Teil der Bevölkerung, bei dem sie nicht beliebt war, Thor, das waren die Frauen.«

Hannah bückte sich und schlang ihre Arme um Thors Hals. »Ich weiß, du verstehst kein Wort. Versuch nicht, klug zu gucken. Hauptsache, du bist groß und warm und weißt, wann du mich beschützen mußt. Doof darfst du ruhig sein. Ich bin's ja auch, schau mich an, ich rede mit einem Hund. Also. Hat Dorit sie umgebracht? Ein Alibi hat sie nicht. Aber sie ist ziemlich zierlich, und Greta war groß und kräftig.«

Hannah befüllte die Waschmaschine mit schmutzigen Handtüchern und seufzte vor sich hin, während Thor sich eins der Gästehandtücher aus dem Wäschekorb schnappte und es sich übermütig um die Ohren schlug. »Und das ist auch schon alles, was ich weiß. Julia wäre kräftig genug. Julia war zwar Gretas beste Freundin, aber es ist ja nun mal so, daß Greta anziehend auf Männer wirkte und Julia anziehend auf überhaupt niemanden wirkt. Und deshalb bezweifle ich, daß sie unsere Verstorbene innig geliebt hat. Komm, gib das Handtuch her.« Sie zog an dem Gästetuch, das Thor im Maul hatte, und bewunderte ehrfürchtig sein furchteinflößendes Gebiß. Sie kämpften ein bißchen und kugelten ineinander verknäult auf dem Küchenboden herum, bis Hannah schließlich zu einem klaren Kommando Zuflucht nahm und Thor ihr das Frotteetuch brav vor die Füße legte.

»Und Rosea ist sogar noch größer und noch kräftiger als Julia. Sie hätte das ganz eindeutig schaffen können. Bloß daß ich nicht wüßte, warum. Was ich aber auf jeden Fall rausbringen muß, das ist, was Julia aus Gretas Wohnung so dringend haben wollte. So furchtbar dringlich sogar, daß sie die Eltern des Mädchens deswegen angerufen hat, noch bevor die Zeit hatten, ihre Tochter zu begraben.«

Sie schüttete Waschpulver in die Maschine, schaltete sie ein, stemmte die Hände in die Hüften und schaute auf Thor hinab.

»Mehr hab ich nicht, Thor. Dieser Anruf ist das einzige, was mir komisch vorkommt. Aber der kommt mir wirklich verdammt komisch vor.«

»Zockt ihr schon wieder?" sagte Hannah, als sie ihren Kopf am Nachmittag ins Hinterzimmer steckte und Julia und Rosea erwartungsgemäß beim Kartenspielen erwischte.

»Was ist mit der Ladenklingel los?« sagte Julia unwirsch. »Ich habe niemanden kommen hören.«

»Wenn man die Tür nur einen Spalt öffnet«, antwortete Hannah freundlich, »dann kann man ungehört reinschlüpfen. Genau das richtige für Schnüffler ohne Dienstausweis.« Julia verzog das Gesicht zu einer scheußlichen Grimasse. Ihre Muskeln mußten dehnbar wie Gummiseile sein, um so etwas hervorzubringen.

»Hol dein Ungetüm rein«, sagte Rosea. »Er wird schon meine Bücher nicht fressen, und es schadet seinem Teint, wenn er im Regen steht.«

»Er wird aber stinken, wenn sein Fell naß ist«, murmelte Julia.

»Besser stinken als stänkern«, sagte Hannah, und Rosea lachte schallend. Julia verdrehte die Augen. Daß das alles für sie kein Scherz war, ließ sich nicht übersehen.

»Ich lass' ihn trotzdem draußen«, entschied Hannah. Julias böse Blicke perlten an ihr ab wie Wassertropfen. »Es regnet nicht mehr, und er soll auf mein Rad aufpassen. Das Schloß ist kaputt.« Sie setzte sich Julia gegenüber und fragte sich, ob das Mädchen sich überhaupt jemals die Haare wusch. Sie sah aus, als schliefe sie nachts in Hauseingängen – durch ihre Kleidung, ihr Haar, ihr gesamtes Erscheinungsbild eben. Sie hatte sogar den gleichen hungrigen Blick wie viele der Streuner und Obdachlosen.

»Nimm dir Tee«, sagte Rosea und sortierte die Karten um, die sie in der Hand hielt. »Mensch, ist das ein Blatt. Da kannste Sie zu sagen.«

»Wen interessiert's?« fragte Julia hämisch und legte ihre Karten auf den Tisch. »Ich bin fertig. Zählen, Mädchen! Zählen!« Rosea schnaubte wie ein wütendes Roß. Hannah schaute zwischen den beiden hin und her und versuchte sich zu entscheiden, welche die geeignetere Anwärterin auf die Rolle einer Tante Malwine war, wenn die alte Dame einst das Zeitliche segnen sollte. Sie schienen beide ziemlich talentiert.

»Ach, übrigens«, sagte Hannah zu Julia, während sie ihre Teetasse auf den Tisch stellte und höchst unschuldig darin zu rühren begann, ein Vorgang, dem sie ihre gesamte Aufmerksamkeit zu widmen schien. »Ich hoffe, es war nichts Wertvolles, was du in Gretas Wohnung gesucht hast. Oder hast du es schon wieder?«

Einen Moment lang schien in dem kleinen Raum die Zeit stillzustehen. Das Bemerkenswerte an Julias Reaktion war, daß sie mit einemmal keine Grimassen mehr schnitt. Sie wirkte geradezu unnatürlich ruhig, als sie die auf dem Tisch herumliegenden Spielkarten mit ihren eigenen zu einem Stapel zusammenschob, den sie mit sorgsam abgezirkelten Bewegungen zu mischen begann.

»Es war leider etwas außerordentlich Wertvolles«, erklärte sie, ohne den Blick von ihren Händen abzuwenden. »Und dazu noch etwas, was sehr leicht verlorengehen kann. Sonst hätte ich die Familie ganz bestimmt nicht in ihrer schwersten Stunde aufgescheucht. Was man mir aber trotzdem niemals verzeihen wird. Ich vermute, ich bin jetzt der Buhmann der ganzen Stadt.«

»Da kommst du zu spät, meine Liebe«, sagte Hannah. »Die Rolle ist längst anderweitig besetzt. Der Buhmann der Stadt bin ich. Was war es denn, was du so vermißt hast, daß du deine gute Erziehung vergessen mußtest?«

»Tja, das war so 'ne Sache«, erwiderte Julia und verzog wieder das Gesicht, was Hannah zu ihrer eigenen Überraschung sofort daran zweifeln ließ, daß sie die Wahrheit erzählte. »Wär' ich man bloß selbst hingefahren. Ich hatte rein zufällig gelesen, daß in einem großen Auktionshaus eine Zeichnung unter den Hammer kommt, die mich interessiert. Ich hab' nämlich bei dem Besitzer mal was restauriert, und da hab' ich das Ding gesehen – der Kerl ist gestorben, und die Verwandtschaft verscheuert das ganze Zeug. Ich hatte bloß so schlecht Zeit, weil ich einen Terminauftrag hatte, und die Sache lief nicht gut. Aber das Bild wollte ich unbedingt haben.«

Die Geschichte klang durchaus glaubhaft. Hannah überlegte, wo der Haken sein mochte. »Und dann hast du Greta das Geld dafür gegeben?«

»Na ja, sie wollte am letzten Wochenende sowieso nach Hamburg, und ich konnte gerade schlecht weg. Und ein Problem ist das ja nun auch nicht, so ein Ding zu ersteigern. Also hab' ich sie gefragt, ob sie's für mich macht. Wenn Versteigerungen an Wochenenden oder abends stattfanden, hab' ich Greta immer mitgenommen. Ihr hat das Spaß gemacht. Also wußte sie, wie's geht. Sie war in dem Metier schon ganz zu Hause.« Julia hob ihre mageren Schultern und verzog verächtlich den schmallippigen Mund. »Kam sich da vor, als sei sie in den Jet-set aufgestiegen.«

»Das ist natürlich verflixt ärgerlich für dich«, sagte Hannah zweideutig. Sie konnte sich gut vorstellen, wie Greta zwischen elegant gekleideten Frauen umherging, die sie mit ihrer Körpergröße hoheitsvoll überragte, und sich daran weidete, daß sie in ihren Designerklamotten aussah, als gehöre sie dazu. Ein Champagnerglas in der einen Hand, in der anderen von Zeit zu Zeit ein sehr schmales Zigarillo. Wahrscheinlich hätte Hannah mit der verstorbenen jungen Dame einiges gemeinsam gehabt. »War das Bild wertvoll?«

Julia krauste die Stirn, und ihre Augen funkelten böse zwischen den braunen Haarsträhnen hervor, die ihr ungekämmt ins Gesicht hingen. »Für mich war es das. Dieses Bild wollte ich immer schon haben, verstehst du.«

»Und das Bild hat sich nicht wieder eingefunden?« fragte Hannah.

Julia zuckte mit den Schultern. »Bisher nicht. Aber das will ja nichts heißen. Es kam ohne Rahmen zur Versteigerung, der war wahrscheinlich längst auseinandergefallen. Es war also nur ein Blatt, und auch noch nicht mal ein großes. Weiß der Teufel, was sie damit gemacht hat, um es davor zu schützen, daß es verstaubt oder geknickt wird. In einem Buch liegt es jedenfalls nicht, ihre Bücher durfte ich durchsehen.«

»Das hat sich doch bestimmt einer unter den Nagel gerissen«, behauptete Rosea roh.

»Quatsch«, sagte Julia. »Ich glaub' nicht, daß jemand aus Gretas Familie den Wert von dem Ding erkennen würde. Würden die meisten Leute nicht. Das ist ja genau meine Befürchtung: daß es jemand wegschmeißt, weil er's häßlich findet.«

»Das wäre allerdings tragisch«, sagte Hannah. Julia wandte sich ihr mit einer Bewegung zu, als würde sie jeden Moment die Karten auf den Tisch werfen und ihrem Gegenüber an die Kehle gehen. Aber Hannah saß still da und starrte in ihre leere Tasse, und ihre Miene drückte ehrliche Besorgnis aus. Julia entspannte sich wieder und lehnte sich auf ihrem Stuhl zurück.

»Was stellt das Bild denn dar?« erkundigte sich Rosea.

Julias Gesicht verschloß sich, als hätte sie ein Visier über die Augen geklappt. Eine Weile war es so still, daß man auf der Straße vor dem Buchladen die Vorübergehenden reden hören konnte. Schließlich sagte sie knapp: »Den Tod.«

»Mein Gott«, sagte Rosea schockiert und schüttelte ihre grau gesträhnten Locken. Sie verschränkte unwillkürlich die Arme, als sei ihr plötzlich kalt geworden.

»Das ist schon komisch, daß sich das Bild nicht finden läßt«, meinte Hannah. Trotzdem vermutete sie, daß die Geschichte mit dieser Auktion der Wahrheit entsprach – wenn es vielleicht auch nicht die ganze Wahrheit war. »Aber du hast recht, wenn die Familie es entdeckt hätte, wüßtest du es bestimmt schon. Es sei denn, jemand hat es weggeschmissen und traut sich jetzt nicht, es dir zu sagen. Könnte das sein?«

Julia kräuselte die Nase. »Mööööglich, aber ich glaub' nicht recht daran. Ich hatte eigentlich das Gefühl, daß die alle ganz ehrlich sind. Und ehrlich empört, daß ich mich überhaupt für so was interessiere, wo Greta doch noch nicht mal unter der Erde ist.«

»Na ja«, sagte Hannah und stand auf. »Ich muß jetzt mal wieder. Danke für den Tee.«

»Gern geschehen«, sagte Rosea. »Schau ruhig mal wieder rein. Du bist immer so informativ. Erinnert mich an eine gewisse Dame ... Perücke und falsche Zähne, karierte Kostüme und zweifarbige Schuhe für Einlagen. Ich glaube, du bist verwandt mit ihr.«

Diesmal war es Julia, die schallend lachte. Hannah grinste und verabschiedete sich. Ihrer Ansicht nach konnte einem Schlimmeres passieren, als wie Tante Malwine zu enden. Aber die Tatsache, daß sie – obwohl nur angeheiratet verwandt – offenbar die unersättliche Neugier auf die Angelegenheiten anderer Leute gemeinsam hatten, war trotzdem verblüffend.

Hannah durchquerte den Buchladen und kam gerade bis zur Mitte, als sie von einem Impuls überrollt wurde wie von einer gigantischen Flutwelle. Urplötzlich versagten ihre Beine ihr den Dienst, und sie blieb direkt neben einem Tisch mit Taschenbuch-Neuerscheinungen wie angewurzelt stehen.

Der Rest geschah im Bruchteil einer Sekunde.

Plötzlich gewannen die Buchrücken in den vollgestopften Wandregalen an Leuchtkraft, und ihr war, als könne sie jeden einzelnen Titel deutlich lesen. Hannah war sich ihrer Umgebung so bewußt wie seit Monaten nicht mehr. Sie wußte, ohne hinzusehen, daß Rosea und Julia sich im Hinterzimmer wieder in ihr Spiel vertieft hatten, und hörte das leise, scharrende Geräusch, das entstand, als sie die Karten in ihren Händen sortierten und verschoben. Der Blick, den eine Radfahrerin im Vorübergehen in das Fenster warf, traf Hannah mit der Intensität eines Lichtstrahls. Sie hörte ihren eigenen, dumpfen Herzschlag, und ihre Gedanken waren so klar, als könne man sie wie Zeitungsartikel mit einer Schere ausschneiden und säuberlich in ein Buch kleben.

Ein kurzer Blick Richtung Hinterzimmer, wo Rosea und Julia sich über ihre Karten beugten und von da, wo Hannah stand, nicht zu sehen waren; ein Blick in Richtung der Fensterfront auf die Menschen, die mit gesenktem Kopf die Straße entlangeilten, um vor dem nächsten Regenschauer zu Hause zu sein – dann streckte Hannah die Hand aus.

Sie wußte nicht einmal den Titel des Buches, das sie haben wollte. Sie hatte nur einen blauen Einband und das Umschlagbild gesehen, das etwas in ihr angesprochen hatte, das sie nicht verstand. Im nächsten Moment steckte es bereits in ihrer Manteltasche. Ihr Herz schlug einen triumphierenden Trommelwirbel. Mit einer fließenden, eleganten Geste schlug sie den Trenchcoat locker zurück, damit sich der Inhalt der Tasche nicht so deutlich im Stoff abzeichnen konnte, und setzte sich Richtung Ladentür in Bewegung.

Die Hand schon auf die Klinke gedrückt, wandte sie sich noch einmal halb um und schickte einen raschen Blick in die Runde. Nichts. Sie lächelte und spürte mit einer Befriedigung, die sich mit nichts auf der Welt messen konnte, das Gewicht des gestohlenen Gegenstands an ihrer Seite.

Draußen stand Thor auf, stupste ungeduldig mit seiner Nase gegen den winzigen Spalt, um den sie die Tür bereits geöffnet hatte, und scharrte mit der Pfote daran herum.

Hannah erstarrte.

Noch bevor sie überhaupt so genau wußte, was sie tat und warum, war sie mit ein paar raschen, leisen Schritten zurück an dem Tisch, hatte das Buch wieder aus der Tasche gerissen und warf es auf den Stapel zu den anderen. Entsetzt stand sie davor und starrte es an.

So war es noch nie gewesen. Empörung stieg in ihr auf, heiße Wut, Fassungslosigkeit über diese Ungerechtigkeit. Normalerweise hatte sie es immer schon Stunden vorher gemerkt, wenn dieser abenteuerliche Zwang zum Stehlen sie zu überwältigen drohte: eine schleichende, langsam stärker werdende, jedes andere Gefühl abtötende Unruhe. Sie hatte eingreifen können, ehe es zu stark wurde. Nicht immer, aber oft. Öfter als irgendwer ahnte.

Hannah fühlte sich schrecklich verraten.

Sie hörte, wie Rosea nebenan ihren Stuhl zurückschob, und verharrte wie festgeschraubt auf ihrem Platz. Einen Augenblick später stand die Buchhändlerin in der Tür des Hinterzimmers. Sie schob eine graue, lockige Haarsträhne hinters Ohr und sagte mit einem Blick auf den Büchertisch: »Das Blaue da kann ich dir empfehlen. Handelt von einer Frau, die ihr Gedächtnis verloren hat. Alter Hut, sollte man meinen, aber es ist verteufelt gut gemacht.«

»Kann ich bei dir ein Konto eröffnen?« fragte Hannah, ohne den Blick von dem Taschenbuch zu nehmen.

»Ich schreib's zu den Sachen von Horst, der hat auch noch was offen, für irgendein Polizistenlehrbuch.« Rosea nahm das Taschenbuch mit zu ihrer Verkaufstheke. »Ein Tütchen vielleicht?«

»Nein, danke«, sagte Hannah und verzog den Mund zu einer Grimasse, die Julia Ehre gemacht hätte. »Es paßt in meine Manteltasche.« Sie steckte das Buch ein, hob grüßend die Hand und ging aus dem Laden.

Draußen stand sie einen Moment lang mit den Händen in den Taschen vor ihrem Fahrrad. Geistesabwesend betrachtete sie ihren Hund. Thor beobachtete Hannah gespannt. Er kümmerte sich nicht im mindesten darum, daß ein Dreikäsehoch, der unter seinen Jeans ganz offensichtlich noch Windeln trug, sich hinter ihm auf alle viere niederließ, an dem langen, schwarzweißen Hundeschwanz zog und vor Vergnügen krähte. Auch Hannah kümmerte sich nicht darum, was ihr einen giftigen Blick von der Mutter eintrug, die den Knirps mit einem rohen Griff auf die Beine zerrte und außer Reichweite bugsierte.

Vielleicht, dachte Hannah, sollte ich meine Nase wirklich nicht in den Kram anderer Leute stecken. Ich sollte Horst seine Arbeit machen lassen, und ich sollte meine Arbeit machen. Als ich das letztemal versucht habe, seine Arbeit zu tun, hab' ich ganz schön was angerichtet.

Und was, dachte sie, war da drinnen eben eigentlich los mit mir?

Sie wußte es nicht. Das einzige, worüber sie sich sicher war, war die Tatsache, daß man es ›Kleptomanie‹ nannte, und diese Art Weisheit war nicht dazu angetan, ihr weiterzuhelfen.

Thor wartete sichtlich darauf, daß es endlich losging. Hannah tätschelte seinen mächtigen Schädel, und er sprang auf. Sie stieg auf ihr Rad, ohne sich darum zu kümmern, daß der Buchladen in einer Fußgängerzone lag. Es war kaum ein Mensch auf der Straße bei diesem Wetter. Es hatte schon wieder zu tröpfeln begonnen.

Ich würde nicht versuchen, die Arbeit von Horst zu machen, wenn ich eine eigene hätte, führte sie ihren Gedankengang fort, während sie durch die Stadt radelte. Sie hatte andererseits natürlich ihre Malerei. Aber solange sie keine Bilder verkaufte, würde sie sich nicht als Malerin anerkannt fühlen. Sie besaß nicht das Selbstbewußtsein, etwas als ›ihre Arbeit‹ zu bezeichnen, was nicht dazu betrug, die Schuld zu vermindern, die sie sich aufgeladen hatte, als sie mit ihrem Kaufzwang ihren Mann um alles Geld gebracht hatte, das er besaß.

Die Theaterdekoration für die Laienspielgruppe hatte allerdings einen positiveren Aspekt in ihr Verhältnis zu ihrer Malerei gebracht. Es war zu etwas nütze, und nicht nur für sie.

Den Nutzen, den es für sie selbst brachte, konnte sie ohnehin nicht bestreiten: Sie brauchte keine Beruhigungsmittel mehr, und ihr soziales Leben schien sich langsam zu normalisieren.

Abgesehen von dem merkwürdigen Aussetzer in der Buchhandlung eben hatte sich seit einer kleinen Ewigkeit nichts Ungewöhnliches mehr ereignet. »Uff«, sagte Hannah laut und erschreckte damit eine andere Radlerin, die ihr entgegenkam. Es war anstrengend, über Kleptomanie nachzudenken. Ihr Gehirn schien leerzulaufen, sobald sie es versuchte.

Wie sehr sich ihr Leben tatsächlich normalisierte, bestätigte sich, als Hannah mit dem Rad in die Einfahrt zu ihrem Zuhause einbog. Vor der Tür stand, bewaffnet mit einem riesigen Regenschirm, ihre Nachbarin Marga Peters. Und neben ihr dräute, beeindruckend verpackt in einen knallroten Regenmantel, Althäa Wiegand in ihrer ganzen Pracht.

Hannah, die mehr als einen Kopf größer war als die Sekretärin ihres Mannes, fühlte sich unter deren gestrengem Blick wie ein Schulmädchen mit Schleife im Haar und sackenden Kniestrümpfen. Sie warf ihr Fahrrad gegen die Garagenwand, wo sie es seinem nassen Schicksal überließ, und durchsuchte fahrig die Manteltaschen nach ihren Haustürschlüsseln.

»Da komm ich ja gerade richtig«, sagte sie, obwohl sie sich da gar nicht so sicher war. »Vorsicht«, rief sie, als Thor sich anschickte, im Hausflur mehrere Liter Regenwasser aus seinem Pelz zu schütteln, und schob die beiden Damen hastig in die Küche. Sie nahm Althäa den Mantel und Marga den Schirm ab. »Setzt euch schon mal«, sagte sie, erschrak und schwankte einen Moment, ob sie sich bei der Wiegande für die ungebührlich vertrauliche Anrede entschuldigen sollte. Aber Hannah kannte sich – wenn sie mit dem Entschuldigen anfing, dann würde sie kein Ende mehr finden, und die ganze Sache würde schlecht ausgehen. Soll sie's doch für den Pluralis Majestatis halten, dachte Hannah rebellisch und warf im Vorbeigehen den Teekessel an, ehe sie die Regensachen im Flur verstaute und Thor mit einem großen Handtuch abrubbelte. Sie stellte fest, daß sie verdammt glücklich war über die Anwesenheit des großen Hundes, und Thor blinzelte verlegen, als sie ihn umarmte und auf die Nase küßte. Dann strebte er in die Küche, um Althäa zu begrüßen, die er vom Präsidium her kannte.

»O Gott, du Ungetüm«, seufzte Althäa. Aber ihre sorgfältig manikürten Hände waren ihr nicht zu schade dafür, dem Hund damit kräftig durch das Fell zu kämmen, obwohl es nach der Regendusche einen ziemlich durchdringenden Geruch verströmte.

»Der hat es hier besser als da, wo er herkommt«, sagte Marga so mitleidig, als sei das eine Situation, in die sie sich besonders gut hineinversetzen konnte. Hannah überlegte, aus welchen Verhältnissen Marga kam, aber sie konnte sich nicht daran erinnern.

»Er hätte es überall besser als da, wo er herkommt«, bemerkte Althäa nüchtern. Sie war fest entschlossen, sich nicht vorzeitig vereinnahmen zu lassen. Sie hatte sich überreden lassen, Hannah zu begutachten, aber sie hatte von vornherein klargemacht, daß ihrer Überzeugung nach die Gattin ihres Chefs kein Umgang für sie war. Sie war kein Unmensch, und wenn Marga Hannahs Entwurf für die Dekoration so gelungen fand, gut, dann würde sie sich diesen Entwurf ansehen. Das hieß noch lange nicht, daß sie ihn auch akzeptieren würde. Vor allem aber hieß das auf gar keinen Fall, daß sie bereit war, *Hannah* zu akzeptieren.

Sie sah sich aufmerksam in der Küche um und fand nichts daran auszusetzen. Es war vielleicht nicht so makellos sauber wie in ihrer eigenen, aber es war auch nicht schlecht. Die Möbel stammten offensichtlich noch von Horst Bäumers Eltern. Althäa wußte natürlich, daß Horst kein Geld hatte, um das Haus neu einzurichten. Allerdings erwartete man, daß eine junge Frau wie Hannah ihre eigenen Methoden entwickeln würde, eine alte Küche gemütlich herzurichten. Das hatte sie auch getan, aber nicht so, wie es den landläufigen Vorstellungen entsprach. Althäa hätte mit Trockenblumensträußen gerechnet oder einem Regal mit antiken Tellern oder irgendeinem mehr oder weniger kitschigen Fensterschmuck.

Statt dessen hing an der Wand über dem Küchentisch ein offenbar selbstgemaltes Ölbild, das Hannahs Küche zeigte, allerdings mit ein paar entscheidenden Variationen im Interieur. Der langweilige Brotkasten sah darauf aus wie ein zu groß geratener Maikäfer, der sich sonnt. Die Schatten auf der Kaffeemaschine wirkten wie ein Gesicht, das gleich zu lachen anfangen wird. Hinter einem großen Marmeladentopf schien gerade etwas zu verschwinden, das ein Troll hätte sein können, und vor dem offenen Kühlschrank saß eine Maus und beäugte wählerisch das Inventar. Althäa mußte unwillkürlich lächeln. Es war ein seltsames Bild, ein bißchen beunruhigend, aber auch rührend.

Althäa spitzte bedenklich ihre dezent geschminkten Lippen, denn wenn dieses Bild ein gutes Beispiel für Hannahs Malkunst war, dann würde sie in Zukunft wohl tatsächlich mit ihr rechnen müssen. Sie sah die Aussicht schwinden, den Entwurf für die Bühnendekoration ablehnen zu können.

»Der Hund ist trocken«, meldete Hannah. »Wir können uns wieder gefahrlos bewegen. Sehen wir uns den Entwurf an?«

»Dafür bin ich gekommen«, sagte Althäa säuerlich und folgte Bäumers Gattin durch den Flur ins Wohnzimmer. Einen Moment lang blieb sie völlig irritiert stehen. Die altmodische Küche hatte sie durch nichts vorbereitet auf den Anblick, der sich ihr im Wohnzimmer bot. Es gab dort so gut wie keine Möbel mehr. Nur da, wo das frühere Eßzimmer abzweigte, standen eine bequeme Sitzgarnitur und ein Schrank. Der Rest des Mobiliars hatte Hannahs Requisiten weichen müssen. Prunkstück war eine große Staffelei. Überall standen Bilder in allen Stadien der Fertigung herum, Bilder, die auf die merkwürdigsten Materialien aufgetragen waren: Pappkartons, Bettlaken, Holzplatten – Althäa schnappte nach Luft. Die Wohnzimmerwand war vollkommen verdeckt von einer Hafenansicht mit einer Kaimauer und dem Bug eines riesigen Schiffes. Der Eindruck war bestürzend real, zu real für diesen vergleichsweise kleinen Raum. Einen Sekunde lang glaubte sie fast, eine Möwe kreischen zu hören.

»Naaaa?« sagte Marga gespannt. Ihre Augen glänzten, und sie nickte Hannah eifrig zu. Hannah lächelte zurückhaltend. Sie betrachtete ihr Werk und sah die Summe sämtlicher Schwachstellen.

Sie fand es trotzdem immer noch ziemlich gut.

Es dauerte eine ganze Weile, ehe Althäa sich von dem Bild abwandte. Dann sagte sie: »So was habe ich allerdings nicht erwartet.« Sie musterte Hannah eine Weile beinahe so ausgiebig wie ihr Werk und gab schließlich widerstrebend zu: »Es ist großartig. Es ist genau das, was ich mir immer vorgestellt habe, wenn ich das Stück las.«

»Und dann in Holz!« schwärmte Marga voller Begeisterung. »Stell dir das mal in Holz vor, Althäa!«

»Ich stell mir das gerade in Holz vor, Marga«, erwiderte die Wiegande majestätisch. »Und es ist einfach phantastisch.«

»Da bin ich aber froh, daß es Ihnen gefällt«, sagte Hannah ehrlich erleichtert.

Althäa konnte nicht umhin zuzugeben, daß sie die Frau in diesem Moment tatsächlich irgendwie sympathisch fand. Aber das bedeutete noch lange nicht, daß sie sich geschlagen gab. »Unsere Bühnenbilder werden aus Spenden von Geschäftsleuten finanziert«, bemerkte sie und zog ihre penibel gezupften Augenbrauen ein wenig in die Höhe, gerade genug, um streng auszusehen, ohne Falten auf der Stirn zu bekommen. »Als Bezahlung für die Künstler bleibt da nichts übrig.«

»Ich weiß«, sagte Hannah. »Aber als Marga mir von dem Stück erzählte, da hatte ich dieses Bild vor Augen, und jetzt ist es eben da, also betrachten wir es auch als Spende.«

»In Ordnung.« Althäa neigte die betongrauen Locken zu einem huldvollen Nicken. »Sie werden bei uns einige Leute treffen, die ein Interesse daran haben, die Kunst in der Stadt zu fördern. Ich hab' es zwar bisher trotzdem noch nicht erlebt, daß einer durch sein Talent reich geworden ist, aber hier und da wird doch etwas bewirkt. Ich würde den Entwurf gern unseren Handwerkern vorstellen. Können Sie damit heute in zwei Wochen abends in die Aula kommen?

Zur Versammlung? Wenn Sie eine Stunde vorher da sind, pinnen wir die einzelnen Teile auf eine Stellwand. Sie sollten die Blätter numerieren, damit sie nicht durcheinandergeraten.«

»In Ordnung«, sagte Hannah. »Um welche Uhrzeit«

»Um sieben«, bestimmte Althäa. Sie war bereits auf dem Weg in den Flur und pflückte ihren hocheleganten Regenmantel von der Garderobe. Hannah half ihr hinein, und Althäa Wiegand ließ sich helfen und drehte sich dann um, um ihr die Hand zu reichen. »Vielen Dank, Frau Bäumer«, sagte sie, und dann tätschelte sie Thor zum Abschied, winkte Marga zu und ging.

Hannah schloß die Tür und blieb einen Moment stehen. Es war ein denkwürdiger Augenblick. Ein Handschlag von der Wiegande hatte in ihrer Situation in etwa das gleiche Gewicht wie ein Ritterschlag von der Queen für andere Leute.

Sie zuckte zusammen, als Marga hinter ihr plötzlich »Mensch, Hannah!« sagte. Sie hatte ganz vergessen, daß sie nicht allein war. »Stell dir vor, du, jetzt hast du es geschafft!«

Sie drehte sich um und mußte lachen, als sie Margas glücklich strahlendes Gesicht sah. »Meinst du wirklich?« fragte sie zweifelnd.

»Klar!« bestätigte Marga enthusiastisch. »Du, das ist ein Anfang, und du kannst doch nun wirklich was. Wart mal ab, da wird was draus. Althäa kann so was ein bißchen beurteilen, Hannah, und sie interessiert sich auch dafür. Ihre Tochter ist doch im Burgmuseum, und die kann so herrlich malen, also, das glaubst du nicht.«

Hannah war kurz davor, zuzugeben, daß sie das tatsächlich nicht glaubte. Warum sollte Julia sich damit zufriedengeben, Bilder zu restaurieren, wenn sie so herrlich malen konnte? Dann fiel ihr zu ihrer Bestürzung ein, daß nicht jede Künstlerin einen Mann im Hintergrund hat, der ihren Lebensunterhalt bestreitet, und war froh, nichts gesagt zu haben.

Aber Margas Redefluß war nicht zu bremsen. »Schon als die noch ganz klein war, da ging das los. Sie hat immer so

Kunstpostkarten gesammelt, weißt du, und dann hat sie die abgemalt. Und ich sag' dir, die kann das einfach toll. Ich weiß noch, später, als sie ja schon studiert hat, da hat der Nachbar von Althäa das alte Porträt von seiner Oma verkauft, was damals noch von deinem Großvater her kam, der hat die mal gemalt, so zum Spaß, und das war so ein tolles Bild, und das wollte der dann verkaufen, der Nachbar, weil ein Sammler ihm dafür wohl was geboten hatte.«

Hannah nahm mit Staunen zur Kenntnis, daß es tatsächlich Leute gab, die Bilder ihres künstlerisch veranlagten Ahnen sammelten. Es wurde wohl langsam Zeit, daß sie auch etwas von seinem Werk zu Gesicht bekam. »Weißt du, wer das war?« fragte sie mit großen Augen.

»Nee, du, das hab' ich vergessen. Das tut mir leid. Na, jedenfalls, er hat Julia das Bild gegeben, und Julia hat es abgemalt, und was soll ich dir sagen – wie echt! Ehrlich!«

»Was für ein Talent«, sagte Hannah mit einem Unterton, den eine weniger arglose Person als Marga ohne weiteres als Ironie erkannt hätte.

Aber Marga antwortete begeistert. »Ja, wirklich, du. Hat sie auch. Und deshalb kennt Althäa da auch ein büschen was von. Ich mein', sie hat natürlich recht, hier ist noch keiner mit so was reich geworden. Aber das muß ja auch nicht. Trotzdem ist man doch stolz, wenn man anerkannt wird und wenn man nachher vielleicht auch wenigstens ein bißchen verdient.«

Hannah lächelte und wippte auf den Zehenspitzen auf und ab. Zweifellos. Ich bin tatsächlich jetzt schon ziemlich stolz.« Das war mächtig untertrieben. Sie hätte heulen können. Anerkennung, dachte Hannah und spürte einen dicken Kloß im Hals. Sie war seit Jahren nicht mehr anerkannt worden. Außer als Soziopathin, Kleptomanin und Neurotikerin in verschiedensten Ausprägungen, je nachdem, wo der Arzt, dem sie gegenübersaß, seine Vorlieben hatte.

»Komm«, sagte sie. »Jetzt trinken wir erst mal Tee.«

Ob ihre eigenen Bilder Geld einbringen würden oder nicht, das war Hannah am nächsten Morgen nur noch in zweiter Linie wichtig. Zunächst mal wollte sie unbedingt herausfinden, was das Bild wert war, das Greta für Julia ersteigert hatte. Sie rief bei der Auskunft an und telefonierte kreuz und quer durch halb Hamburg, bevor sie abklären konnte, wo diese Versteigerung stattgefunden hatte. Als sie endlich das richtige Auktionshaus erwischt hatte, wurde sie dann an eine Dame weiterverbunden, die Hannah bestimmt weiterhelfen konnte, wie man ihr freundlich versicherte.

»Warum? Ist mit dem Bild etwas nicht in Ordnung?« Die Frauenstimme am anderen Ende der Telefonleitung klang zunächst mal weniger hilfsbereit als vielmehr äußerst alarmiert.

»Ja ... das heißt, nein«, sagte Hannah und lächelte, auch wenn ihr Gegenüber das nicht sehen konnte. Man klingt so viel verbindlicher, wenn man lächelt. »Es ist nur ganz einfach verschwunden, und ich gehöre zu den Leuten, die sich an der Suche beteiligen. Was ein bißchen schwierig ist, wenn man das Bild noch nie gesehen hat. Und deshalb dachte ich, Sie haben vielleicht ein Foto, dann könnte ich es mir ja wenigstens mal anschauen.«

»Ist es gestohlen worden?«

»Nein«, sagte Hannah zögernd, »wahrscheinlich jedenfalls nicht. Es ist einfach verlorengegangen.« Eben war ihr die Sache mit diesem Anruf noch ganz einfach vorgekommen, aber jetzt war sie drauf und dran, die Nerven zu verlieren und einfach aufzulegen. Warum hatte sie sich nicht die Zeit genommen, sich eine glaubwürdige Geschichte zurechtzulegen, um an die Informationen heranzukommen, die sie brauchte?

»Das tut mir leid.« Die Stimme klang mitfühlend. »Ich schau' mal nach, welches Bild es gewesen ist. Wie, sagten Sie, war der Name des Künstlers?«

»Oh«, sagte Hannah betreten. »Äh ... Moment bitte. Der Name der Dame, die es gekauft hat, war Leiboldt. Greta Leiboldt. Mit dt.« Unwillkürlich ballte sie die linke Hand nervös zur Faust.

»Frau Leiboldt?« Die Stimme klang ungläubig. »Frau Leiboldt war gelegentlich mit Frau Wiegand hier ... Frau Wiegand und ich kennen uns persönlich, wissen Sie ... Aber Frau Leiboldt hat nichts bei uns ersteigert. Und am letzten Wochenende, da war Frau Wiegand nicht auf unserer Auktion.«

»Dann war vielleicht Frau Leiboldt allein ...« begann Hannah, aber die Stimme unterbrach.

»Nein, ganz bestimmt nicht. Wissen Sie, es war ohnehin keine große Veranstaltung, und letztlich war der Kreis der Interessenten dann sogar etwas kleiner, als wir erwartet hatten. Ich glaube, ich darf sagen, wenn Frau Leiboldt am Wochenende bei uns gewesen wäre, dann wüßte ich es. Sehen Sie, Frau Wiegand und ich kennen uns ja persönlich ...«

»Ja«, sagte Hannah und runzelte die Stirn.

»... und daher habe ich im Grunde ebenso nach Frau Leiboldt Ausschau gehalten wie nach Frau Wiegand, denn wenn ich Frau Leiboldt gesehen hätte, dann hätte ich gewußt, daß Frau Wiegand da ist, und ... sehen Sie?«

»Ja«, wiederholte Hannah. Obwohl sie im Moment eigentlich nicht behaupten konnte, besonders klar zu sehen. »Hm. Das ist aber ... Tja. Und das Bild? Ich meine ... wissen Sie, es war eine Zeichnung, glaube ich, und zwar eine Darstellung des Todes, also, ich meine, nicht eines Sterbenden, sondern, wie sagt man, Gevatter Tod, der Sensenmann, Sie wissen schon, irgendwie so was.«

»Ja, ich erinnere mich«, beschied die Stimme. »Sogar recht gut. Ziemlich unheimlich, wenn ich das mal so sagen darf. Aber das ging nach München, an einen privaten Sammler!«

»Nach München!« Hannah war völlig verblüfft.

»Ja. Nach München. Deshalb verstehe ich nicht ...«

»Dann ist das Bild also gar nicht verschwunden«, sagte Hannah zögernd. »Dann war das bloß ein Mißverständnis. – Wissen Sie«, fügte sie hastig hinzu, »da ist nämlich jemand in Urlaub gefahren, und wir hatten gedacht, das Bild wäre ersteigert worden, und statt uns Bescheid zu geben – na ja, Sie wissen ja, wie das ist, wenn einer in Urlaub will und hat den Kopf praktisch schon halb im Flugzeug, da wird doch bloß Chaos hinterlassen, und ... ja, was soll ich Sie weiter mit dieser Geschichte belasten, das hat sich ja nun Gott sei Dank alles aufgeklärt.« Sie verdrehte die Augen und hoffte, daß die Dame nicht weiter nachfragen würde.

»Offenbar«, sagte die Stimme. »Da bin ich aber erleichtert. Ich denke, Sie ja wohl auch.«

»Und ob«, antwortete Hannah inbrünstig. »Sagen Sie – wieviel hat der Mann eigentlich dafür bezahlt? Dürfen Sie das sagen?«

»Tja, also ... es hat nicht so viel gebracht, wie es eigentlich sollte.« Der Stimme war bei dieser Auskunft ein gewisses Unbehagen deutlich anzumerken. »Schließlich war es in Anbetracht seines Alters wirklich in ausgezeichnetem Zustand, und der Künstler war zu seiner Zeit zumindest eine lokale Berühmtheit. Ganz zu schweigen davon, daß das Bild zeichnerisch von wirklich bemerkenswerter Qualität ist. Seine Ölbilder gehen bei uns schon lange nicht mehr für unter zwanzigtausend weg, wenn überhaupt noch mal eins angeboten wird. Und um ehrlich zu sein, sie sind weniger gut. Na, vielleicht lag's am Motiv. Außer dem Münchner Sammler haben jedenfalls nur ein paar Museen aus dem Umkreis mitgeboten, und die sind erstaunlich früh ausgestiegen. Ich erinnere mich, daß er schon den Zuschlag bekam, bevor wir auch nur bei 8.000 angelangt waren.«

»Schon. Soso«, sagte Hannah entgeistert. Sie verabschiedete sich zerstreut und legte auf. Einen Moment lang stand sie unschlüssig im Flur herum, aber eigentlich war ganz klar, was sie als nächstes tun wollte. Ob das nun weise war oder nicht. »Komm«, sagte sie zu Thor. »Wir fahren zum Burgmuseum.«

Sie beneidete den Hund nicht darum, in dem Nieselregen neben ihrem Rad hertrotten zu müssen. Aber ein Regelmäntelchen für dieses haarige Ungeheuer hätte ihrem Ruf vermutlich mehr geschadet als Kaufsucht, Kleptomanie und Seitensprünge zusammen. Thor schien das Wetter außerdem egal zu sein. Er begleitete sie brav bis zur alten Burg, die mitten in der Stadt auf einem bescheidenen, künstlich aufgeschütteten Hügel thronte und so adrett aussah, wie das zu Zeiten des friesischen Häuptlingswesens unmöglich der Fall gewesen sein konnte. Es fehlten nur noch gehäkelte Gardinen an den Fenstern. Im Burggraben schwammen weiße Schwäne, die trotz des Schmuddelwetters den gleichen frischgeputzten Eindruck machten. Wahrscheinlich hatte ihnen die Kurverwaltung strengstens untersagt, sich schmutzig zu machen.

Als Hannah durch den Torbogen fuhr, stellte sie sich unwillkürlich vor, sie würde auf einem lackschwarzen, friesischen Pferd in den Burghof reiten, begleitet von einem Troß Ritter. Das hatte sie als kleines Kind schon getan, wenn sie nach Geverensand kam, und damals wie heute konnte sie einen Moment lang tatsächlich das Klappern der Hufe auf den Backsteinen im Hof hören, das leise Rasseln von Kettenhemden, Schwertern und Degen, rauhes Gelächter. Mit dem nächsten Lidschlag wich der Spuk der grauen Wirklichkeit. Sie stellte ihr Fahrrad ab. »Sitz!« befahl sie Thor und wies auf das Rad. »Gut aufpassen!«

Der Haupteingang war offen und der Weg zur Werkstatt ausgeschildert. Niemand hielt Hannah auf, als sie zielstrebig darauf zuging und eintrat. Es war ein großer, sehr heller Raum. Das Durcheinander von halbverhüllten und offen herumstehenden Kunstgegenständen in verschiedenen Stadien des Verfalls machte es anstrengend für die Augen, lebende Personen überhaupt auszumachen. Julia saß an einem der Fenster und arbeitete mit Goldbronze an einem arg ramponierten Bilderrahmen. »Nanu.« Sie verzog das Gesicht, als sie Hannah bemerkte. »Wie kommt dieser Glanz in meine Hütte?« Erfreut sah sie nicht aus.

»Ich muß dich etwas fragen«, sagte Hannah. Sie hatte mit Julias Zurückhaltung keinerlei Probleme. Schließlich war sie es gewöhnt, daß Leute chronisches Stirnrunzeln bekamen, wenn sie auf der Bildfläche erschien. »Ich bin wegen deines Bildes hier, du weißt schon, das, was verschwunden ist.«

»Die Zeichnung, die Greta für mich ersteigert hat?« fragte Julia, und jetzt blitzte echtes Interesse in ihren Augen auf. Sie legte den Pinsel hin.

»Ist dir schon mal der Gedanke gekommen, daß Greta das Bild vielleicht gar nicht gekauft hat?« fragte Hannah.

Julia starrte sie ungläubig an und zog eine angeekelte Grimasse. »Wie kommst du denn darauf?«

»Man könnte sie doch ganz einfach überboten haben«, sagte Hannah. »Ich nehme doch an, du hast ihr ein Limit gesetzt.«

Julia überlegte und machte sich wieder daran, den kleinen Rahmen auszubessern. »Glaub' ich nicht. Wirklich nicht. Ich finde, mein Limit lag schon ziemlich hoch.«

»Könnte aber doch sein, daß noch jemand außer dir sein Herz dran gehängt hatte«, sagte Hannah. »Aus welchem Grunde auch immer. Hast du daran noch nie gedacht?«

Julia schüttelte den Kopf. »Nee. Ich hab' Greta doch wegen des Bildes gefragt, und sie hat ja gesagt.«

»Wie meinst du das?« fragte Hannah verblüfft. »Ich meine, wozu hat Greta ja gesagt – was genau hast du Greta denn gefragt?«

»Ob sie Erfolg gehabt hat in Hamburg«, sagte Julia, grub die Zähne in ihre Unterlippe und setzte mit sicherer Hand einen haarfeinen Pinselstrich auf eine kleine Rosette in der Rahmenecke. »Und sie hat ja gesagt.«

»Das muß sich doch nicht auf das Bild bezogen haben«, gab Hannah zu bedenken. Sie fragte sich angewidert, wie die Frau überhaupt so exakt arbeiten konnte, wenn sie dauernd durch ihre fettigen Haarsträhnen blinzeln mußte.

Julia legte den Rahmen hin und starrte Hannah an. »Auf was denn sonst?«

Hannah zuckte mit den Schultern. »Also, ich finde, das ist eine ziemlich allgemeine Aussage.«

»Sag mal, Hannah . . .« Julia lehnte sich in dem knarzenden, alten Schreibtischstuhl zurück, schlug die Beine übereinander und verschränkte die Arme. »Was willst du mir hier eigentlich erzählen? Kannst du mir das bitte mal ganz klipp und klar sagen?«

»Sie hat das Bild nicht gekauft«, sagte Hannah.

»Schätzchen, das ist der größte Blödsinn, den ich je gehört habe«, erwiderte Julia kalt. »Erstens habe ich Greta eine

Menge Geld gegeben, damit sie mir dieses Bild besorgt. Bargeld, denn wir verdienen beide nicht so viel, daß wir uns den Kreditkarten-Yuppies anschließen könnten. Glaubst du ernsthaft, ich würde jemandem soviel Scheine in die Hand drücken, dem ich nicht vertrauen kann? Und außerdem müßte sie dann ja das Geld auch noch gehabt haben, wenn sie das Bild nicht bekommen hätte, und das wäre ja wohl irgendwie nicht zu übersehen gewesen. War ja nicht wenig.«

»Genau das ist es, was mich so beunruhigt, liebe Julia«, sagte Hannah. »Sie hätte das Geld noch haben müssen.« Sie steckte die Hände in die Taschen ihrer Jeans und fragte sich, ob es außer ihr eigentlich überhaupt noch Leute gab, die logisch denken konnten.

Julia sah auf. »Willst du mir damit sagen, Greta ist wegen des Geldes umgebracht worden? Ich meine, willst du etwa andeuten, man habe mir mein Geld geklaut und dabei meine Freundin Greta umgelegt? Sag mal, weißt du, wie das klingt?« Ihre Mundwinkel zogen sich mit ungebremster Verachtung herab und umspannten ihr Kinn wie ein Rahmen. »Das, meine Liebe, klingt so, als wäre wahr, was man sich über dich alles so erzählt. Du mußt wohl wirklich völlig verrückt sein.«

»Liebe Julia«, sagte Hannah gelangweilt, »du magst mich für bekloppt halten. Das steht dir frei. Tatsache ist, deine Vertraute Greta Leiboldt hat das Bild auf der Auktion in Hamburg nicht ersteigert. Wenn du dir die Mühe gemacht hättest, dort anzurufen, wüßtest du das längst. Ich habe mir die Mühe gemacht. Um auf den Punkt zu kommen, meine Liebe: Deine Vertraute Greta hat nicht einmal den Versuch unternommen, das Bild zu bekommen. Sie war gar nicht auf der Auktion.«

Julia starrte Hannah an. Sie war blaß geworden. Über ihren ausgeprägten Wangenknochen spannte sich die Haut, und ihr an sich schön geschnittenes Gesicht hatte im Moment fatale Ähnlichkeit mit einem Totenschädel. Sie mußte tagelang nicht mehr richtig geschlafen haben. Ihre Augen sahen ganz eingesunken aus, und um die Lider lagen violette Schatten.

»Sie hat mein Bild nicht gekauft?« sagte Julia leise, und ihre Stimme zitterte. Plötzlich wurden ihre Augen feucht. Eine Träne löste sich und rollte die Wange hinunter. Julia wischte sie nicht fort. Sie saß immer noch ganz ruhig da und starrte Hannah hilflos an.

»Hat dir daran soviel gelegen?« fragte Hannah betreten. Sie wandte sich unbehaglich ab und umrundete eine häßliche kleine Statue mit haarfeinen Rissen in ihrem steinernen Körper, als sei sie brennend daran interessiert. Sie wollte den Schmerz in Julias Augen nicht sehen müssen. Den ganzen ungeheuren Schmerz, der niemals aufgetaucht war, solange es nur um Greta gegangen war.

»Das muß es ja wohl, nicht wahr«, sagte Julia tonlos. »Wenn du in Hamburg angerufen hast, weißt du ja vielleicht auch, was das Bild gekostet hätte. Soviel gibt man wohl kaum für irgendwas aus . . .« Sie schluchzte auf und zerrt ein Taschentuch aus ihrer Hosentasche.

»Na ja«, sagte Hannah, »glücklich ist sie damit jedenfalls nicht geworden. Falls dich das irgendwie beruhigt.« Das war nicht gerade nett, aber Hannah fand es auch nicht nett, daß das verlorengegangene Bild Julia zu Tränen rührte, während der Tod ihrer angeblich besten Freundin nur die eine sichtbare Folge gehabt hatte: daß sie die Laune verlor.

»Du meinst, das war eine Art gerechter Ausgleich?« fragte Julia und stieß etwas aus, was ein Lachen hätte sein können, wenn der Anlaß nicht so makaber gewesen wäre. »Ich verliere mein Bild und sie ihr Leben?«

Hannah zuckte mit den Schultern. »Ob das nun gerecht ist oder nicht: Das Geld ist jedenfalls weg, und Greta ist tot. Und sollen wir nun glauben, daß das alles ein großer, tragischer Zufall ist?«

»Da hast du allerdings recht.« Julia schneuzte sich noch einmal, und dann steckte sie das Taschentuch weg. »So wie du es sagst, klingt das nur noch unwahrscheinlich. Das könnte das Ende der Triebtäter-Theorie sein, was?«

»Du hast Horst nichts von dem Bild erzählt, oder?« fragte Hannah.

Julia schüttelte den Kopf. »Dazu bestand ja kein Grund.«

»Inzwischen besteht aber einer«, erklärte Hannah.

»Tja«, sagte Julia. »Da hast du ja wohl recht. Und du meinst wahrscheinlich, daß ich sofort hingehen soll.« Hannah nickte.

Julia stand auf. Ihre Bewegungen waren die einer sehr alten Frau. Sie ging zu dem alten Kleiderständer hinüber und zog einen Blazer an. Ihre Jeans schlotterten um ihre mageren Hüften, als wären sie mehr als zwei Nummern zu groß. »Ich gehe«, sagte Julia. Sie schaute sich nicht einmal nach Hannah um.

4

»Verdammt«, sagte Bäumer. »Das schmeißt deine Triebtäter-Theorie aber ziemlich über den Haufen, was?« Er warf den Bericht über Julias Besuch im Präsidium wütend auf den Schreibtisch und wühlte in der Schublade nach seiner Pfeife.

»Meinst du wirklich?« fragte Kaschorke zweifelnd und kratzte sich den Kopf mit den öligen, schwarzen Locken. Er saß breitbeinig in Bäumers Besucherstuhl und blies seinen alkoholgeschwängerten Atem über den Schreibtisch. »Also, da bin ich mir nicht so sicher, Horst. Bisher ist unser Triebtäter immer noch die einfachste Lösung. Und du sagst doch selbst dauernd, die einfachste Lösung ist meistens die richtige – weshalb unser Beruf ja auch so langweilig ist.« Bäumer verdrehte die Augen.

»Nein, wirklich, Horst«, beharrte Kaschorke. Er beugte sich vor, um die Ellenbogen auf die Knie zu stützen, aber offenbar war ihm dabei sein zusehends wachsender Bierbauch ein bißchen im Weg, und er lehnte sich wieder zurück. »Ich meine, nimm mal an, sie sei wegen des Geldes ermordet worden: Wie stellst du dir das vor? Glaubst du, sie wollte Julias Geld im Wald vergraben, oder was? Meinst du, sie hat da im Gebüsch gehockt und in Scheinen gewühlt wie Onkel Dagobert in seinen Goldsäcken, und jemand ist vorbeigekommen und hat das gesehen und sie prompt erwürgt, die Scheine eingesammelt und ist verschwunden? Oder wie?«

Bäumer hatte die Pfeife inzwischen in seinem Jackett gefunden, aber die Lust zu rauchen verloren. Er rieb sich die Schläfen und schloß mit gequältem Gesichtsausdruck die Augen. Kaschorkes Fahne war ekelhaft, und Kopfschmerzen hatte er außerdem. »Ach, verdammt, so wie du das erzählst, klingt es bloß noch albern. Aber jetzt überleg doch mal, Mensch. Zwei Dinge sind klar wie Kloßbrühe: Erstens hatte Greta mehr Geld, als sie verdient hat. Denk an die Kleidung.«

»Die sie auch in Secondhandshops gekauft haben kann«, lehnte Kaschorke ab. »Was dann nur heißt, daß sie zwar sehr viel Geld für ihre Klamotten ausgab, aber keineswegs mehr, als sie verdient hat. Du weißt, die Sachen kommen nicht aus den Läden hier am Ort. Wir haben das überprüft. Und außer den angeblich so teuren Klamotten hat sie überhaupt nichts Wertvolles besessen. Kein Schmuck, kein Geld, kein gar nix.« Er steckte beide Hände in die Taschen seiner schwarzen Hose, die an den Rändern widerlich speckig aussahen. »Und wenn wir auch alle so bescheiden leben würden, könnten wir uns maßgeschneiderte Anzüge leisten, Horst. Wir könnten uns vielleicht nicht grad die Schränke damit vollhängen, aber für ein oder zwei würd's doch reichen, wenn man drauf spart.« Er grinste. Er konnte wahrlich eine Sonderanfertigung brauchen, mit extrakurzen Beinen und extrabreiten Schultern. Kaschorke war stämmig wie ein Gorilla.

Bäumer warf die Hände in die Luft und lehnte sich in seinem Stuhl zurück. »Ja . . . ja, vielleicht hast du ja recht. Gut, okay. Es muß nichts bedeuten. Das sehe ich ein. Nur daß die teuren Klamotten das erste waren, was auffiel, und daß wir jetzt schon wieder über Geld stolpern. Soll das ein Zufall sein, Kaschorke?«

»Ich sehe jedenfalls keinen Zusammenhang.« Die breitbeinige Macho-Pose war immer ein Signal dafür, daß er sich von seinem Weg nicht abbringen lassen würde. Der Mann konnte stur wie ein Maulesel sein, wenn er sich in etwas verbissen hatte.

Allerdings war er auch ein guter Polizist, und meistens hatte er recht.

»Kein Zusammenhang. Okay.« Bäumer legte die Hände zusammen. »Aber die eine Frage bleibt, mein Lieber, und da kommst auch du nicht dran vorbei: Wo sind die fünfzehntausend Mark geblieben? Diese Julia hat unserer Greta fünfzehntausend Mäuse bar in die Hand gedrückt, und die werden sich nicht in Luft aufgelöst haben. Na komm, wo bleibt deine Antwort? Wo sind die Scheinchen?«

Kaschorke sprang auf und lief nervös auf und ab. »Das weiß ich doch auch nicht, Bäumer. Ich hab' dafür keine Erklärung. Ich hab' nur einfach das Gefühl, das ist ein Nebengleis, das ist alles!« Er stemmte beide Hände auf den Schreibtisch, und Bäumer lehnte sich weit zurück, um dem penetranten Bierdunst auszuweichen, der ihm entgegenwehte. »Begründen kann ich das nicht. Aber da ist doch wohl was nicht astrein, und das weißt du auch, Bäumer. Woher will diese Julia denn fünfzehntausend Mark gehabt haben? Die ist doch mit 'nem Haufen Schulden aus der Ehe gekommen, frag mal Wiegande. Und du glaubst doch nicht ernsthaft, daß die Kleine sich hier in unserem Museum 'ne goldene Nase verdient. Schon gar nicht in so kurzer Zeit.«

»Ich hab' mal gehört, daß sie Karten legt«, sagte Horst nachdenklich. »Du weißt doch, daß mit diesem esoterischen Quatsch Unsummen verdient werden. Bar auf den Tisch und ohne Quittung.«

»Ach, Erbarmen, Bäumer, jetzt komm mir doch mit so was nicht!« Wütend hieb Kaschorke mit der Hand auf den Tisch, dann drehte er sich abrupt um, vergrub die Fäuste in den Taschen und starrte mit finsterem Blick hinaus auf den Parkplatz. Er griff in sein Jackett und förderte eine Zigarettenschachtel zu Tage, steckte sich eine an und klemmte sie in den Mundwinkel. Hätte er eine Schiebermütze aufgehabt, er hätte ausgesehen wie der klassische Ganove. Der Saum seiner etwas zu langen Hosenbeine war hinten ganz abgestoßen und ausgefranst.

»Sie nimmt dafür kein Geld«, sagte er nach einer Weile. »Sie hat einen ganz eigenartigen Tick in der Hinsicht. Es ist schwer, bei ihr einen Termin zu kriegen. Man braucht Empfehlungen, und das Ganze läuft unheimlich diskret ab. Ehrlich gesagt würd' ich mich wundern, wenn die Wiegande überhaupt von der ganzen Sache wüßte. Wenn, würde sie es ihr garantiert verbieten. Aber in gewissen Kreisen hat Julia einen Ruf. Die Leute hören auf sie. Und sie fürchten sie ein bißchen. Sie ist echt, weißt du. Sie kann das wirklich.«

Bäumer schwieg. Es entsprach nun mal nicht seinem Weltbild, daß es überhaupt jemanden gab, der ›das‹ konnte. Er glaubte nicht an solche Dinge, und es überraschte ihn zu hören, daß das bei Kaschorke anders war. Die abergläubische Ehrfurcht in seiner Stimme war beim besten Willen nicht zu überhören.

»Und das ohne jede Gegenleistung?« fragte Horst.

»Nein«, sagte Kaschorke, ohne sich umzudrehen. »Ich hab' gesagt, sie nimmt kein Geld.«

»Sondern?« fragte Bäumer mit einem Anflug von Ungeduld.

Kaschorke wandte sich vom Fenster ab und ließ sich wieder in den Besucherstuhl fallen. Seine Asche fiel von der Zigarette und zerstäubte auf seiner Hose. Er wischte sie achtlos fort, ohne sich um die Schmierstreifen zu kümmern, den er hinterließ. Er sah zu Boden. »Sie nimmt Dinge, ich meine ... persönliche Dinge. Sie will, daß man ihr etwas von sich selber gibt.«

»Was für Dinge?« fragte Bäumer verständnislos. »Handschuhe, Kleidung oder was? Was wir unseren Spürhunden vor die Nase halten, wenn sie eine Fährte suchen sollen? Oder wie hab' ich mir das vorzustellen?«

»Nee«, sagte Kaschorke ärgerlich. »Herrgott, Bäumer, du hast vielleicht Ideen. Also, zum Beispiel kenn' ich eine, von der weiß ich, daß sie Julia einen Rosenkranz gegeben hat. Den hatte ihr mal irgend 'ne Großtante vererbt, die konvertiert war. Aus Granatsteinen, so'n richtig antikes Stück.«

»Aha.« Der Kommissar unterdrückte ein hämisches Grinsen. »Na, ist ja auch keine Kleinigkeit. Was mag sie mit dem

Zeug wohl anfangen? Ob sie es verkauft? Ich meine, sie sitzt ja praktisch an der Quelle. Sie wird genug Leute kennen, bei denen sie den Kram versilbern kann.«

Kaschorke sah auf. »Ich glaub' das nicht, Bäumer. Aber du verstehst das nicht.« Er kniff mit Daumen und Zeigefinger seine Zigarette zusammen, bis die Glut erstickte, und warf sie in den Papierkorb.

»Hör mal, du bist doch mit dem Hans Grischaht zur Schule gegangen, dem Sparkassenheini«, begann Horst.

Kaschorke verdrehte die Augen gen Himmel. »Okay, okay, Horst, ich kann's versuchen. Vielleicht sagt er mir was. Ob sie so bekloppt war und schon wieder einen Kredit aufgenommen hat, zum Beispiel. Aber wenn du mich fragst, das ist doch alles bloß Spinnerei. Für mich bleibt das ein Triebtäter, Bäumer. Alles weist darauf hin. Alles.«

»Dann finde die fünfzehntausend Mark«, sagte Bäumer achselzuckend. »Finde das Geld, und vielleicht glaube ich dir deinen Triebtäter. Vorerst ist mein Glauben allerdings mehr als erschüttert. So einfach, wie wir dachten, ist die Sache nicht. Überhaupt, diese Julia ... das ist schon eine merkwürdige Geschichte.«

»Meine Güte, das ist eine völlig unbescholtene Frau«, knurrte Kaschorke ärgerlich. »Wohnt mit ihrer Mutter zusammen, und die ist auch noch deine Vorzimmerdame! Willst du die Tochter von der Wiegande des Mordes verdächtigen, oder was?«

Bäumer schüttelte den Kopf. »Mensch, Kaschorke, geh doch bloß nach Hause. Du bist schon viel zu lange auf den Beinen. Du hast dich so in die Sache verbissen, dein Gehirn will nicht mehr. Mach mal Pause, ja! Und guck nicht in den Spiegel, sonst fällst du vor Schreck tot um.«

Der Kollege murmelte etwas Unflätiges und schlurfte aus dem Zimmer. Bäumer seufzte. »Wiegande!« schrie er. Frau Wiegand steckte den Kopf ins Zimmer. »Sorgen Sie dafür, daß Kaschorke was zu essen kriegt. Und dann schicken Sie ihn nach Hause, und wenn er nicht geht, holen Sie ihm ein Feldbett und sperren ihn in seinem Dienstzimmer ein. Der Mann ist fertig.«

»Wie man deutlich sehen und riechen kann«, sagte die Wiegande. Bäumer lächelte. Er wußte ganz genau, wer Kaschorke neue Knöpfe an seine Sachen nähte. Ihn konnte die gute Frau Wiegand nicht täuschen.

»Sonst noch was?« fragte sie.

Er lehnte sich zurück. »Wie geht's Julia?«

»Wüßte ich auch gern«, antwortete die Wiegand. »Fragen Sie sie, vielleicht haben Sie mehr Glück als ich. Komisch war sie ja immer schon, aber seit Greta tot ist, ist mit ihr gar nicht mehr zu reden. Ich hoffe immer bloß, daß sie aus dem Museum nicht rausfliegt, mürrisch, wie sie ist.«

»Glaub' ich nicht«, meinte Bäumer. »Soweit ich weiß, ist Julia verdammt gut in ihrem Beruf.«

Die Wiegand warf den Kopf auf wie ein scheuendes Pferd, bei ihr ein untrügliches Anzeichen unbezähmbarer Wut. Diesmal geschah das sogar so heftig, daß Bäumer einen Moment lang zu sehen glaubte, wie sich eine der mittels Haarspray energisch disziplinierten Locken bewegte. »O ja, sie ist gut, in der Tat! Und was glauben Sie, wie froh die waren, sie zu kriegen – als sie von Julia noch nicht mehr als die Zeugnisse kannten, natürlich. Und das ist vorbei. Die Deern stellt sich doch dermaßen schusselig an, wenn's darum geht, mit anderen Leuten auszukommen! Der ist gar nichts anderes übriggeblieben, als wieder nach Hause zu kommen, wo unsere Familie bekannt ist und man hier und da mal ein gutes Wort für sie einlegen kann.«

»Hm«, sagte Bäumer. »Hat sie es eigentlich mal mit einer Therapie versucht?«

Die Wiegande stieß ein Schnauben aus, bei dem Tante Malwine vor Neid erblaßt wäre, hätte sie es hören können. »Einer? Du lieber Himmel. Wenn ich den Eindruck gehabt hätte, es gäbe irgendwo so einen Seelenschamanen, der ihr helfen kann, hätte ich sie hier doch nicht wieder herkommen lassen, wo weit und breit kein Psychiater oder Psychologe oder so was zu finden ist außer dem jungen Dr. Deggenhorst, und der ist ja wohl selbst nicht ganz bei Trost, wenn Sie mich fragen. Hören Sie mir bloß auf mit dem Volk.« Die langen, goldenen Ketten auf ihrem Busen rasselten, als sie sich abrupt abwandte und auf ihren hochhackigen Pumps eine zierliche Drehung in Richtung ihres eigenen Schreibtisches vollführte. Aber dann wandte sie sich doch noch einmal zu ihm um und steckte den Kopf durch die schon halb geschlossene Tür. »Wissen Sie, wer ihr wirklich geholfen hat? Ihre alte Schulfreundin. Die Leiboldt. Das war 'ne nette Deern. Und die konnte arbeiten, das sag' ich ihnen. Dagegen ist das ganze junge Gemüse, das wir hier so im Präsidium anlernen, ein feuchter Kehricht. Die hätten wir damals nehmen sollen – beworben hatte Sie sich ja, wissen Sie noch? Und wenn sie hier gewesen wäre, vielleicht würde sie noch leben. Wer weiß. Na ja.« Der betongraue Lockenkopf verschwand, die Tür schloß sich.

»Habe ich da eine tränenumflorte Stimme gehört?« fragte Horst Bäumer leise. »Wiegande wird doch nicht etwa ein Herz haben irgendwo zwischen ihren Korsettstangen?«

Dabei wußte er selbst sehr gut, daß in Wiegandes Herz, bildlich gesprochen, das ganze Präsidium paßte.

Julia stapfte die Treppe zu der Wohnung hoch, in der sie großgeworden war und die sie sich jetzt wieder mit ihrer Mutter teilte, warf ihre Tasche auf die Couch in ihrem Zimmer und setzte sich daneben, ohne den Mantel auszuziehen.

Als sie merkte, daß sie immer noch auf dem Sofa saß und vor sich hinstarrte, war eine halbe Stunde vergangen. Sie hatte keinen Muskel bewegt. Ihr Rücken schmerzte, weil sie so zusammengesackt dahockte. Unwillig änderte sie ihre Position. Jede Bewegung schien unerträgliche Anstrengungen zu kosten. Sie griff träge nach einer Tüte mit Bonbons, aber dann warf sie sie zurück auf den Tisch. Sie hatte überhaupt keinen Appetit auf diese Dinger. Aber Hunger hatte sie, heftigen, magenzerrenden Hunger auf Kohlehydrate. Berliner hätte sie essen können oder Pfannkuchen oder sonst irgend etwas teigiges Süßes. Und davon jede Menge.

Sie sah auf die Uhr und stellte fest, daß es erst eine knappe Stunde her war, daß sie unterwegs im Imbiß haltgemacht und eine Goulaschsuppe gegessen hatte, als vorverlegtes

Abendessen, weil sie ihren Hunger nicht mehr zügeln konnte. Und anderthalb Stunden davor hatte sie auch etwas gegessen: Schmalzkringel zum Kaffee und ein Stück Torte. Normalerweise trank sie Tee, aber diesmal hatte sie Kaffee genommen, damit das Bittere die Süße des Sahnekuchens milderte. Sie hatte vorher nämlich schon eine Packung Kekse gefuttert, weil ihr die Zeit bis zur Kaffeepause zu lang geworden war.

»Oje«, sagte Julia laut. Entsetzt versuchte sie sich zu erinnern, was sie sonst noch verkonsumiert hatte. Natürlich einiges an Bonbons, die sie zwar nicht mochte, aber sie waren eben da. Zu Mittag hatte sie wie immer zusammen mit ihrer Mutter in der Kantine des Kreisamts gegessen. Und die Portionen dort waren überreichlich bemessen. Sie hatte trotzdem noch einen Nachschlag genommen, den Teller vollgehäuft, daß er kaum zu tragen war. Und den Pudding. Zwei Schalen davon. Beide mit Vanillesauce und Schlagsahne.

Meine Güte, dachte sie verdutzt, das kann doch nicht sein! Sie hatte schon morgens zu Hause ein ungewohnt opulentes Frühstück verputzt.

Und sie konnte sich vage erinnern, ein paarmal im Burg-Café gewesen zu sein. Julia löste ihren verkrampften Rücken aus den Kissen, beugte sich vor und legte den Kopf in die Hände. Aus dem Nebel, in den ihr Gehirn eingeschlossen zu sein schien, tauchte langsam die Erkenntnis auf, daß sie praktisch den ganzen Vormittag mehr oder weniger damit verbracht hatte, zwischen Café und Werkstatt zu pendeln und Brötchenhälften mit Mett und Fleischsalat, Frikadellen und hartgekochte Eier in sich hineinzustopfen. Warum war sie danach vom Mittagessen nicht sattgeworden? Und wie konnte sie jetzt diesen mörderischen Hunger haben, wenn sie den ganzen Tag lang kaum etwas anderes getan hatte als zu essen, essen, essen?

Das Telefon klingelte. »Das Telefon klingelt«, sagte Julia laut und rieb sich müde die Augen. »Kann da nicht mal jemand rangehen?«

Sie schlurfte in den Flur und hoffte unentwegt, daß das

Läuten aufhören würde, bevor sie den Apparat erreichte. Sie nahm ab und murmelte ein träges »Hallo« in den Hörer.

»Du hast was vergessen«, tönte eine Stimme aus der Leitung, die mindestens ebenso mürrisch klang wie ihre eigene.

»Ach, Scheiße«, sagte sie ärgerlich. »Heute ist Freitag, was?«

»Ja. Und du wolltest mir die Karten legen«, murrte Rosea vorwurfsvoll.

»Hm.« Eigentlich bestand kein Grund, hier allein herumzuhocken. Sie würde doch nichts anderes tun, als zwischen ihrem Zimmer und der Küche zu pendeln, um alle Viertelstunde im Kühlschrank ihrer Mutter Inventur zu machen. »Na gut, ich leg' dir die Karten, aber du kommst zu mir, okay? Und tu mir 'nen Gefallen, mach den Laden fünf Minuten früher zu, dann kannst du noch nebenan zum Bäcker gehen, ehe der dichtmacht, und uns ein paar Berliner holen.« Sie hätte selbst bestimmt nicht die Energie aufgebracht, allein wegen der Berliner noch mal aus dem Haus zu gehen. Das nennt man zwei Fliegen mit einer Klappe schlagen, dachte sie zufrieden.

Julia zog eine Schublade auf und nahm ihre Wahrsagekarten heraus. Sie holte den Packen aus der Schachtel, mischte, hob ab und drehte eine Karte um. Sie zuckte zusammen. Der Sarg.

Sie stand auf und ging zum Fenster und starrte hinaus, ohne etwas zu sehen. Sie war beunruhigter, als sie jemals zugegeben hätte. Es gefiel ihr nicht, daß diese Hannah unbedingt die Detektivin spielen wollte. Es gefiel ihr auch nicht, daß dieses impertinente Weibsstück Rosea und Dorit damit ansteckte. Für Julia war das alles kein Spaß. Gretas gewaltsamer Tod hatte sie zutiefst verstört. Daß Hannah daraus eine dieser albernen Abenteuergeschichten für Kinder zu stricken versuchte, in der vier tapfere Mädchen und ein ulkiger Hund einen Bösewicht seiner gerechten Strafe zuführten, das war ihr so zuwider, daß sie körperliche Übelkeit spürte, sobald sie Bäumers Frau nur ansah.

Dieses völlige Fehlen von Respekt gegenüber dem, was Julia als Hellseherin manchmal aus Mangel an besseren

Beschreibungen mit dem pompösen Namen ›die Mächte des Schicksals‹ belegen mußte, war für sie eine schreckliche Blasphemie. Und sie hatte eine durch und durch heidnische Furcht davor, daß Respektlosigkeit diese mysteriösen und von Menschen völlig unkontrollierbaren Mächte herausfordern konnte. Die Karten schienen das bestätigen zu wollen. Egal, wie oft sie sie auslegte, der Sarg erschien. Erst hatte er nur seine Vorboten geschickt: Oft hatte der Turm neben der Sense gelegen, das Kreuz neben den Wolken. Alle schlechten Karten schienen sich immer wieder an einem Platz zu versammeln. Aber in den letzten Wochen hatte der Tod seine Verkleidungen fallen lassen und erschien in den Karten als der, der er war.

Manchmal, wenn Julia nachts aus ihrem unruhigen Schlaf aufwachte, glaubte sie ihn fast im Zimmer sehen zu können, so, wie er seit Hunderten von Jahren in der Vorstellung der Menschen erschien: eine stille Gestalt in Mönchskutte, das Gesicht von der Kapuze verdeckt, ein Stundenglas in der Knochenhand, die Sense über der Schulter. Er war kein Fremder für sie. Er war eine Selbstverständlichkeit, sogar beinahe ein Freund. Aber diesmal verstand sie seine Botschaft nicht. Als Greta tot war, hatte sie darauf gewartet, daß er ging. Aber er war geblieben. Dann hatte sie darauf gewartet, daß noch jemand starb, aber bisher war keine Nachricht gekommen. Trotzdem ging er nicht fort. Worauf wartete er – auf sie selbst? Julia schüttelte den Kopf und biß sich auf die Lippen. Sie hatte die Karten immer wieder befragt und erhielt stets nur ein Nein. Aber der Sensenmann blieb in ihrer Nähe.

Es klingelte.

Julia schreckte zusammen. Wer konnte das sein? Sie sah auf die Uhr und stellte verblüfft fest, daß es fast halb sieben war. Das ist unmöglich, dachte sie verwirrt. Rosea hat angerufen, als ich gerade von der Arbeit kam. Das war etwa um fünf Uhr herum gewesen. War sie zwischendurch eingeschlafen? Oder ging ihre Uhr falsch? Julia schüttelte mit geschlossenen Augen heftig den Kopf, um ihre Gedanken zu ordnen, und verzog, während sie zur Tür ging, ihr Gesicht in eine der Grimassen, die ihre Freundinnen so gut an ihr kannten.

»Schon gut, Mutti – es ist Rosea!« rief sie Althäa Wiegand zu, die mit dem Kopf voller Lockenwickler aus dem Badezimmer lugte. Verdammt, dachte sie verwirrt, ich kann mich nicht mal erinnern, daß meine Mutter von der Arbeit gekommen ist.

Die Bäckereitüte, die Rosea als erstes durch die Tür schob, war wesentlich dicker als ihre Trägerin. Rosea schleppte sie wie ein Faß vor sich her, schubste die Tür mit der Schulter unsanft zu und drängelte sich an Julia vorbei durch den engen Flur. »Was ist denn los?« fragte sie verärgert. »Du guckst wie ein Auto.«

»Ich muß wohl eingeschlafen sein«, sagte Julia und folgte der Buchhändlerin, die zielbewußt Julias Zimmer ansteuerte. »Ich hab' nicht mal gehört, daß meine Mutter nach Hause gekommen ist.« Das konnte sie am allerwenigsten begreifen.

»Trantüte«, schimpfte Rosea. »Wieso hast du unsere Verabredung vergessen?«

Julia zuckte mit den Schultern. »Weiß ich auch nicht. Vorhin hab' ich noch dran gedacht, bei der Arbeit. Und plötzlich war ich zu Hause, irgendwie. Muß ganz in Gedanken gewesen sein. Ich hab erst wieder dran gedacht, als du anriefst.«

»Die Sache mit Greta geht dir verdammt nah, was?« stellte Rosea fest und warf die Tüte auf den Tisch. Sie ließ sich in einen Sessel fallen, streckte die langen Beine aus und musterte ihre Freundin mit kühlen, grauen Augen. »Den Appetit hat es dir allerdings offensichtlich nicht verschlagen.«

Julia biß heißhungrig in einen Berliner. Ihre barbarischen Freßanfälle waren ihr weit weniger unheimlich als ihre fatale Neigung, Zeit zu verlieren. Sie vermutete aber, daß beides nur einfach ihre Art war, auf psychische Überbelastung zu reagieren. Während ihrer kurzen, aber sehr eindrucksvollen Ehe war ihr das häufig passiert. Manche dieser unvergeßlichen Eindrücke, die ihr Mann hinterlassen hatte, trug sie heute noch als deutlich sichtbare Narben an ihrem

Körper, sorgfältig verborgen unter Hosenbeinen und langen Ärmeln.

»Warum«, fragte Rosea, »befragst du nicht deine Karten, um zu sehen, wer der Mörder war?«

»Ja, klar«, sagte Julia sarkastisch. »Ich werde denen sagen, er ist weit über vierzig und nicht von hier, und dann sagen sie: Na Klasse, jetzt wissen wir Bescheid! Und dann laufen sie los und verhaften ihn, oder wie stellst du dir das vor?« Gierig leckte sie sich Marmelade aus den Mundwinkeln.

Rosea kämmte mit den Fingern durch ihre langen, grausträhnigen Locken, mit denen sie aussah wie ein alternder Hippie, wenn sie Jeans trug statt ihrer häßlichen Tuchhosen. Sie pflegte ihre Haare selbst zu schneiden, über der Badewanne, mit einer Nagelschere. »Offenbar ist die Kartenlegerei nicht so nützlich, wie ich dachte. Aber vielleicht war's wirklich keiner aus der Stadt. Vielleicht war das ja ein Serienkiller. So'n armes Schwein mit 'ner total kaputten Kindheit, du weißt schon, und dann weinen alle, weil der bedauernswerte Mensch so krank ist, daß er immer Frauen umbringen muß. Und dann kommt er in eine psychiatrische Klinik, kriegt Kunsttherapie und bricht nach einem halben Jahr aus, weil's ihm zu langweilig geworden ist, immer bloß Blumensträuße zu malen. Oder er kriegt nach einem Jahr freien Ausgang, weil er so ein lieber Kerl ist, und bringt noch ein paar Frauen um.«

»Ja, wär' das nicht praktisch«, gab Julia bissig zurück, »wenn ihn überhaupt niemand hier kennen würde. Dann bliebe unsere Idylle idyllisch, und der Tourismus würde auch nicht leiden. Und hier gibt es ja Gott sei Dank auch niemanden mit kaputter Kindheit. Hier ist die Luft noch sauber und die Familie intakt.«

Einen Moment lang hatte Rosea den unangenehmen Eindruck, daß Julias Augen die Farbe wechselten. Sie konnte spüren, wie ihr eine Gänsehaut den Rücken herunterkroch, als sei es plötzlich im Zimmer ein paar Grade kälter geworden. Unbewußt zog sie ihre immer ein wenig hochgezogenen Schultern noch höher und beugte sich vor. »Na komm, lassen wir das ganze Thema lieber fallen. Lenken wir uns ab.

Nun misch schon deine Karten. Sag mir, wann der Herzbube endlich meinen Weg kreuzt. Und bei welcher anderen er sich, verdammt noch mal, so ewig lange aufhält, statt seinem schneeweißen Roß gefälligst die Sporen zu geben.«

»Scheiße, hör auf damit, Rosea«, sagte Julia scharf. »Es wird dich überraschen, aber ich hab' als Wahrsagerin nicht umsonst einen guten Ruf. Du bist lesbisch, und du warst in Greta verknallt. Und ich bin deine Freundin, und ich find's unmöglich, daß du mir dieses Theater vorspielst.«

Roseas Augen weiteten sich vor Überraschung. Sie schluckte schwer, wollte etwas sagen und konnte nicht.

»Meine Güte noch mal, wovor hast du eigentlich Angst?« Julia lehnte sich zurück und grinste häßlich. »Ist dir denn nicht klar, daß die Leute nicht blind sind? Meinst du wirklich, wenn du diese angebliche Liebesgeschichte mit deinem Cousin Horst Bäumer bloß oft genug erzählst, dann glauben die Leute tatsächlich, du hättest deswegen nie geheiratet? In Wirklichkeit wußte doch wahrscheinlich damals schon jeder, daß du auf die Englischlehrerin scharf warst. Verflixt noch mal, glaubst du, die steinigen dich? Völliger Quatsch. Hier in Geverensand bist du doch bloß die Tochter von den alten Maaskamps, die früher das Schreibwarengeschäft hatten, und gar nix weiter. Und weil du so eine große Klappe hast, sind alle Mütter froh, daß du dich für ihre Söhne nicht interessierst. Du würdest nämlich eine verdammt unbequeme Schwiegertochter abgeben.«

Eine Weile saßen sie sich schweigend gegenüber, Rosea stocksteif in ihrem Sessel, Julia auf der Couch, ungerührt an ihrem zweiten Berliner kauend.

»Ich hoffe, du hast ein Alibi für die Tatzeit«, erwähnte Julia beiläufig und wischte sich unsinnigerweise die klebrigen Finger an ihren Jeans ab, ehe sie nach einem dritten Berliner griff. Ihre Augen hatten wieder die normale, graugrüne Farbe, und sie machte einen völlig gelassenen Eindruck, als sei nicht das mindeste passiert.

Aber es war etwas passiert, und niemand würde das jemals wieder rückgängig machen können. Rosea hockte kraftlos zusammengesunken da, als hätte man sie verprügelt. Sie hatte nicht geahnt, wie rissig ihre sorgsam aufgebaute Fassade war, wie durchsichtig. Julia hatte Roseas Bild der Realität in Fetzen gerissen. Das Universum, in dem sie sich jetzt wiederfand, war nicht mehr dasselbe, in dem sie noch bis vor fünf Minuten gelebt hatte. Sie fragte sich, wie sie es schaffen sollte, aus diesem Sessel wieder aufzustehen und sich da draußen durch eine Welt von Menschen zu bewegen, die wußten, was sie immer zu verbergen versucht hatte.

Wozu die ganze Mühe? Um hier in diesem Sessel zu enden und zu sehen, daß alles umsonst gewesen war? Warum hatte sie nicht einfach gelebt?

»Du glaubst doch nicht«, sagte Rosea nach einer Weile heiser, räusperte sich heftig und fuhr fort: »Du glaubst doch nicht, daß eine Frau Greta umgebracht haben könnte, oder?«

»Wieso denn nicht?« fragte Julia kauend. »Mich würde das überhaupt nicht wundern. Greta war bei Frauen nicht beliebt. Ihre Kleider saßen immer zu perfekt.« Sie sah an sich hinunter, an dem ausgewaschenen Sweatshirt und den Jeans, die an ihren Hüften hingen, als gehörten sie jemand anderem. »Ihr Make-up sah ewig aus wie frisch aufgetragen, sie schwitzte nicht, verdammt, wahrscheinlich hatte sie nicht mal ihre Tage. Die Frau hatte einfach keine Schwächen. Greta sah immer wunderschön aus. Und sie war überall. Manchmal dachte ich, sie verfolgt mich. Egal, in wen ich mich gerade verliebt hatte – da stand auch schon unsere Greta. Und mehr als rumzustehen brauchte die ja nicht, dann war's schon passiert.«

»Abgesang auf eine liebe Freundin«, sagte Rosea zynisch. »Reizend. Ich hoffe, daß dir zu mir was Netteres einfällt, wenn dermaleinst der Tod uns scheidet. Und das alles nur, weil deine Jeans nicht passen.«

»Sie waren billig«, erklärte Julia achselzuckend. »Greta hätte so was nie gekauft. Vielleicht wachs' ich noch rein, wenn ich so weiterfresse. Wenn mich was beunruhigt, esse ich. Und ich find's ausgesprochen beunruhigend, wenn einer meine Freundin erwürgt. Die Verunsicherung geht ziemlich tief, glaube ich. Tiefer, als man im ersten Moment merkt. Ich hab' Angst. Ich glaube, ich hab' sogar Angst davor, daß es dunkel wird. Irgendwo hier läuft ein Mörder frei rum. Soll das vielleicht nicht beunruhigend sein?«

Der Kartenstapel rutschte Julia aus der Hand, und die Karten verteilten sich über den Boden. »Mist. Nein, bleib bloß sitzen und beweg dich nicht, du hast ganz klebrige Hände von Zuckerguß und Marmelade. Ich heb' sie selber auf.« Sie wischte sich die Finger wieder an den Jeans ab, rutschte unter dem Tisch herum und sammelte die Karten wieder ein.

Rosea löste sich langsam aus ihrer Erstarrung. Sie hörte damit auf, herumzusitzen wie ein hypnotisiertes Kaninchen, wischte sich mit den Händen durchs Gesicht, als wolle sie Spinnweben entfernen, und nutzte entschlossen die Gelegenheit zu einem Themawechsel. »Mir gefällt das Bild, das du über dem Bett hängen hast«, sagte sie und nahm sich einen Berliner aus der Tüte.

»Wer hätte gedacht, daß du Geschmack hast«, knurrte Julia unter dem Tisch hervor.

»Sieht ziemlich alt aus«, meinte Rosea. »Ist kostbar, was?«

»Eine Kopie«, murmelte Julia.

»Sieht nicht wie eine Kopie aus«, befand Rosea und fegte sich ein paar Krümel weißen Zuckerguß von der dunklen Hose. Sie hinterließen einen Streifen, und plötzlich wußte sie, was sie als erstes tun würde, wenn sie nach Hause kam: Sie würde probieren, ob sie noch in ihre uralte Levis paßte. Und dann würde sie ihre scheußlichen Tuchhosen zusammenräumen und in einen Altkleidersack packen.

»Und du kannst ja bekanntlich mit einem Blick ein Original von einer Kopie unterscheiden«, zischte Julia. »Ich werde nie verstehen, warum du Buchhändlerin geworden bist statt Kunstsachverständige. Scheiße, jetzt hab' ich auch noch Zuckerguß auf den Karten.«

»Sind doch bloß trockene Krümel«, sagte Rosea, während Julia mit dem Kartenstapel unter dem Tisch hervorkroch. »Na komm, nun misch endlich.«

»Hat Julia dir gestern von dem Bild erzählt?« erkundigte sich Hannah am nächsten Morgen, als Horst die Treppe herunterkam.

Er nickte und setzte sich an den Küchentisch. »Soll ich Tee machen?« fragte Hannah, aber er schüttelte den Kopf.

»Nee, laß man. Ich frühstücke gleich mit den Kollegen. Soweit sie da sind an einem Samstag. Komische Sache, echt. Fünfzehntausend Mark will das verrückte Ding Greta gegeben haben. Sag mal, kannst du dir vorstellen, woher Julia so viel Geld gehabt haben soll?«

»Hast du sie danach nicht gefragt?«

»Nein.« Horst langte nach einer Schale mit Keksen und hielt Thor, dessen Nase gierig zu ihm hochschnupperte, völlig abwesend ein Plätzchen hin. Der Hund verschlang es mit Begeisterung. »Ich wollte mich erst mal ein bißchen umhören. Vor allem wüßte ich gern, ob das, was sie uns erzählt hat, mit dem übereinstimmt, was du von ihr erfahren hast.«

Hannah berichtete ihm Wort für Wort, was Julia gesagt hatte, und Bäumer nickte. »Keine Abweichungen. Okay.«

»Lenkt das eigentlich den Verdacht von Jörg Gerjets wieder ab?« fragte Hannah und biß sich auf die Lippen.

»Irgendwie schon, ja«, bestätigte Horst. Er war dazu übergegangen, jeden zweiten Keks, den er aus der Schale nahm, dem Hund ins Maul zu stopfen, der inzwischen fast auf seinem Schoß saß vor lauter Freude. Hannah nahm die Schüssel vom Tisch und stellte sie außer Reichweite.

Horst stützte die Ellbogen auf den Tisch und legte sein Kinn in die Hände. Er sah müde aus. »In erster Linie fragen wir uns jetzt natürlich, ob Greta tatsächlich fünfzehntausend Mark bekommen hat, und wenn, wo das Geld dann geblieben ist. Natürlich könnte rein theoretisch Gerjets mit dem Verschwinden des Geldes auch was zu tun haben, aber das finde ich ziemlich weit hergeholt. Das paßt einfach nicht. Na ja, und das Beschatten hat sich auch nicht gelohnt.« Er stieß einen resignierten Seufzer aus und stand auf. »Da passiert einfach nichts. Ich glaub' nicht, daß wir das noch lange durchziehen können. – Sag mal, der Hund kommt bei uns ganz gut klar, was?«

Hannah grinste. »Wenn man davon absieht, daß er offensichtlich Angst hat, daß ihm noch eine Bezugsperson flöten geht ... Ich find's manchmal irritierend, wenn er sogar im Badezimmer plötzlich hinter mir steht. Aber er ist ungemein nützlich. Er trägt meine Einkäufe und apportiert alles, was nicht niet- und nagelfest ist, einschließlich Schaufel und Besen. Und wußtest du eigentlich, wie verschmust diese Riesen sind?«

»Ja«, sagte Horst und umarmte seine Frau. »Ich bin selbst ja schließlich auch kein Zwerg. – Na ja, ich muß los.« Er schnappte seinen Regenmantel vom Haken und verschwand.

»Gierschlund«, sagte Hannah zu Thor, der vor dem Schrank hockte und die Schale mit den Plätzchen hypnotisierte, die sie dort abgestellt hatte. »Von so was wirst du bloß fett. Komm, radeln wir in die Stadt. Ich will Julia auf den Fersen bleiben. Die Sache mit den fünfzehntausend Mark ist interessant.«

Sie hatte Glück, es regnete nicht mehr. Aber es war windig, und im Osten rückte eine gewaltige Wand grauer Wolken vor, die nichts Gutes verhieß. Hannah war froh, als sie beim Buchladen ankam, und nahm Thor mit hinein.

»Wir führen keine Hundebücher«, empfing Rosea sie. »Bring das Ungetüm nach hinten, der vertreibt mir ja die Kunden.«

»Sind ja überhaupt keine da«, sagte Hannah. Sie sah sich in dem leeren Laden um, und dann starrte sie verblüfft die Buchhändlerin an. In Jeans hatte sie Rosea noch nie gesehen. Ganz abgesehen von dem braunen, hirschledernen Hemd, das ein Vermögen gekostet haben mußte. Roseas Haltung war zwar immer noch leicht gebückt, wie bei vielen groß geratenen Menschen, aber in diesen Klamotten hatte sie etwas ehrfurchtgebietendes. Sie war wirklich eine schöne Frau, wenn sie es nicht verbarg, und die Aura der Unnahbarkeit machte sie nur noch interessanter.

»Eben«, sagte Rosea. »Ich sag' ja, du vertreibst sie.« Sie seufzte und strich sich eine lange, eisgraue Locke aus dem Gesicht. »Das Geschäft ging von Anfang an sehr schlecht.

Manchmal frag' ich mich, ob es nicht doch ein Fehler war, in einem so kleinen Ort einen Buchladen aufzumachen, obwohl schon ein alteingesessener vorhanden ist. Ich hatte ernsthaft geglaubt, die Leute würden in Scharen zu mir gerannt kommen, weil ich viel besser beraten kann als die Knallköppe da. Aber es sieht eher aus, als wollten sie nichts mit mir zu tun haben.« Sie schüttelte den Kopf. »Ich hoffe, daß die Flaute nicht länger dauert, als ich finanziell überhaupt durchhalten kann.«

»Du liebe Zeit«, sagte Hannah bestürzt. »Steht es wirklich so schlimm?«

Rosea nickte ernst. »Wenn das so weitergeht, kann ich bald nirgendwo mehr Bücher bestellen, weil ich überall mit den Zahlungen im Rückstand bin. Und das wäre garantiert das Ende. Im Laden hocken und darauf warten, daß die Leute einem den Lagerbestand wegkaufen, das bringt nix.«

Die Ladenklingel schlug an, und eine Kundin trat ein. Hannah verfügte sich eilends ins Hinterzimmer.

»Ha«, sagte Julia. »Miß Marple unterwegs, im Schlepptau den Hund von Baskerville.« Sie saß am Tisch und mischte Roseas Spielkartenpäckchen. Es war nicht zu übersehen, daß sie sich endlich die Haare gewaschen hatte. Sie zeigten einen schönen, intensiven Braunton und plusterten sich ungewohnt füllig um ihren Kopf. Allerdings machten sie den Eindruck, als hätten sie noch keine Gelegenheit gehabt, mit einem Kamm Bekanntschaft zu schließen.

»Hi«, sagte Hannah und setzte sich ihr gegenüber auf einen Stuhl. Sie ließ sich Roseas überraschende Eröffnung hinsichtlich ihrer prekären finanziellen Lage durch den Kopf gehen, beobachtete Julias flinke Finger und überlegte, ob ihre Detektivarbeit eigentlich noch etwas anderes eingebracht hatte als immer neue Hauptverdächtige.

Nein.

Es war eindeutig an der Zeit, andere Methoden anzuwenden.

»Hör mal«, sagte Hannah. »Du kannst doch mit diesen Spielkarten auch wahrsagen?«

Julia legte die Stirn in viele ärgerliche Falten. »Es gibt nur eine Sorte Karten, Hannah«, sagte sie herablassend. »Und das ist das Tarot.«

An Hannah war die esoterische Bewegung zwar spurlos vorübergehuscht, aber sie war schließlich nicht blind, und das Zeug lag ja praktisch überall herum. Sogar Rosea hatte vorn im Laden ein paar Sätze Tarotkarten im Regal. »Tarotspiele haben viel mehr Karten«, gab Hannah beleidigt zurück.

Julia gab einen langanhaltenden, tragischen Seufzer von sich, als müsse sie sich mühsam dazu durchringen, wieder einmal einem geistig Minderbemittelten etwas zu erklären, was sie schon Tausende von Malen erklärt hatte. »Den christlichen Kirchen haben einige davon aber nicht ins Konzept gepaßt. Im vierzehnten Jahrhundert wurden sie verboten. Man behauptete, daß sich hinter den Bildern heidnische Lehren verbargen.« Ihre genervte Miene machte einem breiten Grinsen Platz, mit dem sie aussah wie ein Kobold. »Und das stimmte auch. Sie stellten furchterregend heidnische Dinge dar ... Zum Beispiel gibt es da eine Karte, die ›Gerechtigkeit‹ heißt. Und zwar eine Gerechtigkeit, die den Betrachter gerade und durchdringend anschaut, und nicht etwa die Dame mit der berühmten Augenbinde. Ich meine, sag doch mal selbst, was wäre unsere Welt ohne diese Augenbinde!« Sie lachte vergnügt und verschränkte die Hände hinter dem Kopf. »Jedenfalls ist jedes Kartendeck ein Tarotspiel, nur halt meistens kein vollständiges. Und Wahrsagekarten sind auch keine ›anderen‹ Karten. Sie haben nur manchmal außer den Spielkartenwerten noch andere Bilder drauf, die darstellen, was die Karte in der Wahrsagerei bedeutet.«

»So?« sagte Hannah überrascht. »Das hört sich ja an, als sei das ganz einfach.«

»Wenn man's kann, ja«, erwiderte Julia. »Karten sind nur ein Hilfsmittel. Die Kunst besteht ja nicht darin, dem geneigten Kunden die traditionelle Bedeutung einzelner Karten oder Kartenkombinationen um die Ohren zu hauen. Damit käme man sowieso nicht weit, weil jede Karte mehr als nur eine Bedeutung hat. Im Laufe der Jahrhunderte haben außerdem viele berühmte Wahrsager ihren Senf dazugegeben, und deshalb kann man heute völlig verschiedene Kartensätze kaufen. Denn jeder Wahrsager hält einen ganz bestimmten Aspekt der Aussage einer bestimmten Karte für besonders wichtig, und entsprechend hat er sie dann natürlich auch illustriert. Oder auch ganz auf Bilder verzichtet zugunsten von möglichst schlichten Symbolen wie bei unseren Spielkarten. Um beim Kartenlegen die Intuition des Wahrsagers nicht zu behindern.«

»Aber das alles hieße ja, daß ich von dir zum Beispiel was ganz anderes zu hören bekäme als von einer Frau, die mit einem anderen Kartensatz legt!« sagte Hannah mißtrauisch.

»Es sind nur Hilfsmittel, Hannah«, erinnerte Julia sie. »Es soll schon Leute gegeben haben, die haben aus Pferdeäpfeln die Zukunft gelesen. Jeder x-beliebige Mensch kann sich den Satz Karten kaufen, den er am hübschesten findet und ein Buch dazu, wo drinsteht, wie man sie deutet. Aber wer glaubt, er könne dann hellsehen, sollte sich auf ein paar unangenehme Überraschungen gefaßt machen. Es sind nicht die Karten, die sehen, sondern der Mensch. Wahrsagen kann man entweder, oder man kann's nicht.«

Es war nicht der Ton, in dem sie normalerweise sprach. Sie hatte aufgehört, Grimassen zu ziehen. Ihr Gesicht war völlig entspannt, und ihre Augen blickten ruhig. Hannah betrachtete sie aufmerksam. »Kannst du's?« fragte sie dann spöttisch.

Julia nickte gelassen. »Ich lege aber nie mit anderen als mit meinen Lenormand-Karten. Es ist leichter, den Überblick zu behalten, wenn man sieht, was man gewohnt ist. Deshalb hab' ich sie immer bei mir.«

»Dann leg mir die Karten«, bat Hannah entschlossen. »Ich hab' das Gefühl, ich kann's gebrauchen.«

Julia sah auf und blickte Hannah zum erstenmal in die Augen. Ihr durchdringender Blick war schwer zu ertragen. »Ich mache das niemals umsonst.«

»Oh«, sagte Hannah und fühlte sich plötzlich ausgesprochen unbehaglich. Sie hatte eigentlich nicht damit gerechnet, daß Julia sich plötzlich so professionell gebärden würde.

»Würdest du denn einen Schuldschein nehmen? Ich habe nämlich kein Geld bei mir.«

Bei der Erwähnung von Geld machte Julia ein Gesicht wie der Teufel, wenn die Rede auf Weihwasser kommt. Und das war nichts, worüber man hätte lachen können. Es sah unheimlich aus. »Ich nehme kein Geld. Was hast du bei dir, was du mir geben könntest?«

Verwirrt lehnte Hannah sich auf dem Stuhl zurück, um in ihren Hosentaschen zu stöbern. Sie förderte ein geblümtes Taschentuch zutage, das bereits benutzt war und das sie Julia ganz bestimmt nicht anbieten würde, und einen Hundekeks, der schon zu zerkrümeln begann und den sie Thor unter den Tisch warf. Ratlos betrachtete sie ihre Hände mit dem schmalen Ehering und das Handgelenk mit der eleganten, kleinen Uhr. Mit plötzlicher Eingebung griff sie sich an den Hals und öffnete den Verschluß ihrer Kette. Sie trug immer ein kleines Medaillon, ein ziemlich häßliches, altes Erbstück von einer Tante, die sie nie gemocht hatte. Für sie war es nichts als eine Pillendose, in der sie unauffällig und auch von ihrem Gatten unbemerkt ein paar Beruhigungstabletten für den Notfall mit sich herumtragen konnte.

Und sie sah eigentlich überhaupt keinen Anlaß, das komische Ding weiter mit sich herumzuschleppen. Kurzentschlossen legte sie es auf den Tisch. Julia griff danach und begutachtete es fachmännisch. Dann sah sie auf. »Okay. Aber über eins mußt du dir im klaren sein: Wenn ich dir die Karten lege, gehört das Medaillon mir. Auch wenn dir nicht gefällt, was ich sage. Sogar dann, wenn ich dir überhaupt nichts sagen kann. Und das kommt manchmal vor. Also denke darüber nach, was du da gerade tust. Überleg dir, ob du dich von diesem Medaillon wirklich trennen willst. Du bekommst vielleicht überhaupt nichts dafür zurück.«

»Harte Sitten«, antwortete Hannah spöttisch. »Ist es dir zu risikoreich, auf Erfolgsbasis zu arbeiten?«

»So ist es«, sagte Julia kalt. »Und zwar besteht das Risiko darin, daß mein Unterbewußtsein sich viele bunte Bilder für dich ausdenkt, nur damit du zufrieden bist und ich meine gierigen Hände auf diese auserlesene, kleine Antiquität legen kann.« Julia hatte sich in ihrem Stuhl zurückgelehnt und die Arme verschränkt, als sei das Ding etwas Schmutziges, das sie niemals anfassen würde. »Ich würde an deiner Stelle nicht mit etwas so Kostbarem bezahlen. Daß es das für dich nicht wert sein wird, kann ich dir von vornherein sagen. Laß es lieber ganz, wenn du nichts anderes dabeihast. Sonst wirst du dir vorkommen, als seist du beraubt worden, und das ist weder für dich gut noch für meinen Ruf. Und ich habe einen guten Ruf. Auch wenn dich das vermutlich überrascht.«

»Nimm's nur«, sagte Hannah lässig. »Es gehört dir.«

Julia schaute sie immer noch unangenehm durchdringend an. »Ich kann dir nicht garantieren, daß es klappt. Es geht nicht immer, es geht nicht überall, und es geht schon lange nicht mit jedem.«

Einen Moment lang dachte Hannah, sie hätte es sich überlegt und würde es rundweg ablehnen, ihr die Karten zu legen. Aber dann packte Julia Roseas Spielkarten weg und zog ihre eigenen aus der Jackentasche, mischte sie bedächtig mehrmals nach einem komplizierten System gründlich durch und schob Hannah den Stapel rüber. »Heb ab.«

Es blieb still, während Julia die Karten auslegte. Rosea beriet vorn im Laden eine Kundin, die ein Kinderbuch kaufen wollte und sich nicht entscheiden konnte. Der Himmel hatte sich schon wieder verdunkelt, und an das Fenster hinter dem Tisch klatschten die ersten Regentropfen. Der Hinterhof mit den nassen Plastikmülltonnen sah scheußlich deprimierend aus. Hannah fröstelte und stellte fest, daß sie sich ziemlich unruhig fühlte. Sich die Karten legen zu lassen war offenbar eine übereilte Entscheidung gewesen. Sie war sich plötzlich gar nicht mehr so sicher, ob sie wirklich etwas wissen wollte. Schon gar nichts aus der Zukunft. Und ganz gewiß nicht aus ihrer eigenen. Sie biß sich auf die Lippen. Die Bilder, die Julia auf der zerkratzten Tischplatte aneinandergereiht hatte, sahen hübsch aus, aber Hannah bemerkte mit wachsendem Unbehagen, daß einige davon ziemlich beunruhigende Motive hatten.

Julia beachtete ihr Gegenüber nicht mehr. Mit steigender

Nervosität versuchte Hannah, aus ihrem Gesichtsausdruck etwas herauszulesen, aber während Julia mit gesenktem Kopf auf den Tisch starrte, blieb ihr Gesicht größtenteils von den Haaren verdeckt, die ihr wirr über die Stirn fielen.

Minute um Minute verging.

»Tut mir leid«, sagte Julia schließlich kategorisch und so plötzlich, daß Hannah erschrak. »Ich kann aus den Karten nichts lesen.«

Hannah legte den Kopf schief und versuchte, die Bilder richtigherum zu sehen. Sie warf einen skeptischen Seitenblick auf Julia und zeigte auf die Frau mit dem Blumenstrauß im Arm. »Das bin ich?« Julia nickte.

»Und was«, fragte Hannah, »bedeuten die Mäuse?«

»Diebstähle«, sagte Julia knapp.

Hannah lachte hellauf. »Ich bin Kleptomanin, hast du das gewußt?« fragte sie vergnügt. »Und der Mann? Ist das mein Ehemann?«

»Ja«, gab Julia wortkarg zu.

»Was bedeuten die Lilien bei ihm?« fragte Hannah.

»Er ist dir ein verläßlicher Freund.«

»Na also«, sagte Hannah, »wieder ein Treffer. Und warum liegt der Fuchs neben dem Ring?«

»Weil du ihn betrügst«, antwortete Julia scharf und schob energisch die Karten wieder zu einem Stapel zusammen. »Entschuldige. War ein Scherz.«

»Haha«, sagte Hannah. »Haha, Julia. War wohl eher eine stadtbekannte Tatsache. Du siehst mehr, als du sagen willst, was?«

»Ich habe jedenfalls nichts gesehen, was wir nicht schon wüßten«, beharrte Julia störrisch, packte die Karten in die Schachtel und steckte sie wieder in die Tasche ihres Blazers, der hinter ihr über der Stuhllehne hing. Ungerührt nahm sie das Medaillon vom Tisch und ließ es ebenfalls in ihrer Jackentasche verschwinden.

Hannah seufzte. Sie hatte den Eindruck, daß der ganze Hokuspokus diesmal mißlungen war, weil Julia wußte, daß sie einer Frau gegenübersaß, die Hokuspokus erkennen würde, wenn sie welchen sah. Immerhin. Es hätte ja was dran sein können. Und das Medaillon los zu sein, erfüllte sie mit einer merkwürdigen Erleichterung. »Vielleicht bräuchte man für mein Problem eher jemanden mit einer Kristallkugel.« Sie stellte sich vor, wie die klare Kugel innen wolkig wurde wie von Nebelschwaden und sich langsam ein Bild herauskristallisierte, erst verschwommen, dann ganz klar: das Gesicht von Gretas Mörder. »Hast du eine Kugel zu Hause?«

Julia schüttelte unwillig den Kopf. »Damit könnte ich nichts anfangen. Dazu gehört eine andere Art von Begabung. Und teuer sind die Dinger auch.«

»Was kosten sie denn?« fragte Hannah neugierig.

»Ein paar hundert Mark auf jeden Fall. Wieviel, kommt ganz drauf an, welche Ansprüche man stellt. Wenn sie gut ist, das heißt blasenfrei, und eine halbwegs vernünftige Größe haben soll, dann sind vierhundert bis sechshundert Mark wohl realistisch.«

»Was, soviel?« sagte Hannah verblüfft. »Aber das ist doch bloß Glas!« Julia zuckte uninteressiert die Schultern.

Hannah starrte durch sie hindurch. Vor ihren Augen begann der Raum zu verschwimmen. »Bloß Glas ...« wiederholte sie leise. Buntes Glas. Schüsseln. Schalen.

Hannah stand abrupt auf. »Danke«, sagte sie. »Danke, Julia. Du hast mir sehr geholfen.« Sie stürzte ohne ein weiteres Wort aus dem Zimmer, eilte mit einem knappen Gruß an der verblüfften Rosea vorbei und verließ die Buchhandlung im Laufschritt, ohne sich die Zeit zu nehmen, auch nur die Tür hinter sich zu schließen. Was gut war, denn sonst hätte Thor im Laden bleiben müssen. Den hatte sie glatt vergessen.

Behutsam baute Hannah die Schüsseln auf dem Schreibtisch und den Aktenschränken auf. Die spärlichen Sonnenstrahlen, die sich mühsam durch den bleigrauen Himmel gebohrt hatten, spielten sich auf dem Glas und zauberten bunte Flecken an die Wände des nüchternen Amtszimmers von Horst Bäumer.

»Schau«, sagte sie und hielt eine fast völlig flache Schale gegen das Licht. »Guck dir das mal an, wie die Farben da ineinander verwoben sind. Das sind keine ›bunten Schüsseln‹, Horst. Jedenfalls nicht alle. Das hier ist das, was Greta gekauft hat. Unter anderem von Julias Geld.«

»Das ist verrückt«, sagte Horst leise.

»Ich glaube nicht«, antwortete seine Frau sachlich. »Wahrscheinlich steigen diese Dinge im Wert, wie das bei Kunstgegenständen nun mal so ist. Und guck mal – sie brauchte sie ja nicht zu benutzen. Sie hat sie in den Schrank gestellt, einfach gestapelt mit je einer Serviette drin, damit nichts verkratzt wird, und fertig. Und niemand hat was gemerkt. Du hast ja auch gesagt, es sei nichts Wertvolles in der Wohnung. Du hast mir allerdings erzählt, sie hätte einen Glastick, erinnerst du dich? Teegeschirr aus Glas und Vasen aus Glas und so was.«

»Räum das Zeug bloß weg«, sagte Horst nervös. »Eh da was kaputtgeht. Ich hol' mir einen Experten.«

»Gut«, stimmte Hannah zu. »Und frag ihn, ob er Greta gekannt hat. Vielleicht ist er dein Mörder.«

»Es war ...«

»Ja, ja, ein Triebtäter«, winkte Hannah ungeduldig ab. »Ich weiß.« Sie begann die ›bunten Schüsseln‹ sorgfältig wieder im Karton zu verstauen. »Ich lass' dir das ganze Zeug jedenfalls hier. Als Gretas Mutter mir das geschenkt hat, wußte sie nicht, was sie tat. Ich nehme an, das hier gehört rechtlich gesehen Julia. Wenn es als Beweismittel ausgedient hat, natürlich.«

»Beweismittel!« Horst schüttelte den Kopf und biß sich heftig auf die Lippen. »Beweismittel! Wenn ich bloß eine Ahnung hätte, was zum Teufel ich damit beweisen soll! Übrigens, das ist noch die Frage: Ob das hier rechtlich gesehen Julia gehört. Wir haben da nämlich ein Problem.«

»Ach ja?« Hannah zog die Brauen hoch.

»O ja«, erwiderte Bäumer. »Die liebe Julia hatte nämlich keine fünfzehntausend Mark.«

»Oh«, sagte Hannah. »Ihr habt das überprüft?«

»Inoffiziell natürlich.« Der Kommissar runzelte die Stirn.

»Ich wäre jedenfalls überrascht, wenn Julia beweisen könnte, daß sie Greta Geld gegeben hat. Also gehört das kostbare Zeug jetzt genaugenommen wohl Gretas Familie. Aber die werden Julia den Kram bestimmt überlassen, denn daß der nicht von Gretas eigenem Geld bezahlt werden konnte, ist denen sicherlich auch klar, und das sind anständige Leute. Aber woher Julia diese fünfzehn Tausender nun hatte, das ist uns ein Rätsel. Red da bloß nicht drüber. Kaschorke hat Beziehungen. Aber diesmal wollte er nicht so recht. Schließlich ist Julia nicht irgendwer, sondern die Tochter meiner Vorzimmerdame. Und Kaschorke steht auf dem Standpunkt, egal woher das Geld kam, es hat nichts mit unserem Fall zu tun. Das Mädchen ist nicht nur umgebracht worden, der Mörder hat sie entkleidet, also ist es für ihn eindeutig ein Triebtäter, das hab' ich dir ja gesagt. Kaschorke glaubt an einen Serienmörder, der überhaupt nicht von hier ist. Er forscht überall nach, ob irgendwo ähnlich gelagerte Mordfälle passiert sind.«

»Und?« Hannah wartete mit wachsender, nervöser Spannung auf seine Antwort. Den Gedanken, daß der Mörder jemand sein könnte, der überhaupt keine Beziehung zu Greta hatte – nicht zu ihr, nicht zu Hannah, und vielleicht nicht einmal zu Geverensand –, hatte sie bisher nie ernsthaft in Erwägung gezogen. Aber jetzt schossen Zweifel wie giftige, kleine Pilze aus dem schwankenden Boden ihrer eigenen unbewiesenen Vermutungen. Kaschorkes Theorie war einfach, sauber und klar.

Bäumer zuckte mit den Schultern. »Er ist fündig geworden, und nicht nur einmal.«

»Tatsächlich?«

Hannah starrte ihn so verblüfft an, daß er lachen mußte. »Meine Güte, du scheinst ja ziemlich fest davon überzeugt zu sein, daß Julia gemeingefährlich ist.«

»Ich weiß nicht, ob sie gefährlich ist«, sagte Hannah zerstreut. Vielleicht hatte Kaschorke ja recht. Obwohl die Chancen nicht gut standen für seine Theorie. Hannah wußte ebensogut wie Horst, daß Mordopfer in den meisten Fällen eine Beziehung zu ihrem Mörder hatten. Freunde brachten sich gegenseitig um, Kollegen, Geschäftspartner, Ehepartner ... Vor allem Letztere. »Ich weiß nur, daß mit ihr etwas ganz und gar nicht stimmt. Und es wundert mich, daß das offenbar noch niemandem aufgefallen ist.«

Bäumer griff nach seinem Jackett und holte seine Pfeife heraus, eine ganz automatische Bewegung, wenn etwas im Raum stand, was ihm nicht gefiel. Keine gute Taktik, wenn man der eigenen Ehefrau gegenüberstand. Bäumer legte die Pfeife vorerst auf den Tisch. »Vielleicht ist es aufgefallen«, sagte er ungeduldig. »Vielleicht finden wir anderen es nur nicht so wichtig. Ich halte es nicht für eine Schwäche, wenn man in der Lage ist, einen Menschen mitsamt seinen Macken zu akzeptieren.«

Der Ausdruck ›wir anderen‹ kam bei Hannah nicht gut an. Sie war es zwar gewöhnt, ausgeschlossen und in die Welt der Verrückten herabqualifiziert zu werden, aber das hieß nicht, daß es ihr nicht mehr sauer aufstieß, wenn es passierte. »Sie hat keine Macke, Horst, sondern sie ist krank. Und Krankheiten kann man heilen. Ist dir eigentlich noch nie in den Sinn gekommen, daß man unter einer Krankheit leidet? Und daß es dann ziemlich egal ist, ob ›ihr anderen‹ so gnädig seid, die Krankheit zu akzeptieren? Kein Mensch möchte, daß seine Krankheit nur akzeptiert wird. Er will geheilt werden. Aber für euch andere ist es natürlich viel bequemer, davon auszugehen, daß alles in Ordnung ist, nur weil ihr es so, wie es ist, akzeptieren könnt. Es wird Zeit, daß ›ihr anderen‹ aufhört, euch als das Maß aller Dinge zu betrachten. So viele seid ihr nicht.« Ihre Stimme klang bitter, randvoll mit unterdrückter Wut.

Horst hatte nichts übrig für Hannahs Zorn auf eine Welt, mit der sie nicht zurechtkam. Wenn er etwas für krank hielt, dann die Gewohnheit, der Welt die Schuld zu geben. Hannah hatte jede Menge Hilfe von ihm bekommen – Hilfe, sein gesamtes Vermögen und seinen guten Ruf. Sie hatte all das genommen und sinnlos vergeudet. Und glaubte offenbar immer noch, daran sei jeder schuld, nur sie selbst nicht.

Horst griff nach seiner Pfeife und begann sie zu stopfen. Er redete erst wieder, als sie brannte. »Ich glaube nicht, daß

Julia krank ist. Sie hat eine schwierige Ehe und eine verdammt unangenehme Scheidung hinter sich. Alles, was sie sich aufgebaut hatte, ist ihr unterm Hintern weggepfändet worden. Sie hat das alles noch nicht verkraftet. So was braucht Zeit. Deshalb von Krankheit zu reden, finde ich ein bißchen stark.«

Blind! dachte Hannah wütend. Aber was war denn auch anderes zu erwarten? Er hatte seine eigene Ehefrau nicht mal verstanden, wie hätte er Julia verstehen sollen. Hannah verschränkte die Arme über der Brust. »Das meine ich auch nicht. Jeder kann sehen, daß sie das noch nicht verwunden hat, aber davon rede ich nicht. Darunter liegt etwas anderes. Und ich finde, es ist ziemlich deutlich.« Und sie hatte keinerlei Lust, es ihm zu erklären. »Aber was ist denn nun mit diesen anderen toten Frauen?«

Horst seufzte. »Kaschorke versucht, da Zusammenhänge herzustellen. Aber ehrlich gesagt stößt er nirgendwo auf rechte Begeisterung, weder bei mir noch bei den Kollegen aus den Städten, wo diese anderen Todesfälle bearbeitet worden sind.«

»Hm. Und du meinst also, Julia hatte gar nicht soviel Geld«, sagte Hannah nachdenklich. »Aber sie hat doch einen guten Job. Und sie wohnt bei ihrer Mutter, da wird sie wohl kaum viel Miete bezahlen.« Vermutlich zahlte Julia keinen Pfennig Geld und machte damit mit Sicherheit einen großen Fehler. Hannah kannte die Währung, in der man bezahlen muß, wenn man kein Geld für eine eigene Wohnung hat. Und sie wußte, wie schnell man sich damit ruiniert.

Horst lehnte sich zurück und paffte genüßlich dicke, süßlich riechende Wolken in die abgestandene Luft seines Dienstzimmers. »Klar, aber sie hat Schulden. Der Kerl, mit dem sie verheiratet war, hat sie doch ausgezogen bis aufs Hemd. Ich meine damit nicht, daß Julia eine arme Frau ist, aber sie hat Kredite abzuzahlen. Ich verstehe nicht, woher sie diese fünfzehn Tausender gehabt haben soll, die sie Greta angeblich für das Bild gegeben haben will. Und das gibt einem ja schließlich zu denken, oder?«

»Und was genau denkst du?« fragte Hannah.

»Dafür, daß Julia Greta fünfzehntausend Mark gegeben hat«, sagte Bäumer, »dafür gibt es keinen Beweis. Das ist mal das erste, was wir feststellen müssen. Andererseits können auch Greta eigentlich diese fünfzehntausend Mark nicht gehört haben. Auf ihrem Konto gibt es nämlich ebenfalls keine derartigen Bewegungen, jedenfalls nicht auf den Auszügen, die Kaschorke bei ihr zu Hause gefunden hat. Das ist das Zweite.«

»Wie hilfreich«, sagte Hannah spöttisch.

Horst zuckte mit den Schultern. Er war es gewohnt, mit derart mageren Ermittlungsergebnissen arbeiten zu müssen. Allerdings hatte er nicht oft einen Mordfall aufzuklären, und bei Mord waren die Indizien meistens weniger vage. Im allgemeinen traf er Mörder mit dem Gewehr, dem Messer oder dem berüchtigten ›stumpfen Gegenstand‹ in der Hand an, und zwar direkt neben der Leiche, die sie bitterlich beweinten. Häufig die Ehefrau.

»Mehr haben wir nicht, Hannah. Allerdings wissen wir jetzt wenigstens, wo das Geld geblieben ist.« Er streifte den Karton mit den Glasschüsseln mit einem nachdenklichen Blick. »Wegen des Geldes ist Greta also allem Anschein nach nicht umgebracht worden. Sie hatte es gar nicht dabei, sondern sozusagen im Küchenschrank deponiert, und niemand scheint das gewußt zu haben. Und Julia hat ja offenbar nicht mal erfahren, daß Greta das Bild gar nicht gekauft hatte. Also scheidet dieses Geld doch als Motiv schon wieder aus.«

Hannah war sich da nicht ganz so sicher, aber sie sah ein, daß im Moment jedenfalls nichts zu beweisen war. »Bleibt mal wieder die Auswahl zwischen Jörg Gerjets und Kaschorkes Triebtäter, was?« fragte sie enttäuscht.

Horst nickte. »Wenn es nicht Geld ist, ist es Sex. Andere Mordmotive gibt es nicht.«

O mein Gott, dachte Hannah und hätte sich am liebsten die Haare gerauft. So phantasielos kann nur ein Mann sein.

Es dauerte ein paar Tage, bis die Polizei endgültig abklären konnte, daß Greta die Glasschalen tatsächlich in Hamburg gekauft und daß sie dafür Julias fünfzehntausend Mark bis auf den letzten Pfennig ausgegeben hatte. Gretas Beerdigung fand statt, aber Hannah traute sich nicht hinzugehen. Sie ließ sich von Tante Malwine Bericht erstatten, die sich das Ereignis natürlich nicht entgehen ließ. Neue Erkenntnisse ergaben sich für Hannah aber ebensowenig wie für die Kriminalpolizei.

Hannah numerierte und verpackte währenddessen ihre Entwürfe für die Theaterkulisse, und sie las das Buch, das sie bei Rosea gekauft hatte. Es tat gut, in eine andere Welt einzutauchen, und sie liebte vor allem Geschichten, in denen jemand das Gedächtnis verlor. Sie hatte sich schon oft gefragt, ob das so war, weil sie es selbst gern verloren hätte – oder ob es daran lag, daß sie es verloren hatte. Das, woran sie sich erinnern konnte, hätte sie jedenfalls größtenteils liebend gern vergessen. Und das, woran sie sich nicht erinnern konnte ... das war sehr viel.

Aber darüber dachte sie nicht gern nach. Verlorene Minuten, Stunden, Tage, Wochen – Hannah hatte sogar ganze Jahre ihrer Kindheit und Jugend einfach irgendwo verlegt. Sie erinnerte sich zum Beispiel daran, wie sie am Tag ihrer Einschulung mit der Schultüte in der Hand vor dem Fotografen gestanden hatte, den Arm freundschaftlich um die Nachbarstochter gelegt, die glücklicherweise in ihrer Klasse gelandet war. Ihre nächste Erinnerung stammte aus der Zeit, als sie in die achte Klasse gewechselt hatte: Sie saß über ihren Zeichenblock gebeugt am Fenster des Klassenzimmers und arbeitete fieberhaft mit den Kohlestiften, die ihre neue Kunstlehrerin ihr gerade geschenkt hatte, an dem Bild eines galoppierenden Pferdes. Sie würde nie die Euphorie vergessen, die sie empfunden hatte, als das Tier auf dem Papier mit ein paar einfachen Kohlestrichen so mühelos Gestalt annahm, als sei es die ganze Zeit dagewesen.

Aber die sieben Jahre, die zwischen diesen beiden Ereignissen lagen, waren weg. Sie hatten in ihrem Gedächtnis nicht einmal eine Spur hinterlassen. Keine Fährte, der sie vielleicht hätte folgen können. Sie war überzeugt davon, daß Julia das sehr gut verstehen würde.

Hannah mußte sich eingestehen, daß sie nicht weiterwußte. Sie hatte nicht genug herausgefunden über Greta und ihre Beziehungen zu anderen Menschen, und im Moment wußte sie nicht recht, wo sie ansetzen sollte. Sie war sich aber darüber im klaren, daß sie Dorit längst mal wieder hätte besuchen müssen. »Freundespflicht«, murmelte sie. »So wie's aussieht, bleibt der Mord ja doch an Jörg hängen.« Sicherlich würde Dorit Hilfe brauchen.

Hannah dachte mit Schrecken an die Kinder und hoffte, daß man sie ihr im Ernstfall nicht irgendwie aufbürden würde. Sie mochte Kinder ganz einfach nicht. Sie hatte sie schon nicht leiden können, als sie selbst noch eins war, und sie hatte heute noch genausoviel Angst vor ihnen wie damals. Die einzigen Kinder, mit denen sie hervorragend zurechtkam, waren die kleinen Außenseiter, die Stillen, Schüchternen, die niemand verstand und niemand mochte. Und zu dieser Kategorie gehörten Dorits Sprößlinge nicht.

Als Hannah sich endlich entschloß, Dorit aufzusuchen, waren weder sie noch die Kinder zu Hause. »Sportnachmittag!« rief eine Nachbarin über den Gartenzaun, als sie Hannah ratlos vor der Tür stehen sah. »Die Kleine ist zum Ballett, der Große beim Fußball und Dorit wahrscheinlich in der Stadt.«

»Danke«, rief Hannah, stieg wieder auf ihr Fahrrad und machte sich auf den kurzen Weg ins Stadtzentrum. Vielleicht würde sie Dorit ja im Buchladen antreffen.

In der Fußgängerzone war es so voll, als hätten alle Leute, die in den letzten Tagen wegen des Regens zu Hause geblieben waren, plötzlich Entzugserscheinungen verspürt und seien zu einem Einkaufsmarathon aufgebrochen. Sie mußte absteigen und ihr Rad schieben. »Diesmal machst du dich aber bitte höflich bemerkbar, wenn ich mich zum Gehen anschicke«, sagte Hannah zu Thor, während sie das Fahrrad vor Roseas Laden abstellte. »Das letzte Mal hast du die ganze Straße in Aufruhr und Schrecken versetzt, als du wie ein Berserker aus dem Laden gefegt kamst, weil ich dich vergessen hatte.« Sie erhaschte einen schrägen Seitenblick von einer Passantin, die den Kopf darüber schüttelte, daß Hannah mit dem Hund sprach, und hastete verlegen in die Buchhandlung. Drinnen war es so leer wie immer. Hannah warf dem Tisch mit den Neuerscheinungen einen bangen Blick zu, aber die diebische Elster in ihrem Innern hockte geduckt im Nest und rührte sich nicht. Aus dem Hinterzimmer drangen die Stimmen von Rosea und Dorit

»Hi«, sagte Hannah und steckte den Kopf um die Ecke. »Dacht' ich mir's doch, daß ihr zusammenhockt. Ich war bei dir zu Hause, Dorit, aber die Nachbarin sagte, du wärst in der Stadt.«

»Ist das nicht schön, wenn die Leute so gut informiert sind?« antwortete Dorit säuerlich und hob beide Hände hoch aus der Reichweite der feuchten Nase von Thor, der einen vergeblichen Versuch unternommen hatte, ihr eine freundliche Begrüßung zukommen zu lassen. Hannah lief um den Tisch herum und nahm sie kommentarlos in den Arm. Dorit versteifte sich ein bißchen, aber sie lächelte immerhin.

»Laßt uns was trinken«, schlug Rosea vor und öffnete den Kühlschrank. »Im Geschäft ist ja doch nix los, und mir wird das alles zu trübe. Rosé oder Weißwein?«

»Mir wurscht«, sagte Dorit. »Hauptsache, es wirkt.«

Rosea entkorkte gerade die Flasche, als die Ladenklingel anschlug und Julia unverkennbar schlurfenden Schrittes auf das Hinterzimmer zusteuerte. Sie stolperte fast über Thor, der vor der Tür lag und nur träge mit dem Schwanz wedelte, und stieß ihn strafend mit dem Fuß an, bevor sie über ihn hinwegstieg. Er und sein dickes Fell nahmen das nicht zur Kenntnis.

»Tja«, sagte Julia und wischte sich flüchtig das Regenwasser aus dem Gesicht, das von ihrem Haar tropfte. Sie hängte ihr nasses Jackett zum Trocknen über die Heizung. »Das ist ein Ding, was, Kinder?«

»Was denn?« fragte Rosea und warf ihr das Geschirrhandtuch zu. »Trockne dich mal ab.« Sie holte ein zusätzliches Glas aus dem Schrank und schenkte allen Wein ein.

Julia setzte sich mit an den Tisch und rubbelte sich die Haare trocken. Sie verzog das Gesicht und schaute grimassierend in die Runde. Dann starrte sie Hannah an. »Was – hast du es ihnen nicht erzählt?!«

Hannah zuckte mit den Schultern.

»Na komm, spuck's aus!« sagte Dorit. »Was habt ihr für Geheimnisse?« Sie trank ihr Glas beinah in einem Schluck aus und hielt es Rosea zum Nachschenken hin.

»Nicht wir, aber Greta hatte offenbar ein Geheimnis«, erklärte Julia und warf das nasse Geschirrtuch nachlässig in Richtung Waschbecken. »Ein reichlich merkwürdiges Geheimnis, übrigens. Ich bin ziemlich platt. Ich schick' die Frau mit fünfzehntausend Mark zu einer Auktion, damit sie mir ein bestimmtes Bild kauft, auf das ich seit Jahren scharf bin – und was macht die?«

»Wie!« sagte Rosea perplex. »Jetzt sag bloß, die hatte das Bild gar nicht. Mensch, Julia – die ist mit dem Geld durchgebrannt!« Sie stemmte die Arme in die Hüften und warf ihre Locken zurück. Hannah sah mit Verblüffung, daß die Buchhändlerin Ohrringe mit langen Federn trug und überhaupt in ihrem Aufzug in einem Indianerreservat nicht sonderlich aufgefallen wäre.

»Quatsch!« Dorit runzelte die Stirn. Ihre großen, feuchten Rehaugen bedachten Rosea mit einem Blick, der überdeutlich zeigte, daß ihr das neue Outfit nicht behagte. Es sah aus, als überlege sie ernsthaft, ob die Frau vielleicht an einer gefährlichen Geisteskrankheit litt. »Du bist ein Schandmaul, Rosea.«

»Kein Quatsch«, verkündete Julia triumphierend. »Tja, Mädchen, so sieht's aus.« Rosea und Dorit starrten sie verblüfft an. Eine Weile blieb es still.

»Ach, guck mal an«, sagte Dorit dann nachdenklich. »Und wo ist das Geld jetzt? Ich meine, das gehört dir doch, das müssen die Erben dir doch geben – o mein Gott. Jetzt sag bloß nicht, du könntest nicht beweisen, daß du ihr überhaupt Geld gegeben hast.« Sie schlug die Hände über dem Kopf zusammen, und das Entsetzen stand ihr deutlich ins Gesicht geschrieben.

Hannah konnte nur mit Mühe ein Grinsen unterdrücken. Natürlich war es kein Spaß, fünfzehntausend Mark zu verlieren, aber das war es ja auch nicht, was Hannah so erheiternd fand. Es war Dorit. Hannah hatte in den ersten Tagen dieser neuen Freundschaft völlig vergessen, wie stockkonservativ Horsts Cousine war. Neben Rosea, die vermutlich jeden Pfennig, den sie je besessen hatte, in ihren Traum von der eigenen Buchhandlung gesteckt hatte und gekleidet war wie ein Sioux auf dem Weg zu einem Pow Wow , mußte Dorits Persönlichkeit zwangsläufig genauso durchschnittlich wirken wie ihre billigen, geblümten Leggings und der paillettenbesetzte Kunstfaserpullover. Julia, die fünfzehntausend Mark für eine Zeichnung des Sensenmanns hatte ausgeben wollen, bildete mit ihren schlechtsitzenden Jeans, den ungekämmten Haaren und ihrem eigentümlichen, brennenden Blick ein eher negatives Kontrastprogramm. Aber sie sorgte zusätzlich dafür, daß Dorit unerträglich brav aussah.

Und Hannah selbst, in den farbfleckigen Jeans und Horsts ausrangiertem Polizeihemd, mit ihrer Kleptomanie und dem Kaufzwang, der ihren Mann das Zehnfache dessen gekostet hatte, was Dorit gerade als unerträglichen Verlust empfand, fühlte sich dieser Frau plötzlich völlig fremd. Genauso fremd wie zu der Zeit, als sie Dorit nur aus Mike Keulerz' Arztpraxis gekannt hatte und von ihr ziemlich unfreundlich abgefertigt worden war. Sie fragte sich, was wohl passieren mußte, um eine Frau wie Dorit – jung, hübsch, geschickte Hausfrau und publikumswirksame Mama – zu einem Mord zu veranlassen.

»Du liebe Zeit«, stöhnte Dorit. »Julia, wie konntest du nur soviel Geld weggeben, ohne dir eine Quittung geben zu lassen!«

»Die rücken freiwillig keinen Pfennig raus«, behauptete Rosea. »Das Geld kannst du abschreiben.«

»Quatsch«, sagte Julia. »Ich hab's wieder. So mehr oder weniger jedenfalls. Noch nicht, aber bald.«

»Du hast nur einen Teil wiedergekriegt?« erkundigte Dorit sich mitfühlend. Die schönen, braunen Haare lockten sich reizvoll um ihre klare Stirn. Sie sah kindlich und unschuldig aus, und Hannah schämte sich ihrer unfreundlichen Gedanken – die vielleicht durch nichts anderes ausgelöst worden waren als durch den absolut geschmacklosen Pulli, den Dorit trug.

»Sie hat was für das Geld gekauft«, sagte Julia, und man hörte ihr die Verwirrung an. »Aber nicht das, was ich wollte. Für mein Bild hat sie sich überhaupt nicht interessiert. Sie hat nicht mal mitgeboten. Sie hat Glasschüsseln gekauft. Von einem jungen Künstler, der erst kürzlich in Hamburg ein Atelier aufgemacht hat. Auf dieser verdammten Auktion, zu der ich sie geschickt hab', ist Greta nicht mal gewesen.«

Die Frauen rutschten unruhig hin und her. Keine wußte so recht, ob das jetzt ein Verlust für Julia war oder nicht.

»Ich kann sie natürlich wieder verscherbeln«, erklärte Julia. »Vielleicht bin ich dann sogar reicher als vorher. Ich versteh' nix von Glas, aber ich hab' mit meinem früheren Chef gesprochen, und der hat sich umgehört. Eins muß man ihr da lassen: Sie hat gut eingekauft. Doch, das muß ich sagen.« In diesen Sätzen klang widerwillige Bewunderung mit und Erstaunen. Hannah war schlagartig klar, daß Julia ihre angebliche Freundin Greta gehaßt haben mußte. Wie kam es, daß niemand das bisher gemerkt hatte?

»Und sie hat vergessen, dir das mitzuteilen?« fragte Rosea mißtrauisch.

»Na ja«, sagte Julia und zog die Brauen hoch. Ihre Stimme troff vor Zynismus. Es war ganz offensichtlich, daß sie es ausgesprochen befriedigend fand, diese Geschichte zu erzählen. »Man hätte natürlich erwartet, daß in ihrem Wohnzimmer ein paar Holzkisten rumstehen mit viel, viel Holzwolle und dergleichen drin, und mit dem teuren Glas innendrin – schließlich mußten sie ja nun noch in meine Wohnung transportiert werden, da sie mir ja nun mal gehören. Oder?«

»Aber da standen keine Kisten«, vermutete Dorit weitsichtig.

»Rrrrichtig«, entgegnete Julia nachdrücklich. »Keine Kisten. Kein einziges kleines Kistchen. Madamchen hatte das Glas bereits ausgepackt. Und wißt ihr, was Madamchen damit gemacht hat?«

Julia schaute in die Runde. Alle starrten sie an. Sie nickte düster. »Sie hat sie in ihren Küchenschrank gestellt. Und zwar hat sie einen sauberen kleinen Stapel daraus gebaut. Zwei Billig-Glasschüsseln aus dem Kaufhaus in Knallbunt, ein Künstler-Unikat, zwei Billig-Schüsseln, ein Künstler-Unikat, und so weiter. Groß ist der Unterschied sozusagen ja nicht, wenn man sich da nicht auskennt. Tja, meine Lieben. Gut versteckt nenne ich das. Gut versteckt. Kein Wunder, daß ich an dem Nachmittag in ihrer Wohnung nichts finden konnte.«

»Das ist aber merkwürdig«, sagte Rosea nachdenklich.

Das fand Hannah auch. Ihr Herz schlug schneller. Sie biß sich auf die Lippe, und als sie es merkte, versuchte sie, ein neutrales Gesicht zu machen. Es war allerdings weniger Gretas Verhalten, was Hannah im Moment interessierte. Für sie warf Julias allerletzte Bemerkung eine viel brennendere Frage auf: Von welchem ›Nachmittag in ihrer Wohnung‹ hatte Julia da gesprochen?

»Das ist ganz einfach Betrug, würde ich mal sagen!« Dorit sah aus, als hätte ihre Laune sich in den letzten fünf Minuten um einen Meter gehoben. Was immer das Motiv für Gretas eigenartigen Umgang mit Julias Geld gewesen sein mochte: Für sie war es in erster Linie endlich eine Spur in diesem Mordfall, die von ihrem Mann wegführte. Sie verschränkte die Arme über dem scheußlichen Paillettenmuster auf ihrer Brust, lehnte sich auf ihrem Stuhl zurück und schaute grinsend in die Runde. Dann wurde ihr offenbar bewußt, daß ihr Verhalten nicht ganz angemessen war. Schamröte stieg ihr ins Gesicht. Aber schließlich sagte sie trotzig: »Eins will ich mal ganz klar sagen, meine Lieben: Daß jemand jemanden um so viel Geld betrügt und dann reinwech zufällig zur selben Zeit von einem Triebtäter erwürgt wird, ist ein reichlich merkwürdiges Zusammentreffen. Ein bißchen allzu merkwürdig, wenn ihr mich fragt.«

Julia griff sich Roseas Kartenpäckchen vom Regal, mischte kurz und teilte aus. »Du meinst, ich habe sie umgebracht?«

fragte sie beiläufig. Ihr Blick konzentrierte sich auf das Spiel, und ihre Augen waren halb verdeckt von den wirren Haaren, die langsam zu trocknen begannen und ihr wieder in die Stirn fielen.

Dorit starrte sie völlig entgeistert an, und ihre Schamröte vertiefte sich merklich. »Quatsch, Mensch, so hab' ich das doch nicht gemeint.«

»Ich wäre dir sehr verbunden«, sagte Julia kalt, »wenn du es dann auch nicht sagen würdest. Derlei Ansichten haben nämlich die Tendenz, sich zu verselbständigen, eine ganze Stadt wie eine Grippe zu befallen und Menschen zu ruinieren.«

»Ich weiß das«, erwiderte Dorit und hob' trotzig den Kopf etwas höher. »Jörg ist auch in Verdacht geraten.« Sie sortierte ihr Blatt, zog eine Karte, legte aus und warf ab.

»Rrrrichtig«, sagte Julia. Sie sah Dorit immer noch nicht an. Ihr magerer, knochiger Körper wirkte gespannt wie eine Bogensehne. »Er hatte das Motiv, und er hatte die Gelegenheit. Ich erinnere mich.«

Die Schamröte wich aus Dorits Gesicht und machte einer ungesunden Blässe Platz. Sie schnappte nach Luft, aber Rosea griff ein, bevor Dorit einfiel, was sie darauf erwidern könnte. »Wenn es danach gehen soll, wer Motiv und Gelegenheit hatte, dann kannst du gleich einen Stacheldrahtzaun um die Stadt errichten.«

»Manchmal denke ich«, sagte Julia, »daß wir genau das tun sollten. Schon allein, damit keiner reinkommt. Hier herrscht eine ungesunde Atmosphäre. – Hannah, du bist dran. Schlaf nicht.«

Hannah zuckte zusammen und griff hastig nach dem Stapel. Die Karte, die sie aufnahm, fiel ihr aus der Hand und landete mit dem Bild nach oben auf dem Tisch. Julia warf einen flüchtigen Blick darauf und grinste spöttisch. »Pik-Sechs. Der Turm. Die Schicksalskarte.«

Hannah zwang sich zu einem Lächeln. »Jedenfalls verändert sie mein Schicksal nicht besonders«, erwiderte sie ruhig und legte aus, was sie auf der Hand hatte. »Ich gewinne so oder so.«

Sie mußte sich zusammenreißen, damit ihr Abschied aus dem Buchladen nicht allzu hastig ausfiel. Auf der Straße schüttelte sie den Kopf, um den weinseligen Nebel daraus zu vertreiben, und war zum erstenmal dankbar dafür, daß es draußen kühl war. Das half. Sie hatte zwar nicht viel Wein getrunken, aber sie war auch nicht viel gewöhnt. Und jetzt brauchte sie ein klares Denkvermögen. Und die Hilfe von Tante Malwine.

5

»Stell dir bloß mal vor, Erna«, sagte Malwine und rückte vornehm ihre Perücke zurecht, »wie man so sagt, soll der Mörder sogar hiergewesen sein an dem Tag. Läuft dir da nicht 'ne Gänsehaut den Rücken rauf und runter? Nun stell dir bloß mal vor, du hast hier unten gesessen, und da oben ...« Sie erschauerte und zog die Jacke ihres karierten Kostüms über der mageren Brust zusammen.

»Hier?« Erna registrierte vor Überraschung nur noch mit dem Unterbewußtsein, daß ihr jemand die Keksschale hinschob, und nahm sie mit zur Anrichte. Geistesabwesend holte sie zwei Tüten Plätzchen aus dem Schrank. »Wer erzählt denn so'n Quatsch, das möcht' ich nun aber mal wirklich wissen, Malwine«, sagte sie laut und ungnädig.

»Das hab' ich gehört!« beharrte Malwine eisern und richtete den Rücken kerzengerade auf. Nichts konnte sie so in Wut bringen wie die Andeutung, sie könne den Klatsch, den sie erzählte, womöglich selbst erfunden haben. »Aber du weißt ja, wie die Leute sind«, fügte sie schlau hinzu. »Es wird viel dummes Zeug geredet. Ich hab' auch gleich gesagt, wenn da jemand gewesen wäre, dann hätte Erna das doch längst erzählt. Ich meine, man kriegt das doch wohl schließlich mit, wenn die Tür geht. Jedenfalls könnte bei mir keiner einfach so reinkommen, das weiß ich wohl.«

»Hier war auch keiner«, sagte Erna und stellte die volle

Schale wieder auf den Tisch. Aber ihren Worten fehlte der rechte Nachdruck, und sie sah nachdenklich aus.

Malwine zog die Kekse unauffällig näher an sich heran und begann zu futtern. »Ich hab' gleich gesagt, das ist bloß Unsinn«, behauptete sie fröhlich. »Da wird immer gleich ein Zeug erzählt ...«

»Na, das sag' ich dir ...«, bestätigte Erna und plazierte ihre kompakte Fülle vorsichtig in die ausgesessene Kuhle ihres alten Lehnstuhls. »Hier ist kein Mensch gewesen außer Julia. Und die war auch nicht lange da. Sie wollte ja auf Greta warten, aber als die dann nicht kam ...« Sie schniefte und fummelte ein Taschentuch aus ihrer Strickjacke, putzte sich laut schnaubend die Nase und wischte sich bedächtig die Augenwinkel aus. »Schrecklich ist das. Mein Gott, was ist das schrecklich! Arme Deern.«

»Und wenn man bedenkt«, sagte Malwine pietätlos, »daß ihre beste Freundin hier oben in ihrer Wohnung auf sie wartet, während da draußen im Wald ...« Sie schüttelte sich noch einmal kräftig, was sie aber nicht daran hinderte, sich gleichzeitig noch zwei Kekse in den Mund zu schieben.

»Also, ich hab' das ja nun nicht so gern gesehen«, sagte Erna mit gedämpfter Stimme und beugte sich in ihrem Lehnsessel vor. »Ich mein', sach doch mal selbst, Malwine, diese Julia hat doch'n komischen Ruf. Ich kannte mal eine, bei uns früher auf'm Dorf, die soll ja auch das zweite Gesicht gehabt haben, und die hatte genau diese komischen Augen. Also, ich geh' solchen Leuten lieber aus dem Weg. Ich halt' da nix von.« Sie lehnte sich wieder zurück und nickte gewichtig.

»Ach, das ist doch alles Humbug, Erna!« Ärgerlich fletschte Malwine die Zähne und schüttelte so heftig den Kopf, daß die Perücke ins Rutschen geriet und eine Locke, die übers Ohr gehört hätte, sich schelmisch halb über ihr linkes Auge schob. »Du siehst doch jetzt selbst, was da dran is: gar nix! Ihre beste Freundin wird ermordet, und sie hockt da oben rum! Von wegen zweites Gesicht!«

»Das is wohl wahr«, murmelte Erna düster. »Ja, das muß so ungefähr zu der Zeit gewesen sein, daß Julia hier gewesen ist. Vielleicht auch etwas später. Ich glaub, das war so um sechs rum, als sie kam. Ich weiß das, weil ich das Abendbrot auf dem Tisch stehen hatte, als sie klingelte. Da kann man auch sagen, hier sitzt man nun und ißt, und da draußen im Wald . . .«

»Weswegen kam sie denn?« fragte Malwine mit der ihr eigenen, direkten Neugier.

»Ach Gott, das weiß ich nun nicht, Malwine«, sagte Erna ungeduldig und griff stirnrunzelnd nach ihrer Teetasse, die in ihren großen Händen fast verschwand. »Gesagt hat sie nichts, und ich hab' auch nicht gefragt. Sie war ja öfter mal hier und kannte sich da oben aus, und wahrscheinlich hat sie sich dann auch Tee gemacht oder was, jedenfalls hörte ich sie da oben rumlaufen. Ich hab' mich da nicht weiter um gekümmert. Gretas Freundinnen durften das. Das war 'ne nette Deern, uns' Greta.«

»Ja . . .«, sagte Malwine versonnen. »Bloß diese Julia hat mir 'ne zu spitze Nase. Wenn ich Greta wär', ich hätte die da nicht so gern überall rumlaufen gehabt.« Wer Malwines Gesicht gut kannte, hätte darauf geschworen, daß sie in diesem Moment ihre eigene, sehr spitze und ziemlich lange Nase einzog.

»Meinst du?« sagte Erna unsicher. »Ja, gewundert hab' ich mich im stillen wohl, im Schlafzimmer war sie nämlich auch, das hab' ich wohl gehört. Aber das ist ja Greta ihre Sache, hab' ich mir gedacht. Vielleicht hätt' ich ihr's ja sogar noch gesagt. Aber sie kam ja nun nicht mehr nach Haus . . .« Sie schluckte und wischte sich verstohlen eine Träne aus dem Augenwinkel. Aufseufzend stellte sie ihre Tasse ab, stützte die Arme auf und ihr umfangreiches Doppelkinn in die Hände. Trübsinnig starrte sie vor sich hin. »Das ist ja so schrecklich ruhig hier geworden, das glaubst du gar nicht, Malwine. Ich bin bloß froh, wenn nächste Woche das andere Mädchen hier einzieht, das kann ich dir wohl sagen. Daß wieder ein bißchen Leben ins Haus kommt. – Obwohl, ganz so viel Leben wie bei Greta muß nun auch nicht sein«, fügte sie mit einem traurigen Lächeln hinzu. »Aber ich glaube, diese hier ist eine ganz eine Stille.«

Mühsam erhob sich Tante Malwine auf die Beine und stapfte in ihren zweifarbigen U-Boot-Schuhen um den Tisch herum, um Ernas Schulter zu tätscheln. »Wird schon wieder werden. Nützt ja nix, Erna.«

Das Gespräch jedenfalls hatte sehr genützt. Hochzufrieden ließ Malwine sich zur Tür geleiten. Sie startete ihre Limousine mit unangemessener Eile und überschritt die höchstzulässige Geschwindigkeit um einen Betrag, der sie ihren Führerschein hätte kosten können. Hannah, die in der Küche saß, zuckte zusammen und stürzte zum Fenster, als ihre Tante bei dem viel zu schwungvollen Parkvorgang vor Bäumers Haus krachend mit der Mülltonne zusammenstieß, die Gott sei Dank leer war und keinen Schaden anrichtete.

»Wieso liegt denn eine Mülltonne vor eurem Haus?« fragte Tante Malwine arglos, während sie sich vor der Haustür die Füße abtrat.

Hannah seufzte gottergeben. »Ich muß vergessen haben, sie reinzuholen. Die Müllabfuhr war heute da.« Ein schäbiges, kleines Auto fuhr am Haus vorbei und wäre um ein Haar ebenfalls mit der Tonne kollidiert. Hannah holte den Mülleimer hastig von der Straße und stellte ihn neben die Garage, wo er normalerweise hingehörte.

»So was Blödes aber auch, die Dinger aus Plastik herzustellen. Die werden doch von jedem Windstoß umgeweht«, meckerte Tante Malwine ungnädig.

Windstoß war sicherlich kein passendes Äquivalent für Tante Malwine. Tornado hätte eher gepaßt. Thor hatte sich schon unter dem Tisch verkrochen, sobald das Krachen des Getriebes ihres BMW Malwines Ankunft in der Siedlung angekündigt hatte. Seine empfindlichen Ohren hatten eine unüberwindliche Abneigung gegen ihre durchdringende Stimme.

»Stell dir mal vor«, kam Malwine zum Thema, noch bevor sie sich unaufgefordert am Küchentisch niederließ. »An dem Nachmittag, wo der Mord passiert ist, da hat diese Julia doch tatsächlich in der Wohnung von uns' Greta rumgeschnüffelt. Und jetzt frag' ich dich: Was hat die da zu suchen gehabt?«

»Das wird sich ja wohl rausfinden lassen«, sagte Hannah energisch.

Obwohl sie das deutliche Gefühl hatte, daß sie längst wußte, worum es ging. Vielleicht mochte sie noch nicht ganz zugeben, wie weit ihr Verdacht ging, aber die Richtung war klar. Um so klarer, weil sie eine mehr als nur vage Vorstellung davon hatte, wem das schäbige, kleine Auto gehörte, das Tante Malwine bis hierher gefolgt war. Der Wagen wäre Hannah wahrscheinlich gar nicht aufgefallen, hätte er nicht wegen des umgekippten Mülleimers plötzlich bremsen müssen. »Tust du mir mal einen Gefallen und paßt aufs Teewasser auf?« bat sie die alte Frau. »Ich bin sofort wieder da.«

Tante Malwine stand unverzüglich auf und nutzte die Gelegenheit, sich auf der Suche nach dem Teegeschirr gründlich und ungeniert in den Schubladen und Schränken umzutun. Hannah rannte aus dem Haus und schaute vorsichtig um die Ecke. Kein schäbiges, kleines Auto in Sicht. Wie ein Indianer auf dem Kriegspfad schlich sie sich bis zum Ende der Straße vor.

Julia parkte direkt um die Ecke. Sie hatte es sich bequem gemacht und las ein Buch. Zu übertriebener Wachsamkeit bestand ja auch kein Anlaß: Hier mußte Tante Malwine zwangsläufig vorbeikommen, wenn sie aus der Siedlung herausfuhr.

Heiße Wut stieg Hannah wie ein Klumpen in die Kehle. Gleichzeitig hatte sie Angst. Es war ja abzusehen gewesen, daß Julia irgendwann mißtrauisch werden würde, schließlich hatte sie sich von Anfang an energisch gegen Hannahs ›Herumschnüffelei‹ ausgesprochen. Aber daß sie Tante Malwine verfolgte, das ging zu weit. Was zum Teufel hatte die Frau vor?

Mit großen Schritten ging Hannah auf den Wagen zu und riß die Fahrertür auf.

»Ach«, sagte Tante Malwine, als Hannah mit Wiegandes Tochter im Schlepptau wieder in der Küche auftauchte. Sie saß bereits beim Tee. Offenbar hatte die Durchsuchung von

Hannahs Schränken sich als relativ langweilig herausgestellt.

»Zufällig traf ich gerade Julia auf der Straße«, bemerkte Hannah betont beiläufig und stellte eine dritte Tasse für den Neuankömmling auf den Tisch, »und da dachte ich, ich frag' sie gleich mal, ob sie nicht jemanden weiß, an den ich meine Bilder verkaufen kann.« Sie bedachte Tante Malwine mit einem unauffälligen Augenzwinkern.

Hannah war vollkommen perplex, als Malwine, die dafür bekannt war, für Winke mit oder ohne Zaunpfahl absolut kein Gespür zu haben, sich umgehend erhob. »Das trifft sich ja gut, Hannah, da bist du dann wenigstens ja nich allein. Ich muß nämlich jetzt. Na, wir hören ja dann voneinander.« Das Zwinkern, mit dem Malwine ihrerseits nun Hannah bedachte, war mit Sicherheit alles andere als unauffällig. Aber zum Glück war Julia vollauf damit beschäftigt, das Ölgemälde zu inspizieren, das über der Eckbank hing.

»Ruf mich morgen nachmittag an«, zischte Malwine im Flur in wändedurchdringender Phonstärke. »Vormittags bin ich nicht da, ich muß zum Dokter!« Hannah biß sich auf die Lippen und nickte. Wenigstens konnte die alte Dame nun unbehelligt nach Hause fahren. Während sie zusah, wie Malwine in ihren BMW stieg, wanderte Julia aus der Küche heraus und ins Wohnzimmer, das Hannah als Atelier benutzte. Hannah folgte ihr und fand sie tief in Betrachtung der Bilder versunken, die in verschiedenen Stadien der Vollendung überall herumstanden.

»Tja«, sagte Julia sinnend. »Ich kenne da verschiedene Galeristen. Mal sehen ... ich bin mir noch nicht sicher, zu wem das am besten passen würde. Du wirst das Zeug auf jeden Fall los.«

»Danke«, sagte Hannah lakonisch. Aber sie war sich vollauf darüber im klaren, daß Julias Urteil mehr wert war als das ihrer Mutter, und sie war stolz darauf, daß ihr ›Zeug‹ vor so kritischen Augen standgehalten hatte.

Julia kniff die Augen zusammen und begutachtete eine kleine Holzplatte, die vor vielen Jahren Gretchen Bäumer als Hackbrett gedient hatte. Hannah hatte darauf einen Baum gemalt, in dem statt der üblichen Eichhörnchen Tiere zu leben schienen, die ihnen zwar auf den ersten Blick sehr ähnlich waren, aber eigenartig bedrohlich aussahen. Es schien Julia zu gefallen. »Prima Möglichkeit, 'ne Menge Schulden abzuzahlen. Einen Job kriegst du hier ja sowieso nicht.«

Es war gar nicht mal das, was Julia sagte, was es so verletzend machte, sondern der Tonfall, in dem sie es tat. Die junge Frau hatte schon beim erstenmal, als sie Hannah traf, keinen Hehl aus ihrer Verachtung gemacht. Und das war ein Fehler. Hannah war hilflos gegenüber Menschen, die den Schein zu wahren wußten und ihr gegenüber wenigstens einigermaßen höflich blieben. Aber mit Menschen, die ihr offene Feindschaft entgegenbrachten, wurde sie spielend fertig. Und sie fand, hier sei mal wieder die Zeit reif, jemandem Manieren abzuverlangen. Wenigstens Manieren, wenn nicht Respekt.

Sie lehnte sich an den Türrahmen und verschränkte die Arme.

»Wäre das nicht vielleicht auch für dich eine Möglichkeit? Wenn du restaurieren kannst, kannst du ja sicher auch malen.«

»Nein«, sagte Julia abwesend und beugte sich über das Bild eines Kirchhofs, daß zum Trocknen an der Wand lehnte. Sie betrachtete versunken die Grabsteine, die ein bißchen weniger tot aussahen, als etwas, das aus Stein ist, das eigentlich tun sollte. Sie wirkten ausgesprochen unheimlich. »Kann ich nicht. Ich bin überhaupt nicht kreativ.«

Hannah rümpfte boshaft die Nase: »Da wirst du aber ein echtes Freizeitproblem kriegen. Haben dir deine Karten noch nicht geraten, dir ein Hobby zuzulegen?« Ihr Ton ließ kein Zweifel daran, was sie von Julia hielt.

Julia wandte sich um und betrachtete Hannah von oben bis unten, als wäre sie irgend etwas Widerliches, was die Katze von der Straße hereingeschleppt hat. »Was meinst du damit?«

Hannah zuckte nonchalant mit den Schultern. »Selbst wenn du auf Totschlag im Affekt plädieren wirst, glaube ich nicht, daß du auf Bewährung davonkommst. Ein klein wenig Gefängnis wird es schon geben.«

Julia war weiß geworden wie eine unbehandelte Leinwand. Ihre Haut war so porös und durchscheinend, als wäre sie zu fest auf ihren Rahmen gespannt. »Ich habe sie nicht umgebracht.« Ihre Stimme war nicht ganz so fest wie sonst.

»Möglich«, sagte Hannah lässig. »Allerdings nicht sehr wahrscheinlich. Du warst im Wald, und du bist anschließend in Gretas Wohnung gegangen und hast sie gründlich durchsucht. Also wußtest du, daß sie tot war. Du hast dich gestern in der Buchhandlung verraten, Julia. Und das hast du gemerkt. Da hast du es wohl für angeraten gehalten, den Spieß mal umzudrehen und hinter mir herzuschnüffeln. Du hast gesehen, daß ich bei Tante Malwine war. Und heute nachmittag bist du dann hinter ihr her. Nicht gerade sehr erfolgversprechend, solche Beschattungsmaßnahmen – aber als Malwine zu Erna Hinrichs gefahren ist und von da gleich zu mir, war dir wahrscheinlich klar, daß ich aus deinem Ausrutscher gestern im Buchladen die richtigen Schlüsse gezogen hatte.« Sie stieß sich vom Türrahmen ab, ging zwei Schritte auf Julia zu und hakte die Daumen in die Taschen ihrer Jeans. »Worauf hast du eben in deinem Wagen gewartet, Julia? Daß du mit Malwine reden kannst? Oder daß Malwine geht und du mit mir reden kannst? Was willst du mir denn erzählen, was meinen Verdacht zerstreuen könnte? Wenn du Greta nicht umgebracht haben willst, Julia, brauchst du schon eine verdammt gute Erklärung dafür, daß du in ihre Wohnung gegangen bist, nachdem sie tot war, und ihre Klamotten durchwühlt hast.«

»Ach, spinn doch bloß nicht rum«, sagte Julia kaltschnäuzig. Wenn Hannah geglaubt hatte, in den hellen Augen eben noch so etwas wie Panik gesehen zu haben, dann hatte sie sich offenbar getäuscht. »Was für ein Motiv sollte ich denn gehabt haben?«

»Zum Beispiel das Bild«, schlug Hannah vor. »Und das ist nur eins von ein paar möglichen Motiven. Sie kann dir im Wald gesagt haben, daß sie es gar nicht ersteigert hat. Also hast du sie wutentbrannt erwürgt und dann ihre Wohnung durchsucht, um zu sehen, was sie statt dessen für dein Geld gekauft hat – oder um das Geld zu finden. Aber du hast nichts gefunden. Du bist nicht drauf gekommen, daß es das bunte Glas im Küchenschrank war.«

»Aha«, sagte Julia arrogant. »Na ja, das klingt ja prima. Eine nette Geschichte. So könnte es natürlich gewesen sein. Dann wirst du es ja wohl Horst erzählen müssen. Oder hast du das schon getan?« Plötzlich wirkte ihr Blick wieder unruhig und ihre Haltung mißtrauisch geduckt. Sie schlenkerte nervös mit den langen Armen und wandte sich ungelenk von einer Seite zur anderen, als erwartete sie, Horst jeden Moment hinter irgendeinem Möbelstück auftauchen zu sehen.

»Habe ich nicht«, sagte Hannah und fragte sich im selben Moment mit plötzlich aufkeimender Angst, ob das nicht vielleicht ein fürchterlicher Fehler war. »Ich möchte dir die Gelegenheit geben, das selbst zu tun.«

»Ach Gottchen, wie fair!« spottete Julia und strich sich das Haar aus den Augen. Sie stand jetzt wieder vollkommen gelassen da und betrachtete Hannah mit einem Blick, der nichts weiter zeigte als überhebliches Amüsement. »Und hast du vielleicht auch ein Pistölchen parat, das du jetzt hier auf den Tisch legen wirst, um mich anschließend damit alleinzulassen und mir die Gelegenheit zu geben, mich zu erschießen und meiner Familie damit die Schande meiner Verhaftung zu ersparen? Du liest viel Kriminalromane, nicht wahr?«

»Ich lese sie nicht«, sagte Hannah düster, »ich lebe sie. Das ist ein großer Unterschied. Für den Leser dreht sich die spannende Frage um das ›Wer war der Mörder‹. Für mich liegt die Spannung in dem ›Hoffentlich war es nicht‹. Die Spannung des Lesers ist positiv. Meine ist negativ. Ich hoffe, daß du es nicht warst. Genau wie ich hoffe, daß Jörg es nicht war. Ich will überhaupt nicht, daß es irgend jemand war. Ich will nicht mal, daß Greta tot ist. Aber sie mußte sterben. Kein Krimi ohne Mord.«

»Du bist hoffnungslos theatralisch, Hannah«, sagte Julia verächtlich. »Man könnte meinen, die ganze Geschichte sei bloß passiert, damit du dich in Szene setzen kannst. Was glaubst du eigentlich, wer du bist?« Sie bückte sich und nahm das große Küchenmesser auf, mit dem Hannah ein Stück Karton zurechtgeschnitten hatte, auf dem sie malen wollte. Prüfend fuhr sie mit dem Finger über die Klinge.

Hannahs Herz begann heftig und laut zu klopfen. Einen Moment lang hörte sie nichts anderes als das Pochen des Blutes in ihren Ohren. Der Raum begann vor ihren Augen zu verschwimmen. Sie stampfte leicht auf, um wieder Boden unter den Füßen zu bekommen, und Julia drehte sich abrupt zu ihr um. Sie starrte Hannah in die Augen, und Hannah starrte zurück.

»Und wer bist du?« fragte Hannah heiser.

Schlagartig schien die Luft um mehrere Grade kälter zu werden. Über Hannahs Haut kroch ein Gefühl wie von elektrischer Spannung. Einen Moment lang hatte sie den Eindruck, von der Messerklinge würden Funken springen. In Julias Gesicht arbeitete es. Ihre Augen hatten die Farbe verändert. Wut schlug Hannah entgegen wie eine lodernde Flamme, so daß sie unwillkürlich einen Schritt rückwärts trat. Sie stieß mit dem Fuß gegen etwas, knickte um, stolperte und stürzte rücklings zu Boden. In panischer Angst suchte sie nach einem Halt, um sich hochzuziehen, während sie Julia auf sich zukommen sah, das Messer in der Hand.

Das nächste, was Hannah hörte, war ein Knurren wie das Grollen von Donner. Julia blieb wie angewurzelt stehen und starrte an Hannah vorbei zur Tür. Hannah drehte sich ebenfalls um und erschrak.

Thor hatte seinen Zufluchtsort unter dem Küchentisch verlassen. Er stand in der Tür, sprungbereit, bösartig knurrend und die Lefzen hochgezogen, so daß sie sein gewaltiges Gebiß freilegten. Er ragte so riesig über Hannah auf, daß sie unwillkürlich von ihm abrückte.

Hannah rappelte sich mühsam auf und rieb sich den Knöchel. »Leg das Messer bitte weg«, sagte sie. »Es macht den Hund nervös.«

Julia löste den Blick wie gewaltsam von Thors beeindruckender Erscheinung und starrte das Messer in ihrer

Hand an, als würde sie es zum erstenmal bewußt wahrnehmen. Dann legte sie es vorsichtig auf den Tisch zurück. Völlig verblüfft beobachtete Hannah, wie Thor an ihr vorbeilief, sich schwanzwedelnd vor Julia niederließ und sie freundlich mit seiner großen, nassen Nase anstupste.

Julia beugte sich herunter und gab ihm einen ebenso freundlichen Klaps. »Hau bloß ab, du fusseliges Ungetüm, ich will deine Wolle nicht auf meinen Klamotten haben.« Ihre Augen hatten wieder die normale graugrüne Färbung, und sie verzog ihr Gesicht zu einer ihrer üblichen spöttischen Grimassen. Thor machte friedlich kehrt, ließ sich neben Hannah zu Boden fallen und schloß die Augen.

»Was hast du eben gesagt?« fragte Julia stirnrunzelnd. »Hab' ich nicht ganz mitgekriegt.«

»Ich hab' ... also ...«, Hannah schluckte. Es war nicht ganz leicht, das in Worte zu fassen, was Julia da nicht ganz mitgekriegt hatte. Außerdem war Hannah ziemlich nervös. Die Frage, ob Julia mit dem Messer auf sie zugegangen war, um anzugreifen, oder ob sie einfach nur auf sie zugegangen war, um Hannah aufzuhelfen, weil diese gestürzt war, war nicht eindeutig geklärt. Und Hannah ahnte, daß es wenig Sinn hatte, sich bei Julia danach zu erkundigen. Sie hatte den konkreten Verdacht, daß Julia sich daran nicht erinnern würde. »Um's kurz zu fassen, wir waren soweit gekommen: Greta hat dein Bild nicht ersteigert, sondern dein Geld geklaut, und du warst darüber so wütend, daß du sie umgebracht hast.«

Plötzlich liefen Tränen über Julias hagere Wangen, Hannah trat neben sie und drängte sie Richtung Couch. Julia fiel mehr hinein, als daß sie sich setzte, und vergrub ihr Gesicht in den Händen.

»Ich geh' mal Teewasser aufsetzen«, murmelte Hannah und verfügte sich in die Küche. Sie pfiff nach Thor, und obwohl er sich ans Sofa herangeschlichen hatte und Julia mit vorgerecktem Kopf besorgt musterte, warf er sich herum und kam in die Küche getrabt. Hannah schmuste sehr ausgiebig mit ihm und vergrub das Gesicht in seinem dicken Pelz, während aus dem Wohnzimmer heftige Schluchzer drangen. Sie zitterte. Und sie fragte sich, ob Althäa Wiegand ihre Tochter jemals von dieser Seite kennengelernt hatte – von der Seite, auf die Thor so eindeutig kampfbereit reagiert hatte. Wahrscheinlich nicht. Wenn irgend jemand mit einem ausgeprägten Gefühl für Ordnung und Sicherheit diese zum Sprung geduckte, messerschwingende Wilde mit dem mordlüsternen Funkeln in den Augen jemals zu Gesicht bekommen hätte, dann wäre Julia längst hinter vergitterten Fenstern und Türen ohne Klinke verwahrt.

Vielleicht hatte Greta ihre beste Freundin von dieser Seite kennengelernt – bevor sie starb.

»Ich weiß nicht, was ich tun soll«, sagte Hannah in Thors Pelz hinein und wischte sich ein paar Tränen damit ab. Sie hatte viel über gespaltene Persönlichkeiten gelesen und es äußerst interessant gefunden. Aber einer Frau, die ihre Augenfarbe veränderte, tatsächlich gegenüberzustehen, war etwas anderes. Es war ein Gefühl, als würde einem die Realität über die Ohren gezogen wie einem Kaninchen das Fell. Ihre Nerven lagen bloß. Und sie hätte lieber hier in der Küche mit dem Teufel ihren Tee getrunken, als zurück zu Julia ins Wohnzimmer zu gehen.

Nur stand der Teufel offenbar zur Zeit nicht zur Verfügung. Und sie wußte aus Erfahrung, daß er und andere Gestalten der Mythologie nicht zufrieden waren, bevor Hannah Bäumer die Suppe, die sie sich selbst eingebrockt hatte, bis zur Neige ausgelöffelt hatte. Die Schluchzer nebenan ebbten langsam ab, und Hannah nahm ihre Nase aus Thors Fell, stand mit wackligen Knien auf und machte ein Tablett mit Tee und Keksen zurecht. Als sie damit ins Wohnzimmer kam, saß Julia aufrecht da und putzte sich die Nase.

»Mir ist egal, was du über mich denkst«, sagte sie heiser. Die Haare, die ihr ins Gesicht hingen, waren naß von Tränen, und ihre Augen waren ganz verquollen. »Aber ich hab' Greta nicht umgebracht. Auch wenn sie mich um mein Bild gebracht hat. Auch wenn sie eine miese kleine Schnepfe war. Auch wenn sie gedroht hat, mich zu verraten. Und wenn sie das getan hätte, wär' ich meinen Job losgeworden. Weißt du, daß ich meinen Scheißjob liebe? Genau da, wo ich bin? In dieser alten Häuptlingsburg? Ich liebe es, da zu arbeiten. Ich liebe diese verdammten alten Gemäuer. Ich möchte niemals woanders arbeiten als da.«

Hannah hörte, was Julia sagte. Aber weit mehr beschäftigte sie sich damit, daß sie ihre sämtlichen Instinkte ausgefahren hatte wie eine Radarantenne, als sie das Wohnzimmer betrat, und gar nichts damit aufgefangen hatte. Julia wirkte vollkommen normal, und es lag keine Spannung in der Luft, nur ein schaler Geruch nach Farbe, Terpentin und verbrauchten Emotionen. Trotzdem spürte Hannah fast körperlich den sprichwörtlichen Stein von ihrem Herzen fallen, als Thor ins Wohnzimmer gestrichen kam, Julia wachsam ins Auge faßte und sich neben Hannah niederließ. »Hat sie dich erpreßt?« fragte sie und stellte fest, daß sie wieder etwas klarer denken konnte.

Julia nickte – und schüttelte dann den Kopf. »Sie hat kein Geld verlangt, falls du das meinst. Sie hat gesagt, was sie in Hamburg ersteigert hat, das würde sie behalten, als Pfand. Sie wisse, daß es nicht mein Geld sei. Sie sprach von Diebstahl und von Moral und Ehre und Kultur und Allgemeingut und – ach, weiß der Teufel, sie sprach von hundert Dingen, von denen sie nichts verstand.«

Also doch. Seit Marga erzählt hatte, wie exakt Julia die Porträtmalerei von Hannahs Großvater kopiert hatte, war in Hannah langsam, aber stetig die Überzeugung gewachsen, daß Julia ein Hobby haben könnte, das nicht ganz legal war. »Ich nehme an«, sagte Hannah, »daß du, weil du nicht kreativ bist, malen gelernt hast, indem du die Bilder anderer Maler kopiert hast.« Julia nickte. »Und irgendwann hast du so was sogar verkaufen können. Als Kopie natürlich.« Julia nickte. »Und dann kam dir der Gedanke, daß du doch genausogut die Originale verkaufen könntest. Und die Kopien ins Museum hängen.«

»Im Museum hängen Schätze, wahre und wirkliche Schätze«, flüsterte Julia. Sie preßte ihre zitternden Hände zusammen, bis die Finger ganz weiß wurden. In ihren Augen leuchtete etwas. Hannah streckte die Hand aus und legte sie auf Thors mächtigen Nacken. Der Hund beobachtete Julia, aber nicht besonders interessiert. Alles in Ordnung.

Julia entspannte sich, lehnte sich zurück und bohrte die Fäuste trotzig in die Taschen ihrer Jeans. »Und kein Mensch weiß das zu würdigen. Da werden Schulklassen durchgehetzt und kleben ihre Kaugummis unter die Rahmen. Und alte Leute, die nichts Besseres zu tun haben, latschen durch die Räume und langweilen sich da genauso, wie sie sich überall sonst auf der Welt langweilen würden, und ...« Sie schluckte heftig. »Solange die nicht wissen, daß sie nur meine Kopien sehen, haben die doch gar keine Chance, das herauszufinden. Und meine Kopien sind erstklassig. Es ist also egal, verstehst du? Ich habe nie jemandem geschadet, wenn ich die Originale heimlich herausgeschafft habe! Ich habe die echten Bilder an Menschen verkauft, die wirklich etwas damit anzufangen wissen. Die sie in Ehren halten.«

»So wie du das Hamburger Bild in Ehren gehalten hättest.«

Julia nickte heftig und putzte sich noch einmal die Nase. »Und es war so einfach. Ich komme an alles dran, weißt du ... Ich könnte mit wer weiß was für Schätzen abhauen, solange ich sie durch gute Reproduktionen ersetze.« Ihre hellen Augen glitzerten. Sie fühlte keine Reue, das war für Hannah deutlich genug zu sehen. Sie war ein Meisterdieb, der sich über seine Gerissenheit freute. Ein Dieb mit Ehre, ein Verbrecher mit Kultur. Sie war stolz auf sich. »Aber ich habe überhaupt nicht die Absicht, der kunsthungrigen Allgemeinheit die großen Schätze zu klauen. Hannah. Ich habe die kleinen Sachen kopiert. Kleine Schätze. Dinge, die für manche Menschen sehr, sehr große Bedeutung haben und an denen die Allgemeinheit vorbeilatscht, ohne sie überhaupt zur Kenntnis zu nehmen – und die sie auch gar nicht verstehen würde. Liebenswerte, kleine Kulturschätze, die niemand dieser Hammelherde, die da täglich durch die Museen trampelt, je erklärt hat, weil sie eben nicht von allgemeinem Interesse sind, verstehst du?«

Hannah nickte, ohne es überhaupt zu wollen. Denn sie verstand das sogar sehr gut. Auch wenn sie es nicht gern zugab, weil da sämtliche Verwandten der großen Familie Moral, Gewissen und Ehre mit vereinten Kräften an ihrem Pulloverärmel zu zupfen begannen.

»Und wenn ich für das Museum zu Auktionen gegangen bin, dann habe ich Greta mitgenommen. Ich habe dann nur für das geboten, was mein Arbeitgeber haben wollte, und Greta für die Sachen, die für mich selbst bestimmt waren. Das wußte sie aber nicht. Sie hat geglaubt, sie würde fürs Museum kaufen. Ich konnte ihr die Wahrheit ja nicht erzählen, weil doch jeder weiß, daß ich 'ne Menge Schulden habe. Ich konnte ihr ja schließlich schlecht sagen, woher ich das Geld wirklich hatte, das sie für die Versteigerungen von mir bekam. Es stammte natürlich aus dem Verkauf der Originalbilder, die ich in den Museen heimlich durch Kopien ersetzt habe.« Julia lächelte ein wenig, entspannt und heiter. Die Erinnerung an ihre heimlichen Beutezüge schien ihr Spaß zu machen. Hannah dachte mit Schaudern an ihre eigenen Anfälle von Kleptomanie, an die schreckliche Scham, weil sie den Zwang zu stehlen nicht bezähmen konnte, und an die Angst, erwischt zu werden. Trotzdem ... der Hauch von Freiheit und Abenteuer ließ sich nicht ganz verleugnen.

»Später habe ich Greta dann sogar allein losgeschickt«, berichtete Julia. »Sie war ja weiß Gott intelligent genug, um sich mit ein paar Instruktionen ausgerüstet ganz hervorragend zurechtzufinden, und sie hatte ohne mich viel mehr Spaß.« Julia verzog heftig das Gesicht. »Da konnte sie die Grande Dame spielen, ohne von mir gebremst zu werden. Das hat sie geliebt.« Sie lachte, bitter und unversöhnlich.

»Aber eines Tages kam sie in meine Wohnung. Und da hat sie ...«

»Da hat sie etwas gesehen«, unterbrach Hannah, »von dem sie geglaubt hatte, sie hätte es für das Museum ersteigert.«

Julia nickte. »Genau. Greta war vorher noch nie bei mir zu Hause. Seit sie ihre eigene Wohnung hatte, ist sie praktisch zu niemandem mehr nach Hause gegangen. Sie saß lieber auf ihrem Designersofa, für alles andere war sie sich zu schade. Deshalb hatten die meisten Leute auch eine etwas unterkühlte Beziehung zu ihr. Jeder kannte Greta und ihren Lebensstil, aber Greta selbst kannte die Leute eben nicht so gut, wie man Menschen kennenlernt, wenn man sie in ihrer eigenen Wohnung besucht. Sie lebte absolut und vollkommen in ihrer eigenen Welt. Und deshalb stand für mich fest, daß sie niemals in mein Zimmer kommen würde. In der Hinsicht hab' ich absolut nicht mit ihr gerechnet.« Sie schüttelte den Kopf, immer noch verblüfft und ungläubig über das, was ihr da passiert war.

»Aber dann war's mit einmal passiert – Greta wollte das Geld für die Hamburger Auktion abholen, und ich hatte mich irgendwie vertrödelt. Normalerweise klingelte sie bloß kurz, und ich rannte runter und gab ihr einen Umschlag. Aber diesmal hab' ich sie gar nicht gehört, und meine Mutter hat ihr aufgemacht. Ich komm' vom Klo wieder, und Greta steht in meinem Zimmer und starrt das Bild an, das über meinem Schreibtisch hängt. Und mir bricht der Schweiß aus.« Sie kramte in ihrer Hose nach einem Taschentuch und wischte sich durch das Gesicht, als sei schon die Erinnerung an diese Szene schweißtreibend. »Ich hab' ihr dann erzählt, ich hätte eine Reproduktion vom Original angefertigt, weil mir das Bild so gut gefallen hat.«

»Und warum hat sie das nicht geglaubt?« fragte Hannah verwundert.

Julia lachte plötzlich, kicherte hysterisch und verstummte abrupt. »Weil«, sagte sie dann und steckte das Taschentuch weg, »weil ich auf dem Schreibtisch eine kleine Porzellandose stehen hatte. Sie war nicht großartig wertvoll, sie war einfach nur ein Stück, in das ich mich verliebt hatte. Auch die hatte Greta ersteigert, in dem festen Glauben, ich hätte dafür einen Auftrag vom Museum. Und daß ich nicht die handwerklichen Fähigkeiten habe, um von so einem Ding ein Replik für mich herzustellen, war ja wohl völlig klar.«

Hannah nickte, und sie verstand den Schmerz, der Julias Gesicht verzerrte. Bis zu dem Moment, in dem Greta ihr Zimmer betreten und die Porzellandose entdeckt hatte, hatte sich Julias Leben in einem mühsam erarbeiteten Gleichgewicht befunden. Danach ... Julia wischte sich über die Stirn, als könne sie die Erinnerung tilgen. »Sie sagte nichts, aber sie wurde immer wütender. Sie sah sich um und wühlte herum und war nicht aufzuhalten. Und dann fand sie noch etwas, von dem sie geglaubt hatte, es für das Museum ersteigert zu haben: ein altes Kruzifix. Wieder nichts, was ich hätte kopieren können ... Und da hat sie mich dann rundheraus beschuldigt. Ich habe ihr zwar weiß Gott was weiszumachen versucht von Leihgaben und so weiter, aber sie hat einfach gesagt, paß auf, wenn du recht hast, ist es ja gut, dann bin ich eben ein Idiot, aber ich möchte mir das von deinem Chef bestätigen lassen, dir glaube ich das nämlich nicht.«

»Und dann hast du gebeichtet.«

Julia gab einen schluchzenden Seufzer von sich und schloß kurz die Augen. »Genau. Was blieb mir sonst über? Danach hat sie nichts mehr gesagt. Sie hat die fünfzehntausend Mark genommen für das Bild, das sie ersteigern sollte, und ist gegangen. Als sie aus Hamburg zurückkam, rief sie mich an. Sie hätte beschlossen, sagte sie, daß ich alles zurückgeben müsse. Ich müsse zumindest für Ersatz sorgen. Ich müsse meine Schulden an die Allgemeinheit zurückzahlen oder so was. Und wenn ich nicht genug Geld hätte, dann könnte sie mit meiner Hilfe ja für den Anfang mal das verkaufen, was sie in Hamburg gekauft hätte.«

»Und du dachtest, sie meint das Bild?«

Julia nickte und breitete die Arme aus. »Natürlich! Ich hab' gar nicht weiter nachgefragt! Ich habe einfach gesagt, ich komme sofort. Und sie sagte, aber nicht in meine Wohnung, wir treffen uns im Wald. Sie hat mir die Stelle genannt und sofort aufgelegt, bevor ich irgendwas dafür oder dagegen sagen konnte.«

»Aber wieso denn Glas, Julia?« fragte Hannah verständnislos. »Wieso hat sie ausgerechnet Glas gekauft und nicht dieses Bild, für das dein Geld bestimmt gewesen ist?«

Julia zuckte mit den Schultern und stützte den Kopf in die Hände. »Rache, Hannah! Ich wollte dieses Bild, und sie wußte das. Also habe ich es nicht bekommen. Und was sie wollte, das wußte ich auch, ich Esel hab' da bloß nicht dran gedacht im Moment. Greta hatte sich nämlich in den Kopf gesetzt, irgendwann mal eine Galerie aufzumachen. Sie war fest entschlossen, eines Tages wirklich dazuzugehören zu diesen Leuten, die sie in Hamburg getroffen hat. Sie hatte zwar absolut keine Ahnung von Bildern, aber sie stand total auf Glas. Das war echt ein Tick von ihr. Und ich glaube, das war ihr großer Traum.«

»Und wahrscheinlich hat sie geglaubt, jetzt, wo sie dich unter Druck setzen konnte, hätte sie die Gelegenheit, ihn mit deiner Hilfe zu verwirklichen«, vermutete Hannah.

Julia nickte. »Und dann«, sagte Hannah und fühlte, wie die kleinen Härchen auf ihrem Rücken sich aufzustellen begannen, »habt Ihr euch also getroffen.«

»Gewissermaßen«, sagte Julia und stand auf. »Gewissermaßen. Soweit man jemanden treffen kann, der tot im Gebüsch liegt.«

Hannah sprang auf und ärgerte sich im selben Moment darüber, daß sie Gefühle zeigte. Sie wußte nicht, ob sie glauben wollte, was sie da gehört hatte. Wahrscheinlich, dachte sie ergrimmt, hätte sie so etwas erwarten sollen. »Du willst damit sagen, daß Greta schon tot war, als du da ankamst?«

»Mein Gott, Hannah – ja! Natürlich will ich das sagen!« Julia fuhr sich mit beiden Händen durchs Haar, was den Zustand ihrer Frisur unnötig verschlechterte. »Was hast du denn verdammt noch mal jetzt erwartet – daß ich zu all der Scheiße auch noch ein Mordgeständnis ablege, oder was?« Wütend starrte sie Hannah an. »Tut mir leid. Damit kann ich nicht dienen. Du kannst mich meinetwegen aller möglichen Kulturverbrechen bezichtigen. Aber nicht des Mordes, Hannah. Das war ich nicht.« Sie wandte sich ab und begann unruhig im Wohnzimmer auf und ab zu laufen. »Trotzdem war es meine Chance, halbwegs unbeschadet aus der Geschichte rauszukommen. Ich bin in ihre Wohnung, hab' mein Bild gesucht, aber ich konnte nichts finden und mußte schließlich aufgeben. Dann bin ich nach Hause und hab' gehofft, daß niemand mich im Wald gesehen hat.«

»Aber ...«, begann Hannah, aber Julia unterbrach sie ungeduldig:

»Mensch, ich wußte einfach nicht, wie ich das durchhalten soll: die gute Zeugin markieren bei all dem, was ich zu verschweigen habe! Schließlich war es meine Zukunft, die auf dem Spiel stand!«

»Und wer«, erkundigte sich Hannah wütend, »hat Greta umgebracht?«

»Verdammt, ich weiß es nicht«, schrie Julia sie an. Thor erhob sich langsam und knurrte verhalten. Einen Moment lang standen die beiden Frauen sich mit funkelnden Augen gegenüber, dann ließ Julia sich auf die Couch zurückfallen und biß sich auf die Fingerknöchel. Sie sah aus, als würde sich jeder einzelne Muskel in ihrem Gesicht bewegen. Mühsam versuchte sie, ihre Züge wieder unter Kontrolle zu bringen. »Ich habe jedenfalls niemanden gesehen. Wahrscheinlich hab' ich den Kerl nur knapp verpaßt. Aber ob dir das nun gefällt oder nicht: Ich war verdammt froh, daß ich ihm nicht begegnet bin, und das bin ich heute auch noch.«

»Wäre ich an deiner Stelle nicht«, sagte Hannah mit kühler Logik und setzte sich wieder. »Deine Geschichte ist gut, aber sie hat einen Haken: Du hattest das Motiv, und du hattest die Gelegenheit. Du warst am Tatort, und zwar so ungefähr zur Todeszeit. Und solange der Mörder unbekannt ist, steckst du bis über beide Ohren in Kameldung.«

»Vergiß es«, erwiderte Julia kalt. »Wir sind in good old Germany, meine Liebe. Da wird man mir den Mord wohl oder übel erst nachweisen müssen, bevor ich ...«

»Ja ja«, sagte Hannah, lehnte sich zurück und verschränkte die Arme hinter dem Kopf. Sie bewegte ihre verspannten Nackenmuskeln und stellte fest, daß es weh tat. »Es ist trockener Dung, aber um so mehr Staub wirbelt auf, und um so schlimmer müssen wir husten. Und wenn der Mörder nicht gefunden wird, bleibt die Scheiße doch sowieso an dir kleben.« Wenn sie Horst erzählen würde, was sie von Julia erfahren hatte, war Jörg aus dem Rennen. Eine bessere Verdächtige als Wiegandes Tochter konnte sich ein Polizist gar nicht wünschen.

»Glaubst du mir denn?« Julia sah auf.

Hannah wollte ihr nicht in die Augen sehen, nicht nach

dem Erlebnis von vorhin, als diese Augen plötzlich eine vollkommen andere Farbe angenommen hatten. Sie konnte nicht verhindern, daß ihr der Schweiß ausbrach. Was sollte sie antworten? Sie konnte ja nicht einmal glauben, was sie vorhin gesehen hatte; nach welchen Kriterien sollte sie jetzt beurteilen, ob das, was Julia ihr erzählte, stimmte. Realität war für Hannah nicht das, was Horst dafür hielt, der Indizien sammelte, logische Schlußfolgerungen zog und dann auf ein klares Ziel losging.

Hannah hob langsam den Kopf, und schließlich schaute sie Julia an. Sie stellte zum hundertsten Mal fest, daß sie in den Augen eines Menschen überhaupt nichts lesen konnte. Und dieses eine Mal war sie darüber sehr erleichtert.

»Weiß ich nicht«, sagte Hannah zweifelnd. Ja, eigentlich glaubte sie Julias Geschichte durchaus. Sie glaubte jedenfalls nicht, daß Wiegandes Tochter log. Aber was war, wenn sie sich gar nicht an alles erinnern konnte, was wirklich passiert war?

»Jedenfalls werde ich mich nun ja wohl deinem Gatten stellen müssen«, sagte Julia müde, »wenn auch nur wegen Diebstahls.« Sie ließ die Schultern hängen und sah mit einem Mal viel kleiner aus und sehr verletzlich. Hannah betrachtete sie nachdenklich und fühlte Mitleid. Julia sah aus, als sei sie am Ende. Ihre Lippen begannen unkontrolliert zu zittern. Sie fuhr sich mit der Hand über den Mund und rang sichtlich um Fassung.

Hannah schwieg. Julia hatte gesagt, was sie zu sagen hatte, und nichts davon hatte dazu beigetragen, die Frage zu klären, warum und von wem Greta umgebracht worden war. Was war damit gewonnen, wenn sie Horst eine Verdächtige lieferte, um Jörg zu entlasten? Es würde Julias Leben zerstören. Mit Sicherheit, dachte Hannah, und ganz. Wenn man Jörg verhaften würde, dann hätten er und seine Familie eine harte Zeit. Aber statt dessen Julia zu verhaften, das hatte in Hannahs Augen nichts mit Gerechtigkeit zu tun. Das war nichts, was sie zu verantworten haben wollte.

»Das mußt du selbst wissen«, sagte sie schließlich. »Außer mir hast du es ja niemandem erzählt, und bei mir fällt das unters Beichtgeheimnis. Allerdings unter der Bedingung, daß damit ab sofort Schluß ist. Und auch nur, solange niemand anders deswegen in Schwierigkeiten gerät, wenn plötzlich mal auffällt, daß den Museen Reproduktionen untergeschoben worden sind.«

»Irgendwann merkt immer irgendwo irgendwer irgendwas«, meinte Julia. Sie warf Hannah einen abwägenden Seitenblick zu und schöpfte offensichtlich ein wenig Hoffnung. »Aber immer nur im Einzelfall, und immer zu spät. Solche Dinge sind schwer zurückzuverfolgen, weil man oft nicht mal sicher sein kann, daß es je ein Original gegeben hat und wenn, wann es ausgetauscht wurde.«

»Das perfekte Verbrechen«, sagte Hannah.

»Klar.« Julia grinste schräg. »Viele Museen haben schon böse Überraschungen erlebt, wenn aus irgendeinem Grunde mal ein Gutachten angefertigt werden sollte. Da hat sich so mancher Stolz eines Kurators als schäbige Kopie erwiesen. Und Privatleuten geht das genauso, vor allem denen, deren Schätze seit Jahrhunderten im Familienbesitz sind. Eines Tages will man was verkaufen und muß feststellen, daß der Erbonkel schneller gewesen ist und der Nachwelt nur noch eine Kopie hinterlassen hat. Oder das Original war nur eine schöne Familiensage, und in Wirklichkeit hat es immer nur die Kopie gegeben – wer weiß das schon?«

»Vergessen wir das Ganze«, entschied Hannah. Warum sollte sie ein Menschenleben zerstören wegen ein paar Bildern, die niemand vermißte? Mochten Horst und jedem anderen Ethiker die Haare zu Berge stehen – sie wollte es nicht, und sie würde es nicht tun. »Mir ging es nur darum, wer Greta umgebracht hat. Das ist alles, was ich wissen will.«

»So?« sagte Julia, stand auf und sah aus dem Fenster in den Garten hinaus. Sie wirkte erleichtert, aber trotzdem zitterte sie am ganzen Körper. »Weißt du, manchmal denke ich, das alles war zu gut ausgedacht. Und bald wird einer vor mich hintreten und mir meine Rechte vorlesen. Und mein Chef wird sagen: ›Aber natürlich haben wir das gemerkt, Frau Wiegand. Wir wußten es schon längst, uns fehlte nur noch ein Beweis, und den haben wir nun.‹ Und ich werde mich aufhängen, weil ich nicht ins Gefängnis will.«

Hannah lächelte. »Kein Mensch hängt sich heutzutage mehr auf, weil er nicht ins Gefängnis will. Man plädiert einfach auf Unzurechnungsfähigkeit, verbringt ein halbes Jahr in einer hübschen kleinen Klinik und geht wieder nach Hause.«

»Das gilt für Verbrechen, die an anderen Menschen verübt wurden, Hannah«, sagte Julia. Ihre Stimme war wie mit einer Schicht aus Eis überzogen und klang, als käme sie von weit her. »Diebe und Fälscher landen sehr schnell im Gefängnis und bleiben auch lange drin.«

Es war plötzlich sehr still. Irgendwo draußen schrie ein Kind. Ein Hund bellte, eine Autotür klappte zu, und der Motor sprang an. Hannah wünschte sich plötzlich inständig, auch da draußen zu sein und ein Leben zu leben, das mit dem, was in diesem Zimmer stattfand, nichts zu tun hatte.

Julia stand immer noch vor dem Fenster und starrte hinaus, nicht in den Garten, sondern in einen Ort, den nur sie allein sehen konnte und über den Hannah nichts erfahren wollte. Sie wußte nicht, was Julia sah, aber sie wußte, daß sie es nicht ertragen hätte, dasselbe zu sehen. Sie konnte spüren, daß es auch für Julia schwer zu ertragen war.

»Es wird noch jemand sterben«, sagte Julia leise.

Hannah merkte, wie ihre Körperhaare sich aufstellten. Sie schaute zu Thor hinüber und erwartete, den Hund aufspringen zu sehen, aber der große Neufundländer war eingeschlafen. Hannah holte tief Luft, lehnte sich zurück und schloß die Augen. »Mag sein«, sagte sie ungeduldig. »Es stirbt immer jemand.«

»Du lachst darüber«, stellte Julia fest, ohne sich umzudrehen.

»Ja«, sagte Hannah müde, »ich lache darüber. Wenn du willst. Eigentlich ist es mir zu langweilig, darüber zu lachen. Es ist nicht witzig, was du sagst, es ist nur überflüssig.«

Julia ließ resigniert die Schultern hängen. Sie wandte sich um und schaute Hannah an. »Du siehst die lustige Seite des Kartenlegens. Du siehst das so wie die meisten Menschen, die morgens in der Zeitung ihre Horoskope lesen: Sind sie gut, glauben sie daran und freuen sich. Sind sie schlecht, runzeln sie die Stirn und sagen: ›So ein Quatsch‹.«

»Zeitungshoroskope sind Quatsch«, antwortete Hannah brüsk.

Julia nickte. »Ja. Und es ist meistens auch nicht viel dran am Kartenlegen. Die Karten sind wie ein Gesprächspartner beim Nachdenken. Sie zeigen Aspekte, an die wir von selbst nicht gedacht hätten, sie kritisieren und rücken zurecht ... verstehst du?« Ihre Stimme bekam etwas Drängendes.

Hannah seufzte. Sie hatte einfach genug von Julia, von Greta, von Mord, und obendrauf auch noch Hellseherei geboten zu kriegen, war einfach zuviel. Sie war drauf und dran, der Frau zu sagen, sie möge sich zum Teufel scheren. Statt dessen sagte sie: »Du meinst, das Wissen kommt im Grunde aus dir?«

Julia steckte die Hände in die Taschen und schlenderte zum Sofa zurück. Nachdenklich betrachtete sie den Hund, der träge seine Schlappohren bewegte, die Augen aber nicht öffnete. »So ähnlich, ja. Die Karte, das ist ein Stück bunte Pappe. Die Kunst liegt darin, sie zu interpretieren. Ihren Gesprächsbeitrag in unsere Gedanken einzupassen. Die Zusammenhänge herzustellen. Und so. Es ist ... wahrscheinlich ist es einfach Psychologie. Und ein bißchen Telepathie.«

Und ein bißchen Abzockerei, dachte Hannah respektlos. Aber wahrscheinlich hatte Julia recht. Es war sicherlich eine Kunst, Menschen Ratschläge zu erteilen, und was war die sogenannte Wahrsagerei anderes als das? Und wenn es gut gemacht wurde, war manch einer damit vielleicht besser bedient als mit einer Sitzung bei irgendeinem sogenannten Psychologen oder Therapeuten. Ein bißchen Magie und ebenso ein bißchen Scharlatanerie (oder auch eine Menge davon) mochte in allen drei Berufen dabei sein. Hannah hielt von Psychologen jedenfalls auch nicht viel. Nicht von denen, die sie bisher kennengelernt hatte.

Julia setzte sich wieder auf die Couch. Sie beugte sich vor und legte ihre schmalen, knochigen Finger aneinander. Die strähnigen Haare fielen ihr in die Stirn und verbargen ihre

Augen. »Aber es ist auch noch ein bißchen was anderes. Denn manchmal passiert es.« Sie sah auf, und Hannah wäre fast zusammengezuckt unter der Intensität ihres Blicks.

»Manchmal taucht eine Karte auf, und dann ... dann weiß ich etwas. Und das Gefühl ... Es ist anders als sonst.« Sie lehnte sich zurück und schaute Hannah trotzig an. »Du magst das glauben oder auch nicht. Das ist egal. Aber ich habe den Eindruck, daß du es glaubst.«

Hannah spürte, daß sie blaß wurde. Das Blut wich aus ihrem Gesicht. Mit einem Gefühl völliger Hilflosigkeit starrte sie in Julias brennende Augen und haßte sich dafür, daß sie so manipulierbar war. Sie fühlte sich wie damals mit vierzehn, als sie im Sportunterricht vom Trampolin gefallen war und sich den Kopf so angeschlagen hatte, daß ihr schwindelig war. Es war kein besonders dramatischer Sturz gewesen, aber der Schreck war schlimm gewesen. Und als die Lehrerin sich besorgt über sie gebeugt und gesagt hatte »Mein Gott, Kind, du bist ja ganz bleich!«, da war sie ohnmächtig geworden. Einfach umgekippt vor lauter Angst, ihr könne wirklich etwas passiert sein.

Und jetzt starrte sie Julia an wie ein hypnotisiertes Kaninchen die Schlange, und gleich würde sie wieder umkippen.

»Hannah«, sagte Julia eindringlich. »Jemand wird sterben. Ich weiß es. Ich kann es *fühlen*.«

Sie konnte es nicht mehr ertragen, Julias Augen zu sehen. Hannah sprang auf und ging mit großen Schritten zur Terrassentür. Sie legte den Riegel um und öffnete den Türflügel weit. Thor stand auf, gähnte herzhaft und trabte in den Garten. Hannah trat auf die Terrasse und atmete in der abendlichen Kühle ein paarmal tief durch. Ihr war wirklich schwindelig. Sie drehte sich zum Trotz ein paarmal um die eigene Achse, schüttelte heftig den Kopf, wartete, bis sie wieder klar sehen konnte, und ging ins Wohnzimmer zurück.

Das Tablett mit den Tassen stand immer noch unangerührt da. Den Tee würde man bestimmt nicht mehr trinken können. Hannah holte die Cognacflasche und zwei Gläser aus dem Schrank und schenkte ein. Sie nahm einen großen Schluck im Stehen, dann schaute sie Julia an und sagte betont gleichgültig: »Ja, ich glaube dir, wenn du sagst, daß noch jemand sterben wird, da hast du schon recht. Ich glaube zwar nicht an Hellseherei, aber Telepathie halte ich für möglich, und ich nehme an, daß es so etwas ist, was du spürst. Es ist nur ... ein ziemlich überflüssiges Wissen, findest du nicht?« Sie trank ihr Glas aus, schenkte sich nach, griff in die Keksschale und aß ein Waffelröllchen. »Ich meine, es beunruhigt dich, und wem hilft es? Weißt du, wer sterben muß? Kannst du es verhindern? Hast du irgendwas davon, oder hat sonstwer irgendwas davon, daß du jetzt schon weißt, daß noch jemand sterben muß?«

»Es bedeutet«, sagte Julia zögernd, »daß wir irgendwie auf dem falschen Weg sind.«

»Pfft«, machte Hannah flapsig. »Also, den Zusammenhang verstehe ich jetzt nicht.«

Julia seufzte und lehnte sich zurück. Eine Weile schwieg sie, dann lachte sie plötzlich. Ihre angespannte Haltung löste sich, und die düstere Stimmung im Raum entwich scheinbar durch die weit offene Terrassentür und verschwand.

»Wahrscheinlich hast du recht. Es ist ziemlich nutzlos. Also, ehrlich gesagt, das habe ich auch schon oft gedacht.«

»Dann hör auf zu orakeln«, sagte Hannah streng. »Das klaut einem ja den letzten Nerv. Denk lieber noch mal nach, ob du nicht doch jemanden im Wald gesehen hast.« Sie setzte sich wieder in ihren Sessel. Sie fühlte sich schon viel besser.

Julia schüttelte heftig den Kopf. »Nein. Es war niemand mehr da. Der Mörder, meine ich ... Ich hatte dieses Gefühl nicht ...« Sie sah Hannah fragend an. »Du weißt schon ... man merkt doch, wenn einer da ist, oder?« Hannah nickte. »Na also«, sagte Julia. »Da war keiner. Und als ich ging, hab' ich auch niemanden gesehen. Na ja, und auf der Straße dann der übliche Verkehr, also, das kann ich nun nicht auseinanderklamüsern, und das wär' wohl auch Quatsch, oder?« Sie grinste hämisch und schnappte sich ein Plätzchen. »Ich hab' das Auto von Dorits Mann gesehen«, sagte sie kauend. »Aber der kann genauso gut vom Kinderheim gekommen sein. Ich glaub' sowieso nicht ernsthaft, daß der was mit der Sache zu tun hat. Und sonst kann ich mich nicht erinnern, jemanden gesehen zu haben, den ich mit Greta in Zusammenhang bringen kann.«

Hannah seufzte.

Jörg Gerjets oder ein Triebtäter. Es war wieder alles beim alten.

Jedenfalls, wenn sie Julia glauben wollte.

Am Nachmittag des folgenden Tages rief Hannah vereinbarungsgemäß bei Tante Malwine an, um Bericht zu erstatten. Ungern allerdings, denn mit Malwine zu telefonieren war kein Vergnügen. Normalerweise merkte man nicht viel von der Schwerhörigkeit der alten Dame, aber am Telefon verstand sie nur knapp die Hälfte. Hannah sah sich gezwungen, eine Lautstärke anzuschlagen, bei der Thor sich eilends die Treppe hinauf ins Schlafzimmer verzog und die Nachbarn sich vermutlich fragten, ob sie Krach mit ihrem Mann hatte.

»Was sagst du?« fragte Tante Malwine zum zehnten Male, und Hannah schwor sich, demnächst lieber das Fahrrad zu nehmen und zum Klinkersilo zu fahren, wenn sie etwas zu berichten hatte.

»Julia hat bloß ihr Bild gesucht in Gretas Wohnung!« brüllte Hannah.

»Wieso soll sie sich denn ausgerechnet an dem Tag ein Bild von Gretas Wohnung machen müssen, die kannte sie doch schon längst!« brüllte Tante Malwine zurück, in der Annahme, andere Menschen würden am Telefon genauso schlecht hören wie sie selbst.

»Nein, Tante Malwine. Ich hab' mich da wohl falsch ausgedrückt«, schrie Hannah. »Julia hat etwas gesucht, das Greta für sie gekauft hatte.«

»Das hättest du ja gleich sagen können«, blökte Tante Malwine. »Denn is ja man gut. Ich nehm' an, sie war wohl mit Greta im Wald verabredet gewesen an dem Tag, und als sie ihre Freundin dann bloß noch tot gesehen hat, da hätt' sie die Gelegenheit nutzen wollen, sich in der Wohnung mal gründlich umzusehen und zu gucken, ob sie nicht noch was gebrauchen kann, was uns' Greta ja nun nicht mehr brauchen tut.«

Hannah schnappte nach Luft. Das grenzte allerdings an Hellseherei. Und zweimal so kurz hintereinander mit dem Übernatürlichen in Kontakt zu kommen, das war mehr, als sie verkraften konnte.

»Ich hab' mir das wohl gleich gedacht«, erläuterte Tante Malwine brüllend, »daß das Mädchen deshalb so völlig durchhin is, weil sie die Leiche gesehen hat und sich nun nicht traut, was zu sagen. Is ja auch 'n Schock, so was. – Was sagst du?«

Hannah war nicht bereit, zu wiederholen, was sie gesagt hatte. Sie war allerdings bereit, aus ihren Fehlern zu lernen und diesmal Tante Malwine sofort und direkt zu fragen, was sie von einer bestimmten Sache hielt. »Sag mal, kannst du dir eigentlich vorstellen, daß Jörg Gerjets was mit der Sache zu tun hat?«

Erschrocken ließ Hannah das Telefon fallen, als Malwines wieherndes Gelächter durch die Leitung kollerte. Sie grabschte nach dem Hörer und hatte ihn gerade rechtzeitig wieder am Ohr, um das Wichtigste mitzubekommen. ». . . was ich davon mein', mien lewe Deern? Ich mein', den hätten keine zehn Pferde in den Wald gekriegt, um sich da mit Greta zu treffen. Der hat gewußt, auf welcher Seite sein Brot mit Butter beschmiert ist, das glaub mir man. Schnack man mit Tant' Kathi, die im Kinderheim kocht. Das ist noch gar nicht lang her, da mußte die ihn sogar in der Speisekammer verstecken, weil Greta aus dem Büro rauskam, und er wußte so schnell nicht wie nun. Nee, Hannah, das war aus!«

Thor kam plötzlich die Treppe heruntergaloppiert, schlidderte den Flur entlang und trat vor der Haustür von einem Bein aufs andere. Wenig später hörte Hannah einen Wagen vorfahren. »Horst kommt«, brüllte sie ins Telefon. »Bis denn, Tante Malwine!«

Sie öffnete die Tür und strahlte ihren Gatten an. »Hast du eigentlich mal mit Tante Kathi gesprochen?«

Horst hockte sich erst mal hin und knuddelte ausgiebig und in aller Ruhe den Hund, bis Thor sich wieder beruhigt hatte und in die Küche trabte, um seinen Freßnapf zu inspizieren. Dann folgte er dem Neufundländer und warf einen Blick in den Kühlschrank. Er begann den Tisch zu decken. »Willst du auch was essen?« fragte er. Hannah nickte und setzte sich.

»Ich hab' keine Tante Kathi«, sagte Horst, steckte sich ein Stück Käse in den Mund und schob ein zweites Thor in den Rachen. »Tante Käthe, ja. Aber Tante Kathi, nein. Wer ist das?«

»Die Köchin im Kinderheim«, antwortete Hannah.

Horst verzog das Gesicht. »Mit der hab' ich allerdings gesprochen, ja. Hat sich nicht gelohnt. Wieso? Was ist mit ihr? Und wieso grinst du wie ein Honigkuchenpferd?«

»Sie hat Jörg Gerjets in der Speisekammer verstecken müssen, weil er Greta nicht über den Weg laufen wollte.« Hannah strahlte.

Horst setzte sich auf die Eckbank, lehnte sich zurück, verschränkte die Hände hinter dem Kopf und betrachtete eine ganze Weile angestrengt die Küchendecke. »Siehst du irgendeinen Grund dafür«, fragte er schließlich mit großer Selbstbeherrschung, »daß sie der Polizei das nicht erzählt hat?«

»Ihr habt sie nicht danach gefragt«, vermutete Hannah, immer noch breit grinsend. Horst ließ die Arme sinken und schloß resigniert die Augen. Nach einer Weile sagte er: »Wahrscheinlich stimmt das. Jedenfalls haben wir nicht rausbekommen, daß außer Ulla noch jemand gemerkt hat, daß die beiden ein Verhältnis hatten. Woher weißt du das mit Tante Kathi?«

»Tante Malwine«, sagte Hannah, und Horst verdrehte die Augen. »Ich denke, du solltest ruhig davon ausgehen, daß das jeder wußte«, meinte sie. »Und wahrscheinlich wußte auch jeder, daß Jörg niemals auf die Idee gekommen wäre, sich mit Greta allein im Wald zu verabreden. Deshalb haben sie dir das alles auch gar nicht erst erzählt. War ja nicht wichtig.«

»Du meinst, das entlastet ihn«, stellte Horst fest.

»Du nicht?«

Horst rümpfte die Nase. »Wär' schön, wenn das so einfach wäre. Also, mich überzeugt es, aber da gehört auch nicht viel dazu. Im Grunde beweist es gar nichts. Eins allerdings garantiere ich dir: Ich werde die Leute noch mal verhören, die in dem Heim arbeiten. Die Köchin zuerst. Und diesmal kommen die mir nicht so billig davon.« Er säbelte wütend eine Brotscheibe ab, hieb sie auf seinen Teller und bearbeitete sie beim Bestreichen mit Butter so heftig mit dem Messer, daß sie zerbröckelte. Er seufzte, schob die Überreste dem Hund ins Maul und nahm sich eine zweite Scheibe.

»Ich glaube kaum, daß du da noch irgendwas Interessantes rausfindest«, sagte Hannah enttäuscht. »Und was macht das Thema Triebtäter?«

»Kaschorke hat über den Computer zwei alte Fälle aufgegabelt, die unserem tatsächlich ziemlich ähnlich sind«, berichtete Horst. »Jetzt ist er natürlich nicht mehr zu halten. Hat allen Ernstes ʼne Dienstreise beantragt, weil er sich die Tatorte angucken und persönlich mit den Ermittlungsbeamten sprechen will. Das kriegt der nie durch. Aber wer mir echt leid tut, ist Janßen. Seit der Beerdigung am Montag ist der völlig fertig.«

»Für jemanden, der so in Greta verliebt war, muß das doch grauenhaft sein, an dem Fall mitzuarbeiten«, erklärte Hannah mitfühlend.

Für den Kommissar war dieser Fall auch grauenhaft, aber auf den Gedanken, ihn deshalb zu bedauern, war noch niemand gekommen. Horst belegte sein Brot doppelt mit Wurst und bemitleidete sich selbst ein bißchen, wobei ihm durchaus der Gedanke kam, daß er das in diesem speziellen Fall von seiner Frau vielleicht auch besser nicht erwarten sollte. Er seufzte tief. »Ja, ich glaube, er ist ein bißchen überbelastet, unser Jammer-Janßen. Er hat ein allzugutes Herz. Für diese Sache ist er nicht gerade der ideale Mann, aber ich halte es für Quatsch, auf so was Rücksicht zu nehmen. Ich kann ihn nicht von dem Fall abziehen, nur weil er die Beteiligten kennt. Hier kennt jeder jeden. Damit muß Janßen klarkommen, wenn er bei der Kripo Karriere machen will.« Er sah plötzlich auf und musterte Hannah mißbilligend. »Ach, übrigens, meine Liebe ... wer sagt, er sei in Greta verliebt gewesen?«

Hannah schaute ihn mit großen Augen an. »Wer das sagt? Du bist gut. Man weiß es eben, würde ich sagen. Also, von wem ich das jetzt habe, das weiß ich nicht mehr. Aber daß er für Greta geschwärmt hat, ist bekannt.«

»Hm«, sagte Horst stirnrunzelnd. »Ich bin nicht begeistert, daß darüber geredet wird.« Er grinste. »Sag mal, weißt du eigentlich, daß du anfängst, wie Tante Malwine zu klingen?«

»Wenn ich anfange, auch auszusehen wie deine Tante, sag mir Bescheid«, sagte Hannah lächelnd. »Bevor es soweit ist, genieß einfach die Vorteile, okay? Deine olle Tante kriegt an einem Tag mehr raus als du mit drei Beamten in einer Woche. Außerdem, hier kennt nun mal jeder jeden, wie du schon sagtest. Daß geredet wird, ist doch ganz normal.«

»Und was«, fragte Horst kauend, den Kopf tief über den Teller geneigt, »redet man über mich?«

»Nichts, was ich nicht schon wüßte«, antwortete Hannah gelassen. Ihr Mann warf ihr einen schuldbewußten Blick zu, und sie grinste. »Laß man. Das sind doch olle Kamellen.«

Horst war rot geworden. Er verfluchte sich dafür, die Frage überhaupt gestellt zu haben. »Solange man mich nicht verdächtigt, das arme Mädchen aus Frust erwürgt zu haben ...«

Hannah war zu seiner Erleichterung nicht geneigt, das Thema weiter zu verfolgen. Es schien sie überhaupt nicht zu interessieren. Sie kaute stillvergnügt an einem Käsebrot und streichelte mit der freien Hand den Hund, der den Kopf auf ihren Schoß gelegt hatte. »Auf jeden Fall glaubt hier außer euch niemand an einen Triebtäter, Horst. Die Leute sind davon überzeugt, daß Greta irgendeinem der Männer, die um sie geworben haben, einmal zu oft zu krumm gekommen ist.«

»Hm«, sagte Horst. Viel mehr konnte er im Moment nicht sagen, weil er mit den Zähnen an einer Scheibe Schinken herumzerrte, die unbedingt in einem Stück vom Brot gegessen werden wollte. »Machst du mir bitte einen Kaffee?« kam dann überraschenderweise als nächstes raus. Hannah konnte sich nicht erinnern, daß Horst in den letzten Jahren eine Bitte dieser Art ausgesprochen hatte. Aber sie stand kommentarlos auf und setzte die Kaffeemaschine in Gang.

»War ja klar, daß die Leute das denken würden«, sagte Horst und wischte sich mit dem Handrücken den Mund ab. »Aber alle, die unseres Wissens dafür in Frage kommen, haben ein Alibi. Und in der Nähe des Tatorts ist sowieso niemand gesehen worden. Die Befragungen hab' ich Kaschorke machen lassen. Janßen hat zwar da oben am Wald Verwandte wohnen und kennt die Nachbarschaft auch ganz gut, aber ehrlich gesagt, der hat mir für so was nicht genügend Grips. Ich meine, Kaschorke ist echt gerissen. Wenn da einer sagt: ›Ich hab keinen gesehen‹, dann weiß der, daß er nach dem Briefträger und der Paketpost und der Müllabfuhr extra fragen muß.«

Hannah kicherte und verzählte sich prompt beim Abmessen des Kaffeepulvers. Sie schüttete es wieder in die Dose zurück und begann von neuem. »Du hast doch wohl nicht Enno in Verdacht?« Nach allem, was sie von Tante Malwine darüber gehört hatte, bezweifelte Hannah ernstlich, daß Enno sich jemals nahe genug an eine Frau herangetraut hatte, um sie mit ihrem eigenen Halstuch erdrosseln zu können. Der Briefträger, mit dem sie zu allem Überfluß auch noch verwandt war, pflegte ein Fernglas zu benutzen, um Frauen zu betrachten. Sie glaubte allerdings nicht, daß ihr Mann über diesen Aspekt von Ennos Privatleben informiert war. Er hätte das sicherlich nicht geduldet.

Horst grinste. Enno ist ein pingeliger Griesgram, dickköpfig wie ein Ochse und konservativ wie ein Deichschaf. Der Kommissar war sich nicht sicher, ob Enno eine Frau überhaupt als solche erkennen würde, wenn sie keine Kittelschürze trug. »Nee, der hatte ja auch schon Feierabend um die Zeit. Der Paketbote und die Müllmänner natürlich auch. Ich meine nur: Wenn jemand sagt ›da war niemand‹, dann werden die Leute, die sozusagen ein Recht drauf haben, dagewesen zu sein, immer vergessen. Wenn man dann nachfragt, heißt es, ›Ja, natürlich war der da – der ist doch immer um die Zeit da. Das war doch klar.‹ Über so was stolpert man dauernd. – O Gott.« Aufs äußerste alarmiert starrte Horst aus dem Küchenfenster, und einen Moment lang hatte Hannah das Gefühl, deutlich sehen zu können, daß seine kurzgeschnittenen grauen Haare sich heftig sträubten. Er sprang auf, schnappte sein Jackett und fuhr so hastig hinein, daß die Nähte des Innenfutters hörbar knackten. »Ich ... äh ...«

»Schon gut«, sagte Hannah. Sie hatte Malwines Wagen schon gehört, als sie noch gar nicht in die Straße eingebogen war. Der Fahrstil ihrer angeheirateten Tante war ziemlich geräuschvoll. Thor war längst die Treppe hoch ins Schlafzimmer geschlichen. Wahrscheinlich war er wieder unter das Bett gekrochen, obwohl das bei seiner Größe gar nicht so einfach war. Der Teppich hatte am Bettrand inzwischen schon deutliche Kratzspuren von seinen Krallen. »Ich übernehme das. Sieh zu, daß du Land gewinnst.«

Horst konnte sie eigentlich gar nicht mehr gehört haben. Er war schon an der Haustür, hatte sie aufgerissen und war in seinen Wagen gesprungen, noch ehe Malwine es geschafft hatte, sich aus ihrer Limousine zu winden. Als der Kommissar aus der Einfahrt herausfuhr, kurbelte er das Fenster herunter und grüßte sehr freundlich. »Tut mir leid, daß ich weg muß, Tante Malwine, aber du weißt ja, wie das ist ... immer im Dienst ... Hannah ist aber da, geh man rein.«

Malwine stapfte an ihm vorbei, ohne ihn weiter zu beachten. Die Perücke, die ihr so verwegen in die Stirn hing, als sei sie wie eine Pelzmütze nur dazu da, vor dem Wetter zu schützen, schränkte ihr Sichtfeld ohnehin stark ein. »... wie sein Vater«, hörte Hannah sie im Näherkommen schimpfen. »Ich hab' ja immer an Gretchen gesagt, Gretchen, hab' ich gesagt, einfach gar nich um kümmern. Da machst du doch nix dran. Das sind Polizisten, und das sind immer Polizisten gewesen. Schon sein Urgroßvater war Polizist, und das hast du gewußt, als du ihn geheiratet hast. – Von zu Hause hat sie so was ja nun gar nicht gekannt«, erläuterte Malwine, während Hannah ihr aus dem Regenmantel half, ohne den sich inzwischen kein Mensch mehr auf die Straße traute. »So'n Bauer, der ist nun mal immer zu Hause, da gibt's nix, und wenn er zehnmal so'n großen Hof hat wie ihr Vater. Aber so schuften wie zu Hause, das mußt du bei den Bäumers nicht, hab' ich gesagt, das überleg dir man. Und sie hat sich's überlegt. Die hat das nicht leicht gehabt zu Haus', das kann ich dir wohl sagen. Der ihr Vater, das war'n Aas. Die Mutter ist ja früh gestorben, ganz früh, und da könnte man einiges von sagen, das glaub mir man, aber da wird ja nich über gesprochen. Und vielleicht ist das auch besser so.«

Hannah hatte inzwischen eine Tasse auf den Tisch gestellt und goß Tante Malwine den Kaffee ein, den sie für ihren Mann gekocht hatte. »Horsts neuer Assistent ist ihm wohl keine große Hilfe«, sagte Hannah. Es paßte nicht ganz zu Malwines Gesprächsthema, aber das war egal. In Malwines Gegenwart konnte man ruhig sagen, was einem gerade durch den Kopf ging. »Der scheint ziemlich aufgewühlt zu sein, vor allem seit Gretas Beerdigung. Ging ihm wohl reichlich nah.«

»Na, das wundert ja nun keinen«, stellte Malwine fest und sah sich erst auf dem Tisch, dann in der Küche um, als vermisse sie etwas. Hannah verstand den Wink, stellte ihr einen Teller hin und gab ihr ein Messer, damit sie sich mit Brot und Aufschnitt bedienen konnte. Zufrieden griff Malwine nach der Fleischertüte. »Ich hab' dir ja gesagt, was Erna erzählt hat, der junge Janßen war gewaltig hinter Greta her. Wahrscheinlich hat ihn das auch furchtbar getroffen, daß es gerade da passiert ist, so nah am Waldrand. Er ist da doch jeden Tag. Er hat immer sehr an seiner Tante gehangen, und er ist ja 'n einmalig treuen Jung', das muß man wirklich sagen. Der hilft denen viel.«

»Jammer-Janßen hat da Verwandte wohnen?« fragte Hannah argwöhnisch. »Direkt am Wald?«

»Wenn man rauskommt, gleich gegenüber«, bestätigte Malwine und drapierte sorgfältig drei Scheiben Schinken auf ihrem dick mit Butter bestrichenen Brot. »Viel Land haben die nie gehabt. Paar Kühe, 'n Dutzend Hühner und 'n

Schwein, du weiß ja, wie das bei den meisten so war. Aber die sind schlau gewesen damals und haben erst mal draufzu gewartet, bis die Preise ordentlich hochgingen, und denn so nach und nach als Bauland verkauft. – Sag mal, wenn das mit Greta spätnachmittags passiert ist, dann ist das doch seine Zeit. Hat er denn nix gesehen?«

»Gesagt hat Horst nichts«, antwortete Hannah und sah fasziniert zu, wie Malwine dicke Scheiben vom Camenbert absäbelte und ihr Schinkenbrot damit zudeckte. »Und du meinst, Janßen taucht da jeden Nachmittag auf?«

»Kommt natürlich darauf an, wie er Schicht hat«, erläuterte Malwine kundig. »Aber meist ist er so um vier rum da, denn ist bei denen nämlich Teezeit. Vorher ruft er an, was sie brauchen, und bringt das denn gleich vom Kaufmann mit.« Sie griff nach der Tube mit Remoulade und quetschte sie über ihrem doppelstöckigen Brot aus. Hannah war gespannt, ob sie versuchen würde, noch irgend etwas anderes darauf unterzubringen, und vielleicht hätte Malwine das auch tatsächlich getan, wenn sie Gurken oder Pickles gefunden hätte, was aber nicht der Fall war. Sie begann zu essen, gesittet, aber effizient. »Nun ist natürlich seiner Mutter auch viel daran gelegen, daß er da hingeht, das ist nämlich ihr Erbe, das wissen viele gar nicht. Und so ist er das von Kind auf gewöhnt, seiner Tante zu helfen. Deshalb versteh' ich schon, daß ihn das mitnimmt. Da war er praktisch um die Ecke, und da passiert so was.«

Hannah schwieg und schenkte Kaffee nach. Also gab es vielleicht tatsächlich jemanden außer dem Briefträger, dem Müllmann und dem Paketboten: Es gab Jammer-Janßen. Und jeder, der ihn kannte, würde schlichtweg vergessen, seine Anwesenheit zu erwähnen, weil sie viel zu alltäglich war. Hannah schüttelte leicht den Kopf. Ihr war ein Schauer über den Rücken gelaufen, und sie wußte genau, was das bedeutete. Jammer-Janßen, seine unglückliche Leidenschaft und seine Anwesenheit in der Nähe des Tatorts: Das paßte wunderbar zusammen. Zu gut. Sie wußte nicht, ob sie den Mut haben würde, tatsächlich einen Polizisten zu verdächtigen.

Und sie glaubte auch nicht, daß Horst daran gedacht hatte. Aber irgend jemand mußte es ja schließlich tun, so, wie die Dinge nun mal lagen. Jörg und Julia hatten sich als ausgesprochen unergiebige Verdächtige erwiesen, und etwas Besseres war nicht in Sicht.

»Du kannst mich ein Stück mitnehmen nachher«, sagte Hannah. »Ich hab' in der Stadt noch was zu besorgen.« Sie mußte unbedingt noch mal mit Julia sprechen. Vielleicht wußte sie etwas über Gretas Beziehung zu Jammer-Janßen – wenn es denn eine Beziehung gewesen war.

»Ich wollte sowieso zur Apotheke«, sagte Malwine und schlug die Zähne in das dick belegte Brot, das schon zur Hälfte verschwunden war. »Ich fahr' dich ganz rein. Ich muß das Rezept vom jungen Keulerz einlösen. Diese Sprechstundenhilfe beim Dokter ist ja 'ne einmalig dösige Deern.« Wütend wedelte sie mit der Hand in der Luft herum, weil ihr der Name nicht einfiel. »Die, wie heißt sie noch, von der Horst immer sagt, daß es seine Cousine ist. Die diesen netten Kerl vom Jugendamt geheiratet hat.«

»Dorit Gerjets«, half Hannah nach und schüttelte die Thermoskanne, um zu sehen, ob sie leer war.

»Ja, genau«, bestätigte Tante Malwine und hielt Hannah ihre Kaffeetasse zum Nachschenken hin. Für eine halbe Füllung reichte es noch. »Also, man könnte glauben, die schläft mit offenen Augen. Was mit dem Mädchen nicht stimmt, werd' ich mein Lebtag nicht verstehen. Wenn der ihre armen Kinder vor Mittag aus der Schule kommen, müssen die dann noch in so'n sogenannten ›Hort‹, leere Eierkartons bunt anmalen oder was weiß ich, und alles bloß, damit ihre Mutter arbeiten gehen kann. Als wenn der ihr Mann nicht genug verdienen würde als Beamter. Wahrscheinlich 'ne Ehekrise. Deshalb hockt sie in letzter Zeit wohl so oft mit Althäas Tochter zusammen, die ist ja geschieden. Wer weiß, was da noch von kommt.«

Hannah versuchte ein Lachen hinter einem Husten zu verstecken und verschluckte sich so heftig, daß Tante Malwine ihr kräftig den Rücken klopfen mußte und Thor die Treppe heruntergetrabt kam, um besorgt nach ihr zu sehen.

Der Scharfsinn der alten Dame schien dem Ahnungsvermögen einer Wahrsagerin wie Julia wirklich in nichts nachzustehen.

Tante Malwine hatte ihren Kaffee ausgetrunken und stand auf. »Denn laß uns man.«

Hannah bemerkte mit Unbehagen, daß draußen schon wieder Regentropfen gegen die Fensterscheibe schlugen. Sie half Malwine in den Mantel, schnappte sich Thors Leine und klaubte hastig ihre eigene Regenbekleidung vom Haken, während die Tante schon die Einfahrt herunterstapfte.

»Ich fand das ja immer komisch, diese plötzliche Trennung«, hörte Hannah Malwine sagen, während sie die Haustür abschloß und sich das wasserdichte Cape über den Kopf warf, damit sie in dem heftigen Schauer nicht auf dem kurzen Weg bis zum Auto völlig durchnäßt wurde. Thor sprang praktisch mit einem einzigen Satz von der Haustür auf den Rücksitz der eleganten Limousine.

»Welche Trennung?« fragte Hannah verwirrt. Malwine jagte den Motor hoch und schickte den Wagen schlingernd um die erste Kurve, während sie wie wild mit dem Schaltknüppel herumfuhrwerkte. Hannah schnallte sich hastig an.

»Ach, ich kam da durch Dorit grad darauf, wo sie doch jetzt viel mit Wiegandes Tochter zusammen ist«, erklärte Malwine. »Althäa Münstermann. So hat Julias Mutter geheißen, als sie verheiratet war. Denkt heute kein Mensch mehr an. Und dann, vier Jahre nach der Hochzeit – mit einmal heißt sie wieder Wiegand. Bums, aus. Und der Kerl ist wie vom Erdboden verschluckt. Dabei hat der einen Hof gehabt. Hat jetzt der Zweitälteste von Adolf Klüter sein Stiefbruder gekauft. Vorher war der ja wohl bloß gepachtet gewesen, Althäas Mann war nämlich nicht von hier. Wahrscheinlich ist er da wieder hinverschwunden, wo er her ist. Wer weiß, was das für einer gewesen ist. Vielleicht kommt das ja vom Vater her, daß Althäas Tochter so ist.«

Daran hatte Hannah auch schon gedacht, allerdings ging sie nicht davon aus, daß dabei Erbanlagen eine Rolle gespielt haben könnten. »Hat die Wiegande denn nie darüber gesprochen?« fragte sie neugierig. Andererseits war

Bäumers Sekretärin vermutlich intelligent genug, der Tante ihres Chefs entweder ganz aus dem Wege zu gehen oder sich mit ihr ausschließlich über das Wetter zu unterhalten.

Malwine lachte meckernd. Sie bog auf die Hauptstraße ab, ohne sich viel um andere zu kümmern, die dort bereits fuhren, und brachte ihr elegantes Schlachtschiff knapp vor einem hupend heranbrausenden Laster auf Kurs in Richtung Innenstadt. »Althäa? Aus der kriegst du nix raus. Da hat Horst Glück mit gehabt, daß die ins Präsidium gegangen ist, damals. Gelernt hat sie ja bei der Stadt. Der kann er ruhig alles anvertrauen, die redet da nich über. Ihre Mutter war ja eine Harms von den Harms Ende Mühlenstraße. Die sind alle so. Die hat ja man kaum guten Tag gesagt, weil sie Angst hatte, das könnt' schon zuviel sein. Furchtbar, so was. – Wo soll ich dich absetzen?«

Hannah schaute auf die Uhr. Es war später Nachmittag, also arbeitete Julia wahrscheinlich nicht mehr. »Auf dem Kirchplatz, da parkst du doch sowieso, oder? Ich will zum Buchladen.«

Die Hände tief in den Taschen vergraben, stapfte Hannah mißgelaunt die Straße hinunter. Der heftige Schauer war in einen scheußlichen Nieselregen übergegangen. Die feinen Tropfen gerieten Thor in die Nase, und er nieste. Hannah hoffte, daß es wenigstens in Roseas Laden warm und gemütlich sein würde. Aber als sie die Tür öffnete, hörte sie als erstes Julias Stimme aus dem Hinterzimmer. Sie war also wenigstens nicht umsonst gekommen, und warm war es auch, aber von Gemütlichkeit konnte keine Rede sein.

»Red bloß keinen Scheiß, Dorit«, sagte Julia laut und unwirsch. »Du würdest so was auch nicht rumerzählen. Es reicht, wenn die Polizei das weiß. Meinst du vielleicht, ich will mich auch noch von irgendeinem Irren verfolgen lassen, von wegen einzige Augenzeugin und so? Du bist doch bloß glücklich, daß einer am Tatort ausgemacht wurde, der nicht Jörg Gerjets heißt. Sag mal, wie steht's eigentlich mit dir selbst? Wo warst du denn an dem Nachmittag?«

Hannah zog den Kopf zwischen die Schultern. Das roch nach einem handfesten Krach. Am liebsten hätte sie sich auf dem Absatz umgedreht und wäre stillschweigend wieder aus dem Laden verschwunden. Aber die Ladenklingel hatte ihr asthmatisches Keuchen bereits von sich gegeben, und Rosea hatte witternd den Kopf gehoben. Hannah war genau einen Schritt zu weit gegangen und in ihr Sichtfeld geraten. Rosea winkte, und Hannah seufzte und steuerte das Hinterzimmer an. In diesem Moment wünschte sie sich ein Stück von Tante Malwines Dreistigkeit. Die hätte vermutlich jeden für völlig verrückt gehalten, der sich davonschlich, wenn irgendwo ein Streit ausgetragen wurde.

Jedenfalls ließen Julias Worte darauf schließen, daß sie so klug gewesen war, Horst zu beichten, daß sie Gretas Leiche gefunden hatte. Er hatte ihr mit Sicherheit die Hölle heißgemacht, aber so ein Geständnis war immer noch besser, als wenn er es selbst zufällig herausgefunden hätte. Dann hätte er ihr Schweigen nämlich nicht nur übel vermerkt, sondern er hätte die junge Frau kurzerhand wegen Behinderung polizeilicher Ermittlungen oder weiß Gott was für Anschuldigungen vor den Kadi gebracht. In der Hinsicht war er empfindlich. Immerhin grenzte Julias Erscheinen am Tatort ja den Zeitraum ganz erheblich ein, zu dem der Mord stattgefunden haben konnte. Und das war für seine Nachforschungen alles andere als unwichtig.

Der kleine Raum hinter dem Buchladen war entschieden überfüllt. Jeder Raum, in dem Dorit und Julia sich gegenüberstanden, wäre im Moment überfüllt gewesen. Sie standen zwar nicht, sie saßen; aber sie funkelten sich mit haßerfüllten Augen an, und Dorit sah aus, als würde sie jeden Moment über den Tisch springen. Und Thor machte keine Anstalten, sich wie üblich unter dem Tisch zur Ruhe zu begeben. Er hielt sich schützend dicht neben Hannah und behielt die Kontrahentinnen wachsam im Auge.

»Du hast den Mädels erzählt, daß du zur Tatzeit im Wald warst?« fragte Hannah. Julia nickte.

»Interessanterweise«, stieß Dorit mit vor Zorn heiserer Stimme hervor. »Man hätte ja fast glauben können, unser sonst so beliebtes Naherholungsgebiet sei mysteriöserweise ausgerechnet an jenem Nachmittag wie leergefegt gewesen. Aber nein, schau an – es war doch jemand da.« Ihre großen Augen blitzten wütend, und ihr dickes, braunes Haar stand ab wie elektrisiert. Das bonbonrosa Sweatshirt und die Jeans mit den niedlichen Schleifchen an den Knöcheln konnten gar nichts daran ändern, daß sie aussah wie eine fuchsteufelswilde kleine Hexe, die sich anschickt, den fürchterlichsten Fluch auszustoßen, den ihre Urgroßmutter ihr in unheilschwangeren Vollmondnächten beigebracht hat.

»Ich hab' vergessen, dich was zu fragen«, sagte Hannah zu Julia, ohne Dorit zu beachten. »Du hast gesagt, du hättest niemanden gesehen. Damit meinst du natürlich, daß du niemanden gesehen hast, der da nicht hingehört, oder?«

»Ich meine, was ich gesagt habe«, erwiderte Julia störrisch.

»Ich würde nur gern wissen«, beharrte Hannah, »wie es mit den Leuten steht, die sozusagen ein Recht darauf haben, da zu sein. Du weißt schon – der Förster, die Waldarbeiter, eine Horde Bundeswehrrekruten in der Grundausbildung beim Gepäckmarsch –, irgend jemand ist doch eigentlich fast immer da.«

Julia schüttelte amüsiert den Kopf. Sie ließ Dorit links liegen, rückte auf ihrem Stuhl herum und wandte ihre Aufmerksamkeit Hannah zu. »Ich weiß, worauf du hinaus willst, ich hab' auch schon Krimis gelesen. Die harmlosen Leute, die immer vergessen werden, nicht wahr? Der Briefträger, der Streifenpolizist . . . Nee. Im Wald war keiner.«

»Und auf der Straße, vor dem Wald?«

Julia lachte. »Der Polizist – also doch! Hannah, du hast Jammer-Janßen überführt. Seine Tante wohnt da. Er hat an der Straße geparkt und lief gerade zum Haus runter, als ich kam. Na, Horst wird begeistert sein, wenn du ihm das erzählst.«

»Hast du ihn gesehen, als er seinen Wagen geparkt hat«, fragte Hannah unbeirrt, »oder war er schon unterwegs zum Haus?«

»Nein, ich habe ihn nicht parken sehen«, antwortete Julia

grinsend. Genüßlich lehnte sie sich zurück und strich sich mit den Fingern ein paar Haarsträhnen aus dem Gesicht, die schon wieder ziemlich fettig aussahen. »Sein Wagen hätte schon ewig da stehen können. Janßen öffnete gerade die Haustür, als ich aus dem Wald kam. Ich nahm natürlich an, er sei soeben erst angekommen, aber genausogut könnte er geradewegs vom Tatort gekommen sein. Dann wäre er die ganze Zeit vor mir hergelaufen. Nein«, sagte sie und hob die Hand, als Hannah etwas einwenden wollte, »nein, er hätte mir nicht entgegenkommen müssen. Auf dem Hinweg hab' ich nämlich einen ganz anderen Weg genommen. Ich hab' nicht da geparkt, wo Janßens Tante wohnt, sondern viel weiter hinten, beim Reiterhof. Da geht ja auch ein Weg in den Wald rein. Aber nachdem ich über Gretas Leiche gestolpert war, wollte ich natürlich auf dem allerkürzesten Wege wieder raus und bin dann in die andere Richtung losgerannt. Und dann kommt man genau gegenüber dem Hof von Janßens Tante raus.« Sie schüttelte den Kopf und lachte, amüsiert, ein bißchen ungläubig – vieles schwang in diesem kleinen Lachen mit, nur keine Trauer um den furchtbaren Tod ihrer Freundin, über deren möglichen Mörder sie gerade sprach. »Ja ... er hätte es tun können. Eindeutig. Wenn er vielleicht ganz gemächlich gegangen ist, um nicht aufzufallen, oder sich mühsam durch die Büsche geschlagen hat, damit ihn niemand sieht – ja, dann ist auch logisch, daß er erst zu dem Zeitpunkt beim Haus war, als ich aus dem Wald gerannt kam. Das käme hin.«

»Mein Gott«, sagte Dorit tonlos.

Julia zuckte mit den Schultern. »Was beschwerst du dich, dir kann's doch nur recht sein.«

Dorits feiner, milchweißer Teint verfärbte sich binnen weniger Sekunden zu einem ungesunden Rot. Sie war aufgesprungen und suchte nach Worten. Noch ehe sie welche finden konnte, drückte Rosea sie auf ihren Stuhl zurück. »Haltet die Luft an, Mädels. Mir ist es auch lieber, wenn endlich mal jemand in Verdacht gerät, mit dem wir nichts zu tun haben. Wird ja langsam unheimlich hier.«

»Ich kann auf diese Art und Weise einfach nicht darüber

sprechen«, sagte Dorit steif. »Ich kann auf diese Weise nicht darüber nachdenken. Ich kann darüber nicht lachen, wißt ihr. Da ist eine Frau ermordet worden, und ...«

»Hörst du jemanden lachen?« fragte Julia genervt. »Ich wäre dir wirklich dankbar, wenn du mal für einen Moment aufhören könntest, dich aufzuspielen. Ich verstehe ja, daß du ziemlich aufgewühlt bist, weil Greta die Tussi von deinem Macker war, aber andere haben auch ihre Sorgen. Ich glaub' übrigens nicht, daß Jörg sie umgebracht hat. Damit das mal klar ist. Aber ich war es nun mal auch nicht, und das sollte auch klar sein.«

Dorit schwieg. Sie zupfte ein zerrupftes Papiertaschentuch aus ihrer Jeans und tupfte sich die Augen ab. »Okay«, sagte sie nach einer Weile.

Die Situation hatte sich merklich entspannt. Der Raum wirkte stiller und nicht mehr so vollgestopft. Rosea, die bisher hauptsächlich mit verschränkten Armen dagesessen und das Spektakel genossen hatte, schenkte jedem Tee nach und stellte eine Tasse für Hannah dazu. Hannah nahm sich einen Stuhl und setzte sich mit an den Tisch. »Tja. Wir trauen Julia also keinen Mord zu. Wir trauen Jörg keinen Mord zu. Wir trauen Dorit keinen Mord zu. Trauen wir denn Jammer-Janßen einen Mord zu?«

»Klar«, sagte Rosea.

»Sofort«, sagte Dorit.

»Jederzeit«, sagte Julia. »Das ist doch genau der verklemmte Typ, dem so was passiert. Ich würde da allerdings nicht von Mord reden, denn Mord ist ja wohl was Geplantes, und daran glaube ich bei Jammer-Janßen nicht. Der hat doch Probleme, übers Mittagessen hinaus zu planen. Totschlag im Affekt oder wie man das nennt, das würde ich ihm zutrauen.«

»Wahrscheinlich hat sie ihn einen Schlappschwanz genannt«, sagte Rosea grinsend. »Trau' ich ihr zu.« Rosea hatte ihren altertümlichen Jeans einen Ledergürtel mit silbernen Münzen hinzugefügt, trug eine Konstruktion aus Knochen, Steinen und Lederbändern um den Hals und sah mehr denn je wie ein Mitglied eines Indianerstammes aus.

»Quatsch«, sagte Julia. »Ganz so bekloppt ist er nun auch wieder nicht, daß er wegen so was eine umbringt.«

»Oh, das würde ich nicht sagen«, warf Dorit ein, plötzlich wieder sehr lebhaft. Offenkundig bereitete es ihr wesentlich weniger Probleme, über diesen Mord zu diskutieren, je weiter die Spur von ihrem Gatten wegführte. Was eigentlich ja nichts war, was Hannah ihr hätte ankreiden können. Sie wußte selbst nicht recht, warum ihre Gefühle für Dorit sich nach anfänglicher Sympathie in der Nacht nach dem schrecklichen Fund von Gretas Leiche inzwischen eher negativ entwickelt hatten. Dorit stand praktisch mit dem Rücken zur Wand; das Leben, das sie gewohnt war und das immer einen normalen Verlauf genommen hatte, konnte jederzeit zu Ende gehen. In dem Moment, in dem Horst Bäumer ihren Mann verhaften würde, hatte sie vielleicht keine Chance mehr, ihre kleine Welt jemals wieder in Ordnung zu bringen. Hannah hätte auf ihrer Seite sein müssen, aber sie war es nicht. Vielleicht lag es daran, daß Dorit Julia angegriffen hatte. Ausgerechnet Julia, deren Welt überhaupt nie in Ordnung gewesen war. Hannah hatte plötzlich das Bedürfnis, mehr Raum zwischen sich und Horsts Cousine zu legen. Sie stand von ihrem Stuhl auf, lehnte sich an Roseas alten Kühlschrank, verschränkte abwehrend die Arme über der Brust und hörte zu, was Dorit zu sagen hatte.

»Nehmen wir mal an, sie hat ihn mehr als einmal beschimpft. Schließlich ist er ja hinter ihr hergelaufen wie ein Hündchen, und so eingebildet, wie Greta war, fand sie das vielleicht noch nicht mal besonders schmeichelhaft. Ich meine, wahrscheinlich hatte unser Jammer-Janßen die besten Absichten. Er ist bestimmt kein schlechter Kerl. Er bemüht sich also um Greta, und Greta ist arrogant. Wahrscheinlich hat sie ihn auch noch hingehalten oder was weiß ich, vielleicht fand sie's ja manchmal gar nicht so schlecht, einen Fußabtreter zu haben. Und der hundertfünfzigste dumme Spruch hat dann das Faß zum Überlaufen gebracht.«

»So stell' ich mir das vor.« Julia nickte und lehnte sich zufrieden zurück. »Genau so. Ob es nun Jammer-Janßen war oder jemand anders, aber das mit dem hundertfünfzigsten dummen Spruch, das könnte stimmen.«

Rosea nickte. Ihre schönen, grauen Augen schauten ins Leere, und Hannah beobachtete sie scharf und fragte sich plötzlich, welcher Erinnerung die Buchhändlerin gerade nachhing. Sie betrachtete Roseas schlanken, großen Körper, ihre langen, muskulösen Arme und die kräftigen Hände. Konnte es irgendein brauchbares Motiv für Rosea gegeben haben, Greta umzubringen?

Plötzlich dachte Hannah an Horst. Davon, daß seine alte Schulfreundin ihm sehr nahegestanden hatte, hatte Hannah erst erfahren, als sie mit ihm hierher nach Geverensand gezogen war. Etliche Damen aus seiner Verwandtschaft hatten sich bemüßigt gefühlt, Hannah davon zu erzählen, daß man eigentlich gedacht hatte, er würde Rosea heiraten. Und trotzdem hatte es nichts gegeben, das darauf schließen ließ, daß dieses Gerücht überhaupt stimmte. Weder hatte Horst jemals von dieser Frau gesprochen, noch hatte Rosea – soweit Hannah das wußte – jemals Anstrengungen unternommen, mit ihm wieder näheren Kontakt zu haben. Warum hatte sie kampflos aufgegeben?

Hannah fragte sich plötzlich, ob Greta Rosea auch jemanden weggenommen hatte. Und das in ihrer maßlosen Selbstüberschätzung vielleicht auch noch garniert hatte mit ein paar häßlichen Bemerkungen.

»Wenn Greta an einem Mann nicht interessiert war«, erklärte Julia, »und der nicht begriff, daß er unter ihrer Würde war, dann konnte sie ziemlich unangenehm werden. Und es war schon erstaunlich, wen die liebe Greta für unter ihrer Würde hielt.«

Rosea nickte wieder, ernst und immer noch versunken in Erinnerungen, die sie anscheinend nicht teilen wollte.

Julia stieß einen verächtlichen Laut aus und lachte häßlich. »Ich meine, schließlich war sie auch nur die Tochter eines Bauern und hatte auf Büromädel gelernt ...« Sie verzog das Gesicht und hob abwehrend die Hände, noch bevor jemand etwas sagen konnte. »Okay, okay, das trifft wohl so oder ähnlich auf einige von uns Anwesende zu, aber keine von uns Anwesenden ist eine eingebildete Ziege – und das ist der springende Punkt! Die Dame war eine fanatische Anhängerin der Theorie vom Herrenmenschen, ob ihr das nun bewußt war oder nicht.«

Dorit, die beinahe aufgesprungen wäre, entspannte sich wieder. Ihr war anzusehen, was sie von Julia hielt, aber sie sagte nichts. Mit ihren spitzen, kleinen Elfenfingern zog sie eine Zigarette aus der Schachtel. Rosea produzierte ein Feuerzeug in einer silbernen, mit Türkisen besetzten Hülle aus der Tasche ihres hirschledernen Hemdes und beugte sich damit über den Tisch, um ihr Feuer zu geben. Dorit war sichtlich verblüfft, und aus einem Grund, den Hannah nicht verstand, schien es ihr unangenehm zu sein. Aber sie ließ es sich gefallen und sagte leise und reserviert »Danke«, ehe sie sich mit verschlossener Miene wieder zurücklehnte.

»Denn ob sie nun tot ist oder nicht«, fuhr Julia fort, »sie war eine eingebildete Ziege. Sie hatte weiß Gott ihre guten Seiten, und sie war für mich zumindest so was Ähnliches wie eine Freundin. Ich habe ihre Gesellschaft manchmal sehr genossen, und ich vermisse sie sogar.« In Julias Augen funkelten Tränen, und sie zwinkerte sie weg. »Aber sie war trotzdem eine eingebildete Ziege, und das hat auch jeder gewußt. Auch jeder, der sie mochte. Punkt.«

»Sie wäre nicht die erste eingebildete Ziege, die sich erwürgen läßt«, sagte Rosea gelassen und steckte ihr Feuerzeug wieder ein. »Das gehört quasi zum Berufsrisiko.«

»Woher kennt ihr Jammer-Janßen eigentlich so gut?« fragte Hannah.

»Wir waren zusammen im Spielmannszug«, sagte Rosea grimmig. »Und Vorsicht, Leute, wenn jetzt eine lacht, dann ist der Nachmittag gelaufen!«

Niemand lachte. Dorit hustete, Hannah sackte tief in ihren Stuhl, und Julia schaute an die Decke und versuchte, ihre zuckenden Lippen unter Kontrolle zu bringen.

»Also, wir waren zusammen im Spielmannszug, und keiner konnte ihn leiden«, berichtete Rosea. »Er war pickelig, er war rechthaberisch, er quatschte zuviel, er konnte nix, und er war überall bloß im Weg.«

»Er war viel bei unseren Nachbarn«, erklärte Dorit, »damals, als ich noch bei meinen Eltern wohnte. Weil er mit dem Sohn von denen in die Schule ging. Und er war ein absolut widerliches Kind.«

»Und dann ging er zur Polizei«, sagte Rosea. »Weil sein Vater Polizist ist. Sonst hätten die ihn sowieso nicht genommen.«

»Und da kann ihn auch keiner leiden«, sagte Julia.

»Und er ist immer noch absolut widerlich«, sagte Dorit.

»Er hat mich mal besoffen im Auto erwischt, und ich fand ihn eigentlich ganz nett«, sagte Julia überraschend.

»Das lag daran, daß du besoffen warst«, meinte Rosea skeptisch und warf ihre langen, grauen Locken zurück.

»Ich hab' ihm die Geschichte meiner kaputten Ehe erzählt, und zum Schluß hatte er Tränen in den Augen«, berichtete Julia grinsend. »Ich mußte den Wagen stehenlassen, aber er hat mich nach Hause gefahren. Und ich hab' nie wieder was von meinen 2,1 Promille gehört.«

Hannah lächelte. »Deswegen heißt er ja Jammer-Janßen. Er ist dafür bekannt, daß er rührselig ist. Seine Kollegen ziehen ihn fürchterlich damit auf. Deshalb wollte er auch weg von der Verkehrspolizei.«

»Tja«, sagte Dorit. »Jetzt haben wir also einen hervorragenden Verdacht. Und nun?«

Sie sahen sich ratlos an.

»Keine von uns kennt ihn so gut, daß sie nachforschen könnte, was er an dem Tag gemacht hat«, stellte Julia fest.

»Du wirst es wohl Horst sagen müssen«, sagte Rosea und schaute zu Hannah hoch. Die anderen nickten.

Hannah seufzte.

Sie konnte sich nur zu gut vorstellen, was Horst entgegnen würde. Nein. Sie würde es ihm auf gar keinen Fall sagen.

6

»Hört mal, Jungs.« Bäumer blätterte mit beiden Händen ungeduldig in dem Stapel von Mappen und losen Blättern herum, der vor ihm auf dem Schreibtisch lag. »Irgendwie versteh' ich das hier nicht. Wieviel Zeugen haben wir bisher verhört?«

»Kann ich dir genau sagen«, sagte Kaschorke. »Einundvierzig.« Er zog sein fleckiges Jackett aus und hängte es über den Stuhl. Es war zwar noch früh am Morgen, aber in Bäumers Amtszimmer lief die Heizung mittlerweile immer auf vollen Touren.

»Aber wirklich gesagt hat keiner von denen was«, beschwerte sich Focko Martens. »Guck dir mal Jammer-Janßens Protokolle an, da kriegst du die Schwämmchen. Eins ist mal klar, Horst, wenn du uns nicht gesagt hättest, mit wem Greta zusammen war, dann hätten wir das nie rausgekriegt. Und du mußtest das alles mühselig aus irgendwelchem Klatsch und Tratsch rausfiltern. Ich kapier' das überhaupt nicht, Bäumer. Mensch noch mal, fällt dir das eigentlich nicht langsam selber auf, was für einen Scheiß Janßen produziert?«

»Hör auf, Martens«, brummelte Kaschorke. Er schlurfte zu der Kaffeemaschine hinüber, die auf dem Fensterbrett neben der gekachelten Ecke mit dem Waschbecken stand, nahm einen angeschlagenen alten Becher vom Regal und schenkte sich ein. »Was sollen die Leute denn sagen, wenn sie nun mal nix wissen.«

Bäumer glaubte seinen Ohren nicht zu trauen. Bisher hatte Kaschorke nie eine Gelegenheit ausgelassen, Janßen eins aufs Dach zu geben. Sollte er ihn doch als Team-Gefährten anerkennen wollen? Kaum zu glauben.

»Was heißt hier nix wissen!« fuhr Martens auf und drehte sich nach Kaschorke um, der müde am Fensterbrett lehnte und seinen Kaffee schlürfte. »Jetzt werd aber mal nicht albern! Keiner von denen, die Janßen verhört hat, hat gesagt, er wüßte nix. Ich hab' eher das Gefühl, die haben ihm mehr oder weniger unverblümt zu verstehen gegeben, daß ihn das, was sie wissen, nix angeht! Und das ist ja wohl ein gewaltiger Unterschied.« Er griff nach dem Stapel, den Bäumer vor sich liegen hatte, zog eine pieksaubere, graue Mappe heraus und wedelte damit wütend in Kaschorkes Richtung. »Hier, guck dir das Protokoll von der Befragung der Vermieterin mal an, Kollege! Das ist ein Paradebeispiel, kann ich dir sagen. Hör mal, die Deern hat in dem Haus gewohnt. Du willst mir doch nicht ernsthaft weismachen, Erna Hinrichs wüßte nicht, wer bei Greta ein und aus gegangen ist!«

»Nun mal langsam, Focko«, beschwichtigte Bäumer. »Wenn du noch so ein Paradebeispiel haben willst, dann guck dir mal die Befragung von der Köchin in dem Kinderheim an, in dem Greta gearbeitet hat. Noch so ein Ding, was uns nicht weitergeholfen hat. Angeblich hat die Dame mit ihrer Kollegin nicht mal gesprochen. Und diese Befragung, lieber Focko, hab ich höchstselbst vorgenommen.«

Martens wurde rot. Er fuhr sich mit seinen breiten, kräftigen Fingern kurz durch die blonden Haare und warf die Mappe auf Bäumers Schreibtisch zurück. Der Kommissar lächelte. Focko wurde leicht rot, und Bäumer wußte, daß er sich darüber ärgerte. Dabei war gerade dieses Zeichen von Unsicherheit an dem martialischen blonden Hünen ein Zug, der ihn besonders sympathisch machte. Das und seine Bescheidenheit, die sich auch in seiner unauffälligen, farblosen Kleidung ausdrückte.

Bäumer dachte plötzlich an Hannah und fragte sich, wie sie wohl auf Focko reagieren würde, wenn er seinen Kleidungsstil änderte – eine hautenge Jeans und Stiefel zum Beispiel und eine schwarze Lederjacke, die seine breiten Schultern betonte. Oder auch einen lässigen Anzug aus Seide und Leinen à la ›Miami Vice‹, wie sein verstorbener Kollege Fischer ihn gelegentlich getragen hatte. Fischer hatte immer gern ausgesehen wie ein Cop aus einem amerikanischen Spielfilm. Bäumer runzelte die Stirn und schüttelte unwillkürlich den Kopf, um diesen Gedanken loszuwerden.

»Die wußten doch in dem Kinderheim alle nichts«, sagte

Kaschorke. Er kratzte sich ungeniert durch den Schlitz zwischen zwei Hemdknöpfen an seiner tonnenförmigen, haarigen Brust und gähnte. »Und ich glaub'auch nicht, daß Erna was weiß.«

»Das mag ja stimmen«, wandte Bäumer ein, »aber was Erna Hinrichs betrifft, muß ich Focko recht geben. Ich glaube, die Frau hat Janßen bloß so abgefertigt, weil er ein Grünschnabel ist und sie ihn kennt. Red du doch mal mit ihr, Kaschorke.« Er grinste und zwinkerte in Richtung der Verbindungstür zu dem Zimmer, in dem die Wiegande auf ihrer Schreibmaschine herumklapperte. »Du hast doch ein Händchen für ältere Damen.«

»Mensch, Bäumer, das ist Zeitverschwendung!«

Der Kommissar wandte sich um und musterte Kaschorke. Der Mann hatte seinen schmuddeligen Schlips in die Hemdtasche gesteckt. Das Hemd war am Hals offen und weiter unten falsch zugeknöpft. Unter seinen Achselhöhlen sah man deutlich die Ränder alter Schweißflecken im Stoff. Die Hose sah speckig aus. Außerdem hatte der Kollege sich heute morgen nicht rasiert. Seine Augen waren tief eingesunken, und sie waren rot. Und Kaschorke hatte eine Fahne. Das ganze Zimmer stank danach.

Bäumer senkte den Kopf und betrachtete nachdenklich die Protokolle auf seinem Schreibtisch. Er würde mit Kaschorke reden müssen. Das sagte er sich schon seit Monaten, aber so langsam wurde es wohl wirklich Zeit. Früher hatten sie immer gedacht, es sei eben einfach ›Kaschorkes Art‹. Sie hatten geglaubt, daß er alles andere vergaß, wenn er einen Fall hatte, und vor lauter Überarbeitung auch vergaß, sich die Zähne zu putzen, nachdem er ein Bierchen getrunken hatte. Aber ganz so schienen die Dinge nun doch nicht zu liegen. Er machte nicht mehr den Eindruck eines Mannes, dem sein Schnaps schmeckt. Vorhin hatten seine Hände gezittert, als er Bäumer ein paar Unterlagen auf den Tisch gelegt hatte. Bäumer hatte ihm prompt ein Dosenbier angeboten, das noch in seinem Schreibtisch stand – bei Kaschorke tat er das manchmal.

Jeder tat das bei Kaschorke. Verdammt, dachte Bäumer.

Und dann zittern seine Hände auch nicht mehr so. Ich hätte ihn längst drauf ansprechen müssen.

»Hör mal«, sagte Bäumer energisch, »Erna Hinrichs hält Informationen zurück, und ich will diese Informationen haben. Und ich möchte eigentlich auch ganz gern noch mal jemanden ins Kinderheim schicken, um die Mädchen da zu befragen und die Köchin. Vor allem die. Und zwar will ich, daß die Leute mal ganz ausführlich darüber befragt werden, ob sie was davon gewußt haben, daß Jörg Gerjets ein Verhältnis mit Greta hatte. Ich hab' da nämlich was läuten hören. Angeblich soll die Köchin Gerjets mal in der Speisekammer versteckt haben, weil er Greta nicht über den Weg laufen wollte.«

Focko lachte lauthals los.

Kaschorke grinste vergnügt. »Ich hab' ja gleich gesagt, der hat mit der Sache nix zu tun.«

»Möglich«, gab Bäumer zu. »Mir wär' aber wohler, Mann, wenn ich das genau wüßte, das kann ich dir wohl flüstern. Jedenfalls schicken wir da am besten einen hin, der die Leute kennt. Sonst sagen die sowieso nix.«

»Jammer-Janßen kennt einige«, sagte Kaschorke.

Martens stöhnte. »Mensch, das darf doch nicht wahr sein! Brauchst du denn unbedingt noch so'n Protokoll, wo nix drinsteht? Willst du da 'n Laden mit aufmachen? Ich kenn' die Leute auch, laß mich das machen.«

»Nun hör auf, Martens«, sagte Kaschorke wegwerfend. Er trank seinen Kaffee aus, hielt den Becher kurz umgedreht über das Waschbecken, damit die letzten Tropfen rausliefen, und stellte ihn wieder auf das Regal. »Gib dem Jungen mal 'ne Chance.«

Bäumer und Focko sahen sich verblüfft an. Bäumer kratzte sich am Kopf. »Paß auf, Kaschorke, mir wär's auch lieber, Focko würde das machen. Und zwar aus dem einfachen Grunde, weil der nicht nur ›guter Bulle‹ spielen kann, sondern notfalls auch die harte Tour draufhat. Laß Focko ins Kinderheim gehen, ich knöpf' mir noch mal Jörg Gerjets vor, und du besuchst die olle Hinrichs.« Es war nicht zu übersehen, daß Kaschorke davon überhaupt nichts hielt, aber Bäumer wartete seinen Kommentar nicht ab. »Janßen!« brüllte er in Richtung Verbindungstür.

Einen Augenblick später platzte Jammer-Janßen in das Amtszimmer des Kommissars wie ein Springteufel. Nervös stand er vor dem Schreibtisch und wußte nicht wohin mit seinen großen, ungelenken Händen. Bäumer fragte sich, ob es nicht vernünftiger wäre, Janßen zu bitten, nicht im Anzug rumzulaufen. In Jeans und Sweatshirt würde er wahrscheinlich normaler aussehen und einen besseren Eindruck auf die Leute machen. In dem bürofeinen Aufzug, den er sich angewöhnt hatte, seit er aus der Uniform des Schutzpolizisten raus war, wirkte sein langes, klapperdürres Gestell irgendwie unheimlich.

»Janßen, lauf du doch bitte noch mal am Waldrand rum und befrag die Leute, die da wohnen.«

»Die wissen aber doch gar nix«, stammelte Janßen und zerrte unangenehm berührt an dem Schlipsknoten unter seinem hervorspringenden Adamsapfel.

Focko Martens stieß ein Knurren aus wie ein gereizter Polizeischäferhund, wandte sich ab und starrte aus dem Fenster, die Hände in den Hosentaschen. Kaschorke ließ sich auf einem von Bäumers Besucherstühlen nieder, lehnte sich mit ausdruckslosem Gesicht zurück und faltete die Hände über dem Bauch.

Bäumer öffnete seine Schreibtischschublade und packte seine Pfeife aus. Er sprach erst wieder, als er sie gestopft und angezündet hatte. Bis dahin war seine Wut meistens verraucht. Der Mechanismus klappte auch diesmal ganz prächtig. »Es kommt sehr häufig vor, Janßen, daß Leuten noch einiges einfällt, wenn sie eine Weile Zeit hatten, über die Dinge nachzudenken. Und deshalb möchte ich, daß du sie noch mal befragst.«

»Aber denen ist nichts mehr eingefallen«, sagte Janßen. Er war puterrot geworden. Belehrungen vertrug er nicht gut. »Ich bin doch jeden Tag da, und ich red' doch mit den Leuten. Und ich hab' doch auch nichts gesehen. Da war einfach niemand.«

In der absoluten Stille, die plötzlich in Horst Bäumers

Dienstzimmer herrschte, konnte man hören, wie die Wiegande sich im Nebenzimmer die Nägel feilte.

Dann polterte Bäumer los. »Wann, Janßen? Wann hast du nichts gesehen?« Er war aufgesprungen und ragte wie ein Riese hinter seinem Schreibtisch hervor, während der dürre, aber eigentlich viel größere Jammer-Janßen vor ihm zusehends einzuschrumpfen schien.

»An dem Nachmittag«, sagte Janßen leise.

»Ich krieg' 'ne Krise«, murmelte Martens. Er ließ sich auf einen Stuhl fallen und legte das Gesicht in die Hände.

Kaschorke saß immer noch stumm da, die Hände über dem Bauch gefaltet. Nur daß seine Finger jetzt weiß geworden waren, weil er sie so zusammenpreßte. Und er biß sich auf die Lippen.

»Du warst am Waldrand«, stellte Bäumer mit Donnerstimme fest. Mit zwei Schritten war er um den Schreibtisch herum und stand drohend vor Janßen, der völlig verdattert in den Knien einknickte und hinter sich nach einem Stuhl tastete, ihn fand und sich vorsichtig darauf niederließ. »An dem Nachmittag, Janßen, an dem Greta Leiboldt ermordet worden ist. Verstehe ich das richtig, ja? Und das so etwa zur Tatzeit, ja? Sehe ich auch das richtig?«

Janßen hörte auf, den Kopf einzuziehen, und holte tief Luft. »Aber ich bin doch jeden Nachmittag da, Herr Kommissar. Meine Tante ...«

Bäumer gelang es nur mit Mühe, eine unflätige Bemerkung über die Tante von Jammer-Janßen zu verschlucken, die er bereits auf der Zunge gehabt hatte. Höchste Zeit, sich abzuregen. Er umrundete seinen Schreibtisch, nahm wieder Platz auf seinem Stuhl und griff nach der Pfeife, die er auf die Schreibtischunterlage hatte fallen lassen. Sie brannte noch, aber nicht gut. Er holte seinen Pfeifenstopfer heraus und stocherte damit bedächtig in dem glimmenden Tabak herum, bis er mit dem Ergebnis zufrieden war. Der Kommissar gönnte sich einen tiefen, ruhigen Zug und blies schicksalsergeben eine gewaltige Rauchwolke in Richtung der hohen Zimmerdecke.

»Janßen, du bist ein Pappkopp«, sagte Focko Martens

trocken. »Und jetzt mach's Maul auf. Du hast also nix gesehen. Gut. Dann erzähl mal genau, was du alles nicht gesehen hast an dem Nachmittag.«

»Ich will jede Einzelheit, Janßen«, knurrte Bäumer um den Pfeifenstiel herum. »Von dem Moment an, wo du das Präsidium verlassen hast bis zu dem Moment, in dem du da vom Waldrand bei deiner Tante verschwunden und zu Hause wieder angekommen bist. Ich will wissen, wann du dir die Nase geputzt hast und wann du auf'm Klo gewesen bist. Und wenn du irgendwas ausläßt, reiss' ich dir den Pappkopp ab. Komm, mach zu.«

»Das war ein Triebtäter, Horst«, murmelte Kaschorke und klaubte sein zerknittertes Jackett von Bäumers Besucherstuhl. Der Kommissar stand auf und trat ans Fenster. Unten stiegen Janßen und Focko Martens gerade zusammen in einen Dienstwagen. Sie würden zum Waldrand fahren, Focko, um ins Kinderheim zu gehen, und Janßen, um die Nachbarn seiner Tante zu befragen.

Bäumer klopfte seine Pfeife aus und verstaute sie wieder in der Jackentasche. »Wahrscheinlich, Kaschorke. Es geht ja auch nicht drum, daß ich Jörg Gerjets den Mord unbedingt anhängen will, das weißt du so gut wie ich. Aber dir muß doch klar sein, daß ich gezwungen bin, weiter zu ermitteln. Du weißt genau, daß früher oder später jemand kommen und sagen wird: ›Da habt ihr doch einen, der's gewesen sein könnte – wieso verhaftet ihr den Kerl nicht?‹ Ich weiß ja auch, daß wir nicht genug haben, um Jörg vor Gericht zu bringen. Aber das Problem ist, daß wir auch nichts haben, was ihn wirklich entlastet.«

Er wandte sich wieder ab und sah aus dem Fenster. Der Platz vor dem Präsidium war so dunkel, als würden die großen, fächrigen Blätter der alten Kastanien ihm alles Sonnenlicht verweigern. Zwei, drei Regentropfen klatschten gegen die Scheibe und liefen in schmutzigen Streifen daran herunter. Bäumer blinzelte nach oben. Der Himmel war schon wieder grau.

»Der Mann hat zwei Kinder, Kaschorke. Und er ist mit meiner Cousine verheiratet. Mit meiner Lieblingscousine, wenn du weißt, was ich meine. Und er arbeitet beim Jugendamt. Ich möchte gar nicht wissen, wie weit es sich schon rumgesprochen hat, daß wir ihn verdächtigen.«

Er drehte sich zu seinem Kollegen um und hob die Hände. »Ich brauch' den Täter, Kaschorke! Verstehst du das? Wir können das nicht einfach so lassen, wie's ist, und uns drauf einigen, daß Gretas Mörder irgendein Perverser ist, den wir wahrscheinlich nie kriegen. Verdammt, Kaschorke, hast du Fockos Gesicht gesehen vorhin? Soll ich dir mal sagen, was der glaubt? Der glaubt, Jammer-Janßen hat sie umgelegt. Und soll ich dir noch was sagen? Die Theorie ist auch nicht schlecht.«

Er holte seinen Mantel aus dem Schrank und zog sich an. Im Hinausgehen tippte er Kaschorke auf die Brust. »Ich will nicht, daß das so weitergeht, Mann. Ob wir ihm nun das Etikett Triebtäter draufkleben oder nicht: Wir müssen den Kerl finden!« In der Tür drehte er sich noch mal um. »Ich muß es dir ja wohl nicht extra sagen, aber . . . Ich meine das ernst mit Janßen. Wir müssen ein Auge auf den Jungen haben. Alarmstufe eins, Kaschorke. Rede mit Focko drüber, wenn er nachher wiederkommt.«

Der Wind trieb Bäumer den Regen entgegen, als er die Freitreppe des Präsidiums hinuntertrabte, und er schlug den Kragen hoch, wickelte sich fester in seinen Mantel und steckte die Hände tief in die Taschen. Das Wetter war genauso unbehaglich wie der Verlauf, den die Ermittlungen genommen hatten. Am liebsten hätte er von vorne angefangen. Aber vielleicht hätte das auch nicht viel genützt. Möglich, daß er etwas übersehen hatte, aber es war genauso gut möglich, daß es da einfach nichts zu sehen gab. Wenn Kaschorke recht hatte, und Bäumer mußte zugeben, daß das immer noch das wahrscheinlichste war, dann konnte es Jahre dauern, bis dieser Fall aufgeklärt wurde. Irgendwann mal würde man irgendwo mal irgend jemanden verhaften, der dann unter anderem auch den Mord an Greta Leiboldt gestehen würde.

Und was sollte er, bis es soweit war, mit seinem Verdacht bezüglich Jörg Gerjets und Jammer-Janßen anstellen? Und was sollte er tun, wenn jemand ›von oben‹ ihn drängen würde, Dorits Mann zu verhaften? Denen sagen, es sei reine Glückssache, daß seine eigenen Haare nicht auf Gretas Pullover gefunden worden seien, und daher hätten Jörgs Haare keine Beweiskraft?

Vermutlich. Nur ob es was nützen würde, da war er sich nicht so sicher. Im allgemeinen hielt man sich nicht an das, was fehlte, sondern an das, was da war, und Jörgs Haare auf Gretas Pullover waren eine Tatsache. Das einzige Indiz, was sie überhaupt hatten. Sonst gab's nichts. Nicht mal einen verwischten Fingerabdruck, am Körper nicht und auch nicht am Leder von Gretas teuren Pumps.

Die Straßen der kleinen Stadt waren fast leer. Wer unterwegs war, vergrub sich in Mänteln und unter Schirmen. Horst stemmte sich gegen die schwere Eichentür der Stadtverwaltung und trabte die breite Treppe zum Jugendamt hinauf.

»Moinmoin«, sagte er mit einer Fröhlichkeit, die er nicht empfand, als er in Jörgs Dienstzimmer trat. »Hast du 'n bißchen Zeit für einen betriebsmüden Polizisten über?«

»Kommt drauf an, ob du mich endlich verhaften oder dich bloß nach meinem Befinden erkundigen willst«, erwiderte Jörg. Sein Lächeln war nicht echt.

Bäumer grinste, aber ohne Überzeugung. »Tut mir leid, für einen Haftbefehl hat es wieder nicht gereicht.« Er konnte sehen, wie Jörg die Schultern sinken ließ, die er erschrocken hochgezogen hatte, als Horst den Raum betrat. »Schlimmer sogar, wir haben einen neuen Verdächtigen. Jetzt müssen wir die ganze Zeugenbagage noch mal von vorn verhören. Dich einzulochen wäre einfacher gewesen.«

Jörgs Gesicht hellte sich auf. Bäumer streckte abwehrend die Hände aus. »Nee, ich kann dir nicht sagen, wer's ist.« Das kleine Dienstzimmer hatte außer dem Schreibtisch und mehreren Aktenschränken eine Besucherecke mit einem Tisch, auf dem sogar ein Aschenbecher stand, während man in den Fluren des Amts nirgendwo rauchen durfte. Bäumer ließ sich genüßlich in einem der gemütlichen Sessel nieder und wünschte, das Präsidium würde ihm nur halb soviel Luxus zukommen lassen.

Jörg kam hinter seinem Schreibtisch hervor, der viel zu klein wirkte für den großen, breitgebauten Mann, und setzte sich dazu. Seine Augen glänzten. »Mensch, das erleichtert mich aber, mein Lieber. Ist ein Scheißgefühl, der einzige Verdächtige zu sein.« Er lachte laut auf wie ein bierseliger Stammtischbruder, der gerade einen besonders deftigen Witz gehört hat.

Bäumer kniff die Augen zusammen und fragte sich, was Jörgs Kollegen in den Amtszimmern rundherum von ihrem stimmgewaltigen Kollegen halten mochten, wenn sie sich auf ihre Arbeit zu konzentrieren versuchten. Er nickte reserviert. »Für mich auch, Jörg, für mich auch. Und ich will dir mal was sagen: Du nimmst das alles viel zu leicht.«

»Wie meinst du das?« fragte Jörg verblüfft.

Bäumer beugte sich vor. »Hör zu. Laß uns mal Tacheles reden. Punkt eins: Du warst zur Tatzeit in der Nähe des Tatorts, und dafür gibt es Zeugen. Das Kinderheim ist nun mal direkt am Waldrand. Für deine Behauptung, daß du vom Kinderheim schnurstracks nach Hause gefahren bist, haben wir dagegen keinen einzigen Zeugen. Punkt zwei: Auf Gretas Pullover, den wir im Wald gefunden haben, waren deine Haare. Punkt drei: Wenn ich so in der Scheiße stecken würde wie du, würde ich mir mehr Mühe geben, da rauszukommen. Guck dir mal deine Aussage an, Mann, wo es um dein Alibi geht. Da stehen einem die Haare zu Berge. Du warst irgendwann irgendwo mit irgendwem, und keiner weiß Bescheid.«

Er lehnte sich wieder zurück und schaute Gerjets auffordernd an. »Willst du unbedingt im Knast landen oder was? Es wird noch soweit kommen, daß ich dich tatsächlich verhaften muß, bloß weil ich sonst niemanden habe und man mir von oben Druck macht. Kannst du dir vorstellen, wie das wäre, Jörg? Was für Auswirkungen so was auf dein Leben haben könnte? Und hast du mal daran gedacht, was das für deine Familie bedeuten würde?«

Jörg, der ihn die ganze Zeit mit großen Augen fassungslos angestarrt hatte, stand abrupt auf. Er wandte sich ab und steckte die Hände in die Taschen. Zum erstenmal, seit Bäumer ihn kannte, wurde seine Stimme leise. »Meine Familie, ja. Ich denk' an überhaupt nix anderes, Horst. Aber du kannst mich doch nicht verhaften. Ich hab' doch gar nichts mit dieser Sache . . .«

»Dann erzähl mir«, unterbrach der Kommissar ihn brüsk, »wen du unterwegs gesehen hast. Egal, ob derjenige dich auch gesehen hat oder nicht. Und zwar von dem Moment an, wo du das Kinderheim verlassen hast bis zu dem Moment, wo du zu Hause deine Turnschuhe abgeholt hast, weil du kegeln gegangen bist.«

»Ulla«, antwortete Jörg bockig.

»Das weiß ich auch«, sagte Bäumer wütend. »Was hat sie gemacht, als du sie zuletzt gesehen hast?«

»Mir die Hand geschüttelt.«

»Mensch, Jörg!« Bäumers Stimme klang noch um einige Phon lauter, als die von Gerjets es normalerweise war. Und das zeigte endlich Wirkung. Wenn der zurückhaltende, besonnene und freundliche Kommissar sich zu seiner vollen Größe aufrichtete und brüllte, war bislang noch jeder bis ins Mark erschrocken.

»Ja, schon gut, Horst«, sagte Jörg beschwichtigend und beinahe unterwürfig. »Entschuldige, ich geb' mir Mühe, ich . . . ich hab' das alles vielleicht wirklich nicht ernst genug genommen. Ich hab' doch nicht gedacht, daß . . . Also, Ulla . . . sie hat nichts Besonderes gemacht. Wir haben über einen bestimmten Fall gesprochen, oben in ihrem Büro. Der Kleine lag auf seiner Decke und hat mit seiner Rassel rumgeklappert. Sonst war nix. Ich bin runtergegangen. Im Flur oben war Licht an, aber das ist da immer, weil da ja keine Fenster sind. Ich bin niemandem begegnet. Ich hab' auch nichts gehört – ich meine«, fügte er hastig hinzu, bevor Horst auf den Gedanken kommen konnte, sich wieder zu beschweren, »ich hab' natürlich gehört, daß Kinder hinter den Türen waren, ja, aber es war eigentlich relativ still. Ich bin in meinen Wagen gestiegen und die Zufahrt runtergefahren, und zwar nicht zu der Seite, wo es zu der Siedlung geht, in der du wohnst, sondern zum Wald hin. Ich bin am Waldrand langgefahren.«

Er überlegte angestrengt und legte beide Hände an den Kopf, als könne das seine Gedanken ordnen. »Der Wagen von deinem neuen Kollegen stand da, das ist mir aufgefallen. Ich weiß noch, daß ich gedacht hab', die Polizisten haben also auch schon frei, und daß ich immer der Meinung war, ihr würdet bis nachts durcharbeiten, immer im Dienst und so.«

Sein breites Grinsen erweckte in Bäumer den Wunsch, es mit der Faust von seinem Gesicht zu wischen. Jörg war allgemein als ›netter Kerl‹ bekannt und auch Bäumer nie unsympathisch gewesen, aber manchmal konnte er aufreizend begriffsstutzig sein. Wahrscheinlich würde er das ganze Ausmaß seiner Lage erst begreifen, wenn er vor dem Haftrichter stand. »Ich hab' sogar geguckt, ob Kaschorkes Wagen auch da steht, ich weiß ja, daß der da wohnt. Aber der hat 'ne Garage, da sieht man nix.«

»Zu Hause war er«, erklärte Bäumer ärgerlich, »aber leider hat er im Bett gelegen und friedlich geschlafen. Ich hätte ihn ja gern wach und im Dienst gehabt, weil wir ziemlichen Ärger mit 'ner Messerstecherei hatten an dem Tag, aber ... na ja. Unser Pech.«

»Hat wieder mal seinen Rausch ausgeschlafen, was?« murmelte Jörg. Er ließ sich schwer in einen der Sessel fallen. Holz und Stahlfedern knarzten und ächzten beängstigend unter seinem Gewicht.

Bäumer warf ihm einen unbehaglichen Seitenblick zu. Etwas Passenderes hätte Jörg gar nicht sagen können, um ihn kaltzustellen. Seine Wut verrauchte. Jörgs Situation, die ihm eben noch Kopfschmerzen bereitet hatte, wirkte in Relation zu Kaschorkes Problem nicht mehr ganz so beängstigend. »Ist wohl nicht zu übersehen, was mit ihm los ist, was?«

»Schlecht«, sagte Jörg trocken.

»Tja.« Das schlechte Gewissen ließ Horst Bäumer verstummen. Er fand keine Worte mehr. Er zog den Mantel aus, legte ihn sorgfältig zusammen und drapierte ihn neben sich über der Lehne. Jörg saß ihm vollkommen gelassen gegenüber, aufmerksam und abwartend. Seine Nervosität war verflogen, jetzt, wo es um ein Problem ging, mit dem er sich auskannte. Bäumer bürstete seine grauen Haarstoppeln mit beiden Händen, eine Geste, die anzeigte, daß ihn das Thema stark belastete, über das er gerade sprach. »Ich hatte versucht, ihn anzurufen, aber wenn er richtig voll ist, legt er den Hörer daneben. Sag mal, hast du nicht 'nen Tip für mich, was ich mit Kaschorke machen soll? Ich meine, irgendwie muß ich das ja mal in die Hand nehmen. Oder meinst du nicht?«

Jörg zuckte mit den Schultern, eine wenig aufmunternde Geste. »Wenn du das noch nicht gemacht hast, dann wird's aber Zeit, würd' ich mal sagen.« Er fläzte sich breit und zufrieden in seinem Sessel und sah aus, als fände er eine gewisse Genugtuung in dem, was er zu sagen hatte. »Paß bloß auf, daß dir die Entwicklung nicht davonläuft, Horst. Sonst macht Kaschorke irgendwann mal einen ganz gewaltigen Fehler, und dann wird man dir zur Last legen, daß du das nicht verhindert hast. Und erzähl mir nicht, du wüßtest nicht, wie das geht.«

Bäumer brummte etwas.

»Ja, das macht keiner gern«, sagte Jörg und grinste hämisch. »Verantwortung übernehmen ...« Er balancierte sein Gewicht auf zwei Sesselbeinen und schaukelte gefährlich hin und her. Es war nicht zu übersehen, daß er sich prächtig amüsierte. Bäumer konnte es ihm nicht verübeln, nach allem, was Jörg sich von ihm in den letzten Tagen hatte gefallen lassen müssen. »Tja, so ist das, Horst ... wir nennen das lieber ›sich einmischen‹, und dafür sind wir uns natürlich zu schade, denn so was tut man ja nicht. Also lassen wir die Sache ganz gemütlich schiefgehen und hoffen, daß der Dreck nicht bis zu uns rüberspritzt, wenn's soweit ist. Hauptsache, die eigene Weste bleibt sauber. Aber da kannst du im Fall Kaschorke nicht drauf rechnen, Horst. Bei dem kannst du nachher nicht behaupten, du hättest von nix gewußt. Daß der sich totsäuft, das ist ja wohl beim allerbesten Willen nicht zu übersehen. Dich da dumm zu stellen, wird dir wenig helfen, da schadest du dir höchstens selber mit.«

Das war genau das, was Bäumer ganz bestimmt nicht hatte hören wollen, und schon gar nicht auf diese Weise. Daß Jörg recht hatte, wußte Bäumer andererseits aber auch. Der Impuls, seine geballte Faust mit einigem Nachdruck mitten in Gerjets schadenfrohem Gesicht zu landen, war trotzdem ziemlich stark, und um so beschämender. »Also gut, jedenfalls: Kaschorkes Wagen hast du nicht gesehen.«

»Nee«, sagte Jörg. »Die Garage war zu.«

»Aber du hast Janßens Auto gesehen. Und Janßen selbst? Was ist mit dem?«

Jörg überlegte. Er rieb sich die Augen und trommelte mit den Fingern auf die Sessellehne. »Ich weiß, daß ich jemanden vorn im Garten gesehen habe. Irgendwas hat der da gemacht.«

»Umgegraben?« fragte Bäumer.

»Ha!« sagte Jörg erleichtert und stieß den Zeigefinger in die Luft. »Genau das war's. Er hat ein Beet umgegraben. Schien damit allerdings so ziemlich fertig zu sein ... Komisch, an was man sich alles so erinnert, wenn man die Strecke Punkt für Punkt noch mal durchgeht.«

»Genau«, sagte Bäumer. »Genau deshalb bin ich hier.«

Focko saß bereits wieder im Wagen, als Janßen ihm zuwinkte und ihm gestikulierend klarmachte, daß er noch ein letztes Haus vor sich hatte. Focko nickte und bedeutete ihm, daß er warten würde.

Er hatte nicht vor, Janßen aus den Augen zu lassen.

Im Kinderheim hatte er einiges erfahren, aber nichts davon hatte Jörg Gerjets noch mehr belastet, als er es ohnehin schon war. Eher im Gegenteil. Jetzt war völlig klar, daß Jörg nach Kräften versucht hatte, Greta aus dem Weg zu gehen. Um so unwahrscheinlicher war es doch, daß er sich mit ihr im Wald getroffen haben sollte.

Focko zündete sich eine seiner seltenen Zigaretten an und

beobachtete den neuen Kollegen. Janßen klingelte gerade an der Tür eines Hauses, das so klein aussah, als könne er darin nicht einmal aufrecht stehen. Eine winzige, alte Frau öffnete. Ihre Nase war ungefähr auf der Höhe von Janßens Bauchnabel. Mit großer Anstrengung sah sie zu ihm auf, erkannte ihn und ließ ihn hinein; wahrscheinlich, damit er sich setzen konnte und sie sich nicht den Hals verrenken mußte, um sein Gesicht zu sehen.

Einen Polizeibeamten des Mordes zu verdächtigen war ein ziemlich starkes Stück. Focko war klar, daß er darüber wahrscheinlich nicht mal mit jemandem reden konnte. Wenn Bäumer und Kaschorke nicht genauso aufgefallen war, daß alles, was Jammer-Janßen vorhin im Präsidium über den Mordnachmittag erzählt hatte, ihn nicht nur zum Zeugen, sondern auch zum Tatverdächtigen machten, dann würde Focko Martens bestimmt nicht davon anfangen. Mochte Janßen auch noch so unbeliebt sein – solche Verdächtigung würden die anderen Kollegen unter Umständen trotzdem sehr, sehr übelnehmen.

Focko schrak zusammen, als es plötzlich auf der Beifahrerseite an die Scheibe klopfte. Aber es war bloß Kaschorke. Die schwarzen Locken hingen ihm klatschnaß in die Stirn, und er hielt sich mit beiden Händen den zerknitterten Mantel zu, dem inzwischen wahrscheinlich sämtliche Knöpfe fehlten. »Mach mal eben auf!«

Er langte hinüber und stieß die Beifahrertür auf. Kaschorke kletterte auf den Sitz und wischte sich ein paar Regentropfen aus dem Gesicht. »Verflixt, jetzt fängt das doch schon wieder an zu dröppeln. Ist Janßen noch unterwegs?«

Focko nickte mit undurchdringlichem Gesicht.

»Hör mal«, sagte Kaschorke, schüttelte eine filterlose Zigarette aus einem zerknautschten Päckchen und steckte sie an. »Ich weiß nicht, wie du das siehst. Du warst ja vorhin dabei. Du weißt, was ich von der Sache halte, ich hab's ja oft genug gesagt, und ich sag' das auch jetzt wieder . . .«

»Das war ein Triebtäter«, sagte Focko und grinste.

Kaschorke grinste nicht. Mit gierigen, tiefen Zügen sog er

an seiner zerknitterten Zigarette. »Richtig. Aber Bäumer verlangt, daß wir allen Spuren nachgehen, und damit hat er natürlich recht. Und ... na ja, wie gesagt, du warst ja dabei vorhin.«

Wie bei einem naßgewordenen Hund schien der Regen Kaschorkes herben Eigengeruch gewaltig intensiviert zu haben. Focko öffnete das Seitenfenster ein wenig und schaute ihn zweifelnd von der Seite her an. »Jammer-Janßen?«

»Aha«, sagte Kaschorke rauh. »Du hast also auch schon dran gedacht. Eben. Horst auch. Er will, daß wir vorsichtig sind. Den Jungen ein bißchen beobachten.«

»Ich denke, ich sollte nachher mal 'n Bier mit ihm trinken gehen«, knurrte Focko. »Ich werd' zusehen, daß ich danach sogar noch mit in seine Wohnung komme.«

Er kurbelte das Fenster weiter herunter und warf seinen Zigarettenstummel raus. »Aber glaub nicht, daß mir wohl dabei ist.«

Kaschorke zuckte mit den Schultern. Ihm war völlig klar, daß so eine Situation für seinen jungen Kollegen zu dem Widerlichsten gehörte, was er sich vorstellen konnte. Für den hatte Polizeidienst noch sehr viel mit Ehre zu tun. Kaschorke war seine Ehre längst abhanden gekommen. Sie hatte den ständigen engen Kontakt mit Dreck nicht vertragen.

Aber das war etwas, was er so einem jungen Kerl nicht erklären konnte und auch nicht wollte. Er würde nicht mal den Ausdruck ›Dreck‹ benutzen. »Ich kann's nicht ändern, Focko. Und wenn du mich fragst ...«

»... es war ein Triebtäter«, sagte Focko ungehalten. »Ich weiß. Geh nach Hause, Kaschorke.«

»Genau das werd' ich tun, junger Mann«, antwortete Kaschorke, zerdrückte den Rest seiner Zigarette im Aschenbecher und rieb sich mit beiden Händen die Schläfen. »Verdammt noch mal, ich fühl' mich mies.«

»Ich auch«, seufzte Focko.

»Nee«, sagte Kaschorke, »das mein' ich jetzt nicht. Mir geht's irgendwie nicht gut. Hab' mich schon den ganzen Tag lang komisch gefühlt. Ich glaub', ich leg' mich gleich hin.« Er stieg aus, direkt in eine Pfütze, und fluchte.

»Na, dann gute Besserung«, sagte Focko. Er beobachtete im Rückspiegel, wie der Kollege seine Haustür aufschloß, und schüttelte den Kopf. Kaschorke war so überzeugt von seiner Triebtäter-Theorie, daß er nicht mal danach gefragt hatte, ob Focko im Kinderheim noch irgendwas rausgefunden hatte. Aber wahrscheinlich ging es ihm wirklich nicht gut. Er hatte ziemlich käsig ausgesehen.

Janßen kam aus dem Haus raus und rannte mit schlenkernden Armen steifbeinig durch den Regen auf das Auto zu. »Ich muß ein paar Liter Tee getrunken haben«, sagte er, als er eingestiegen war und nervös herumfummelte, um den Sicherheitsgurt zu befestigen. »Aber rausgekriegt hab' ich reinwech gar nix. Wie lief's bei dir?«

»Ähnlich«, brummelte Focko und fuhr los. »Na, dann laß uns mal unsere Berichte schreiben gehen. Sag mal, was hältst du davon, wenn wir danach irgendwo was trinken gehen? Mir steht der ganze Kram bis zum Kragen, ich muß dringend mal raus.«

Hannah zuckte zusammen, als der Dienstwagen mit Focko Martens und Jammer-Janßen auf dem Weg zur Stadt an ihr vorbeirauschte. Sie hatte eigentlich die ganze Sache mal vergessen und mit Thor einfach bloß einen Waldspaziergang unternehmen wollen. Jetzt sah sie ein, daß das illusorisch war. Gretas Leiche war im Wald gefunden worden. Wie sollte sie da je wieder spazierengehen, ohne an diesen Mordfall zu denken?

»Wir werden uns bemühen, den Tatort weiträumig zu umgehen«, sagte Hannah zu Thor. »Laß uns wenigstens versuchen, einen erholsamen Spaziergang zu machen. Wir müssen dringend mal raus.«

Thor schüttelte den Kopf und ließ die Bewegung über Schultern und Rücken weiterrollen, bis sie in der weißen Schwanzspitze auslief.

»Du siehst skeptisch aus«, sagte Hannah und nahm die

Kapuze ihres Regencapes ab. Es tröpfelte nicht mehr. »Aber ich werde nicht anfangen, in einen Hund menschliche Intelligenz hineinzuinterpretieren. Jetzt wird spazierengegangen und damit basta. Bei Fuß.«

Der Hund lief dicht neben ihr, und Hannah legte die Hand auf das dichte, schwarze Fell seines Rückens. Die Wolkendecke war aufgerissen, und links von ihnen projizierte die Sonne auf das düstere Grau des Himmels einen prächtigen, perfekten Regenbogen. Hannah schaute auf und lächelte. Die Welt sah aus, als sei sie das Innere einer gigantischen Seifenblase.

Hannah fühlte sich so sicher wie nie zuvor. Dieser Teil von Geverensand, der früher einmal ein eigenständiges Dorf gewesen war, war seit vielen Jahren ihr Zuhause, aber sie hatte das nie gespürt. Sicher gefühlt hatte sie sich, wenn überhaupt jemals, dann allenfalls im Haus. Und auch dort nicht überall.

Und jetzt ging sie die Straßen entlang, als würden sie ihr gehören. Sie lächelte ein schiefes, skeptisches Lächeln, während sie sich fragte, ob das an dem großen Hund an ihrer Seite lag oder vielleicht auch daran, daß sie selbst sich änderte.

Der Wald zeigte sich von seiner schlechtesten Seite. Auf den Wegen standen schlammige Pfützen, von den Bäumen tropfte es, die Tannen sahen düster und die Nadelbäume zerrupft aus. Hannah ließ Thor von der Leine. Die Nase eine Handbreit über dem Boden, setzte sich der Neufundländer in einen zügigen Trab kreuz und quer über den Weg, wohin auch immer ein interessanter Geruch ihn zog. Hannah hoffte, keinem Förster zu begegnen. Sie wußte nicht, ob es überhaupt erlaubt war, den Hund frei laufen zu lassen, verließ sich aber auf Thors gute Erziehung.

Die Hände in den Taschen, stapfte sie die durchweichten Pfade entlang und war froh, ihre alten Gummistiefel ausgegraben zu haben. Die konnte sie nachher wenigstens im Waschbecken abspülen. Thors große Pfoten wieder sauberzukriegen würde wohl weniger einfach werden.

Die Stelle zu vermeiden, an der Greta gestorben war, war

leicht. Aber hätten die Bäume weniger dicht gestanden, dann hätte Hannah sie trotzdem sehen müssen. Sie erschrak, als Thor in einem Gebüsch am Wegrand plötzlich zu graben begann. Einen Herzschlag lang fürchtete sie, im nächsten Moment mit einer menschlichen Hand oder etwas Ähnlichem konfrontiert zu werden. Oder mit einem Gesicht wie Gretas, mit offenem Mund, die Zähne halb in den Waldboden gegraben.

Aber da war nichts zu sehen. Sie hörte ein leises Quietschen. »Hör auf zu buddeln, Thor«, sagte sie streng. »Bei Fuß!«

Der Hund ließ das Mauseloch in Ruhe, nieste ein paar Brocken Erde aus seiner schwarzen Nase und trottete enttäuscht, aber brav an ihrer Seite weiter. Sie tätschelte seinen Nacken und wies nach vorn. »Lauf!«

An einer Wegkreuzung blieb er stehen und sah sich nach ihr um. Sie wies mit der Hand in die Richtung, in die sie gehen wollte. Thor machte eine Bewegung, als wollte er loslaufen, aber dann blieb er unvermittelt stehen. Er starrte unverwandt nach vorn. Ein Knurren drang aus seiner Kehle, so leise, als sei es ausschließlich für Hannah ein paar Meter hinter ihm bestimmt. Als Warnung.

Hannah nahm die Hände aus den Manteltaschen. Ihre Nerven waren plötzlich zum Zerreißen gespannt, und alle ihre Sinne liefen Amok. Wie ein Tier erspürte sie ihre Umgebung, während sie mit behutsamen Schritten auf ihren Hund zuging, dessen weiße Fellpartien in dem dämmrigen, verregneten Wald leuchteten wie eine Wegmarkierung.

Sie erinnerte sich, daß ein Eichelhäher geschrien hatte, irgendwo in dieser Richtung, als sie den Wald betrat. Später hatte er offenbar das Interesse verloren an dem, was ihn da hinten geärgert hatte, und hatte sich dem nächsten Problem zugewandt, das die Ruhe seines Reviers störte: Hannah und Thor. Er hatte sie eine Weile begleitet und geschimpft. Aber vielleicht war das, was immer ihn vorher angezogen hatte, trotzdem noch da und ihm einfach nur langweilig geworden.

Hannah blieb dicht neben Thor stehen. Sie legte die Hand

auf seinen Nacken und spürte, wie das Fell sich sträubte. Sie spähte in dieselbe Richtung wie er, einen schmalen Pfad entlang, kaum mehr als ein Wildwechsel.

Irgendwo da hinten im Gebüsch war Bewegung.

Hannah fühlte die Spannung, die von dem Hund ausging. Sie wollte nicht wissen, was für eine Bewegung zu sehen gewesen war oder was Thor roch oder hörte. Ihr eigenes Gehör war nicht fein genug, um das, was da hinten vorging, von den normalen Geräuschen des Waldes zu unterscheiden. Und es war ihr egal. Sie wollte weg. Sofort. Aber um das zu tun, würde sie sich damit abfinden müssen, dem Etwas, was immer es war, den Rücken zu kehren.

Und das wollte sie auf keinen Fall.

Der Hund bewegte sich, und irgend etwas an ihm irritierte Hannah. Sie schaute kurz zu ihm hinunter. Thor trat unruhig von einer Pfote auf die andere und stieß einen Laut aus, der mehr ein Winseln als ein Knurren war.

Als Hannah wieder aufsah, kam Kaschorke den Pfad entlang auf sie zu.

Er grinste fröhlich. »Hallo, Thor – Entschuldigung, Hannah, die Damen zuerst.« Er vollführte eine merkwürdige, übertriebene Verbeugung und brachte dabei die vorderen Zipfel seines unordentlichen Regenmantels in Berührung mit einer Pfütze. Hannah lächelte erleichtert. Unwillkürlich legte sie die Hand auf ihr Herz, das langsam anfing, wieder einen normalen Rhythmus zu schlagen. Sie atmete ein paarmal tief durch.

Kaschorke streckte die Hand zur Begrüßung aus, lange bevor er überhaupt in Hannahs Nähe war. Aber ein Knurren von Thor brachte ihn dazu, beide Hände eiligst in die Luft zu erheben. »He, alter Kumpel, ich bin's doch nur! Was ist denn los mit dir!«

Thor bellte kurz, dann jaulte er leise. Er begann mit dem Schwanz zu wedeln, aber sein Nackenfell war immer noch gesträubt.

Kaschorke verbeugte sich noch einmal, was den Saum seines Mantels zusätzlich zu den Wasserflecken um etliche Spritzer Schlamm bereicherte. »Schon gut. Du hast diese

Dame zu schützen. Ich weiß. Ich rühre sie nicht an. – Guten Tag, Hannah. Hör mal, du solltest hier nicht rumlaufen.« Sein Lächeln erlosch, und seine Miene wurde dienstlich. »Wir haben einen Triebtäter in diesem Wald gehabt. Klar, jeder geht davon aus, daß der auf Nimmerwiedersehen verschwunden ist – ich auch. Aber trotzdem, Hannah. Ich glaube nicht, daß es Horst recht wäre, wenn er wüßte, daß du hier bist.«

»Mir passen die Aufenthaltsorte meines Gatten auch nicht immer«, sagte Hannah trocken und dachte an Ulla in ihrem Kinderheim am Waldrand, noch bevor ihr Gretas Wohnung einfiel. »Und Thor«, fügte sie schnell hinzu, um sich selbst abzulenken, »gefällt anscheinend *deine* Anwesenheit hier nicht. Er hat mich ganz schön nervös gemacht.«

»Er konnte ja nicht wissen, daß ich es bin«, erklärte Kaschorke begütigend. »Ich mußte ja erst mal um die Ecke kommen.«

Hannah hätte antworten können, daß Hunde sich nicht mit den Augen orientieren, sondern mit der Nase, und daß Thor Kaschorkes Alkoholfahne eigentlich schon hätte riechen müssen, lange bevor der Mann um die Ecke gekommen war. Aber dann fiel ihr ein, daß Thor wahrscheinlich gerade deshalb so geknurrt hatte. Möglicherweise rochen für einen Polizeihund alle Betrunkenen eher nach Kunden als nach Kollegen.

Kaschorke sah jedenfalls nicht gefährlich aus. Nicht beunruhigender als jeder andere muskulöse Mann mit Piratenlächeln, schwarzen Locken und Dreitagebart. Und betrunken eigentlich auch nicht. Alkoholiker, dachte Hannah und ärgerte sich im nächsten Moment darüber, daß sie schon dabei war, Kaschorke in einer Schublade zu verstauen. Vielleicht hatte er ja bloß Kummer. Schlecht genug sah er aus. Nicht nur ungebügelt, übermüdet und überarbeitet, sondern traurig. Todtraurig. Aber das saß ganz tief hinten in seinen Augen, und man sah es nur, wenn man lange genug hinsah. Ob ihm wieder eine Freundin weggelaufen war? Die meisten taten es nach kurzer Zeit. Hannah überlegte, ob sie es taten, weil er so war, oder ob er so war, weil sie es taten.

Und ob es eine Flasche war, was Kaschorkes Manteltasche so furchtbar ausbeulte. Nein, war es nicht: Als sie sich umwandte, um mit ihm zusammen den Weg zurückzugehen, sah sie einen Moment lang etwas Helles, wie Papier. Sah aus, als trüge der Kripobeamte ein ganzes Bündel Post mit sich herum. Was hatte er hier im Wald gemacht, über unbezahlten Rechnungen gebrütet?

»Bist du dienstlich hier?« fragte Hannah. Sie bemühte sich, ihn nicht allzu auffällig zu mustern. Er sah verwahrlost aus. Es stand ihm sogar, in gewisser Weise, aber es war ein bißchen zuviel. Das entscheidende Bißchen. Er war immer schon ziemlich nachlässig gewesen, aber so hatte Hannah ihn noch nie gesehen. Irgend etwas war mit ihm einfach nicht in Ordnung.

Kaschorke nickte und steckte die Hände in die Manteltaschen, deren Ränder ausgesprochen schmutzig aussahen. »Ich hab mich noch mal ein bißchen umgesehen. Ich versuche herauszufinden, ob der Täter irgendwo auf Greta gewartet hat, aber danach sieht es nicht aus. Er ist wohl einfach so rumgelaufen, auf den Wegen geblieben. Wer weiß, vielleicht trug er einen Jogging-Anzug. Damit wäre er am allerwenigsten aufgefallen.«

Hannah war zwar klar, daß es hier nach so vielen Regentagen keine Spuren mehr gab, aber sie wußte, daß Horst auch immer wieder an den Tatort zurückkehrte, wenn er einen Mordfall zu lösen hatte. Sie verstand das. »Warum bist du so überzeugt, daß es ein Triebtäter war?« fragte sie.

Kaschorke betrachtete sie ungläubig und mit Mißtrauen. »Du weißt doch, wie man sie gefunden hat, Hannah. Sie hatte . . . nichts mehr an.«

Hannah schwieg. Der Punkt war ja schließlich schlecht zu leugnen.

Sie fühlte sich ausgesprochen unbehaglich. Sie war bereitwillig mit Kaschorke zurückgegangen, weil sie gehofft hatte, er würde über den Fall reden. Aber mit dem, was er sagte, konnte sie nichts anfangen. Natürlich hätte sie ihn ausfragen können, aber sie glaubte nicht daran, daß dann mehr dabei herumgekommen wäre. Hannah spürte deutlich, daß er nur eins wollte: Sie hier weghaben. Und sie ärgerte sich plötzlich, daß sie ihm gefolgt war wie ein braver Hund.

Als sie die alte Dorfstraße erreichten, blieb Kaschorke stehen.

»Hast du dein Auto nicht hier?« fragte Hannah und sah sich suchend um.

»Nee, das steht in der Einfahrt.« Er wies auf eins der Häuser auf der gegenüberliegenden Straßenseite. »Da wohn' ich.«

Hannah biß sich auf die Lippen. Hastig leinte sie Thor an und zog den Hund von Kaschorke weg. »Ja, dann mach's mal gut.« Sie schritt so eilig aus, daß sie beinahe stolperte und den Neufundländer in einen widerwilligen Trab zwang. Das letzte, was sie wollte, war, daß dieser merkwürdige, nach Suff stinkende Kollege ihres Mannes sie in seine Wohnung einlud.

Sie hatte keine guten Erinnerungen an derartige Gelegenheiten. Und auch nicht an muskulöse Männer mit Piratenlächeln, schwarzen Locken, Dreitagebart und unlösbaren psychischen Problemen.

An der Straßenecke drehte sie sich noch mal um. Sie hatte vorgehabt, einfach an einer anderen Stelle wieder in den Wald zurückzugehen. Aber das ging nicht, denn Kaschorke stand noch am Waldrand und sah ihr nach. Und es sah ganz so aus, als sei er entschlossen, dort wie festgewachsen auszuharren, bis er sicher war, daß sich die Gattin des Kommissars auf dem Nachhauseweg befand. Resigniert hob Hannah die Hand zu einem Winken, dann schlug sie den Heimweg ein. Sie nahm sich vor, den Spaziergang morgen nachzuholen, wenn Kaschorke im Präsidium war und ihr nicht in die Quere kommen konnte.

Aber am nächsten Morgen erschien Kaschorke nicht im Präsidium. Horst, der ungeduldig seinen Kopf in das Dienstzimmer seines Kollegen steckte, sah gerade noch, wie Focko den Hörer auflegte. »Das war Kaschorke«, berichtete er und zuckte mit den Schultern, die in dem engen schwarzen Rollkragenpullover noch breiter wirkten als sonst. Horst machte sich eine Gedankennotiz, Focko so bald nicht wieder in Hannahs Nähe kommen zu lassen. Es war noch nicht lange her, daß er sie mit einem sehr, sehr jungen Mann gesehen und sich gefragt hatte, ob sie sich einen jugendlichen Liebhaber zugelegt hatte. Im ersten Moment hatte ihn der Gedanke beinahe amüsiert, aber es mußte ihn wohl doch tiefer getroffen haben, als er gemerkt hatte.

»Grippe«, erklärte Martens. »Hab' ich mir bald gedacht. Dem ging's gestern schon nicht gut. Sah fiebrig aus.«

»Na, das hat mir gerade noch gefehlt! Hat er gestern wenigstens noch seinen Bericht geschrieben?«

»Erna Hinrichs?« fragte Focko. Horst nickte. Martens wühlte in dem Papierberg auf Kaschorkes unappetitlichem Schreibtisch herum und wurde fündig. Mit spitzen Fingern reichte er Horst einen kaffeefleckigen Aktendeckel. »Kann aber nicht viel gewesen sein, was sie ihm erzählt hat. Sonst hätte er das gestern erwähnt. Ich hab' ihn ja hinterher noch getroffen da am Waldrand. Er kam zu mir, um mit mir wegen Jammer-Janßen zu reden. Sag mal, Chef, meinst du eigentlich wirklich, daß ...«

»Nein«, sagte Horst und wandte sich zum Gehen. »Es war ein Triebtäter. Aber halt ein Auge auf den Jungen. Wir können nicht so tun, als wäre nichts.«

»Ich war gestern abend in seiner Wohnung«, sagte Focko.

Horst drehte sich wieder zu ihm um und lehnte sich an den Türrahmen. Er zog die Augenbrauen hoch. »Und?«

»Tja, ich kann dir wohl sagen, daß er einen schlechten Geschmack hat«, sagte Focko lächelnd. »Ist alles ziemlich kitschig da. Und konservativ. Wundert mich nicht, daß der nix für Greta war.«

»Woher wußtest du eigentlich, daß er an ihr interessiert ist?« fragte Horst neugierig und studierte mit einem erneuten Anflug von Neid die klassisch nordischen Gesichtszüge seines jungen Kollegen.

Focko grinste verlegen. »Wir sind zusammen zur Schule gegangen, und Jammer-Janßen war damals schon in Greta verknallt. Du hättest mal sehen sollen, wie sie ihn angeguckt hat. Ich hätte dich informiert, Horst, aber ich hatte den Eindruck, daß du selbst Bescheid weißt. War doch richtig, oder?«

»Ja, ich wußte Bescheid«, bestätigte Bäumer und war absurderweise erleichtert, daß sich Fockos Erklärung nicht danach angehört hatte, als sei er selbst eine Trophäe in Gretas umfangreicher Sammlung gewesen. Er schüttelte den Kopf und rollte Kaschorkes Aktendeckel zu einer Röhre zusammen. »Tja. Da stehen wir nun. Wir sind vielleicht 'ne Mordkommission! Jeder von uns kannte die Dame, davon mindestens einer besser, als gut für ihn war; einer ist sogar selbst verdächtig, und einer hat 'ne Grippe . . . Ich glaub', ich geh' mich besaufen.«

»Zu früh am Morgen«, stellte Focko nüchtern fest.

Horst lächelte, aber es gab ihm einen Stich. Der junge Kollege Fischer, der vor kurzem ums Leben gekommen war, hätte anders reagiert. Er hätte ein paar Bierdosen auf den Schreibtisch gestellt. Alkoholfrei. Aber Bier. Horst drehte sich um und ging in sein eigenes Zimmer zurück. Ihm war nicht mehr nach Gesellschaft.

Er setzte sich an seinen Schreibtisch, warf Kaschorkes Protokoll über das Gespräch mit Erna Hinrichs auf den Stapel anderer Unterlagen und nahm sich als erstes Janßens neuesten Bericht vor. Er würde ihn sehr genau lesen müssen. Und noch etwas würde er sehr genau lesen müssen: Die Vorschriften darüber, was zur Suspendierung vom Dienst führte. Er war nicht gerade glücklich damit, einen Assistenten zu haben, der in das Mordopfer verliebt gewesen war und sich zur Tatzeit in der Nähe des Tatorts aufgehalten hatte.

Fünf Minuten später platzte Horst in Fockos Zimmer, ohne anzuklopfen.

»Sag mal, hat Kaschorke gesagt, daß er zum Arzt will oder so was?«

Focko, der seinen Schreibtisch rund um sich zu mit Gesprächsprotokollen belegt hatte und Zeugenaussagen miteinander verglich, sah auf und schüttelte den Kopf. »Der wird sich erst mal ausschlafen, denke ich. Vielleicht, wenn es ihm morgen immer noch nicht besser geht und er eine Krankmeldung braucht. Wieso?«

»Ich wollte nur wissen, ob er zu Hause ist. Ich muß ihn was fragen. – Sag mal, was genau hat Kaschorke dir eigentlich gestern gesagt, als ihr euch da am Waldrand getroffen habt?«

»Daß ich auf Jammer-Janßen aufpassen soll«, sagte Focko. »Aber nur sinngemäß. Er ist es nicht direkt angegangen.«

»Hat er keinen konkreten Verdacht geäußert? Dir nicht gesagt, worauf du achten oder was du ihn fragen sollst?«

Focko legte die Ellenbogen auf den Tisch und faltete die Hände. »Nee. Wieso? Was ist denn los?«

Horst setzte sich auf den unbequemen, alten Stuhl, der vor Martens' Schreibtisch stand. »Paß mal auf. Kannst du dich daran erinnern, wie das war, als ich Janßen gestern morgen sagte, er soll die Leute da noch mal befragen, und er dann damit rausplatzte, daß er selbst auch dagewesen ist?« Focko nickte.

»Gut«, sagte Bäumer gespannt. »Und nun paß mal auf. Wie hat Kaschorke reagiert?«

Focko dachte nach. Er lehnte sich zurück, und seine Lider mit den blonden Wimpern schlossen sich über den scharfen, hellen Augen. Nach einer Weile sagte er: »Gar nicht. Du hast dich aufgeregt, ich hab' mich aufgeregt. Und ausgerechnet er hat nichts gesagt.« Sein Gesichtsausdruck wechselte abrupt. Er sah bestürzt aus, als dämmere ihm etwas. »Oh. Du meinst, er hat das die ganze Zeit gewußt?«

»Genau.« Horst stand auf und nickte grimmig. »Er hat es gewußt. Die ganze Zeit. Und was ich wissen will, ist, warum er das für sich behalten hat. Und deshalb fahr' ich da jetzt hin. Und wenn Jammer-Janßen gleich wiederkommt, Focko, der ist nämlich unten und holt Brötchen – der soll sich nicht vom Fleck rühren. Du bist mir dafür verantwortlich. Klar?«

Focko nickte. Sein Gesicht war eine Maske des Unbehagens. Bäumer hörte ihn fluchen, als er die Tür hinter sich zuknallte. Ihm selbst war nach mehr als nur ein paar bösen Worten. Die ganze Sache lief völlig schief. Er lief die Treppen hinunter und sprang in seinen Wagen. Sicherlich wäre es kollegialer gewesen, Kaschorke wenigstens vorher anzurufen und dabei auch gleich zu fragen, ob er ihm irgend etwas mitbringen konnte, aber dazu fehlte ihm jetzt die Geduld. Für Kaschorke einkaufen konnte er notfalls hinterher auch noch. Wenn er seine Antworten hatte.

Horst mußte sich zusammenreißen, um den Fuß nicht so heftig aufs Gaspedal zu rammen, daß er die erlaubte Höchstgeschwindigkeit führerscheingefährdend überschritt. Er kochte vor Wut. Es hatte eine Zeit gegeben, da war er auf seine Kripo stolz gewesen. Focko Martens war trotz seiner Jugend ein großartiger Ermittler, konservativ in seiner Vorgehensweise, aber gründlich und klug. Na ja, daran hatte sich ja auch nichts geändert. Aber Kaschorke war völlig runtergekommen. Und er, Bäumer, hatte es zugelassen. Hatte zugeguckt. Der junge Fischer, einer der begabtesten Polizisten, mit denen er je zusammengearbeitet hatte, war tot und begraben. Und Jammer-Janßen, sein Nachfolger ... »Mein Gott!« sagte Horst laut. Es war bitter. Und es nutzte überhaupt nichts, sich klarzumachen, wie leicht so was passieren kann und daß auch Polizisten nur Menschen sind. Es gab Dinge, die durften einfach nicht passieren.

Jedenfalls nicht direkt unter seiner Nase. Gekränkte Eitelkeit, dachte Horst und knirschte mit den Zähnen. Aha. Deshalb so wütend, was, Bäumer? Ja. Deshalb. Jedem konnte mal was unterlaufen, was eigentlich nicht passieren durfte. So etwas geschah ständig. Aber nicht bei ihm. Fehler unterliefen nur anderen, und denen pflegte Kommissar Bäumer dann verständnisvoll und großmütig zu verzeihen. Aber durch eigenes Fehlverhalten in Schwierigkeiten zu geraten – das war neu, und es war eine bittere Kränkung für seinen Stolz.

Immerhin bewirkte der Gedanke, daß seine Wut langsam verrauchte. Als er vor Kaschorkes Garage parkte, war er schon wieder relativ ruhig. Er stieg aus und klingelte.

Nichts. Eigentlich hatte er auch nicht damit gerechnet. Er drückte noch einmal auf einen Klingelknopf, aber diesmal auf den der Vermieterin, die unten wohnte.

Nichts.

Bäumer ging um das Haus herum. Im Garten war niemand. Er schaute durch alle Fenster und klopfte an die Scheiben. Dann probierte er, ob die Hintertür offen war. Aber er hatte kein Glück. Er ging wieder nach vorn und klingelte noch ein paarmal oben bei Kaschorke. Er konnte von unten sehen, daß die Gardinen überall zugezogen waren. Wahrscheinlich schlief Kaschorke und hatte vernünftigerweise die Klingel abgestellt.

Vielleicht war die Vermieterin nur einkaufen gegangen und würde in ein paar Minuten wiederkommen. Bäumer schaute sich unschlüssig um. Die Siedlung, in der er wohnte, war praktisch um die Ecke. Er entschloß sich, nicht zum Präsidium zurückzufahren. Er würde einfach zu Hause einen Tee trinken und danach hierher zurückkehren. Vielleicht hatte er dann mehr Glück und traf jemanden an.

»He, du bist oft hier!« sagte Hannah, als er in die Küche kam.

»Thor freut sich drüber«, erwiderte Bäumer beleidigt und umarmte den Hund, der sich aufgerichtet und ihm die Pfoten auf die Brust gelegt hatte.

»Sei nicht so brummig«, sagte Hannah. »Mich freut's auch, das weißt du sehr wohl. Was ist denn los?«

»Ach«, sagte Bäumer ärgerlich, zog seinen Mantel aus und warf ihn im Flur über einen Haken. »Ausgerechnet jetzt ist Kaschorke krank. Der ist sonst nie krank. Ich weiß nicht, was in letzter Zeit mit dem los ist. Gesoffen hat er ja immer schon, und daß er zu spät kommt und so – normal. Aber irgendwie ist der in letzter Zeit so ... ich weiß auch nicht. Irgendwas versteh' ich da nicht.«

»Warst du mal bei ihm und hast geguckt, wie's ihm geht?« fragte Hannah besorgt.

»Ja, grad eben«, erklärte Bäumer, »wahrscheinlich pennt er und hat die Klingel abgestellt. Ich hab's bei seiner Vermieterin versucht, aber die ist nicht da. Ich geh' nachher noch mal hin. Krieg' ich einen Tee?«

»Nur wenn du mir erzählst, was du da nicht verstehst.«

»Ich hab' ein Problem mit Jammer-Janßen«, berichtete Horst, während Hannah die Teekanne zurechtmachte und den Tisch deckte. »Verdammt, ich hab' nicht mal gefrühstückt.«

»Es sind Brötchen da. Hol mal Käse und Wurst aus dem Kühlschrank. Was hast du für ein Problem mit Janßen?«

Horst öffnete die Kühlschranktür und stemmte Thor zur Seite, der seine Nase dazwischenschieben wollte. Er packte Butter und die Aufschnittdose auf den Tisch und setzte sich auf die Eckbank. »Janßen war zur Tatzeit bei seiner Tante. Die wohnt am Waldrand, direkt gegenüber von der Stelle, wo der Weg reingeht, der zu dem Platz führt, wo Greta ...« Er stockte.

»Ja«, sagte Hannah. Sie hatte sich gerade noch rechtzeitig verkneifen können, statt dessen »Ich weiß« zu sagen. Sie hatte das Gefühl, daß Horst diese Bemerkung nicht gut aufgenommen hätte.

»Das Problem ist, Janßen hat das die ganze Zeit nicht gesagt. Ich meine, wir wußten natürlich, daß er da eine Tante hat, aber doch nicht, daß er jeden Tag bei ihr ist und daß er an dem bewußten Tag auch da war, und zwar zur Tatzeit!« Er öffnete die Plastikdose und wickelte den Aufschnitt aus dem Papier.

»Aber Kaschorke wußte das, denn der wohnt da«, schloß Hannah messerscharf.

Horst schaute sie verblüfft an. Er erwartete von seiner Frau keine scharfsinnigen Bemerkungen – nicht etwa, weil er sie für dumm hielt, sondern weil sie in ihrer eigenen Welt zu leben schien und sich für seine normalerweise nicht interessierte. »Ja. Ja – natürlich, kann sein, daß er's deshalb sowieso wußte. Also, daran hab' ich ehrlich gesagt überhaupt noch nicht gedacht.« Er sprang auf und wandte sich ab. Am liebsten wäre er auf und ab gelaufen, wie er es in seinem Dienstzimmer tat, wenn ihm ein Gedanke keine Ruhe ließ. Aber dafür war die Küche entschieden zu klein. Der Kommissar stellte sich vor das Fenster und starrte auf die stille, kleine Straße hinaus. »Meine Güte, wie blödsinnig ist das alles!«

»Wieso, hat Kaschorke denn nichts gesagt?«

Horst wandte der verregneten Außenwelt den Rücken zu und lehnte sich ans Fensterbrett. »Nein, Hannah. Mensch, das ist es ja gerade!«

Er schüttelte verwirrt den Kopf. »Janßen hat es uns irgendwann selbst erzählt, es ist ihm so rausgerutscht. Und Kaschorke hat auch dazu kein Wort gesagt, aber das ist mir in dem Moment gar nicht so aufgefallen.«

Im nachhinein erinnerte er sich aber sehr gut daran, wie still Kaschorke auf seinem Stuhl gehockt hatte, als der junge Kerl damit herauskam, daß er zur Tatzeit am Waldrand gewesen war. Ausgerechnet Kaschorke, von dem man eigentlich schon geglaubt hatte, er würde dem neuen Kollegen die Zeit bei der Kripo so schwer wie nur möglich machen wollen. Janßen hatte einen Bock geschossen, wie es schlimmer gar nicht hätte kommen können, und als es rauskam, hatte Kaschorke keinen Ton von sich gegeben. Er hatte nicht mal aufgesehen. Je länger er darüber nachdachte, um so mehr ärgerte Bäumer sich, daß ihn das nicht stutzig gemacht hatte.

»Wir saßen da halt und waren völlig perplex. Focko war stinksauer, ich war stinksauer, und dann haben wir Janßen erst mal gründlich ins Verhör genommen. Ja, und Kaschorke hat sich das alles bloß angehört und sich ausgeschwiegen. Der muß das die ganze Zeit gewußt haben! Und das könnte bedeuten, daß er Janßen auch die ganze Zeit schon in Verdacht hat, Hannah. Und ich kapier' einfach nicht, wieso er darüber nie geredet hat.« Horst fuhr sich mit beiden Händen fest über den Bürstenhaarschnitt. »Verstehst du, ich frag' mich, ob er aus reiner Loyalität behauptet, der Mörder sei ein Triebtäter gewesen, den wir sowieso nie erwischen. Damit unser eigener Kollege nicht ins Zwielicht gerät, der ja schließlich bekanntlich ganz schön hinter Greta her war?«

»Und woher weißt du jetzt, daß Kaschorke von Janßens Anwesenheit gewußt hat? Ich meine, wo du doch noch gar nicht drauf gekommen warst, daß er es gewußt haben könnte, weil er da wohnt?«

»Janßens Bericht«, erklärte Horst. Er setzte sich wieder

hin. Hannah schenkte ihm Tee ein, und er legte beide Hände um die Tasse, als müsse er sich wärmen. »Ich hatte Janßen gestern losgeschickt, um die Leute, die am Waldrand wohnen, noch mal zu befragen. Es war ehrlich gesagt nicht besonders wichtig. Viel wichtiger war, was die Leute im Kinderheim vielleicht noch zu sagen hatten, aber da hab' ich Focko hingeschickt. Ich wollte nicht, daß Janßen irgendwas macht, uns wirklich wichtig für uns ist. Ich wollte bloß Zeit zum Überlegen, wie ich ihn am besten loswerde, bis irgendwie klar ist . . . daß . . .«

». . . er Greta nicht umgebracht hat«, sagte Hannah. Sie machte ihm ein Brötchen mit Käse zurecht und hielt es ihm vor die Nase. Er nahm es ihr ab und biß hinein. Es tröstete ihn, wie nüchtern sie über diese Dinge sprach. Vielleicht war seine Reaktion auf ihr Verhalten unlogisch, denn möglicherweise lag ihr Mangel an Mitgefühl in diesem Fall nur daran, daß die Tote eine der beiden Frauen gewesen war, mit denen er sie betrogen hatte. Aber auch dieser Gedanke konnte nichts daran ändern, daß es ihm guttat, mit ihr über die Sache zu reden. Und daß er sich plötzlich wünschte, sie würde immer soviel Anteil an seiner Arbeit nehmen.

»Und was ist mit Janßens Bericht?« fragte Hannah, vollkommen damit beschäftigt, Thors geschecktes Fell von ein paar Teppichflusen zu befreien. Er ließ es sich eine Weile gefallen, dann kroch er unter den Küchentisch, schob Bäumers lange Beine ein wenig zur Seite und ließ sich mit einem schweren Seufzer auf dem Boden nieder.

»Die Leute haben ihm gesagt, sie hätten Kaschorke gesehen«, erklärte Horst. Geistesabwesend begann er in seiner Teetasse zu rühren, gleichmäßig und endlos. »Verstehst du, Kaschorke war auch da. Ich meine, das wußten wir zwar von Anfang an, aber uns hat Kaschorke erzählt, er hätte im Bett gelegen und geschlafen. Das war das erste, was er sagte, als Mike Keulerz die vermutliche Tatzeit genannt hat: ›Verdammt. Und ich hab' da hinten im Bett gelegen und gepennt.‹ Aber das hat er gar nicht, Hannah! Er war draußen! Und nach allem, was die Nachbarn jetzt ausgesagt haben, *muß* Kaschorke Janßen dort gesehen haben! Und jetzt frag' ich dich, Hannah: Wieso hat Kaschorke Focko und mich darüber nie informiert? Wieso zum Teufel hat er sich so verflucht hartnäckig darüber ausgeschwiegen, daß unser neuer Kollege zur Tatzeit in der Nähe des Tatorts war?«

»Du lieber Gott, Horst!« sagte Hannah. »Das fragst du mich doch nicht im Ernst, oder? Das ist doch ganz einfach! Kaschorke hat dir das nicht erzählt, weil . . .«

Der Küchentisch wackelte heftig, als Thor abrupt darunter hervorschoß, zur Tür heraus rannte und die Treppe zum Schlafzimmer hochgaloppierte. Verblüfft sah Horst dem Hund hinterher. Hannah stand auf und schaute aus dem Fenster. »Aha«, sagte sie. »Dacht' ich mir's. Deine Lieblingstante kommt.«

Der Küchentisch wackelte abermals, als Horst aufsprang, aber Hannah legte die Hand auf seine Schulter und drückte ihn wieder herunter. »Bleib sitzen, Horst. Du mußt erst mal frühstücken. Und außerdem bist du auf dem falschen Dampfer, und wir müssen darüber reden.«

Es klingelte, und Hannah ging hinaus, um die Tür zu öffnen, bevor Horst Zeit zum Antworten hatte. Einen Moment später fegte Tante Malwine in die Küche wie ein Sturmwind und brachte einen Schwall kalter, feuchter Luft mit hinein. »Das ischa man gut, daß du hier bist, Horst. Ich hätt' dich sonst angerufen. Tja, mein Lieber, da bist du wohl zu spät.«

»Schönen guten Morgen, Tante Malwine.« Horst runzelte ärgerlich die Stirn. »Ich erscheine nicht zu spät zum Dienst. Ich war schon da. Ich bin nur hergefahren, um . . .«

»Da red' ich doch gar nicht von«, unterbrach Tante Malwine mit einer ungeduldigen Handbewegung, drückte sich auf die Eckbank und beäugte gierig die frischen Brötchen. Hannah stellte ihr einen Teller hin und schenkte ihr Tee ein. »Ich red' von dein' lieben Kollegen, diesen Ostpreußen. Nu isser nämlich wech. Ich hab' nämlich Annchen getroffen, grad eben, beim Kaufmann. Na, ich hab das ja immer schon gesagt.«

»Also, liebe Tante, ich weiß überhaupt nicht, wovon du redest«, erwiderte Horst unhöflich. »Annchen kenn' ich nicht. Und wenn du mit dem ›Ostpreußen‹ meinen Kollegen

Kaschorke meinst, der ist jedenfalls nicht ›wech‹. Der liegt mit Grippe im Bett.«

Malwine lachte lauthals los. Es war kein schönes Geräusch. Hannah verspürte Lust, zur Abwechslung mal selbst unter den Küchentisch zu kriechen.

»Grippe! Und kannst du mir dann wohl mal erklären, Kommissar, wieso er an Annchen gesagt hat, er geht wech? Und daß sie die nächsten Tage nicht saubermachen braucht? Wo sie sonst doch jede Woche zweimal bei ihm durchputzt, und nötig isses ja weiß Gott, und Annchen war da ganz schön beleidigt über, wo er sonst doch nie abschließt, und sie kann immer rein, und sie tut das ja auch nicht, wenn es nicht nötig ist, und anklopfen tut sie sowieso, macht man ja, das ist doch selbstverständlich, und wenn er wech muß, dann ist ja schließlich trotzdem Staub, und sonst hat er auch nicht abgeschlossen, sagt Annchen. Annchen Schmitz, Horst, von den alten Kohlenhändler Schmitz seine Tochter, die hatten ja früher ...«

Horst sprang auf. »Tante Malwine. Tante Malwine, hör mir zu!«

Die alte Dame hatte sich inzwischen ein Brötchen dick mit Schinken belegt. »Ja, Horst?«

Sie biß herzhaft hinein.

»Ist Annchen Schmitz die Vermieterin von Kaschorke?« Malwine nickte. Bäumer schluckte. »Und ... hat sie ihn tatsächlich weggehen sehen?«

Malwine schüttelte heftig den Kopf, kaute eilig zu Ende, schluckte und sagte undeutlich: »Nee, aber die Tür is abgeschlossen und alles still. Der is wech. Das war ja gestern gegen Abend, Horst, wo er ihr das gesagt hat, und denn is sie ja zu ihre Tochter. Und wie sie wiederkam, da war er schon wech. Gardinen zu, kein Licht, gar nix. Bloß sein Auto ist noch da. Er muß wohl mit dem Zug gefahren sein. Und wie willst du den nun finden, Horst?«

Horst sparte sich die Frage, woher Malwine überhaupt wußte, daß Kaschorke keinen Urlaub hatte, und warum sie hergekommen war, um zu berichten, daß er weggefahren war. Es schien ja völlig normal zu sein, daß jeder mehr wußte als er und daraus auch die passenden Schlußfolgerungen ziehen konnte. Er schaute Hannah an. Sie nickte.

Ja, das war's dann wohl, was sie ihm vorhin hatte begreiflich machen wollen: Daß Kaschorke Jammer-Janßen an jenem verhängnisvollen Nachmittag gesehen und es vertuscht hatte, konnte einen ganz anderen Grund haben als fehlgeleitete Loyalität. Einen viel logischeren und viel übleren Grund.

Horst stand auf und verließ die Küche. Seine Bewegungen waren langsam und hölzern. Er spürte eine schreckliche Müdigkeit, nicht die Art, mit der ein Mensch auf Schlafmangel oder Überarbeitung reagiert, sondern die, die im Gefolge von Enttäuschungen und Schicksalsschlägen auftaucht. Er kannte dieses Gefühl bereits, und er kannte es schon viel zu gut, um sich vor dem dicken, schweren grauen Schleier zu fürchten, den es über das verhängte, was eben noch sein Leben gewesen war. Der Kommissar ging zum Telefon und tat, was ihm zu tun übrig blieb.

Als er wiederkam, war Tante Malwine beim dritten Brötchen. Hannah stand immer noch vor dem Tisch, die Arme über der Brust verschränkt. Jeder Muskel ihres Körpers schien unter Spannung zu stehen, wie bei einem Tier, das Gefahr gewittert hat und den Bruchteil einer Sekunde später fliehen wird.

Horst war sehr blaß. »Ich verstehe das nicht«, sagte er hilflos. »Wie ist er da weggekommen?«

»Wie meinst du das?« fragte Hannah und setzte sich wieder hin.

»Ganz einfach«, erklärte Horst ungeduldig. »Paß auf. Er wollte weg. Und das mit Sicherheit länger als nur für einen Tag, sonst hätte er seiner Vermieterin doch nicht extra gesagt, daß sie ›die nächsten Tage‹ nicht zu putzen braucht, oder? Also muß er einen Koffer gepackt haben oder wenigstens eine Reisetasche. Aber vom Wald bis nach Geverensand rein zum Bahnhof, das ist ein Fußweg, den kein Mensch mit dem Koffer in der Hand macht. Mal ganz davon abgesehen, daß man im Moment dauernd damit rechnen muß, daß es in Strömen regnet. Ein Taxi scheint Kaschorke aber nicht genommen zu haben. Und er hat auch niemanden gebeten, ihn zum Zug zu bringen. Die Nachbarn sagen, da ist überhaupt kein Wagen vorgefahren gestern. Und sein eigenes Auto steht tatsächlich in der Garage: Janßen hat seine Tante angerufen, und die ist rübergegangen und hat durchs Fenster gelinst. Janßen hat jeden angerufen, der da wohnt, und niemand hat Kaschorke weggehen sehen. Wenn er also weg ist, dann ist er bei Nacht und Nebel abgehauen. Aber wenn er bei Nacht und Nebel abhauen will, und das auch noch zu Fuß – wieso erzählt er das denn vorher seiner Vermieterin? Das gibt doch verdammt noch mal keinen Sinn!«

Hannah starrte ihn an.

Irgendwas war plötzlich im Raum, das vorher nicht dagewesen war.

Hannah spürte, wie ihr ein Schauer über den Rücken lief. Sie stand hastig auf, nur um den Boden unter ihren Füßen wieder deutlich spüren zu können.

»Was hast du?« fragte Bäumer alarmiert. »Du bist ganz weiß!«

»Fahr hin«, sagte Hannah. In ihren weit aufgerissenen Augen stand pures Entsetzen. »Mensch, Horst, fahr hin. Da stimmt was nicht.«

Horst schaute sie an, als habe sie den Verstand verloren. Einen Moment lang dachte sie verzweifelt, er würde Zeit verschwenden und sie fragen, ob sie sich nicht hinlegen wollte und ob er einen Arzt rufen sollte und ob ... Aber dann rannte er aus dem Zimmer, und Hannah hörte ihn hastig wählen und etwas in den Telefonhörer brüllen. Einen Moment später heulte der Motor des alten Ford gequält auf. Horst bewies seine Verwandschaft mit Tante Malwine und jagte den Wagen mit quietschenden Reifen aus der Siedlung heraus. Hannah preßte beide Hände auf ihr pochendes Herz.

»Du liebe Zeit«, sagte Tante Malwine und zog ihre dünnen, grauen Augenbrauen hoch. »Sag mal, Kind, hat er noch 'ne Tasse Tee übergelassen?«

»Komm!« schrie Horst, »Mach zu!« Jammer-Janßen sprang aus dem Wagen, warf einen gehetzten Blick auf den langen Weg bis zu dem niedrigen Gartentor, brach mit dem Mut der Verzweiflung quer durch die hüfthohe Hecke und rannte über den Rasen. Er schaffte es einigermaßen unbeschadet, obwohl er in einen Maulwurfshaufen geriet und sich um ein Haar böse den Fuß verstaucht hätte. Er hinkte hinter Horst her, der sein ganzes Gewicht gegen beide Klingelknöpfe neben Annchen Schmitz' Haustür gestemmt hatte und draufdrückte, als hinge der Weltfrieden davon ab.

Nichts rührte sich.

»Die Feuerwehr ist unterwegs«, keuchte Janßen. »Die kommen da schon rein.«

Er hatte den Satz noch nicht ganz ausgesprochen, da warf Horst sich mit der Schulter gegen die solide, alte Tür. Janßen starrte seinen Chef von Unglauben überwältigt an, unfähig, auch nur einen Finger zu rühren. Horst trat wuchtig gegen das Schloß, aber ohne Erfolg. Schließlich warf er sein Jackett zurück, fummelte die Dienstpistole aus dem Schulterhalfter und tat etwas, was Jammer-Janßen bisher nur im Film gesehen hatte: Er schoß auf das Türschloß. Dann warf er sich wieder dagegen, und diesmal ging die Tür auf. Horst stolperte in den Flur, fand mit knapper Not Halt am Treppengeländer und schwang sich die Stufen hinauf.

Jammer-Janßen löste sich erst aus seiner Erstarrung, als der Chef schon oben war und der Rahmen von Kaschorkes Wohnungstür unter seinem Ansturm krachend zersplitterte. Dann sprintete er hinterher, nahm mit seinen langen Beinen zwei Stufen auf einmal und prallte mit seinem ungepolsterten Knochengestell schmerzhaft in den Rücken des Kommissars, der auf der Schwelle zu der kleinen Wohnung stand wie angewurzelt. Jammer-Janßen trat hinter ihm von einen Fuß auf den anderen und versuchte über Bäumers Schultern hinweg etwas zu erspähen. Dann schaffte er es. Und blieb ebenfalls stocksteif sehen.

Die Tür zu dem winzigen Wohnzimmer stand offen, und man konnte vom Flur aus hineinsehen. Auf der Couch saß Kaschorke, haltlos wie eine Gliederpuppe, den Kopf zurückgeworfen. Viel Kopf war es nicht mehr. Das meiste davon klebte hinter ihm an der Wand, an den albernen Verzierungen der laut vor sich hin tickenden Kuckucksuhr, und in den Gardinen. Seine Dienstpistole war ihm aus der Hand gefallen und lag auf dem Sofa.

»Oh, Mann.« Julia, schüttelte sich und vergrub den Kopf in den Händen. »Er hat sie geliebt, was?«

»Er hat sie wahnsinnig geliebt«, bestätigte Hannah.

»Kaschorke war ein Tier«, sagte Rosea kalt. Julia warf ihr einen Blick zu, aber die Buchhändlerin sah mit undurchdringlichem Gesicht aus dem Fenster.

»Ja, das war er«, sagte Julia ernst. »Ein Tier von einem Mann.« Es klang nicht nach Abscheu. Dorit musterte sie überrascht und befremdet, sagte aber nichts.

»Eben«, sagte Hannah traurig. »Wie anziehend das für Frauen sein kann, darauf ist von den konservativen Herren bei der Kripo, einschließlich meines werten Gatten, keiner gekommen. Aber es war nicht ausschließlich anziehend, das ist es ja meistens nicht, und in diesem besonderen Fall war es ziemlich verhängnisvoll. Uns' Greta war zwar durchaus empfänglich für die unbestreitbar sinnliche Ausstrahlung dieses lebenslustigen Herrn in seinen wildesten Midlife-Jahren, aber er war ihr auch irgendwie peinlich. Und deshalb hielt sie die ganze Sache so streng geheim wie ein verehelichter Fürst das Verhältnis zu seiner Mätresse. Kaschorke hatte nun mal nie den Drang nach Höherem. Greta schon. Kunst und Kultur, Karriere und Kommerz zogen sie unwiderstehlich an. Die kultivierten älteren Herren mit dem großen Geld, die sie auf den Auktionen in Hamburg gesehen hat, die haben ihr imponiert. Sie war fest davon überzeugt, eigentlich in deren Welt zu gehören. Und da war das Ende ihrer heißen Affäre mit Kaschorke dann absehbar.«

»Und dann hat sie irgendwas Gemeines gesagt, und da ist ihm die Sicherung durchgebrannt, und er hat ihr das Lebenslicht ausgeblasen, was?« fragte Dorit verächtlich.

Hannah schüttelte den Kopf. »Vielleicht. Aber das hat er

in seinem Abschiedsbrief nicht festgehalten. Er hat sich nicht gerechtfertigt. Er hat geschrieben, daß er etwas getan hat, was durch nichts zu rechtfertigen ist. Und daß er nicht will, daß jemand anders deswegen in Verdacht gerät. Und daß er den einzigen Menschen umgebracht hat, ohne den er nicht leben wollte.«

»Rührend«, sagte Rosea trocken.

Hannah senkte den Kopf. Was immer Rosea denken mochte, es war nicht das, was ihre gelassene Miene vortäuschte. Hannah hätte heulen können, und sie hatte den Eindruck, daß Rosea davon auch nicht weit entfernt war. Nur daß Rosea vielleicht um Greta weinen würde und Hannah um deren Mörder. Sie hatte noch nie Mitleid mit jemandem gehabt, der einer Frau etwas angetan hatte, und sie hätte auch nie geglaubt, daß sie es je haben würde. Es war verwirrend und erschreckend. »Er hat vom Fenster aus gesehen, wie sie ihren Wagen parkte und in den Wald ging, und er ist ihr nachgegangen, weil er mit ihr reden wollte. – Und danach, als es dann passiert war, ist er einfach nach Hause gegangen. Und niemand hat drauf geachtet. Weil er da ja schließlich wohnt. Und weil er ja Polizist ist.«

»Mein Gott«, sagte Dorit leise. Sie ballte die Hände zu Fäusten und schlug damit auf den Tisch. »Das darf doch einfach nicht wahr sein! Wie viele Menschen müssen den Mann gesehen haben! Und keiner, kein einziger hat etwas gesagt!« Ihr liefen Tränen aus den Augen, und sie wischte sie wütend weg.

»Doch«, erwiderte Hannah, »es wurde durchaus erwähnt. Aber Kaschorke hat natürlich dafür gesorgt, daß er selbst derjenige war, der dann die Nachbarschaft zu befragen hatte. Es gab zwei Personen, die ihn tatsächlich darauf angesprochen haben, daß er in den Wald gegangen ist. Denen hat er 'ne völlig unverfängliche Erklärung aufgetischt. Das ist aber auch erst rausgekommen, als Horst Jammer-Janßen da hingeschickt hat, um die Leute ein zweites Mal ausführlich zu befragen. Und Jammer-Janßen in seiner Schusseligkeit ist da gar nicht drüber gestolpert. Der fand das genauso normal – wo Kaschorke doch da wohnte.«

»Aber Jammer-Janßen war doch auch da. Wieso hat der ihn denn nicht in den Wald gehen sehen?« protestierte Dorit. Sie riß mit einer unbeherrschten Bewegung die Folie von einer neuen Schachtel Zigaretten und zerrte mit zitternden Fingern eine aus der Packung heraus.

Hannah wiegte den Kopf. »Er hat ein Blumenbeet umgegraben. Anstrengende Arbeit, da guckt man nicht so oft hoch. Außerdem wollte Kaschorke ja nun ganz bestimmt nicht von einem Kollegen gesehen werden, er hat also aufgepaßt. Für jemanden, der gelegentlich mal Leute beschatten muß und sich mit solchen Sachen also auskennt, ist das bestimmt kein unlösbares Problem. Und weil Kaschorke eben Insider war, hat er natürlich auch keine Fingerabdrücke hinterlassen oder sonst irgendwelche verwertbaren Spuren.«

»Klar«, sagte Julia. »Aber wieso hat er sie ausgezogen? Ich meine, auf ihn wäre der Verdacht doch sowieso nicht gefallen. Es wußte doch gar keiner, daß die beiden was miteinander hatten!«

»Er hat ihr geschrieben«, erklärte Hannah. »Und er konnte nicht wissen, ob sie die Briefe nicht vielleicht aufgehoben hatte. Und da sie weder teuren Schmuck trug noch viel Geld in der Brieftasche hatte, hatte es wenig Sinn, einen Raubmord vorzutäuschen. Also hat er sie ausgezogen und dann hartnäckig behauptet, der Mörder sei ein Triebtäter gewesen.«

»Erinnerst du dich noch, wie das Halstuch gelegen hat?« fragte Dorit. Sie rauchte in tiefen, langen Zügen, und es schien sie zu beruhigen. Aber aus ihren Augen rollten immer noch Tränen. »Er hat versucht, sie zuzudecken. Trotz allem.« Sie schniefte plötzlich, drückte die Zigarette aus und schlug die Hände vors Gesicht.

»Wie rührend«, brummte Rosea. Sie sah aus, als wäre ihr übel.

»Aber sie hat sich doch bestimmt nicht die Mühe gemacht, seine Briefe aufzuheben und mit rosa Bändchen zu umwickeln, was?«

»Doch«, sagte Hannah.

Julia schaute auf und starrte sie verblüfft an. Dann zuckte sie mit den Schultern. »Irgendwie kann ich mir das schon vorstellen. An sich hätte ich gedacht, er wäre ihr eher peinlich gewesen ...«

»War er auch«, sagte Hannah.

»... andererseits«, fuhr Julia fort, »war sie natürlich der Typ, der jeden Verehrerbrief aufhebt. Ich hab' tatsächlich einen ganzen Packen Briefe gefunden, als ich nach meinem Bild gesucht hab' damals. Allerdings ohne rosa Schleife. Und ich hab' sie mir auch nicht angeguckt.«

»Kaschorke war der nächste, der sie gefunden hat«, erklärte Hannah. »Nachdem die Reiter Gretas Leiche im Wald entdeckt hatten, hat sich Kaschorke die Wohnungsschlüssel geschnappt, die sie bei sich hatte, und ist ganz offiziell mit Wissen von Horst und sogar zusammen mit einem Kollegen von der Spurensicherung da hingefahren.«

»Hat er die Briefe mitgenommen?« fragte Dorit fassungslos.

Hannah nickte. »Klar. Gefunden und klammheimlich beiseite geschafft, während die anderen in der Küche damit beschäftigt waren, zu ergründen, ob Greta in der Wohnung mit irgend jemandem zusammen was gegessen oder getrunken hatte, bevor sie in den Wald fuhr. Horst hat ihn sogar noch unten an der Tür mit dem Bündel in der Tasche gesehen, hat aber gedacht, es wäre eine Schnapsflasche, was Kaschorkes Mantel so ausbeult. Und ich hab' ihn wahrscheinlich dabei gestört, die Briefe im Wald zu verbrennen oder zu vergraben oder was weiß ich.«

»Wieso sollte er das denn tun?« fragte Julia skeptisch.

»Er konnte sie nicht behalten«, erklärte Hannah. »Ihm war inzwischen nämlich klar, daß Horst trotz der Triebtäter-Theorie die Ermittlungen hartnäckig weiterführen würde. Denn zu Kaschorkes Pech geriet sein Vorgänger in Gretas Gunst unter Mordverdacht, ausgerechnet ein angeheirateter Verwandter seines Chefs. Natürlich wußte er, daß Horst alles tun würde, um Jörg zu entlasten. Jammer-Janßen hatte sich außerdem ja auch schon verdächtig gemacht, und Kaschorke mußte natürlich befürchten, daß er irgendwann genauso an die Reihe kommen würde. Deshalb wollte er die Briefe unbedingt loswerden. Und wo willst du so was schon hinbringen? Einen Ofen, in dem sich was verbrennen ließe, hat doch kein Mensch mehr, Julia.«

Müde wischte Hannah sich über die Augen. Sie war am Ende mit ihren Erklärungen. Es war so einfach gewesen, die ganze Sache. Die vier Frauen starrten vor sich hin, jede in ihre eigenen Gedanken und Erinnerungen versunken. Dorit schniefte leise, putzte sich noch mal die Nase und steckte das Taschentuch weg. Thor bewegte sich schnaufend unter dem Tisch und suchte eine bequemere Schlafposition. Roseas Buchladen lag in vollkommener Stille da, Hunderte bunter Bücherrücken in den hohen Regalen, Hunderte von Geschichten, die niemand lesen zu wollen schien. Draußen auf der Straße gingen Leute vorbei, ohne auch nur einen Blick in die Schaufenster zu werfen. Der Regen hatte endlich aufgehört. In das Hinterzimmer schien die Sonne, und sogar der verwahrloste Hof mit den schmutzigen Mülltonnen sah freundlicher aus.

Hannah streckte den Rücken, atmete ein paarmal tief durch und verschränkte die Arme im Nacken. »Was ich immer noch nicht verstehe, das ist die Sache mit ihren Klamotten.«

»Was?« fragte Julia träge.

Hannah stieß einen ungeduldigen Seufzer aus. »Was sie anhatte! Das war es nämlich, was mir als erstes aufgefallen ist. Deshalb hat mich der ganze Kram überhaupt bloß interessiert! Versteht ihr, ich steh' da im Wald, und da liegt eine tot rum, die noch teurere Klamotten hatte als die, mit denen ich meinen werten Gatten bekanntermaßen in den Ruin getrieben habe. So was hatte ich hier in diesem Nest noch nie gesehen und auch verdammt noch mal nicht zu sehen erwartet. Ich wollte unbedingt wissen, wieso zum Teufel diese Frau so teures Zeug bezahlen konnte. Und ausgerechnet das ist nun das einzige, was ich nicht rausgekriegt habe.«

Dorit fuhr erschrocken zusammen, als Julia in schrilles Gelächter ausbrach. Thor kam unter dem Tisch hervor und schüttelte seine haarigen Schlappohren. Er warf ihr einen mißbilligenden Blick.

Auf Roseas bleichem, überanstrengten Gesicht erschien zum erstenmal an diesem Tag ein müdes, kleines Lächeln. »Du hättest vielleicht einfach mal eine von uns danach fragen sollen«, sagte sie.

Hannah starrte die beiden verdutzt an.

Die Buchhändlerin tat etwas, was Hannah sie noch nie hatte tun sehen: Sie beugte sich über den Tisch und zupfte eine Zigarette aus Dorits Schachtel, zündete sie mit dem Feuerzeug in der silbernen Hülle an und nahm einen tiefen Zug. Sie hustete ausgiebig, dann nahm sie noch einen. Rosea rückte ihren Stuhl zurück, legte die Füße auf den Tisch und rauchte in aller Ruhe. »Eine alte Schulfreundin von mir ist Fotografin geworden, und der Modebranche gehört ihr ganzes Herz. Sie kennt praktisch jeden, der irgendwie damit zu tun hat, und du würdest staunen, wie billig sie an diese Klamotten rankommt. Vorführmodelle, Ausstellungsstücke, das Zeug, das für die Fotos gebraucht wurde, und so weiter. Sie hat ganze Schränke voll mit dem Krempel. Ich hab sie mal mit Greta zusammen besucht. Die beiden haben sich gut verstanden. Und als wir zurückfuhren, war mein Wagen vollgepackt mit Sachen, die Miranda ihr geschenkt hat.«

»Miranda«, sagte Dorit spöttisch. »Du liebe Zeit.«

»Sie heißt nicht so«, erklärte Rosea. »Sie hat ihren Namen geändert. Übrigens, ich ziehe zu ihr. Der Laden hier ist pleite. Und Miranda braucht dringend eine Assistentin. Sie glaubt felsenfest, daß ich für den Job genau das bin, was sie immer schon gesucht hat.«

Mit dem ersten offenen, freundlichen Lächeln, das Hannah je bei ihr gesehen hatte, sagte Julia: »Sie hat recht, Rosea. Das wirst du schon noch merken.«

»Jedenfalls viel Glück«, meinte Dorit bewundernd. »Hör mal, Hannah, ich hab' gehört, Jammer-Janßen verschwindet auch aus Geverensand?«

Hannah brauchte eine Weile, um darauf zu reagieren. Sie starrte Julia an, die ihr Gesicht in keine ihrer häßlichen Grimassen verzog. Außerdem war Hannah immer noch wie erschlagen von der Erkenntnis, daß sie die ganze Zeit einer Chimäre nachgelaufen war. Greta hatte ihre Designersachen geschenkt bekommen – und wieviel Schmutz hatte sie, Hannah, aufgewühlt und wieviel Leid verursacht, nur um schließlich auf eine derart simple Erklärung zu stoßen.

Sie schüttelte kurz den Kopf und runzelte die Stirn, um sich zu konzentrieren. »Ja«, antwortete sie dann, »er hat den Dienst quittiert. Nach dem, was er in Kaschorkes Wohnung erlebt hat, will er nie wieder eine Pistole auch nur von weitem sehen. Ist auch besser so, denke ich. Janßen ist zu sensibel. Wenn er als Verkehrspolizist jemals einen wirklich schlimmen Unfall hätte sehen müssen, dann hätte er längst aufgesteckt. Er zieht nach Bremen, ein Verwandter von ihm hat da eine Firma, und er kann mit einsteigen. Wer weiß, vielleicht erbt er das Ding mal und wird reich.«

»Dann könnte der lange Lulatsch sich wenigstens mal einen Anzug leisten, bei dem die Arme und Beine nicht zu kurz sind«, bemerkte Julia und zog endlich wieder eine Grimasse. »Ach, kommt, Kinder, lassen wir das, ich brauch' Aufmunterung. Laßt uns Karten spielen, wer weiß, ob's nicht das letztemal ist, daß wir hier so gemütlich zusammensitzen.«

Rosea nahm ihre langen Beine vom Tisch, zog die Schublade auf und holte die Spielkarten heraus. Sie warf sie Julia hin, fixierte die junge Frau mit einem eigenartigen Blick und starrte ihr durchdringend in die Augen. »Sag mal, warum hast du eigentlich damals gesagt ›Er ist keiner von uns?‹ Weißt du noch? An dem Abend, gleich nach Gretas Tod, als du mir die Karten legen solltest? Da hast du ja wohl herbe danebengegriffen, was?«

»Würde ich nicht sagen«, warf Hannah ein, noch bevor Julia den Mund aufmachen konnte. Sie hatte eine abergläubische Scheu davor, an den Moment damals in ihrem Wohnzimmer zurückzudenken, als Julia am Fenster stand und sagte ›Aber es wird noch jemand sterben, Hannah‹. Da jedenfalls hatte sie recht gehabt. »Kaschorke ist zwar seit zwanzig Jahren in der Stadt, aber von hier stammt er tatsächlich nicht. Seine Familie ist im Krieg aus Ostpreußen nach Schleswig-Holstein geflüchtet, und da ist er auch aufgewachsen. Er kam erst nach Geverensand, als er zur Kripo ging.«

»Na ja!« brummte Rosea unzufrieden. »Das kann man ja nun so oder so sehen . . .«

Geverensands berüchtigte Wahrsagerin lächelte nonchalant. »Das haben Orakel so an sich, meine Damen. Lasset uns beginnen. Aha, das Kreuz, die Wolken, Kummer und Schmerz . . .« Sie teilte aus.

Im Präsidium schubste Bäumer seine fünfte leere Bierdose in den Papierkorb. Er hatte gehofft, das Bild aus seinem Kopf spülen zu können: das geronnene Blut auf den Gardinen, die rotverschmierten Flocken von Gehirnmasse. Und die Fliegen. Vor allem die Fliegen. Aber es hatte nicht funktioniert.

Bäumer legte den Kopf auf seinen Schreibtisch und sah zu, wie ein paar Tränen auf die grüne Plastikunterlage tropften. »Du Idiot«, flüsterte er leise und heiser. »Du gottverdammter Idiot . . .«

ENDE